문순태 중단편선집

7

생오지 뜸부기

생오지 뜸부기 문순태 중단편선집 7

초판인쇄 2021년 2월 20일 초판발행 2021년 3월 10일
지은이 문순태 엮은이 조은숙 펴낸이 박성모 펴낸곳 소명출판
출판등록 제13-522호 주소 서울시 서초구 서초중앙로6길 15, 2층
전화 02-585-7840 팩스 02-585-7848 전자우편 somyungbooks@daum.net 홈페이지 www.somyong.co.kr

값 20,000원
ISBN 979-11-5905-594-2 04810
ISBN 979-11-5905-587-4 (세트)

❶ 1959년 광주고 문예부 시절. 중앙이 수필가 송규호(문예부지도교사), 좌측 이성부, 우측 문순태

❷ 1974년 봄. 왼쪽부터 시인 조태일, 소설가 한승원, 이문구, 문순태

❸ 2001년 가을 장흥에서. 우측부터 문순태, 최일남, 김현주, 임철우, 은미희, 황충상, 윤흥길, 박범신 등 호남 출신 소설가들과 함께

❹ 2010년 광주고 동기생인 절친 이성부 시인과 함께

❺ 2013년 용아문학제에서. 우측부터 김준태 시인, 문병란 시인과 함께

❻ 2013년 생오지에서. 좌측부터 송수권 시인, 신경림 시인과 함께

문순태 중단편선집

7

생오지 뜸부기

책머리에

소설은 내 스승이었고,

종교였으며 생명이었다.

소설을 쓸 때만이

내 자신에 대한 실존을 확인할 수 있었다.

—산문집『꿈』

문순태 작가에게 소설은 삶 자체였다. 평생 그와 동고동락을 해온 소설이 있었기에, 삶의 고비마다 찾아온 아픔을 치유할 수 있었다. 그가 소설에게 위로받았듯이, 그의 소설은 많은 이들의 가슴을 따뜻하게 적셔주었다. 그는 밖으로 꺼낼 수 없는 이야기를 안고 살아가는 사람들의 삶을, 자신만의 언어로, 구수한 된장처럼 감칠맛 나게 풀어냈다. 된장은 오래 묵을수록 맛이 좋다. 또 어떤 재료와 섞어도 그 풍미를 잃지 않고 다른 음식과도 잘 어울린다. 문순태 작가의 소설도 그러하다. 그래서 독자는 그의 소설을 읽으며 자신의 이야기처럼 쉽게 공감한다.

좋아하는 작가의 전체 작품과 그와 관련된 텍스트를 아울러 읽을 수 있었다는 것은 한 독자로서 큰 기쁨이었다. 동시에 작가가 살아오는 동안 축적된 삶의 지혜와 이야기들을 직접 들을 수 있었다는 것은 한 연구자로서 축복이었다. 이렇게 독자로서 그리고 연구자로서 나는 문순태 작가 부부와 맛있는 밥을 먹고 핸드드립 커피를 마시며 지난 8년간 호사를 누렸다. 이러한 만남을 통해 나는 그간 작가의 삶과 작품을 나란히 펼쳐놓고 그 둘 사이의 공백을 촘촘히 메우는 작업을 해왔었다. 그 결과『생오지 작가, 문순태에게로 가는 길』(역락, 2016)이라는 작가론을 낼 수 있었으며, 이번 중·단편선집 작업도 편안하게 진행할 수 있었다.

작가론을 쓰는 일과 작품선집을 엮는 일은 큰 차이가 있다. 작가론이 작가와 내가 대화를 하듯 당시 작가의 삶과 그때 쓰인 작품을 읽으며 그 둘 사이의 퍼즐을 하나씩 맞춰가는 지극히 개인적인 작업이었다면, 작품선집을 엮는 일은 한 작가가 피땀으로 남긴 작품을 독자에게 어떻게 온전히 전달할 것인가에 초점을 맞춘 막중한 책임과 부담이 수반되는 작업이기 때문이다. 특히 문순태는 1974년 「백제의 미소」로 『한국문학』의 신인상을 수상하면서부터 장편 23편(38권)과 중·단편 약 147편, 중·단편집과 연작소설집 17권, 기행문 3권, 시집 2권, 산문집 6권, 동화집 2권, 어린이 위인전 2권, 평전 1권, 소설창작이론서 4권, 희곡 2편 등 방대한 양의 작품을 남겼다. 이처럼 방대한 작품으로 인해 작품선집을 엮으면서 가장 큰 고민은 작품을 어떤 기준으로 설정할 것인가였다.

애초에는 문순태 중·단편전집을 엮을 계획이었다. 그래서 이미 출간된 단편소설집 『고향으로 가는 바람』(창작과비평사, 1977), 『흑산도 갈매기』(백제, 1979), 『피울음』(일월서각, 1983), 『인간의 벽』(나남, 1984), 『살아있는 소문』(문학사상사, 1986), 『문신의 땅』(동아, 1988), 『꿈꾸는 시계』(동광출판사, 1988), 『어둠의 강』(삼천리, 1990), 『시간의 샘물』(실천문학사, 1997), 『된장』(이룸, 2002), 『울타리』(이룸, 2006), 『생오지 뜸부기』(책만드는집, 2009), 『생오지 눈사람』(오래, 2016), 연작소설집인 『징소리』(수문서관, 1980), 『물레방아 속으로』(심설당, 1981), 『철쭉제』(고려원, 1987), 『제3의 국경』(예술문화사, 1993) 등에 실려 있는 중·단편 147편을 발표한 순서대로 정리했다. 그러나 작품 수가 너무 많아서 작가와 상의한 끝에 7권의 중·단편선집을 내기로 생각을 바꾸었다. 이때부터 시기별로 중요하다고 여겨지는 작품 100편을 선별하기 시작했다. 그러나 선별된 작품 가운데 중편소설이 다수 포함되어 다시 75편으로 줄이는 과정을 거쳤다. 그럼에도 7권으로 엮기에는 분량이 너무 많았다. 작가에게는 작품 한 편 한 편이 모두 자식처럼 소중한 존재이기에, 고민의 시간이 길어졌다. 얼마 후 작가와 다시 만나 작품 선정에 대해 이야기를 나누었다. 그 자리에서 작가는 "많이 싣는 것도 좋겠지만, 독자들이 읽으면 좋을 작품으로 선정하는 것이 더 의미가 있지 않을까요?"라고 부담을 덜어주었다. 이러한 과정을 거쳐 문순태 작가의 중·단편 중에서 오래도록 독자들과 호흡을 같이 할 65편의 소설이 선정되었다. 한 작가의 문학적 여정을 살펴보기 위해서는 중·단편뿐만 아니라 장편까지 함께 엮는 것이 맞겠지만, 여건상 이는 차후 과제로 남기기로 했다.

선집의 편집체제는 작가가 이전에 발표했던 중·단편집과 연작소설집 17권에 실린 순서를 따르지 않고, 가능한 작가가 발표한 연대를 기준으로 하되, 각 권의 분량을 고려하여 주제별로 재구성했음을 밝힌다. 작품이 발표된 시기에 따라 초기 소설에서는 한자가 많이 섞여 있었다. 그래서 독자의 가독성을 위해 한자를 한글로 바꾸거나 한자를 생략 또는 병기하기도 했다. 그리고 된소리는 내용을 강조할 경우와 대화 글에서는 그대로 살렸으며, 서술 부분에서는 표준어 규정에 맞게 수정했다. 또한 용어 사용에서는 '국민학교'를 '초등학교'로, '뻬치'를 '펜치'로 바꿨으며, 혼용해서 사용하고 있는 '5월과 오월', '6·25전쟁과 유월전쟁' 등은 서술 부분에서는 5월과 6·25전쟁으로, 대화에서는 '오월과 육이오전쟁'으로 일치시켰다. 의미가 불분명한 문장이나 문단은 작가와 상의하여 삭제했으며, 단어와 문장도 많은 부분 수정했다. 초판 발표 당시의 작품명과 다르게 작품명을 바꾼 경우는 각각 작품의 말미에 표기했다. 참고로 작품명을 바꾼 경우는 「금니빨」을 「금이빨」로, 「흰 거위산을 찾아서」를 「흰거위산을 찾아서」로, 「늙은 어머니의 향기」를 「늙으신 어머니의 향기」로, 「은행나무처럼」을 「은행잎 지다」로, 「아버지와 홍매화」를 「아버지의 홍매」로, 「안개섬을 찾아」를 「안개섬을 찾아서」로, 「생오지 눈사람」을 「생오지 눈무덤」으로, 모두 일곱 작품이다. 「생오지 눈무덤」은 초판 발표 당시에는 「생오지 눈무덤」으로 발표되었으나, 단편집으로 엮으면서 「생오지 눈사람」으로 작품명을 바꾼 경우이다.

특히 이번 7권의 선집에는 문순태의 창작집 『고향으로 가는 바람』(1977)부터 『생오지 눈사람』(2016)까지 각각 창작집 초판에 실린 '작가의 말'과 평론가의 '해설'을 각 권에 나누어 실었다. 이는 두 가지의 의미를 지닌다. 하나는 작품을 독자들에게 내놓았을 당시, 작가의 소회와 고백을 생생하게 느낄 수 있다는 점이다. 예를 들면, 『고향으로 가는 바람』에서 문순태는 "이 산 저 산 쫓기며 전쟁의 총알받이가 되었던 유년 시절, 지게 목발 두드리다가 부모 몰래 광주로 튀어나왔던 소년 시절, 퀴퀴한 하수구 위의 판잣집 단칸방에 네 식구가 뒤죽박죽으로 벌레처럼 엉켜 살았던 청년 시절, 그러다가 어른이 되어선 제법 으스대고 사치와 허영에 길들어지면서, 고향은 두 번 다시 생각하기도 싫었던 삼십 대 느지막에, 나는 비로소 번데기가 되어 다시 태어난 셈"이라고 고백한다. 그리고 문순태가 어느 정도 중견 작가의 반열에 오른 뒤에 쓴 『시간의 샘물』에서 "어렴풋이나마 소설이 무엇인가를 깨닫게 되고 차츰 나이가 들어가면서부터 소설쓰기가 마치 끝없는 절망과 싸운 것처럼 힘들어진다. 이제는 전통적 소설쓰기로는 살아남기조차 어려울 것 같은 위기감마저 느낀다"라고 하면서, 90년대 소설문학의 지각변동에 대한 작가로서의 소회를 밝힌 것과, 일흔여덟에 출간한 『생오지 눈사람』에서 "아마도 내 생의 마지막 창작집이 될 것 같다. 이제야 어렴풋이 소설이 보이는 것 같은데 내 영혼이 메마르게 되었구나 싶어 아쉽다. 이럴 줄 알았더라면 더 치열하게 붙안고 매달릴걸…… 어영부영 흉내만 내다보니 어느덧 길의 끝자락이 보인다"라고 하면서 회한을 드러낸 점 능이 그러하다. 이처럼 선집의 가 권마다 실려 있는 초판 '작가의 말'은 작품을 쓸 당시, 작가의 마음을 엿볼 수 있게 구성되어 독자들에게 새로운 재미를 줄 것으로 기대된다.

다른 하나는 작가 의식의 변모 양상과 함께 소설의 주제가 확장되는 지점을 포착할 수 있다는 점이다. 가령, 초기에 쓴 『고향으로 가는 바람』에서 문순태는 자신이 소설을 쓰는 이유를 "지적인 칼로 잘못된 사회와 역사를 담대하게 베어내고 새 싹이 돋게 하기 위해서"라고 말한다. 그러다가 1980년대 5·18 민주화운동을 체험한 이후에 쓴 『철쭉제』에서는 "작가가 된 지금 누구인가 나에게 왜 소설을 쓰느냐고 묻는다면, 먼저 나 자신을 구원받기 위해서"라고 말한다. 즉, 젊은 시절에는 소설이 역사의 칼로서 역할을 해야 한다고 생각했던 그가 중년에 이르러서는 소설이 '구도의 길 찾기'로서 역할도 해야 한다고 주장한 것이다. 그리고 최근에 쓴 『생오지 눈사람』에서는 소설이 "날카로운 침으로 잠든 영혼을 깨울 수 있다면 족하다"라고 하면서, 소설에 대해 '성찰의 거울'로서의 역할을 강조한다. 이렇듯 문순태는 초기에는 소설이 인간의 삶과 사회를 변화시키는 데 도움을 줄 것이라는 확신에서 '일상성 안에서 의미 찾기'와 '이질적인 것들의 어울림'을 추구했다면, 중년에 들어서 쓴 작품에서는 6·25전쟁, 5·18 민주화운동의 체험을 객관화하여 '구원'의 문제로까지 심화시켰으며, 노년에 쓴 작품에서는 성찰의 깊이가 더해져 노년의 삶과 소통 문제, 그리고 후손에게 물려줘야 할 자연의 생태문제로까지 주제를 확장시켰음을 '작가의 말'과 '해설'을 통해 확인할 수 있을 것이다.

이번 편집을 하면서 '자가의 말'과 '해설' 부분에서도 독사의 가독성을 위해 한자를 한글로 바꾸었다. 다만, 의미 파악을 위해 반드시 필요하다고 생각될 경우에는 한자를 병기했다. 또한 '해설'의 경우 각 권마다 해설자가 다르고, 초판 출간 당시 편집체제가 일치하지 않아 홑화살괄호(〈 〉)와 홑낫표(「 」)의 경우, 강조 시에는 작은따옴표(' ')로, 대화 글이나 인용 시에는 큰따옴표(" ")로 바꿨다. 그리고 '르뽀'를 '르포'로 바꾼 것처럼 외래어나 한글 맞춤법 표기법 개정 이전의 단어와 용어는 개정된 한글 맞춤법 표기법 규정에 따랐다.

마지막으로 문순태 소설의 많은 독자와 연구자를 위해 이번 선집에 수록한 작품의 발표지면과 작가 연보를 실었다. 만약 이를 참고하여 작가의 삶과 시대를 연관 지어 소설을 읽는다면 독자들은 훨씬 더 깊고 다양한 재미와 울림을 느낄 수 있을 것이다. 유년시절을 소환하거나 잃어버린 고향을 찾고 싶은 이에게는 1권 『고향으로 가는 바람』과 2권 『징소리』를, 아버지에 대한 그리움이 간절한 이에게는 3권 『철쭉제』와 6권 『울타리』를, 어머니에 대한 사랑이 그리운 이에게는 4권 『문신의 땅』과 5권 『된장』을, 인생을 되돌아보고 싶거나 삶을 아름답게 갈무리 짓고 싶은 이에게는 7권 『생오지 뜸부기』를 추천한다. 그리고 소설 쓰기를 준비하는 예비 작가는 이 중·단편선집을 통해 지난 51년간의 작가 인생이 농축된 창작에 대한 열정을 배울 수 있을 것이다. 또한 문순태 소설에 대한 본격적인 연구를 준비하는 연구자는 작가에 대한 기초 자료와 중·단편선집이 확보된 만큼 다양하고도 활발한 연구가 가능할 것으로 보인다. 이처럼 이번 중·단편선집은 문순태 작가의 주요한 작품을 한데 묶음으로써, 독자들이 그의 작품 세계에 보다 쉽게 접근할 수 있도록 했다는 데 그 의의가 있을 것이다.

1965년 작가가 김현승 시인의 추천을 받아 『현대문학』에 처음 이름을 올린 지 56년이 되는 해에, 그의 중·단편선집을 발간하게 되어서 엮은이로서도 매우 기쁘다. 이 선집 작업은 많은 이들의 사랑과 관심이 있었기에 가능했다고 본다. 먼저 선집 작업을 시작할 때부터 "한국문학사에 남을 의미 있는 작업을 하고 있다"라고 격려해 주신 이미란 교수께 감사드린다. 그리고 바쁜 와중에도 기꺼이 기초 작업에 도움을 준 전남대학교 국어국문학과 석·박사 과정 연구자들과 감수 과정에서 독자의 눈으로, 때로는 교감자의 시선으로 꼼꼼하게 읽고, 교정에 참여해 준 이영삼 박사에게 감사를 드린다. 또한 편집과 세세한 부분에 신경을 써 준 편집부와 이 선집 작업을 누구보다 기뻐하며, 어려운 여건에서도 기꺼이 맡아주신 박성모 대표께도 감사드린다. 마지막으로 만날 때마다 얼굴 가득 웃음 머금고, 두 손으로 내 손 꼬옥 잡아주시며 힘을 주셨던 문순태 작가 부부께 감사드린다. 더불어 문순태 작가의 소설 작품들이 오랫동안 우리 곁에서 눈향나무와 같은 향기를 품고 살아 숨쉬기를 소망한다.

2021년 2월
엮은이 조은숙

차례

감로탱화

1

산에서 내려오는 동안 내내 나는 어지럼증을 느꼈다. 여러 번 허방을 딛고 쓰러질 뻔했다. 심한 공복감 때문인지도 모른다. 잠적 5년. 산속에 숨어 사는 동안 나는 늘 허기에 시달렸다. 어쩌면 내게 아귀의 혼이 덧씌 웠는지도 모른다. 5년 만에 고향으로 향하는 발걸음인데도 마음이 울연 하게 가라앉았다. 족쇄를 차고 힘겹게 걷는 기분이다. 마음이 진흙처럼 납작하게 가라앉은 것은 부모님에 대한 무거운 죄책감 때문이리라. 말 한 마디 없이 홀연히 집을 나온 아들 때문에 그동안 부모님께서 얼마나 속을 태웠을까 생각하면 탱자나무 가시라도 목에 걸린 것처럼 오목 가슴이 따 끔따끔 저려 온다. 이날 따라 하늘마저 을씨년스러워 더욱 마음이 심란하 다. 아침부터 칼바람이 헐벗은 겨울나무들을 앙칼스레 물어뜯듯 사납게 으르렁거려 자꾸만 심신이 옥죄어든다. 오랫동안 깊은 산 절집에 묻혀 살 다가 세상에 나오자 모든 것이 처음 본 것처럼 낯설고, 행동 하나하나가 굼뜨고 서툴기만 하다. 버스를 타는 일에서부터 혼자 식당에 들어가 밥을 사 먹는 일까지도 익숙하지가 않다. 내가 시중을 들고 있는 만봉 스님은 잠시라도 세상에 나가는 것을 싫어했다. 스님 말로는 속세에 찌든 욕심의 더러운 찌꺼기를 한꺼번에 씻어 내지 못한 채 때가 덧끼게 되면 결코 좋은 탱화를 그릴 수가 없다고 했지만, 어쩌면 내가 절집을 떠나게 되면 다시 돌아오지 않을 것이라고 짐작하고 있는 것인지도 몰랐다. 스님은 아직 나를 믿지 못하는 것 같았다. 이번 하산은 오롯이 감로탱화 때문에 이루어진 것이다. 서울에 가서 나라 안에서 제일간다는 두 점의 감로탱화를 꼭 한번 구경하고 싶다고 간절하게 애원한 끝에 가까스로 어렵게 허락을 받게 된 거다.

"어지간한 절집은 감로탱화를 봉안하고 있지만, 국립중앙박물관과 장충동 우일문화재단 소장품이 보기 드문 걸작이다. 일본에도 두 점이 있는데, 죽기 전에 꼭 한 번 보는 것이 소원이구나."

만봉 스님은 지금도 1년에 한두 번씩은 보물로 지정된 감로탱화를 보려고 일부러 서울에 올라간다고 했다. 감로탱화는 죽은 이의 영혼을 극락 세계로 보내기 위한 영가천도靈駕遷度 때 주로 봉안하는 불화를 말한다. 이 그림은 목련존자가 아귀도餓鬼道에서 고통을 당하고 있는 죽은 어머니를 구제한다는 내용을 그린 것이다. 의지할 곳 없이 떠도는 무주고혼無主孤魂에게 감로甘露와 같은 법문을 베풀어 해탈시킨다고 하여 고혼탱화라고도 한다. 다음 생을 받지 못한, 죽은 이의 영혼은 무주고혼이 되어 넓은 우주 공간을 배회하는데 그 영혼을 위해 다음 생으로의 안착을 기원하는 천도제를 올릴 때 거는 감로탱화. 지금 내 머릿속은 오색찬란한 천의를 입은 보살이며 여래들과 불을 뿜는 아귀 상으로 가득 차 있다.

화승인 만봉 스님은 오래전부터 꿈꾸어 온 감로탱화를 새해에는 꼭 그려 보겠다고 입버릇처럼 다짐을 굳혀 온 터였다. 만봉 스님의 행자로, 스님의 탱화 그리는 일을 거들어 주고 있는 나로서는 마땅히 나라 안에 딱 두 점밖에 없는 보물급 감로탱화를 구경해 두는 것이 옳을 성싶기도 했다.

"내가 장충동에서 감로탱화를 처음 봤을 때, 일곱 여래가 천의를 드날리며 구름 속에서 쏜살같이 강림하는 신비로운 모습에 그만 정신이 아찔해졌다. 우일문화재단에 소장된 감로탱화가 다른 절집에서 본 그림과 어떤 차이가 있는지 꼼꼼하게 살펴봐야 할 것이야. 특히 하단 그림을 눈여겨보고, 죽은 영혼이 어떻게 지옥에서 극락으로 올라가는지 그 도정을 깊이 생각해 보거라. 두 점의 감로탱화를 구경한 다음에는 깨달음을 얻어와야 할 것이야."

나는 만봉 스님의 깨달음을 얻어 와야 한다는 말에 버거움을 떨쳐버릴 수가 없다. 더욱이 영혼이 지옥에서 극락으로 올라가는 도정에 대해 생각해 보라니, 나로서는 불가능한 일이 아닌가. 하기야 지금 머무는 절집의 대웅전에 걸려 있는 감로탱화를 처음 보았을 때 나는 영혼의 끝자락이 미세하게 떨리는 듯한 작은 충격을 받았었다. 현란한 채색의 감로탱화는 삶과 죽음, 굶주린 자의 고통, 그리고 지옥과 극락 등 많은 이야기를 담고 있었다. 상단의 하늘로 연결된 극락세계와 아귀가 도사린 하단의 육고 세계가 너무 대조적이었다.

"스님, 탱화에 생뚱맞게 무슨 음식상입니까?"

절집 대웅전의 감로탱화를 처음 보았을 때 나는 중단의 성반聖盤에 가득 차려진 음식을 가리키며 뚜벅 물었다.

"옆에 있는 아귀가 안 보이느냐? 몸이 나무젓가락처럼 비쩍 마르고 목구멍이 바늘구멍 같아서 음식을 먹을 수 없어 늘 굶주리는 아귀 말이다."

스님은 퉁명스레 내지를 뿐 설명을 해 주지 않았다. 나는 그때 감로탱화를 보면서 지옥은 배고픔이며 극락은 굶주림에서 해방되는 것일지도 모른다는 생각을 했다. 죽은 영혼의 천도를 위해 음식을 베푸는 시식 의

레도 흥미로웠다. 그러나 그때 내가 느꼈던 것은 지옥은 과거이고 극락세계는 미래일 수도 있다는 것과 지옥과 극락, 괴로움과 즐거움, 죽음과 탄생은 엄숙한 순환 질서 안에서 하나로 연결되는 것인지도 모른다는 막연한 생각이었다. 이 세상의 모든 대칭을 이루고 있는 것들은 결국은 하나가 되어 만난다는 것을 어렴풋하게나마 깨달을 수 있었다.

"서울에 있는 감로탱화에서는 참으로 영묘한 향기를 맡을 수가 있단다."

"스님, 그림에서 무슨 향기가 난다고 그러십니까?"

"서울의 보물급 감로탱화에서는 부처님의 향기가 나지만 다른 절집의 것에서는 사람의 냄새가 나느니라."

"부처님 향기가요?"

"사람의 냄새는 코로 맡지만, 부처님의 향기는 마음으로 느낀다."

만봉 스님은 지금의 절집에 봉안된 감로탱화를 그리 탐탁스러워하지 않았다. 아직 탱화를 보는 눈이 열리지 않은 나로서는 만봉 스님의 그 같은 말을 어림할 수조차 없었다. 내가 알고 있는 바는 감로탱화는 고혼을 극락으로 천도할 때 걸어 둔다는 것과 고향의 도적굴에서 보았던 유골의 고혼들을 구원하기 위해서는 이 감로탱화가 꼭 필요하다는 사실이다. 고향을 떠나온 후 지금까지도 내 머릿속에는 도적굴 유골들을 여러 가지 모습으로 되살아나 나를 괴롭히고 있다. 잠시도 억울하게 죽은 그 영혼들을 떨쳐버릴 수가 없었다. 어쩌면 나는 죽을 때까지 그들로부터 자유로울 수 없는 것인지도 모를 일이다.

이번 출행의 첫 번째 목적은 고향의 두 친구를 만나기 위해서다. 서울에 가서 감로탱화를 구경하겠다는 것은 하산을 허락받기 위한 핑계였는지 모른다. 5년 전 우리 세 친구는 함께 가출했고, 이날 다시 만나기로 약속을 했었다. 나는 두 친구를 만나고 서울에 올라가서 두 곳의 보물급 감로탱화를 구경하고 서둘러 절집으로 돌아가야만 한다. 나는 고향의 부모님께 연락하지 않았다. 하산했지만 집에 가는 것은 선뜻 내키지 않았다. 약속 장소인 학교 뒷산 도적 바위에서 친구들만 만나 보고, 감로탱화를 보기 위해 그냥 서울로 올라갈 작정이다. 5년 동안 소식이 없다가 갑작스럽게 회색 장삼에 바랑을 멘 스님 차림으로 나타나 부모님을 놀라게 하고 싶지 않은 까닭도 있지만, 그보다는 만봉 스님과의 약속을 지키기 위해서다. 그동안 할머니는 돌아가셨을 테고, 동생은 대학생이 되었을 것이다. 나는 그동안 수없이 고향에 돌아가 부모님을 만나는 꿈을 꾸었다. 그때마다 만봉 스님은 내가 부모님의 꿈을 꾼 것을 귀신같이 알아내고 엄하게 꾸짖곤 했다. 수행자의 첫 번째 관문은 속세와의 인연을 끊는 것이다. 백팔번뇌 중에서 첫 번째 번뇌인 그리움을 마음속에서 온전히 도려내지 않고서는 깨달음의 문턱도 밟을 수가 없다고 했다. 만봉 스님은 내 마음속을 손바닥 들여다보듯 환히 꿰뚫어 보고 있는 듯 나를 잠시도 부접 못하게 채찍질했다. 그렇지만 속세와의 인연이란 칼로 자르듯 그렇게 단번에 끊어지는 것이 아니라는 것을 나는 잘 알고 있다. 인연을 끊는다는 것은 다만 냉정해지고 강해지는 것이 아닌가 싶다. 가족을 만나고 싶고 친구들이 그리울 때마다 나는 만봉 스님의 방 아랫목 벽에 붙여 놓은 달력 속의 석가모니 고행상을 바라보며 칼을 갈듯 독심과 인내심을 길렀다. 내 생각에 석가모니야말로 지독한 독심의 소유자가 아닌가 싶었다. 석가모니는 처자를 버리고 출가하여 6년 동안 부다가야 보리수나무 밑에서 앙상하게 뼈만 남도록 오도悟道를 위한 고행 끝에 진리를 깨달았는데, 나는 대오大悟를 구하지는 못한다고 할지라도 한 가닥 세속의 그리움 따위야 이겨 낼 수 있지 않겠느냐 생각하며 참고 참았다. 아무튼, 지금 내 머릿속은 만봉 스님의 발자취를 좇아 탱화를 그리는 불모佛母가 되는 생각으로 가득 차 있다. 화승의 우두머리 격인 금어金魚가 되는 것이 꿈이다. 5년 전 만봉 스님을 만나던 날 나는 이미 내가 가야 할 길을 결정했다.

　5년 전 집을 나온 나는 무작정 지리산으로 향했다. 왜 지리산을 택했는지는 알 수 없다. 부끄러운 내 삶의 흔적을 적멸하기에는 깊은 산이 적당할 것 같았다. 그때는 가출이었지만 지금 생각해보면 출가라고 해야 할 것 같다. 눈발이 멎고 해가 설핏하게 기울 즈음 절집에서 하룻밤 묵어갈 요량으로 터벅터벅 산으로 올라가는데 길 옆에 웬 스님이 거리낌 없이 주황빛 엉덩이를 까고 쪼그리고 앉아서 낑낑대며 뒤를 보고 있었다. 장삼 자락으로 무릎 밑을 가리고, 쥐색 털실 모자가 양쪽 귀를 덮도록 깊숙이 눌러쓰고 앉아서 힘을 쓰는 모습이 너무도 우스꽝스러웠다. 낫자루만 한 황금빛 똥이 하얀 눈밭이 말뚝을 박듯 뚝 떨어지면서 김이 모락모락 피어오르는 모습을 한참 동안 걸음을 멈추고 서서 바라보던 나는 저절로 튀어나오는 웃음을 참지 못하고 쿡쿡 웃어 대고 말았다. 희고 순결한 눈 위에 황금빛으로 똬리를 튼 모양이 영락없이 눈 속에 한 무더기 복수초가 꽃을 피운 것 같았다. 이상하게도 스님의 똥이 더럽다는 생각이 들지 않았다. 이놈아, 똥 싸는 거 처음 봤냐? 하기야 중 똥 싸는 것을 보기가 쉽지는 않겠지. 구경만 하지 말고 밑 닦을 휴지나 좀 갖다 줘. 스님의 대갈일성大喝一聲에 나는 서둘러 어깨에 메고 있던 검정 가죽 가방 속에서 만화를 꺼내서너 장을 북 찢어 들고 왼손의 엄지와 검지로 코를 막은 채 스님에게로 다가갔다. 스님은 구겨진 만화 쪼가리를 펼쳐 들고 한참 들여다보더니 느닷없이 눈 덮인 산이 삐걱거릴 정도로 큰 소리로 웃어댔다. 엉겁결에 나도 따라 웃었다. 그 인연으로 나는 만봉 스님을 따라 절집에 들어갔고, 그의 행자 노릇을 하고 있다.

　나는 정오가 다 되어서야 모교인 구산종합고등학교에 도착했다. 일요일이라 고즈넉이 비어 있는 교정에는 찬바람만 가득했다. 나는 교문 가까이 앙상하게 서 있는 은행나무 밑의 차가운 벤치에 앉았다. 아직 두 친구의 모습은 보이지 않았다. 나는 구령대 맞은편 3층, 우리가 마지막 한 해를 방황과 번민 속에서 보냈던 3학년 교실을 바라보았다. 친구들의 모습이 떠올랐다. 교실 창밖의 세상은 온통 주황색으로 물들어 있었다. 가을이 익어 갈수록 산색은 화려해졌다. 하루를 장엄하게 마감하는 노을이 거대한 꽃처럼 슬프도록 아름답듯, 생명력이 왕성한 여름의 고비를 넘기고 쇠락의 계절에 접어들게 되면 자연의 빛깔은 현기증이 일도록 찬란해지기 마련이었다. 늦가을 숲은 여름보다 풍성하고 화려했다. 명주실 같은 햇살과 차가워진 바람 속에서도 꽃이 피어나듯 알록달록 여러 가지 색깔로 변하는 작은 고욤나무 잎을 보면 참으로 오묘한 생명의 열정을 느낄수가 있었다. 가을은 결코 쇠락의 시간이 아니다. 이 화려한 결실의 계절에 싹수가 노란 우리 세 친구는 아무것도 거두어들일 것이 없어 실의에 빠져 있었다.
　우리 꼴찌 삼총사는 나란히 교실을 빠져나왔다. 그날따라 긴 복도가 불꺼진 터널처럼 답답하게 느껴졌다. 우리는 수업을 포기하고 복도를 빠져나올 때마다 무엇엔가 숨 가쁘게 쫓기는 기분이 들었다. 그날도 학급 조회 시간 출석만 하고 책가방을 든 채 땡땡이쳐 단풍으로 물든 학교 뒷산으로 향했다. 가슴 높이의 산죽밭을 지나면 참나무 숲에 이르고, 그곳에서 다시 가파른 비탈을 추어 오르면 비로소 시야가 확 트이는 은빛 물결의 억새밭이 나왔다. 우리는 산에 올라 드넓은 하늘과 거칠 것 없이 자유로운 대지를 바라보는 것이 훨씬 마음 편했다. 학교 안에 있는 것보다 높은 곳에서 학교를 내려다보는 것이 더 즐거웠다. 하루하루 해방감을 느끼며 사는 것으로 만족했다. 대학에 가는 것은 이미 포기했다. 그렇다고 고등학교를 졸업한 후, 앞으로 어떻게 살아야 할지 구체적인 목표가 분명한 것도 아니었다. 미래에 대해서 확실한 꿈이나 확신이 있지 않았다. 시간 가는 대로, 바람 부는 대로, 물 흐르듯 사는 것이 우리들의 인생관이었다. 우리에게 미래를 별로 중요하지 않았다. 주위 사람들이 자신에 대해 아무것도 기대하지 않는다는 것을 알고 있는 우리는 차라리 마음이 편했다. 구질구질하게 희망이라는 것을 훈장처럼 가슴에 품고 살아가기가 싫었다. 희망은 오히려 우리를 속박하는 또 하나의 굴레와 같다고 생각했다. 남을 의식하기도 싫었다. 관심의 대상이 되지 못한 그대로가 좋았다. 졸업한 후에도 셋이 한데 어울리며 바보처럼 느긋하게 살고 싶었을 따름이었다.

우리는 교정이 발부리 아래로 빤히 내려다보이는 구봉산의 2부 능선쯤에 있는 도적 바위 위에 어깨를 맞대고 나란히 앉아 있었다. 우리가 걸음을 멈추는 곳은 언제나 도적 바위였다. 도적 바위는 여름에는 시원한 그늘을 만들어 주었고, 추운 날에는 아늑하게 바람막이가 되어 주었다. 더는 올라가 보지 않았다. 도적 바위가 있는 구봉산은 높이가 해발 780m로 이 근동에서는 가장 높다. 그러나 우리 세 친구는 구봉산의 정상에는 한 번도 올라가 보지 않았다. 아직은 정상에 올라갈 필요를 느끼지 않았기 때문인지도 몰랐다. 구봉산 정상에 올라가면 구산읍이 그림처럼 한눈에 내려다보이는 것은 물론이고 이웃 고장인 강진이며 항구도시 목포시까지 환히 굽어보인다는 것을 알고는 있지만, 다른 세상에 대해서는 아예 관심도 없었다.

날이 궂을 때는 대낮에도 남자들의 통곡 소리가 들린다는 도적 바위. 그곳은 아무도 찾아오는 사람이 없어 음산한 분위기를 자아낼 만큼 호젓했다. 싹수가 노란 우리에게는 더없이 좋은 아지트였다. 우리는 도적 바위에 대한 전설을 알고 있다. 옛날 도적 바위에 도적 부부가 살고 있었는데 개처럼 자식들을 수십 명을 낳았으며, 자라서 모두 도적이 되었다. 도적들은 전국 곳곳을 돌아다니며 닥치는 대로 털었다. 이에 임금은 도적들이 도적굴 안에서 모두 잠든 사이에 출입구를 막아 버렸고, 그 후로 도적이 없어졌다고 했다. 언제라도 도적굴의 출입구를 열게 되면 도적들이 밖으로 기어 나와 도적질을 계속할 것이고, 종당에는 세상이 도적들로 가득차게 될 것이라고 했다. 우리는 도적바위 전설 따위는 믿지 않았다. 우리들의 은밀한 아지트가 된 도적바위에 대해 별다른 감정을 느끼지 않았다.

이윽고 누가 먼저랄 것도 없이 우리 셋은 담배를 피워 물고 턱끝을 바짝 쳐들며 연기로 도넛을 만들어 허공에 날렸다. 바람 부는 날 담배 연기는 순식간에 바람 속으로 사라졌다. 우리는 그 흔적 없는 소멸을 즐겼다. 담배 한 대씩을 피우고 나서는 판지 위에 갈색 떡갈나무 잎을 푹신하게 깔고 큰 대 자로 벌렁 누워서 하늘을 쳐다보며 한창 유행 중인 〈자옥아〉를 합창했다. 자옥이라는 대목에서 셋은 저마다 자신이 좋아하는 여자의 이름을 목청껏 외쳐댔다. 함께 외쳐대는 여자의 이름은 언제나 일치했다. 그 이름은 우체국 앞 네거리 티켓다방의 미스 양이었다. 구산읍에서 괜찮다 싶은 여자들은 모두 도시로 떠나 버렸고, 남의 아내가 되어 있거나, 아직 너무 어렸다. 그래도 미스 양이라면 억울하거나 창피하지 않을 정도였다. 미스 양은 우리들의 유일한 희망이었다. 그녀를 생각할 때 우리는 간질간질한 행복을 느꼈다. 세 친구보다 나이가 한 살 많은 미스 양은 호빵을 닮은 둥근 얼굴에 기다랗게 째신 눈이며 콧대마저 뚜렷하지 않아 결코 미녀 축에 들지는 않으나, 미루나무처럼 미끈하게 빠진 다리에 풍성한 젖가슴이며 팬티라인이 선명하게 드러날 정도로 빵빵한 엉덩이를 가진, 보기 드문 몸짱 아가씨였다. 무릎 위로 반 뼘쯤 올라가는 꼭 끼는 미니스커트를 입고 살랑살랑 엉덩이 흔들며 암탉처럼 섹시하게 걷는 모습은 사뭇 고혹적이었다.

노래가 끝나자 우리 셋은 옆으로 나란히 서서 바지와 팬티를 무릎 아래로 내리고 새끼 똥구멍이 아르르 할 때까지 자위행위를 했다. 거의 동시에 셋의 입에서 야릇한 신음이 터지면서 보리새우처럼 허리를 구부리고 몸을 비틀었다. 우리는 절정의 그 순간을 사랑했다. 그 절정의 순간은 비록 짧았지만, 그 순간만은 꼴찌고 대학이고 몽땅 잊어버릴 수가 있었다. 우리는 저마다 왼손에 들고 있던, 가을바람에 연둣빛이 된 청미래덩굴 잎에 쌀뜨물 같은 정액을 쏟았다. 정액을 닦는 데는 거죽이 미끌미끌한 청미래덩굴이 최고였다. 언젠가 붉게 물든 개옻나무 잎으로 닦았다가 사타구니에 옻이 올라 고통을 겪은 일이 있고 난 뒤로, 자위행위를 할 때는 청미래덩굴 잎부터 땄다. 이 때문에 청미래덩굴만 보면 저절로 가운뎃다리가 빳빳해지곤 했다.

우리는 곧 무료해졌다. 하염없이 교정을 내려다보았다. 노란 은행잎이 가을 햇살을 받아 황금빛으로 출렁이는 축구 골대 앞에 몇몇 학생들이 송사리처럼 몰려다니는 것이 보였다. 아이들의 떠드는 소리가 가깝고도 리드미컬했다. 팔삭둥이로 태어나 몸피가 왜소하고 어려서부터 병치레가 잦아 콧물과 기침을 달고 사는 나는 눈을 게슴츠레하게 뜨고 멀리 고속도로 진입로 쪽에 새로 지은 회색빛 구산읍사무소 건물을 바라보았다. 읍사무소 옆에 미스 양이 일하는 티켓다방이 있었다. 미스 양은 무엇을 하고 있을까. 시간제 배달을 나가서 변태 사내들한테 시달림을 당하고 있을지도 몰랐다. 아니면 화장실에서 혼자 울고 있을지도. 나는 시선을 더 멀리 던졌다. 고속도로 진입로 뒤로 물줄기가 가느다란 구산강이 S자로 산자락을 끼고 휘돌아 흐르고 강 건너편엔 끝이 보이지 않을 정도로 널찍한 들이 아스라이 펼쳐져 있었다. 지평선 끝에는 모래사장을 에두른 송림과 에메랄드빛 바다가 찰랑거리는 미스 양의 생머리처럼 넘실거리고 있을 것이다. 파도 소리가 귓속에 가득 고여 왔다. 우리는 졸업을 하면 구산포 해변의 송림으로 아지트를 옮길 계획이었다. 우리들의 유일한 바람이라면 자그마한 거룻배 한 척을 사서 낚시질이나 하면서 그럭저럭 사는 것이었다. 미스 양이 옆에 있어 준다면 더 이상 바랄 것이 없을 것이다. 배는 내가 책임지고 마련하기로 되어 있다. 낚시질하며 살다가 싫증이 나면 함께 바다에 빠져 흔적 없이 물고기 밥이 되기로 했다.

사실 우리는 그동안 몇 차례 죽음을 생각해 보았고 자살 사이트에 들어간 적도 있었다. 희망도 없이 멸시당하면서 권태로운 삶을 사느니 차라리 스릴 있게 죽는 편이 낫다고 생각했다. 마음의 상처를 받을 때면 인생의 막다른 길에 와 있는 기분이 들었던 것이다. 맨 처음 자살을 생각한 것은 미스 양이 술에 취해 눈물 콧물 훌쩍이며, 하나뿐인 가족인 고향의 할아버지도 보고 싶고, 아무 때나 껄떡거리는 사내들 때문에 사는 게 너무 더럽고 치사해서 죽고 싶다는 말을 했을 때였다. 이 말을 들은 조민철이 자신은 미스 양과 함께 죽고 싶다고 했고, 박지성도 죽어 버리자고 했다. 뜻을 이루지 못한 것은 나 때문이었다. 나는 두 친구가 죽으면 혼자 남아서 무슨 재미로 살겠느냐며 같이 죽겠다고 했고, 두 친구는 삼대 독자를 죽게 할 수는 없다고 했다. 모의고사에서 박지성, 조민철, 나 순으로 세 친구가 나란히 꼴찌를 차지해, 담임선생으로부터 급우들 앞에서 떡잎부터 싹이 노란 바보 멍텅구리 삼총사라는 놀림을 당했을 때였다. 그날 우리는 정말 뒷산에서 목을 매어 죽을 생각을 하고 밧줄까지 준비했었다. 역시 나 때문에 포기할 수밖에 없었다.

은행나무 밑에 앉아서 한 시간 이상을 기다렸으나 친구들은 오지 않았다. 바람은 더욱 거칠어졌고, 하늘은 무겁게 가라앉았다. 다시 눈이 내릴 것만 같았다. 점심때가 지났는지 배가 고프다. 바랑 속에는 친구들과 함께 먹으려고 버스 터미널에서 사 가지고 온 빵이며 음료수가 들어 있지만 참기로 한다. 나는 노랫소리가 들려오는 교무실 쪽을 본다. 텔레비전이나 라디오에서 흘러나오는 음악 소리가 분명하다. 교무실의 따뜻한 난로 생각이 간절했으나 친구들이 올 때까지 그냥 벤치에 앉아 있기로 한다. 두어 시간쯤 더 기다렸으나 두 친구들은 약속이나 한 듯 나타나지 않고 있다. 나는 무작정 친구들을 기다리고 앉아 있기가 무료해서 학교 뒤쪽으로 걸어갔다. 먼저 도적굴에 당도하여 그곳에서 친구들을 기다릴 생각으로 산길을 타기 시작했다. 산길이 워낙 가파른 데다가 눈까지 쌓여 몇 발짝 오르다 보니 숨이 목울대까지 차올랐다. 나는 쉬지 않고 헐떡거리며 눈길을 추어 올라갔다. 눈 쌓인 산길을 오르는 것쯤은 얼마든지 이겨 낼 수가 있다. 참으로 힘든 것은 만봉 스님이 화두처럼 내게 던져 주신 수행의 고통이었다. 내가 절집에 한 달쯤 머무른 후 만봉 스님에게 탱화 그리는 법을 가르쳐 달라고 부탁했을 때 스님은 한참 동안 내 얼굴을 찬찬히 들여다보고 나서는, 대웅전 앞뜰에 있는 탑을 가리키며 일백팔 번을 돌고 오라고 했다.

"몸은 가만히 두고 마음으로 돌고 와야 한다."

나는 스님의 말뜻을 알아들을 수가 없었다. 몸은 두고 어떻게 마음으로 탑을 돌라는 말인가. 그러나 나는 되묻지 않고 뜰로 나가서 일부러 느리게 탑을 돌기 시작했다. 마음으로 돌기 위해서는 몸의 움직임을 늦춰야만 했다. 몸을 가만히 두고는 탑을 돌 수가 없었다. 몸과 마음을 따로 떼어낼 수가 없었다. 그냥 두 발이 저절로 마음을 따라서 탑을 돌 뿐이었다.

"그래, 몸은 가만히 두고 마음으로 돌았느냐?"

"몸은 가만히 두고는 탑을 돌 수가 없었습니다. 그냥 먼저 마음을 정하고 나서 몸을 천천히 움직였습니다."

"그래, 몸보다 마음을 앞세웠다니 다행이다."

스님은 그 말뿐이었다. 다음 날 점심 공양을 마치자 나는 다시 스님에게 탱화 그리는 법을 가르쳐 달라고 졸랐다. 스님은 매일 아침 일백팔 번 탑돌이를 하라고 이를 뿐, 나를 거들떠보지도 않았다.

2

우리가 가출할 수밖에 없었던 가장 큰 이유는 도적굴을 발견한 것 때문이었다. 도적굴의 비밀을 알게 된 것은 우연이 아니었는지도 모른다. 어쩌면 오랫동안 은폐된 엄청난 비밀을 알리기 위해 미지의 어떤 존재가 우리를 의도적으로 이곳으로 끌어들였는지도. 그 알 수 없는 존재란 바로 역사 속에 은폐된 비밀의 주인공들이거나, 아니면 도적바위가 가지고 있는 초자연적인 영기靈氣일 수도 있을 것이었다. 우리는 때때로 자신들에게 설명할 수 없는 일들이 생기는 것처럼 인생이란 사람의 힘으로는 어찌할 수 없이 예기치 않은 방향으로 엉뚱하게 전개된다는 것을 막연하게나마 느끼고 있었다. 그것을 숙명이라고 하는지도 몰랐다. 아무튼 수준이 비슷한 셋이서 친구가 되고, 똑같은 생각을 하며, 날마다 함께 어울리는 것도 숙명처럼 어떤 알 수 없는 존재나 힘으로부터 조종을 받기 때문이라는 생각이 들기도 했다.

도적굴의 입구를 처음 발견한 것은 나였다. 나는 늘 푸른 노간주나무 가지 사이에 돌무더기가 우북하게 쌓여 있는 것을 발견했다. 도적바위에 바짝 붙어 있는 돌무더기는 얼핏 보아도 인위적으로 쌓은 담이 분명했다.

"돌을 들어내 보자. 어쩌면 도적굴 출입구일지도 몰라."

평소에 겁이 없고 모험을 좋아하는 조민철이 달려들어 다짜고짜 돌덩이를 들어냈다.

"임금님이 막았다는 도적굴 입구? 입구를 열면 도적이 다시 살아 나온다는데 그냥 내버려 두자. 세상이 도적들로 넘치게 되면 어쩌려고?"

겁먹은 나는 한사코 조민철의 팔을 잡으며 말렸다.

"전설 같은 소리 하고 자빠졌네. 얌마, 전설은 귀신들의 무덤 같은 거야. 사실이 아니라고."

박지성도 조민철을 도와 두 손으로 끙끙대며 큰 돌을 들어냈다.

"있었던 사실이라도 오래되면 전설이 된다는데……?"

나는 갑자기 심하게 기침을 토했다. 그리고 진실과 전설의 애매한 차이에 대해 생각했다. 박지성과 조민철이 땀을 뻘뻘 흘려가며 돌멩이를 모두 들어냈다. 나는 얼굴이 잿빛으로 굳어지며 서너발짝 뒷걸음질을 쳤다. 돌을 들어내자 어른이 허리를 구부리고 들어갈 수 있을 만한 크기의 시커먼 구멍이 뻥 뚫려 있었다. 끈적끈적한 어둠이 똬리를 틀고 엎드려 있다가 순식간에 우리를 훅 빨아들일 것만 같았다. 가까이 얼굴을 들이밀자 음습하고 퀴퀴한 이끼냄새가 덮쳐 왔다. 역겨울 만큼 기분 나쁜 냄새였다.

"도적굴 입구가 맞아. 뒤로 물러서."

내가 겁에 질린 목소리로 소리쳤다. 그러나 두 친구는 도적굴 입구에 얼굴을 바짝 들이밀고 한참 동안 안을 들여다보았다. 박지성이 두텁고 음습한 어둠뿐 아무것도 보이지 않는다고 했다. 조민철이 라이터를 켜 보았으나 여전히 어둠 속으로부터 눈에 잡히는 것은 아무것도 없다고 했다. 조민철이 손전등을 가져오겠다며 산에서 내려갔다. 한 시간쯤 후에 그가 헐근거리며 두 개의 손전등과 낫을 들고 올라왔다. 조민철이 오른손에 낫을, 왼손에 손전등을 들고 먼저 암굴 안으로 들어서자 박지성이 바짝 뒤따랐다. 굴속으로 들어간 두 친구는 한동안 조용했다. 10분쯤 후에 박지성이 입구 밖으로 얼굴을 빠끔히 내밀고 바보처럼 헤벌어지게 웃으며 내게 어서 들어오라고 소리쳤다. 그제야 나는 마지못해 쭈뼛쭈뼛 암굴 안으로 들어섰다. 서늘한 기운이 얼굴과 목덜미에 끈적하게 엉겨 붙어 약간 섬뜩한 기분을 느꼈다. 기분 나쁘게 음습하고 답답했다. 암굴 안은 생각보다 꽤 넓었고 키 큰 어른이 똑바로 설 수 있을 정도로 천장이 높았다. 나는 박지성의 왼팔을 잡은 채 어둠을 쪼개는 두 개의 불빛을 따라 불안하게 동공을 굴렸다. 사방이 거무칙칙한 바위로 막혀 있는 암굴 속에서 움직이는 것이라고는 아무것도 없었다. 무덤 속에 들어와 있는 기분이었다. 나는 빨리 밖으로 뛰쳐나가고 싶었다. 그때 뭔가 딱딱한 것이 발부리에 차였다. 발바닥에서부터 빠르게 심장이 전달되는 느낌이 이상했다. 오스스하게 몸이 떨리면서 전율 같은 것을 느꼈다.

"해골이다."

박지성이 손전등 불빛으로 땅바닥을 비추며 소리쳤다.

"흐미, 여기도 해골이네. 나가자. 해골바가지 천지다."

조민철도 경악하듯 소리쳤다. 축축한 암굴 바닥에는 여기저기에 해골과 썩어 문드러진 신발이며 천 조각들이 널려 있었다. 우리는 목청껏 비명을 지르며 도망치듯 밖으로 뛰쳐나오고 말았다. 한동안 우리는 잎이 갈색으로 변한 떡갈나무 옆에 넋을 잃고 퍼질러 앉아 있었다. 떨리는 마음이 좀처럼 진정되지 않았다. 심신이 오싹거려서 더 이상 그곳에 있고 싶지 않았다. 내가 먼저 일어서서 산에서 내려가자 두 친구도 쫄래쫄래 말없이 따랐다. 산에서 내려오는데 가슴이 울렁거리고 자꾸만 다리가 후들거렸다. 우리는 학교 가까이 내려와 비석이 세워진 묘지의 잔디에 앉아 담배부터 피워 물었다. 아무도 담배 연기로 도넛을 만들지 않았다. 그만큼 정신적인 여유가 없었다.

"전설 속의 도적들일까?"

말없이 담배 한 개비를 다 피우고 나서야 박지성이 혼잣말처럼 입을 열었다.

"바보야, 전설에 나온 도적들이 고무신이나 구두를 신었겠냐?"

조민철의 말에 나와 박지성이 동시에 고개를 끄덕였다. 고무신과 구두를 신은 사람이라면 최소한 임금이 살았던 시대의 전설 속 주인공은 아니라는 생각이 들었던 것이다. 그러나 우리는 도적굴 속 해골의 주인공이 누구인가를 알아내고자 하는 데까지는 생각할 여유가 없었다. 우선 이 사실을 사람들한테 알릴 것인가, 아니면 모른 척할 것인가를 결정하는 게 더 큰 문제였다. 사람들한테 알리자니 시끄러워질 것이 분명하고, 모른 척하자니 해골바가지들이 계속 우리의 머릿속에 똬리를 튼 채 떠나지 않을 것 같았다. 어쩌면 해골바가지들이 자신들의 존재를 알리기 위해 우리를 그곳까지 끌어들였을지 모른다는 생각이 들었기에 더욱 난감한 입장이 되기도 했다. 셋은 수업이 끝나고 운동장이 텅 빌 때까지 묘지의 잔디에 앉아 줄담배를 피우다가 땅거미와 함께 휘적휘적 산에서 내려와 각기 집으로 향했다.

　나는 먼저 오래전부터 움쭉달싹 못하고 누워 있는 할머니 방에 들어가 인사부터 드리고 머리맡에 쪼그리고 앉았다. 할머니 방에서는 토악질이 날 것처럼 구리텁텁한 고린내며 오줌버캐 지린내가 진동했다. 나는 숨을 죽이고 애써 참았다. 할머니는 풀무질하듯 거친 숨을 몰아쉬며 잠들어 있었다. 나는 잠시 뼈에 가죽을 씌워 놓은 듯 앙상한 할머니의 전신을 애잔한 눈빛으로 쓸어 보았다. 할머니의 목은 털을 뜯어 놓은 암탉의 그것보다 야위었고, 겨릅처럼 깡마른 두 어깨는 조금만 힘들여 안아도 바스락 소리를 내며 으스러져 버릴 것만 같았다. 그래도 할머니는 한때 이 몸으로 나를 학교까지 업어다 주곤 했었다. 어린 시절 할머니의 등은 마당만큼이나 넓고 따뜻하게 느껴졌었다. 할머니의 등에 업혀 단꿈을 꾸고 나면 어느새 세상이 다른 색깔로 변해 있곤 했다. 나는 조심스럽게 할머니의 손을 잡아 보았다. 할머니의 손은 새벽 접시꽃 꽃대처럼 차가우면서도 습했다. 갑자기 할머니가 앙상한 뼈 무더기로 보였다. 울컥 눈물이 쏟아지려고 하자 내 방으로 돌아왔다. 나는 화구를 꺼내 오랜만에 할머니의 모습을 그렸다. 내 눈에는 할머니의 모습 대신 앙상한 뼈만 보였다. 먼저 뼈를 그리고 나서 살을 붙였다.

　나는 이날 따라 여느 때와는 달리 말이 없었다. 저녁밥도 두어 숟갈 뜨는 둥 마는 둥 하고 책상에 우두커니 앉아 있었다. 즐겨 보는 텔레비전 개그 프로도 시청하지 않았다. 어머니가 내 방을 들락거리고 머리를 짚어 보며 어디 아프냐고 성가시게 물어도 대꾸하지 않았다. 초저녁부터 형광등도 끄지 않은 채 이불을 뒤집어쓰고 침대에 누웠으나 잠이 오지 않았다. 도적굴에서 보았던 해골들과 너덜너덜 삭은 옷가지들이며 나뒹구는 신발들이 자꾸만 동공 속으로 파고들었다. 해골들이 떠오를 때마다 이상한 모습의 낯선 사람들이 머릿속에서 부스럭거려 잠을 이룰 수가 없었다. 눈만 감으면 이상한 모습을 한 낯선 사람들이 그림자처럼 방 안 여기저기서 쭈뼛거리며 다가오는 것만 같았다. 환영들 때문에 눈을 감을 수가 없었다.

　나는 이제 도적들에 관한 이야기는 전설이 아니라고 믿고 싶었다. 오랜 시간이 흐르는 동안 역사에 이끼가 끼어 사실이 제대로 보이지 않을 때 전설이 된다고 생각했기 때문이었다. 목격자가 죽고 증거가 없어진 후로도 많은 시간이 흐르고 나면 비로소 사실이 전설이 될 수 있는 것 아닌가. 그러나 암굴에서 본 신발들을 보면 그렇게 오랜 시간이 흐른 것 같진 않았다. 엄연한 사실을 전설로 만들어 버린 것으로 생각했다. 역사가 전설로 변할 때 그 역사는 이미 진실이 아니다. 누가 이 사실을 전설로 만들었을까. 어른들은 이 진실을 알고 있을 것이었다. 사실을 빤히 알고 있는 어른들이 전설로 만들기 위해 입구를 막아 버린 것이라고 생각했다. 어른들이 아이들에게 암굴 속의 죽음에 대한 사실을 전설로 왜곡해서 이야기한 것이며, 아이들은 어른들의 이야기를 곧이곧대로 믿어 왔다. 그렇다면 암굴 속에 죽어 있는 그들은 누구란 말인가. 언제, 누가, 왜 그들을 죽였으며 죽은 사람은 몇 명이나 될까. 나의 머릿속에서 꼬리를 물고 의문들이 이어졌다.

나는 새벽 2시까지 잠을 못 이루고 뒤척이다가 책상에 앉아 컴퓨터를 켰다. 조민철과 박지성한테서 각각 두 통의 메일이 들어와 있었다.

먼저 박지성의 메일부터 읽었다.

잠이 안와서 정말 미치고 폴딱 뛰겠다. 눈을 감고 있으면 해골들이 꾸물꾸물 살아서 소리 지르며 내게 달려드는 것만 같다. 도적굴에 들어갔던 게 후회된다. 내일 입구를 다시 막아 버리자. 그래야 편히 잠을 잘 것 같다.

내일은 본격적으로 도적굴 안을 철저히 답사해 보자. 유골의 숫자를 정확하게 조사를 해 보고 옷가지나 신발, 기타 유류품도 수집하는 게 좋을 것 같다. 각자 큰 손전등과 장갑, 마스크, 호미, 포일이나 비닐 주머니 등등을 가지고 오기 바란다. 나는 굴 안을 밝힐 횃불을 만들어가겠다. 심심하던 중에 우리한테 일이 생긴 것 같아서 흥분된다.

조민철의 메일을 읽고 난 나는 괜히 두려움과 함께 심신이 옥죄어 왔다. 솔직히 나는 두 번 다시 도적바위 가까이에 가고 싶지 않았다.

다음 날 아침 예기치도 않게 여느 때보다 반시간쯤 일찍 조민철이 나를 데리러 집까지 왔다. 조민철은 평소와는 달리 제법 큰 쥐색 등산용 가방을 메고 연신 싱글거렸다. 등산용 가방 안에는 필시 도적굴 답사에 필요한 도구들이 들어 있을 터였다. 나는 마지못해 호미며 손전등을 챙겨서 조민철의 등산용 가방에 넣고 집을 나섰다.

"야, 나 인디아나 존스 같지 않냐? 유물 발굴을 하는 고고학자가 된 기분이라니까."

조민철이 으스대며 말했으나 나는 계속 찜부럭한 표정을 감추지 않았다. 그날만은 산에 오르지 않고 죽은 듯이 교실에 처박혀 있고 싶었다. 학교에 당도하자 조민철의 전화를 받고 여느 날보다 일찍 등교한 박지성이 교실 모퉁이 오리나무 밑에 서 있다가 우리를 반겼다. 조민철의 성화에 못 이겨 우리는 교실에는 아예 들어가지도 않고 뒷산으로 올라갔다.

도적굴 앞에 당도한 나는 잠시 숨을 고르고 나서 5년 전 너무도 두려웠던 회색빛 순간을 떠올렸다. 그 시절 많은 주검들을 대했을 때 느꼈던 두려움은 참기 힘든 고통이기도 했다. 만봉 스님이 시키는 대로 삼천 배를 올리다가 고통을 참을 수 없을 때 나는 도적굴에서 수많은 주검을 대하고 느꼈던 그 날의 공포를 되새기곤 했다. 때에 따라서는 공포가 힘이 되어 준다는 것을 처음으로 깨닫게 되었다. 탑돌이를 한 다음 날, 만봉 스님은 내게 삼천 배를 올리고 오라고 했다.

"부처님께 절을 하는 것은 하심을 익히기 위한 것이다. 온몸을 던져서 얼굴이 바닥에 닿도록 절을 할 때마다 스스로를 낮추고 지금까지 네가 잘못했던 일을 뼈저리게 참회하여 마음의 때를 말끔히 닦아 내도록 하거라. 쉼 없이 무릎과 허리를 폈다 구부렸다 하며 삼천 번 절하는 동안 육체적인 고통 속에서 마음의 먼지를 모두 씻어 내고 나면, 맨 밑바닥에 있는 네 존재가 비로소 보이게 될 것이다."

"스님, 죄를 짓지도 않았는데 왜 참회를 하란 말씀입니까?"

"네놈이 여기에 온 것부터가 죄이니라. 네가 이다음에 눈을 떠서 부처님을 볼 수 있게 되었을 때, 삼천 배를 올리는 동안 참회하기를 참 잘했다고 생각하게 될 것이다. 삼천 배나 무사히 마치도록 해라."

만봉 스님은 냉엄하게 말했다. 나는 삼천 배를 시작하기 위해 법당에 무릎을 꿇고 부처님을 똑바로 쳐다보았다. 나는 그때까지 단 한 번도 부처님께 절을 해 보지 않았었다. 절하는 법을 모르는 나는 회색빛 비지저고리를 입은 중년 아낙이 절하는 모습을 옆에서 유심히 지켜보면서 그대로 따라 했다. 삼천 번 절하는 것쯤은 간단하게 생각했다. 고등학교 때 문제아였던 만큼 팔굽혀펴기나 운동장 돌기 등 온갖 벌을 받아 왔던 터라, 무릎을 꿇고 얼굴이 마룻바닥에 닿도록 절을 하는 것쯤이야 누워서 아이스크림 핥는 것만큼이나 쉬운 일이라고 생각했다. 삼천 배 정도는 한 시간이면 해낼 자신이 있었다. 열 번, 스무 번, 서른 번을 할 때까지만 해도 팔굽혀펴기와 크게 다를 바 없었다. 쉰 번을 넘자 내가 바보같이 왜 이 짓거리를 해야 하는지 의문이 생기면서 우럭우럭 짜증이 나기까지 했다. 팔꿈치가 먹먹해지고 다리가 뻣뻣해지면서 차츰 속도가 느려지기 시작했다. 잘못한 일을 참회하라는 스님 말씀을 떠올리면서 과거의 기억들을 되살려 보았다. 어렸을 때 잠자리를 잡아 꽁지에 풀줄기를 끼워 날려 보냈던 일이며, 거머리를 꼬챙이에 꿰어 발딱 뒤집어서는 뙤약볕으로 펄펄 달구어진 돌 위에 놓아둔 일, 뱀을 잡아 돌로 으깨어 죽인 일, 친구 도시락을 몰래 까먹은 일, 아버지 조끼 주머니를 뒤져서 돈을 훔친 일, 할머니가 아프다는 핑계를 대고 학교에는 안 가고 서커스 구경을 했던 일, 반에서 꼴찌를 했을 때 통신표를 집에 갖다 주지 않은 일 등등……

이백 번을 겨우 채웠을 때 그만 포기하기로 하고, 화가 난 얼굴로 법당

계단을 내려서자 한순간 어질어질해지면서 다리가 휘청거렸다. 그날 밤 다리 통증 때문에 끙끙 앓으면서 날이 새는 대로 절을 떠나기로 결정했다. 벼락 치는 듯한 스님의 목소리에 잠에서 깨어 보니 어느덧 아침이었다. 아침 공양을 마치고 다시 법당에 들어가 절을 계속했다. 정오 조금 못 미쳐 일천 배를 마쳤다. 보통 사람은 두어 시간이면 일천 배를 한다는데 나는 네 시간도 더 걸렸다. 일천 배를 마치고 나자 얼굴은 고통으로 일그러졌고, 온몸은 땀에 흠씬 젖었다. 더 이상 계속하기가 힘들었다. 나는 두 친구와 함께 도적굴 안에서 유골들을 수습할 때를 돌이켰다. 그들은 도적굴 안에서 죽음을 맞이했을 때 겪었을 고통을 생각해 보았다. 삼천 배의 고통쯤이야 그들의 죽음에 비할 바가 못 될 듯싶었다. 어떤 고통도 그들의 죽음과 비교할 수 없을 것이다. 그들의 죽음을 생각하면서 이천 배까지 계속할 수 있었다. 어느덧 짜증과 고통이 사라지면서 마음이 샘물처럼 맑게 가라앉았다. 삼천 배에 가까워지자 억울함 같기도 하고 후회스러움 같기도 한 커다란 덩어리가 가슴 깊은 밑바닥으로부터 솟구쳐 오르는 듯한 기분이었다. 해가 떨어지기 전, 마지막 삼천 배를 마치는 순간 울컥 눈물이 쏟아졌다. 눈물은 좀처럼 멈추지 않았다. 육신의 고통에서 오는 눈물도, 삼천 배를 해냈다는 기쁨의 눈물도 아니었다. 눈물은 시울이 아닌 내 가슴을 통째로 흥건히 적셨다. 한바탕 울고 나자, 땡볕 아래서 흠뻑 땀을 흘리고 났을 때처럼 머리가 땡하고 온몸의 기력이 빠져나가면서 심신이 검불처럼 가벼워져서 불불 날릴 것만 같았다. 가슴 밑바닥에서 감사하는 마음이 솟구쳤다. 부처님과 여러 보살님, 만봉 스님과 부모님, 할머니, 친구들, 나를 무시했던 학교 선생님들, 내가 엎드렸던 마룻바닥, 법당의 완자 창문 등 감사하지 않은 것이 없었다. 후들거리는 걸음으로 법당 밖으로 나오자 하루의 마지막 햇살이 대웅전 앞마당에 가득 넘쳤다. 햇살을 보는 순간 저절로 두 손이 모아졌다. 한겨울 칼바람마저도 부드럽고 따뜻했다. 나는 삼천 번 절을 하고 나서 부처님에 대한 공경심이 아니라, 끊임없이 나를 비우고 낮추는 법을 비로소 깨닫게 됐다. 한없이 나를 낮추는 일이 곧 부처님을 공경하는 것이며, 새로운 생각을 붙잡기 위해서 늘 머릿속을 지워야 한다는 것을 알게 됐다.

도적굴 입구는 뻥 뚫려 있었다. 나는 한참 동안 도적굴 입구를 바라본다. 안으로 들어가고 싶은 생각은 없다. 나는 얼핏 눈을 감고 5년 전의 유골 발굴 작업 속으로 돌아갔다. 세 개의 횃불을 밝혀 바닥에 꽂자 동굴 안 구석구석까지 불빛이 고르게 스며들었다. 널브러진 유골이며 신발, 천 조각들이 불빛을 받고 한눈에 드러나 보였다. 나는 마스크를 착용했지만 숨을 쉴 때마다 퀴퀴한 냄새가 허파꽈리 속으로 날카롭게 파고들었다. 되도록 들숨을 죽였다. 땅바닥에는 송장벌레들이 뼈와 함께 엉켜 구물거릴 것만 같았다. 걸음을 옮기기조차 조심스러웠다. 그런데도 조민철은 먼저 현장을 완벽하게 보존해야 한다면서 신들린 듯 여기저기 옮겨 다니면서 카메라의 셔터를 계속 눌러 댔다. 카메라 플래시가 터질 때마다 동굴 바닥에 흩어진 유골과 죽은 자들의 유류품들이 쉴 새 없이 날벌레처럼 뇌리로 날아들었다. 바닥에 어지럽게 널려 있는 유골들은 얼핏 보아도 수십 구가 되어 보였다. 나는 더 이상 동굴 속 유골 더미 사이에서 서 있을 수 없었다. 유골들이 일제히 일어서서 울부짖으며 달려들 것만 같았다. 나는 동굴에서 뛰쳐나가고 말았다. 또 기침이 쏟아지려고 했다. 나는 불안감이나 두려움을 느낄 때마다 저절로 기침이 쏟아지려고 했다. 뒤이어 박지성도 얼굴을 찡그리며 밖으로 나왔다. 나는 목을 꺾고 골이 삐걱거릴 정도로 기침을 토했다. 가까스로 기침을 멈춘 다음 담배를 피워 물고 한숨처럼 연기를 내뿜었다. 그러나 조민철은 밖으로 나오지 않았다. 동굴 안에서 두 친구를 부르지도 않았다. 나와 박지성은 담배 한 개비를 다 태운 후, 박지성의 가방에서 소주를 꺼내 병나발을 불었다. 기분이 알딸딸해져서야 조금 진정이 되어 미적거리며 다시 동굴 안으로 들어갔다. 그때까지도 조민철은 밖에 나갔다 다시 들어오는 두 친구를 의식하지 못한 듯 거푸 카메라 셔터만 눌러 대고 있었다. 유골 사진을 찍던 조민철이 암벽 가까이 다가가 손전등을 켜 들고 무엇인가 유심히 살피기 시작했다. 그는 한참 동안 허리를 구부리고 찬찬히 바위를 들여다보고 있더니 아예 유골 옆에 쪼그리고 앉았다. 그는 흥분을 감추지 못하고 두 친구를 불렀다. 손전등 불빛을 가까이 쏘아 대자 거무칙칙한 암벽에 꾸불꾸불 글씨 같은 흔적이 희미하게 보였다. 마치 불그레하게 쇠꽃이 핀 것처럼, 바위 밑 부분에 희불그레한 빛깔이 나타났다.

"이게 뭐지? 이 희붉은 거 말이야. 자연적으로 생긴 걸까? 아니면 누가 그림을 그린 걸까? 글씨 같기도 하고······."

조민철은 바위에 얼굴을 빠짝 들이대며 말하더니 셔터를 눌렀다. 잠시 후 그는 카메라를 나한테 맡기고는 검지에 침을 묻힌 다음 힘을 주어 바위를 박박 문질러 댔다. 손가락에 희붉은 빛이 선명하게 묻어났다. 손가락을 코에 대고 킁킁 냄새를 맡았다. 조민철은 다시 호주머니에서 휴지를 꺼내 침을 묻힌 후 바위에 문질렀다. 하얀 휴지도 엷게 붉은빛이 묻어났다. 핏자국 같기도 하고 돌가루 같기도 했다.

"글씨가 맞네. 누가 글씨를 쓴 거구먼."

나는 대단한 발견을 한 것처럼 소리쳤다.

"그래. 분명 글씨가 맞다. 근데 뭐로 쓴 걸까. 피로 쓴 거야. 돌로 찍어서 쓴 거야?"

동굴에 다시 들어오면서부터 뚱하게 얼어붙은 표정을 하고 있던 박지성도 쪼그리고 앉아서 나지막하게 혼잣말처럼 말했다. 검은빛 바위에 희미하게 새겨진 그것은 글씨가 틀림없었다.

"무슨 글자지? 처음 이건 미 자로 보이는데…… 미, 도, 기……? 미도기가 뭐지?"

조민철은 손전등 불빛에 한곳에 고정시킨 채 눈길을 떼지 않았다.

"이름 같다. 첫 자는 미가 아니라 이자 같은데? 이도기……? 아냐, 도자 밑에 희미한 자국이 있다. 그래, 동 자야. 이동기, 분명 사람 이름이다."

박지성이 갑자기 흥분된 목소리로 동굴 안이 울릴 정도로 소리쳤다. 나와 조민철도 박지성의 말에 동의했다. 그리고 잠시 후, 조민철은 자신이 쪼그리고 앉은 유골 옆에서 끝이 뾰족한, 석기시대의 돌칼 모양의 작은 돌맹이를 집어 들었다.

"맞다. 이 돌로 바위를 찍어 이름을 남긴 거야. 돌로 찍은 다음 피를 묻혔을지도 모르지. 분명 이름을 남기고 죽은 거라고. 바로 이 유골이 이동기라는 사람이야."

조민철이 비장한 느낌으로 묵직하게 목소리를 깔고는 손에 들고 있던 돌로 바위를 찍어 가며 별로 힘들이지 않고 짧은 시간에 이동기라는 이름을 선명하게 새겼다. 세 친구는 거의 동시에 이동기라는 이름을 불렀다. 그리고 여섯 개의 눈빛이 약속이나 한 것처럼 이동기라는 인물로 추정되는 유골에 오랫동안 머물렀다. 이름을 불러 준 순간부터 유골의 의미가 전혀 다르게 받아들여졌다. 우선 두려움이 감소된 듯싶었다. 뼈에 손을 대보니 따뜻했다. 그것은 단순한 생명체가 소멸된 이후, 딱딱한 물체로서의 뼈다귀가 아닌, 한 인간의 죽음과 존재의 실체로 다가왔다. 우리는 뼈에 인생의 전부가 숨겨져 있을 것이라는 생각했다. 이 뼈들은 한때 근육이 붙어 몸집을 구성하고 사람의 형체를 지탱해 주었을 뿐만 아니라 생각이며 정서, 인격을 갖추고 절망과 희망, 고통과 기쁨, 사랑과 증오를 안고 살아왔을 것이었다. 이름을 부여받은 유골은 전혀 무서움의 대상이 아니었다. 마치 바닷물이 빠져나간 해변의 모래밭처럼 다소 쓸쓸하고 허전한 느낌이 들 뿐이었다. 한때 뼈를 감싸 몸을 만들었던 살과 생명을 유지할 수 있게 해 준 피는 뼈를 남겨 둔 채 바닷물처럼 빠져나가 버린 것이다. 모래밭을 빠져나간 바닷물이 바다를 가득 채우고 있듯, 살과 피 또한 완전히 소멸된 것은 아닐지도 몰랐다. 우리는 비로소 동굴 안에서 살과 피 냄새를 맡을 수가 있었다. 그것은 퀴퀴한 곰팡내가 아니라, 분명 시지근한 땀 냄새나 쿠린 입 냄새 같은, 사람의 냄새였다. 나는 유골을 통해서 인간의 담박한 모습을 보는 것 같았다. 모든 것을 깨끗하게 털어 내고 비워 버린 마지막의 허망하면서도 진솔한 모습. 탐욕과 사랑, 절망과 꿈까지도 버린 후의 인간의 모습은 너무도 적요하고 허무했다.

"이동기 씨, 약속할게요. 우리는 당신이 누구인가를 꼭 밝혀내고야 말겠습니다. 그리고 여기 유골로 남아 있는 여러분들이 왜 그동안 도둑 누명을 쓰고 전설로 남게 되었는지도요. 무엇 때문에 죽었는지 꼭 밝혀내겠습니다."

조민철이 두 손을 맞잡고 경건하게 서서 동굴 안을 휘둘러보며 비장한 목소리로 말했다. 이동기라는 사람은 누구일까. 무엇 때문에 바위에 이름을 남기고 죽었을까. 그리고 그와 함께 죽은 이름 모를, 수많은 유골의 주인들은 누구이며 무엇 때문에, 누구에 의해서 죽임을 당했을까. 머릿속에 많은 의문이 꿈틀거렸다. 그는 마지막 순간에 누구인가 이 동굴을 들어와서 자신이 남긴 이름을 불러 줄 것이라고 믿고 있었을까. 죽은 자의 기나긴 기다림이 얼마나 외로웠을까를 생각하자 갑자기 마음이 울컥해졌다. 이동기라는 사람은 죽어 가는 순간에 고통이나 슬픔이 아니, 분노로 자기 이름을 남겼을지도 몰랐다. 마음 약한 나는 동굴 속에서 죽은 사람들의 가족을 생각했다. 그들에게는 부모 형제 혹은 처자식이 있을 것이다. 그들의 슬픔과 고통은 또 얼마나 컸을까.

잠시 후 우리는 동굴에서 나왔다. 동굴을 나올 때 우리의 표정에는 지금까지의 두려움 대신 연민과 비장함이 역력했다.

"민철이 너 유골하고 왜 함부로 그런 약속을 했어?"

산에서 내려오면서 내가 조심스럽게 물었다.

"산 사람과의 약속은 어쩔 수 없는 경우엔 지키지 않아도 되지만 죽은 사람 앞에서는 거짓말을 해서는 안 될 것 같은데……. 그 약속 지킬 수 있어?"

박지성도 민철이의 약속이 조금은 마음에 걸리는 모양이었다.

"죽은 사람과의 약속이니까 꼭 지켜야겠지. 죽은 사람이라도 진실을 요구할 권리가 있는 거라고 생각해."

조민철은 결심을 다지듯 고개까지 끄덕이며 자신 있게 말했다.

"왜 죽은 사람 앞에서는 거짓말이 안 나올까?"

"영혼이 있다고 믿기 때문일 거야. 죽은 사람의 영혼은 산 사람보다 훨씬 강력해서 어떤 기적이라도 일으킬 수 있다고 믿고 있기 때문이지."

나의 물음에 조민철이 대답했다.

"우리가 약속을 못 지키게 되면 어떻게 될까?"

"벌을 받을 수도 있겠지. 그렇게 되면 우리 미래는 정말 암담해질 거야."

"그러니 꼭 약속을 지켜야지."

조민철은 스스로 결의를 다지듯 결연하게 말했다.

"그 사람들 죽는 순간에 무슨 생각을 했을까."

나는 혼잣말처럼 중얼거렸다. 죽는 순간 가장 참을 수 없었던 것은 고통이었을까, 슬픔이었을까. 아니면 억울함이나 분노, 허무감이었을까. 느낌이나 생각이 없을 수도 있을까. 나는 죽음을 앞둔 할머니를 생각했다.

산에서 내려온 우리는 서둘러 이동기라는 인물에 대한 추적 작업을 시작했다. 그에 대한 기초적인 정보라고는 그가 죽은 사람이고 구산읍 출신일 가능성이 크며, 한글을 쓴 것으로 짐작하건대 100년 안쪽에 살았던 남자라는 것이 전부였다. 우리는 우선 읍사무소에 방위로 근무하는 나의 사촌 형에게 휴대전화로 연락을 하고 바로 찾아가서 이동기라는 사람에 대해 컴퓨터 조회를 부탁했다. 이동기 씨는 평촌에 살았던 사람으로 1950년도에 죽었다는 것을 알 수 있었다. 그가 어떤 사람이며, 왜 죽었는지 대해서는 알 수가 없었다. 그러나 이동기에 대해서 구체적으로 알아보는 것은 그리 어렵지 않았다. 그가 살았다는 평촌은 바로 박지성의 동네였기 때문이다. 박지성은 다음 날까지 이동기라는 사람에 대해 알아 오기로 했다.

그날 밤도 역시 나는 잠을 이룰 수가 없었다. 불을 끄고 누웠지만 이동기라는 이름이 계속 머릿속에서 부스럭거리며 신경을 긁어 댔다. 누구인가 나에게 간절하게 말을 하고 싶어 하는 것처럼 느껴졌다. 굳게 잠긴 문 앞에서 다급하게 노크를 하듯, 이것 봐, 내 말 좀 들어 봐, 하면서 내 머릿속을 마구 두드려 대는 것만 같았다. 내 머릿속에선 이동기라는 이름과 함께 비로소 인물의 실체가 형성되기 시작했다. 나는 민둥산에 나무를 심듯 이동기의 백색 유골에 붉은 살을 붙이고 살굿빛 피부를 입혀 보았다. 살을 붙인 두 다리에 검실검실한 털이 솟은 살가죽을 씌웠다. 넓적다리 안쪽에 굴근屈筋을 덧씌우고 나서, 검고 촘촘한 음모 사이에 송이버섯 모양으로 귀두가 뭉뚝한 페니스를 빳빳하게 세웠다. 탄력적인 엉덩이의 대둔근에 이어 참나무 토막처럼 튼실한 허리와 적당하게 부푼 뱃살, 감또개 같은 배꼽을 만들고 양어깨에 단단한 승모근을 뭉쳐 넣었다. 팔에 삼각근이며 이두근과 삼두근을 붙이고, 핏줄이 툭툭 불거진 팔뚝과 짧고 굵은 열 개의 손가락에 살과 피부를 씌운 다음에는 얼굴을 만들기 시작했다. 각진 얼굴에, 두툼한 입술이며, 끝이 뭉뚝한 코, 쫑긋한 귀, 넓지도 낮지도 않게 적당히 튀어나온 이마를 빚었다. 검고 탐스러운 머리털도 심었다. 나는 눈을 만들 차례에서 잠시 망설였다. 눈의 크기보다 어떤 눈빛을 불어넣을 것인가를 쉽게 결정할 수가 없었다. 우수에 잠긴 눈빛으로 할까, 기쁨이 충만한 것으로 할까, 아니면 슬프고 고통스러운 눈빛으로 할까. 탐욕스러운 눈빛, 음험한 눈빛, 사악한 눈빛, 공포에 떠는 눈빛, 진지한 눈빛 등이 여러 가지 눈빛을 상상해 보았다. 그때 이동기의 발기한 페니스가 떠오르면서 비로소 그의 눈빛을 결정할 수 있었다. 눈앞에 여자를 두고 탐욕적이고 희열에 찬 눈빛이 어울릴 것 같았다. 이동기는 욕망이 가득 찬 얼굴이 되었다. 이동기의 구체적인 모습은 키도, 몸피도, 생각도, 삶의 방식도 보통 사람 기준에서 크게 벗어나지 않았다. 나는 비로소 이동기라는 사람과 마주할 수 있게 되었고 대화까지도 가능하리라고 생각했다. 그제야 마음 편하게 잠을 이룰 수가 있었다. 그런데 까무룩 잠이 들려는 순간, 내 머릿속에 수많은 사람이 가득 차, 뭐라고 큰 소리로 쑥덜거리기 시작했다. 분명 사람들인데 모습과 얼굴의 윤곽이 뚜렷하지가 않았다. 그들은 오랫동안 나의 머릿속에 진득찰처럼 끈적하게 달라붙어 있었다.

나는 잠을 못 이루고 뒤척대다가 책상에 앉아 컴퓨터를 열었다. 박지성으로부터 이메일이 와 있었다.

이동기 씨는 평촌 사람으로 확인되었음. 일제 때 읍내 보통학교 선생님이었는데 학생들에게 이육사의 「광야」라는 불온한 시를 가르쳤다는 이유로 감옥살이를 하다가, 8·15 광복 때 풀려났다고 함. 6·25가 터질 무렵 보도연맹이라는 단체에 가입했으며 전쟁 직전 경찰에 끌려간 후 소식이 끊겼음. 가족들은 사망신고를 했고, 경찰한테 끌려간 날로 제사를 지내고 있음. 그러나 최근 남북 이산가족 상봉이 이루어지고 금강산 여행이 시작된 이후로는 혹시 그가 이북으로 가서 살고 있으면 소식이 오지 않을까 은근히 기다리고 있다고도 함. 보도연맹이 어떤 단체인지는 잘 모르겠음. 현재 평촌에는 81세의 이동기 씨 부인 새터 댁과 56세 아들 이순철, 며느리 조덕순 그리고 두 명의 손자와 한 명의 손녀가 살고 있음. 특히 이동기 씨의 손자 이병돈은 나와 가까운 친구인데 공부를 잘했고 올해 서울대학교에 합격했음. 이동기 씨 가족한테는 물론 우리 부모님들한테도 도적굴 유골에 관한 이야기는 비밀로 했음.

박지성이 보낸 이메일을 읽는 순간 나는 걷잡을 수 없이 가슴이 마구 뛰었다. 박지성이 이동기라는 이름 끝에 씨를 붙인 것이 인상적이었다. 나도 이동기라는 이름 끝에 씨라는 존칭을 붙여 줄 생각을 했다. 씨를 붙여 주자 인물의 실체가 더욱 구체적으로 드러나면서 아련하게나마 그의 존재에 대한 윤곽이 잡혔고, 알 수 없는 연민의 정이 더욱 강하게 피어올랐다. 당장 그의 가족을 데리고 도적굴로 가서 모든 사실을 알려 주고 싶었다. 그리고 이름조차 알 수 없는 나머지 유골에 대해서도 어떻게 하면 정체를 밝혀낼 수 있을까 생각해 보았다. 아니 약속을 지키기 위해서 어떻게 해서든지 정체를 밝혀내고 싶었다. 무엇인가 알 수 없는 존재가 우리에게 그것을 간절하게 원하고 있는 것 같았다. 그 일이 곧 우리가 이 세상에 살고 있는 이유 중 하나라고 생각했다. 나는 이동기 씨가 결코 나쁜 짓을 하다가 죽은 것이 아님을 알았다. 내가 생각하기에 이동기 씨는 애국자이므로 마땅히 후세 사람들로부터 존경과 추앙을 받아야 할 사람인 것 같았다. 우선 동굴에 나뒹굴고 있는 유골은 좋은 땅에 묻어 주고, 그의 억울한 죽음을 세상에 밝혀 주어야 한다고 생각했다. 도적굴에서 발견된 다른 유골의 주인공들도 이동기 씨의 처지와 같을 것이라고 짐작되었다. 아무튼 나는 이 세상에는 눈에 직접 보이지 않더라도 존재가 가능한 그어떤 것이 있다는 것을 알 수 있을 것 같았다.

3

도적굴에 당도한 지 한 시간쯤 지났으나 친구들은 나타나지 않았다. 나는 두 친구가 약속대로 꼭 이곳에 나타날 것이라고 믿고 있다. 배가 고파바랑 속에서 빵과 우유를 꺼내 요기를 했다. 바람은 숨을 죽였으나 하늘은 여전히 낮고 음울하게 가라앉아 있다. 나는 흰빛으로 순결하게 얼어붙은 대지를 내려다보면서 부처가 계시는 천상세계와 중생들이 고해에 허덕이는 세간과 지옥 세계를 생각했다. 머릿속이 복잡하다. 오늘 아침 감로탱화를 보기 위해 절집을 떠나면서 출행 인사를 하자, 만봉 스님은 서울에 올라가 감로탱화를 보기 전까지는 아무 생각도 하지 말고 머릿속을 깨끗하게 비우라고 했다. 그리고 돌아올 때는 비운 머릿속을 감로탱화로 가득 채우라고 거듭 당부했다. 나는 스님 말대로 하산을 하면서부터 머릿속에서 부스럭거리는 온갖 생각들을 말끔하게 지워버리려고 노력했다. 그러니 시바세계에 발을 딛는 순간부터 머릿속이 복잡해졌다. 눈에 띄는 것마다 생각을 만들어 냈다. 무엇보다 5년 전 도적굴에서 만났던 유골들만은 도저히 지울 수가 없었다. 생각을 떨쳐버리려고 할수록 유골들은 여러 가지 형태로 되살아났다.

삼천 배를 올리고 나서도 만봉 스님은 내게 탱화 그리는 법에 대해서는 한마디도 하지 않았다. 나는 이제나저제나 조심스럽게 스님의 눈치만 살폈다. 어느덧 절에 들어온 지 석 달이 지났다. 어느 날 나는 이웃 절에서 사천왕상을 조각하고 단청하는 스님을 도와주고 산길을 걸어오면서 왜 탱화 그리는 법을 가르쳐 주지 않는 거냐고 따지듯 물었다. 만봉 스님은 희미한 미소를 날릴 뿐 아무 말이 없었다. 스님은 절에 돌아오자마자 종이와 붓을 내게 건네주며 아무 그림이나 한번 그려 보라고 했다. 허리를 구부리고 먹을 가는 동안 나는 우리 마을 앞 느티나무를 그릴 생각을 했다. 출가 후 문득문득 고향을 생각할 때마다 동구 밖 늙은 느티나무가 부처님처럼 늠연한 모습으로 떠올랐기 때문이다. 먹색으로 녹음이 우거진 느티나무를 그리는 것도 괜찮을 것 같았다. 그러나 붓끝에 먹을 듬뿍 묻히고 화선지를 내려다보는 순간, 언뜻 법당의 관음보살이 떠올랐다. 삼천 배를 올리면서 삼천 번을 쳐다보았던 관음보살상의 아름답고 화려한 모습은 한동안 꿈속에서까지 나타나곤 했다. 꿈속에서 때로는 미스 양의 모습으로 변하기도 했다. 나는 머릿속에 생생하게 입력된 관음보살상을 그리기 시작했다. 금빛 나는 팔각 대좌 위에 결가부좌로 앉아 머리에는 화려한 보관에 허리를 곧추세우고 고개를 살짝 앞으로 숙인 모습은 대좌 아래 엎드린 중생을 다정하게 굽어보는 듯한 느낌을 주었다. 얼굴은 둥글고 탱글탱글하게 탄력이 넘쳤고, 단정한 이목구비에 뚜렷한 목이며 두드러져 보이는 가슴이 인상적이었다. 손은 여자처럼 가냘픈 듯 섬세했다. 자연스럽게 흘러내린 옷 주름이며 가슴 밑 수평으로 가로지른 내의 깃과 등 뒤까지 화려하게 장식된 영락瓔珞이 온몸에 걸친 화려한 구슬 장식과 잘 어울려 보였다. 관음보살상을 그리는 동안 이상하게도 5년 동안 한 번도 보지 못했고, 고향을 떠난 후 잊으려고 애썼던 어머니의 얼굴이 자꾸만 떠올라 관음보살상과 겹치곤 했다. 그림을 다 그려 놓고 보니 어머니를 닮은 것 같기도 해서 깜짝 놀랐다. 나는 오랫동안 붓을 든 채 내가 그린 관음보살상을 한참 동안 내려다보았다. 아무리 봐도 관음보살상이 아니라 영락으로 화려하게 장식된 어머니의 모습이었다. 나는 그림을 다 그렸으면 보여 달라는 스님의 다그침에 꾸중 들을 것을 각오하고 화선지를 슬그머니 내밀고는 눈을 감아 버렸다.

"재주가 아주 없는 것은 아니로구나. 네놈이 그렇게 소원이라면 내일부터라도 어디 붓을 한번 잡아 보거라. 대신 매일 대웅전에 들어가서 감로탱화를 봉안하고 난 다음, 일백팔 번 탑을 돌고 나서 화엄경을 한 말씀씩 읽고 가슴에 새기는 조건이니 명심하고."

나는 드디어 만봉 스님으로부터 탱화 그리는 법을 배우게 되었고, 그 후 5년 동안 매일 화엄경을 읽었다.

바람은 여전히 햇살을 뒤집고 윙윙대며 눈 쌓인 산허리를 갈퀴질해 댔다. 친구들은 나타나지 않고 있다. 나는 느긋한 마음으로 친구들을 기다리기로 했다. 절집에 있는 동안 나는 기다릴 때는 절대로 초조해해서는 안 된다는 것을 배웠다. 초조해하지 않기 위해 5년 전을 떠올렸다. 그때 우리는 용기를 내어 도적굴에 대한 조사를 본격적으로 시작했다. 유골을 처음 발견했을 때만 해도 떨떠름해 하던 나와 박지성은 오히려 조민철보다 적극적으로 나섰다. 두 사람의 태도가 돌변한 것은 역시 이동기라는 사람의 삶의 실체를 알게 된 것이 계기가 되었다. 셋은 유골 수습을 위한 작업에 나름대로 책임과 사명감 같은 것을 느꼈다. 이 때문에 이 작업을 누구의 도움도 받지 않고 오직 우리만의 힘으로 마무리하고 싶어 했다.

먼저 도적굴 입구부터 철저하게 다시 조사했다. 입구의 돌을 모두 들어내고 떡갈나무와 노간주나무 등을 베어낸 다음 칡넝쿨이며 잡초도 말끔하게 걷어 냈다. 예상했던 대로 입구에서 탄피가 무더기로 발견되었다. 동굴 안에 사람들을 몰아넣고 입구에서 기관총으로 집중사격을 했을 것으로 짐작했다. 탄피를 본 나는 동굴 속에서 수많은 사람이 비명을 지르며 죽어 간 마지막 순간의 아비규환을 떠올렸다. 그들의 처절했던 울부짖음이 동굴의 어둠 속에 한 맺힌 메아리가 되어 50년 가까이 숨어 있다가 이제야 되살아나기라도 한 듯, 귀가 먹먹하도록 들려오는 것 같았다. 어쩌면 이동기 씨는 총에 맞고 피를 흘리면서 바위에 자신의 이름을 새겼는지도 몰랐다. 죽어 가는 순간에 혼신의 힘을 다해 자신의 이름을 남긴 것은 세상 사람들을 향한 처절한 절규와 같은 것인지도 몰랐다. 그것은 자신의 존재에 대한 마지막 확인이었고, 삶의 증거를 남긴 것이라고 생각했다. 그제야 우리는 죽은 자들이, 영혼이 깃든 동굴의 정령이, 우리 세 친구를 이곳으로 불러들인 것이라는 확신을 가질 수 있었다. 나는 이동기 씨가 죽어 가면서 바위에 자기 이름을 쪼았을지도 모르는, 구석기시대 돌칼처럼 끝이 뾰족한 돌멩이를 집어 호주머니에 넣고 만지작거렸다. 다섯 손가락에 잠긴 돌멩이는 점점 따뜻해졌다.

　우리는 어떤 방법으로 도적굴 유골들의 존재를 세상에 알릴 것인가를 생각해 보았다. 유골을 수습하는 것이 가장 큰 문제였다. 그 많은 유골을 착오 없이 제대로 수습하기는 쉬운 일이 아니었다. 우리는 우선 유골의 상태를 온전하게 보존하고 그에 대한 보다 세밀한 자료들을 수집하는 일이 필요하다는 데 의견을 모았다. 유골의 보존 상태를 촬영하기로 했다. 유골과 유류품을 정리하여 리스트를 작성하는 일이 중요했다. 유골마다 고유 번호를 부여하고, 그에 따른 유류품을 면밀하게 점검하기로 했다. 우리는 동굴을 환하게 밝히기 위해 30개의 촛불을 켜고 캠프용 대형 손전등도 여러 개 준비했다. 촛불을 밝힌 동굴 속은 마치 축제 분위기처럼 경건하고 엄숙했다. 촛불은 사람의 마음을 차분하고도 정결하게 가라앉히는 힘을 가지고 있었다. 박지성은 이 분위기엔 음악이 있어야 할 것 같다면서 다음 날 라디오를 가지고 오겠다고 했다. 가냘프거나 감상적인 음악보다는 장중한 피아노 합주곡이 30개의 촛불과 잘 어울릴 것 같았다.

　나는 번호대로 유골을 구분하고, 박지성은 그에 따른 유류품을 하나하나 정리했으며, 조민철은 작은 흔적마저도 놓치지 않고 세밀하게 사진을 찍었다. 유골이 따로 떨어져 있는 것은 구분하기가 어렵지 않았으나 여러 구가 서로 뒤엉켜 있는 경우는 두개골과 갈비뼈, 팔다리뼈 등을 제대로 구별하기가 쉬운 일이 아니었다. 유골이 엉켜 있는 경우에는 두개골에만 번호표를 붙여 구별했다. 나머지 뼈는 아무래도 전문가의 도움이 필요할 것 같았다. 나는 썩어서 너덜너덜해진 옷의 천 조각 사이에서 정강이뼈를 찾아 손으로 집어 들었을 때 약간 섬쩍지근한 느낌이 들면서 몸이 오싹해졌다. 장갑을 끼기는 했으나 사람의 뼈를 손으로 만진 것은 처음이었다.

뼈에 손을 대는 순간 살이 썩으면서 생겨났을 구더기들이 구물구물 떠올랐다. 한때 이 암흑의 동굴은 구더기들로 가득 넘쳤을 것이고 살이 썩어 없어지면서 구더기들도 사라졌을 것이다. 살이 썩고 뼈만 남은 과정을 생각하면서 진저리를 쳤다. 두려움이 되살아나면서 자꾸만 심신이 죄어 왔다. 그러나 나는 두려움 때문에 사람이 죽지 않는다는 것을 알고 있었다. 두려움은 배고픔이나 슬픔 같은 것이기에 얼마든지 참을 수 있다고 생각했다. 나는 마음을 가다듬고 침착하게 뼈들을 수습하여 솔로 정성스럽게 먼지를 털어 냈다. 그 일이 반복되자 꺼림칙한 기분이 사라졌으며, 마치 살아 있는 사람을 만지는 것처럼 점점 온기를 느낄 수가 있었다.

나는 살 속에 피가 흐른다면 뼛속에는 영혼이 머물러 있다고 믿고 싶었다. 살은 이미 썩어 피가 흐르지 않지만 썩지 않은 뼛속에는 죽은 자의 영혼이 흰빛으로 깃들어 있을 것만 같았다. 그 때문에 한 조각의 뼈라도 소홀히 다룰 수가 없었다. 동굴 속의 뼈들은 살아 있을 때와 같이 인간의 존엄을 간직하고 있었다. 아니, 살을 붙이고 숨을 쉴 때보다 더 엄숙한 존엄을 갖추고 있었다. 그 경건한 존엄 앞에서 침을 뱉거나 함부로 큰소리를 치고 낄낄대며 웃을 수가 없었다. 나는 오래전부터 오줌이 마려웠으나 방광이 빵빵해질 때까지 참았다. 유골들에 대해 인간적인 예의를 지키고 싶었다. 나는 유골을 보면서 사람에게는, 비록 생명이 끊겼다고 할지라도 함부로 할 수 없는, 어떤 신성한 것이 있다는 것을 알 수가 있었다. 30개의 촛불을 밝힌 동굴 안에 죽은 자들의 존재가 가득 차 있는 것을 느낄 수가 있었다. 살은 썩어서 없어진 것이 아니라 구더기들과 함께 녹아서 흙으로 스며들었을 것으로 생각했다. 그러기에 동굴 속 바닥의 흙은 죽은 자들의 살인 것이다. 살과 함께 썩은 구더기가 흙이 되듯, 이 세상의 모든 것들이 언젠가 소멸한다는 것을 알 수 있었다. 생명도, 사랑도, 아름다운 꽃들까지도 아이스크림처럼 녹아 없어진다는 것을, 그러나 그것은 완전히 없어지는 것이 아니라 본디 모습으로 되돌아가기 위한 생성과 소멸의 끝없는 과정임도 깨달을 수 있었다.

유골 구별보다 더 중요한 것은 유류품 정리였다. 이동기 씨의 유류품은 뿔테 안경과 회중시계, 반쯤 썩은 가죽 혁대에 달린 구릿빛 버클(사범학교 모표에 '師' 자가 새겨져 있었다)과 걸레처럼 너덜너덜해진 구두가 전부였다. 나는 이동기 씨의 두개골에서 소라껍질 같은 안와眼窩를 보는 순간 인간의 원초적인 쓸쓸함과 허전함을 느꼈다. 나는 이동기 씨의 두개골에 그의 유류품인 갈색 뿔테 안경을 씌우고 나서 조민철을 불러 사진을 찍도록 했다. 조민철은 이상한 눈으로 나를 흘겨볼 뿐 사진을 찍지 않았다. 나는 내 장난이 지나쳤음을 알고 이내 후회한 후 유류품을 찾는 데 마음을 썼다. 다행스럽게도 유골마다 한두 가지의 유류품이 있었다. 혁대나 신발, 안경, 시계 외에도 만년필, 가죽 지갑, 담배통, 라이터, 열쇠, 물부리, 부시, 주머니칼 등이 있었다. 수정과 상아로 판 도장도 세 개나 되었다. 도장을 확인하여 유골의 이름을 알아낼 수 있을 것 같았다.

우리가 유골과 유류품을 정리하여 사진을 찍기까지는 꼬박 사흘이 걸렸다. 사흘 동안 동굴 안에 불을 켠 초만 해도 300자루가 넘었다. 촛값은 물론 사진을 찍기 위한 필름 값이며 인화를 하는 비용은 모두 내가 부담했다. 확인된 유골의 숫자는 모두 28구였다. 도장을 확인하여 컴퓨터 조회를 한 결과 유골 3구의 이름도 찾아냈다. 3명의 신원을 확인하는 데 사흘이 걸렸다. 김병태, 손기중 두 명은 읍내 사람이었고, 박기열은 평촌 윗마을인 상촌 사람이었다. 김병태와 손기중의 유족들은 옛날 그 집에 살고 있었고, 박기열의 유족은 고향을 떠난 것으로 확인이 되었다.

조민철은 학교 옆 고모부네 사진관에서 밤늦도록 유골 자료 사진을 인화했다고 했다. 인화한 사진이 자그마치 127장이나 되었다. 유류품을 포함, 유골 1구당 4장 정도였다. 그는 유골의 번호대로 구분하여 비닐봉지에 넣어 집으로 돌아와 구산읍내 고등학생들로 구성된 '줌인' 사진 카페에 들어가 도적굴 유골에 대한 글을 인터넷에 올렸다면서 내게 메일로 보내왔다.

우리 구산읍 소재 구산고등학교 뒷산 구봉산에는 도적 바위라고 하는 집채덩이만 한 큰 바위가 있습니다. 옛날 이곳 도적굴에는 많은 도적이 살면서 관아와 부잣집을 상대로 도적질을 해 왔답니다. 이를 걱정한 임금님이 어느 날 도적 떼가 잠든 사이에 입구를 막아 버려 모두 굴속에서 죽었다고 합니다. 그동안 아무도 이 전설의 진실 여부를 확인하거나 도적굴의 입구를 찾아볼 생각을 하지 않았습니다. 그런데 지난 11월 27일, 우리 세 친구(구산고등학교 3학년 1반 강성주, 박지성, 조민철)가 도적굴 입구를 찾아냈고, 용기를 내어 굴속으로 들어가 보았습니다. 놀랍게도 도적굴 속에는 많은 유골이 널려 있었습니다. 처음에 우리는 전설대로 옛날에 죽은 도적들이라고 생각했습니다. 그런데 바위에 새겨진 이름과 유류품인 도장을 발견, 컴퓨터 조회를 하고 현장 확인을 한 결과 충격적인 사실을 알게 되었습니다. 우리는 4명의 신원을 밝혀냈으며, 이들은 전설 속의 도적이 아니라 6·25 직전에 보도연맹에 가입하였다가 끌려가서 행방불명이 된 사람들이라는 것을 알아냈습니다. 도적굴 입구에 쌓여 있는 탄피와 유골에 박힌 탄환도 찾아냈습니다. 도적 굴에서 발견된 유골의 숫자는 모두 28구로, 유골과 유류품의 사진을 모두 공개합니다. 도적굴 입구에서 발견된 탄피와 유골이 흩어진 도적굴 속에서 찾아낸 탄환, 그리고 유골이 널려 있는 동굴 내부의 전경과 이동기라는 이름이 새겨진 사진 등 총 127장과 동굴을 찾아낸 세 명의 사진과 함께 올립니다.

우리가 낮에 머리를 맞대고 함께 쓴 내용이었다. 조민철은 글과 함께 130장의 사진을 올리고 나자 새벽 3시가 되었다고 했다.

늦잠을 잔 탓으로 아침밥도 먹는 둥 마는 둥 허둥대며 학교에 도착한 나는 눈앞에 벌어진 황당한 광경에 질급하여 도망치고 싶을 지경이었다. 아직 1교시가 시작되기 전이었는데도 학교 운동장에는 방송국·신문사 취재 차량을 비롯하여 수십 대의 자동차와 사람들이 몰려와 있었다. 몇몇은 '구산읍 양민 학살 진상규명하라'라는 플래카드까지 들고 있었다. 주춤주춤 교문에 들어서자 담임선생이 묘한 미소를 풀풀 날리며 다짜고짜 팔을 붙들고 서둘러 교장실로 들어갔다. 교장실에는 조민철과 박지성이 교장 옆에 앉아 있었고 기자들로 보이는 사람들 여남은 명이 두 친구를 에워싸고 연신 카메라 셔터를 눌러 댔다. TV 카메라를 멘 사람들도 있었다. 지서 주임과 정복 차림의 경찰도 보였다. 담임선생이 재빨리 의자를 들고 와서는 빨리 앉으라는 눈짓을 했다. 담임선생이 연신 미소를 날리며 손수 의자까지 가져다주는 것을 본 나는 하룻밤 사이에 세상이 개벽한 것이 아닌가 하고 의심했다. 그러나 분위기로 짐작하건대 나쁜 일은 아닌 것 같아 일단 안심했다.

"그러니까 도적굴의 유골 사진을 찍고 인터넷에 올린 것이 바로 조민철 자네가 맞는가?"

교장 맞은편에 상반신을 앞으로 깊숙이 꺾고 앉은 다부진 몸피의 근육질 기자가 진지한 표정으로 물었다. 조민철은 선뜻 대답을 못 하고 얼핏 옆에 앉은 나와 박지성, 그리고 근엄한 얼굴에 넉넉한 미소가 넘치는 교장의 표정을 살폈다.

"맞습니다. 이 학생이 바로 조민칠입니다. 사진 동아리에서 활동하고 있는 아주 성실하고 착한 학생입니다."

담임선생이 약간 상기된 목소리로 대신 말했다.

"조민철 학생, 어떻게 해서 유골 사진을 찍어서 인터넷에 올릴 생각을 하게 되었죠?"

이번에는 눈이 큰 여기자가 물었다. 나는 눈빛이 강한 여기자의 큰 눈을 보자 갑자기 동굴에 널려 있는 두개골의 뻥 뚫린 안와를 떠올렸다. 이 여자도 언젠가 죽으면 아름답고 강렬한 지금의 눈빛은 흔적도 없이 사라지고 허무하고 쓸쓸한 눈구멍만 퀭하게 남게 되겠지. 그렇다면 먼 훗날 누가 지금 이 여자의 아름다운 눈빛을 기억해 줄까. 나는 갑자기 우울해졌다.

"저는…… 이름이라고 하는 것은 사람한테만 중요한 것이 아니고 죽은 자에게도 소중하다고 생각했습니다. 그래서 죽은 사람의 이름을 다시 불러 주고 싶었을 뿐입니다."

조민철은 그렇게 말하고 나서 여기자의 타오르는 듯 강렬한 눈빛을 한참 동안 바라보았다. 조민철의 말에 여기자의 반응이 사뭇 진지해졌다. 여기자는 무겁게, 그리고 아주 천천히 두 번이나 고개를 끄덕였다.

"무섭다는 생각은 하지 않았나요?"

몸피가 깡똥하고 유난히 머리통이 커 보이는 밤색 점퍼 차림의 기자가 물었다.

"처음 동굴에 들어갈 때는 단순히 호기심 때문이었어요. 그런데 유골을 보자 무서웠습니다. 솔직히 밖으로 뛰쳐나오고 싶었지요. 그런데 바위에 새겨진 이동기라는 이름을 발견하고, 어떤 사람인가 관심을 두고 추적하게 되었습니다. 그가 우리 마을 사람이라는 것을 알고부터는 무서움이 사라졌습니다."

박지성이 눈을 끔적거리며 또박또박 말했다.

"강성주 학생, 유골을 수습하면서 무슨 생각을 했습니까?"

기자의 질문은 계속되었다. 나는 버릇처럼 혀끝에 침을 바르며 뒤통수를 긁적거렸다.

"저는 그동안 개뼈다귀나 돼지 뼈, 소 뼈다귀는 많이 보았습니다만 사람 유골은 이번에 처음 보았습니다. 솔직히 손을 대기가 무서웠어요. 그렇지만 이름을 확인하고 그가 무엇 때문에 죽었는가를 알았을 때, 유골에서 인격 같은 것을 느꼈습니다. 그리고 살아 있는 사람보다는 오히려 무섭지 않다는 것을 알게 되었습니다. 유골은 우리를 해치거나 무시하지 않는다는 것을 알았기 때문입니다. 저는 죽은 사람에게도 말할 기회를 주어야 한다고 생각했습니다. 유골들이 나한테 간절하게 무슨 말인가 하고 싶어 한다는 것을 느낄 수가 있었습니다. 우리는 전설 속의 도적이 아니다. 우리는 억울하다 하고 말입니다. 저는 죽은 사람들이 자신들의 억울함을 풀기 위해 우리를 동굴로 끌어들인 것으로 생각했습니다. 그리고 보도연맹에 대해서도 알아봤습니다. 이들 중에는 항일운동을 하다가 좌익분자라는 낙인이 찍혀 보도연맹에 가입하게 되었고 억울하게 죽임을 당한 사람도 있습니다. 저는 역사가 무엇인지 잘 모릅니다만 뒤늦게라도 잘못된 것은 바로잡아야 참된 역사가 될 수 있다고 생각했습니다. 역사가 전설이 되어서는 셜코 안 된다고 생각합니다."

나는 다소 흥분된 목소리로 연설하듯 말했다. 나는 말을 마치고 나서 길게 한숨을 내쉬었다. 옆에 있던 박지성이 손가락으로 V자를 만들어 흔들어 보이며 싱긋 웃었다.

"도적굴에는 어쩌다 가게 되었지요?"

기자의 질문에 우리 중 누구도 선뜻 대답을 못 했다. 수업 시간마다 땡땡이치고 찾아갔던 도적 바위가 우리의 유일한 아지트였다는 말은 차마 할 수가 없었기 때문이었다. 조민철이 팔꿈치로 내 옆구리를 가볍게 툭 쳤다. 대답을 재촉하는 신호였다.

"에, 그거는 점심시간에 우연히 우리 셋이 그곳에 갔다가……."

나는 말끝을 얼버무리고 말았다.

"마지막으로 대학 진학 계획과 장래 희망에 대해 듣고 싶습니다."

여기자가 생긋 웃어 보이며 물었다.

"대학에 갈 생각은 없고요…… 희망 같은 건……."

"대학은 포기했고, 그냥 고향에 남아서 우리 아버지처럼 평범하게 살고 싶습니다."

조민철에 이어 박지성이 자신 없는 목소리로 말했다. 여기자는 다소 의외라는 표정을 지으며 나에게 눈길을 돌렸다.

"성적이 좋지 않아서 대학은 못 갈 것 같고요, 우리 세 친구는 어부가 되기로 했었는데 이번 일로 생각이 좀 바뀌었습니다. 최근에 생각한 건데요, 우리는 앞으로도 계속해서 동굴 탐험을 할까 합니다."

"동굴 탐험이라뇨?"

"도적 바위와 비슷한 곳은 얼마든지 더 있을 거로 생각합니다. 우리는 전설이 되어 버린 역사를 사실로 되돌리기 위해서 계속 다른 동굴을 탐험해 볼 계획입니다."

인터뷰가 끝나자 우리는 기자들과 함께 도적굴로 올라갔다. 그곳에는 이미 TV 방송국에서 발전기를 설치해 동굴 안을 대낮처럼 밝히고 있었다. 우리는 기자들과 함께 동굴 안으로 들어가서 촬영을 하면서 그동안의 과정을 내층 실명했다.

4

만봉 스님으로부터 탱화를 그려도 좋다는 허락을 받은 후로도 한동안 나는 붓을 잡을 수가 없었다. 만봉 스님 옆에 찰싹 붙어 있으면서 붓을 빨거나 먹을 가는 등 잔일을 거들어 주는 것이 고작이었다. 스님은 절집에 눌러앉아 탱화를 그리기보다는 절집을 돌아다니며 단청하는 일이 더 많았다. 스님이 단청 일을 맡을 때면 나도 어김없이 그림자처럼 따르게 마련이었다. 단청할 때 역시 붓을 드는 일은 없었고, 단청할 바탕에 묻은 흙과 먼지를 털어 내고 걸레질이나 하는 것이 고작이었다. 허락을 받은 지 반년 후에야 선이나 문양 등은 도채하지 않고 그냥 칠만 하는 가칠을 할 수가 있었으며, 그것도 절집의 요사채의 협문 정도였다. 다시 반년 넘게 가칠만 하다가 문양의 밑그림에 해당하는 출초 초지 밑에 담요를 반듯하게 깔고 초의 윤곽과 선을 따라 바늘로 구멍을 뚫어 침공을 만드는 초뚫기나 초지를 건축물의 가칠된 모양에 맞게 밀착한 다음 조개 가루로 만든 호분 주머니로 두들겨서 바늘구멍으로 하얀 가루가 들어가 밑그림 모양의 윤곽이 백분의 점선으로 나타내는 타초 일을 맡을 수가 있었다. 나는 만봉 스님이 시킨 대로 바늘구멍을 뚫으면서 화엄경을 외웠다. 나는『화엄경』세간정

안품世間淨眼品 중에서 "부처님의 몸은 언제나 맑고 고요하다. 가령 시방의 세계를 두루 비추어 부처님의 몸은 모습이 없고 형태를 나타내는 일이 없으며 흡사 하늘에 떠 있는 구름과 같다"는 대목을 여러 번 되뇌었다. "부처님의 몸은 흡사 허공과 같아서 다하여 그치는 일이 없다"라든지 "부처님께서는 그때그때의 상황에 따라 오묘하신 몸을 나타낸다. 그러나 그것은 마치 보름달과 같고 허공에 맑은 빛이 비치는 것과 같은 것이다"라는 대목도 읊조렸다. 부처님은 구름과 같고 허공과 같으며 때로는 보름달이나 허공의 빛과 같다는 대목을 거듭 되뇌어 보았다. 처음에 나는 부처님이 구름이나 허공과 같다는 말을 도무지 이해할 수가 없었다. 그러나 나는 너무 고통스러워 마음속으로 부처님을 부르고 싶어질 때 나도 모르게 고개를 들어 허공의 구름을 우러러보는 버릇이 생기게 되었다. 그럴 때면 한바탕 소나기를 맞고 난 것처럼 마음이 조금은 정갈해지는 것 같았다. 나는 막연하게 허공을 보았을 뿐이다. 그러나 부처님의 형상은 아직 보이지 않았다. 다만 마음의 끝자락 한 가닥이 가볍게 떨리면서 희미하게나마 그 존재를 느낄 수 있을 뿐이었다. 그것은 아직 내가 부처님의 형상을 알아볼 만큼 눈이 열리지 않기 때문이라고 생각했다.

초내기 일은 단청에서 가장 중요한 것으로 도채장이 격인 만봉 스님이 맡았으며 타초가 끝나면 화공들이 각자 한 가지 색을 분담하여 칠하기 시작했다. 내가 채화 붓을 든 것은 만봉 스님을 따라 절집에 들어간 지 3년이 지나서였다. 그러나 내 꿈은 단청 일이 아니라 탱화를 그리는 것이었다. 만봉 스님은 화엄사 단청 일을 끝내고 와서는 오백나한도를 그리기 시작했다. 길이만 10m가 넘는 화선지에 먹으로 그려진 오백나한도는 오백 명의 주인공의 오백 가지 이야기를 담고 있었다. 그 오백 명의 주인공마다 표정과 느낌이 달랐다. 나는 만봉 스님이 오백나한도를 그리는 것을 옆에서 엄숙하게 지켜보는 것만으로도 큰 공부가 되었다. 스님의 붓끝이 그려 내는 세상이 너무 놀라워 경외심마저 들었다. 치밀하고도 섬세한 운필을 지켜보면서 나는 이 세상의 모든 고통과 번뇌와 슬픔을 이겨 낼 수 있는 강한 인내와 의지를 느낄 수 있었다. 그러나 만봉 스님은 오백나한도로 만족하지 않았다. 국내 제일의 감로탱화를 그리기 전에는 눈을 감을 수 없노라고 입버릇처럼 말했다.

"이 땅은 고통을 너무 많이 겪어 삼천리 골골마다 억울하게 죽은 사람들의 원혼들로 가득하다. 나는 원혼들의 통곡 소리 때문에 하루도 마음이 편치가 않다. 원혼들을 천도해 주기 전에는 이 땅에 좋은 세상은 결코 오지 않을 거다."

스님의 이 같은 말에서 나는 감로탱화에 집착하는 이유를 알 수가 있었다. 스님의 말을 듣는 순간 다시 고향의 도적굴이 떠올랐다. 언젠가는 나도 감로탱화를 그려서 도적굴 앞에 걸어 놓고 천도제를 지내 주어 지옥에서 허덕이는 원혼들이 극락왕생할 수 있도록 하겠노라 마음을 다잡기도 했다.

기자들이 다녀간 다음 날, 우리 이야기로 온통 학교가 떠들썩했다. 텔레비전 뉴스를 보았다면서 모두 우리를 부러워했다. 교실 벽 학급 소식란에는 우리에 관한 기사가 사진과 함께 실린 신문들로 도배가 되어 있었다. 우리는 오랜만에 첫째 시간부터 줄곧 자리를 지키고 앉아 있었다. 수업 시간마다 선생님들이 우리를 호명하며 한마디씩 칭찬을 해 주었다. 전교조 회원인 국어 선생은 보도연맹과 양민 학살에 대해 상기된 목소리로 꼬박

한 시간 동안 열번을 토하기까지 했다. 국어 선생은 우리 세 친구를 전실로 굳어져 버린 역사를 생생하게 되살려낸 용감한 청년이라고 치켜세워 주었다. 지금까지 지지리 공부도 못하고 두각을 나타낼 만한 특기도 없어 잔뜩 주눅이 들었던 우리는 더 이상 싹수가 노란 자식들이 아니었다. 그러나 나는 왠지 불안했다. 긴 시간 동굴 속에 묻혀 있었던 비밀을 들추어낸 것이 과연 잘한 일인가 확신이 서지 않았다. 꼴찌라며 늘 손가락질만 받아 오던 우리가 갑자기 영웅 대접을 받는다는 게 어울리지 않는 것 같기도 했다. 우리 이름이 세상에 알려지는 것이 두려웠다. 오히려 속박당한 기분이 들어 마음도 행동도 편하지 않았다. 사람들 만나기가 싫어졌다. 예전처럼 다시 자유로워지고 싶었다. 차라리 지지리 공부도 못하는 바보들이라고 손가락질을 받고 지낼 때가 그리웠다. 무엇보다 견딜 수 없었던 것은 뼈를 말리는 듯한 불면증이었다. 밤마다 유골들이 머릿속에서 형태를 바꾸어 가며 춤을 추었다. 때때로 유골들은 머리 밖으로 튀어나와서 울부짖으며 나를 괴롭혔다. 세 사람 모두 똑같은 고통에 시달렸다.

그사이, '구산 양민 학살 진상 규명 위원회'가 주축이 된 도적굴 유골 수습 작업이 본격적으로 시작되었다. 동굴 안에 흩어져 있었던 유골들은 구산고등학교 강당에 안치되어 전문가들에 의한 감식 작업에 들어갔다. 6·25 직전에 행방불명된 사람들의 가족들은 유류품을 통해 가족을 찾기에 바빴다. 한 달 가까이 유전자 검사 등 유골 감식 작업을 계속한 결과 17구가 신원이 확인되어 유족들에 의해 안장이 되었다. 나머지 11구의 유골은 유족을 찾지 못해 학교 뒷산에 합장했다.

우리는 유골이 수습된 후로 한 번도 도적굴에 가 보지 않았다. 어쩐지 그것만 생각하면 한기가 들면서 으스스 몸이 떨렸기 때문이다. 어떤 일이 있어도 도적굴에는 다시 들어가고 싶지 않았다. 유골들이 수습된 후 정령들이 떠난 도적굴에는 이제 악령들만 득실거리고 있을 것 같았다.

졸업식 날이었다. 아침부터 푸실푸실 눈이 내렸다. 화사한 봄날 산자락에 산벚꽃 날리듯 꽃가루 같은 눈이 바람에 어지럽게 흩날렸다. 푸른 소나무 가지 사이로 흰 눈이 날리는 모습이 슬픈 영화의 한 장면처럼 아름다웠다. 창밖에 내리는 눈을 심란한 얼굴로 하염없이 바라보고 있던 조민철이 슬며시 일어나 교실을 나가자, 박지성과 나도 서로 지싯거리며 뒤따랐다. 우리는 누가 먼저 제안한 것도 아닌데 약속이나 한 것처럼 길고 썰렁한 복도를 걸어 나와 화장실에 나란히 서서 오줌을 갈긴 다음, 학교 담을 넘어 뒷산으로 올라갔다. 푸른 솔바람 소리가 소소하게 가슴을 쓸어내렸다. 문득 몇백 년 전의 시간 속을 걷고 있는 듯한 기분이 들었다. 우리는 내친김에 미적미적 도적 바위까지 갔다. 도적 바위에 등을 기대고 앉아 학교를 내려다보고 있던 우리는 박지성이 아버지 몰래 등산용 물통에 가득 채워 온 소주로 입가심을 했다. 우리는 소주를 목구멍에 털어 넣으면서도 흠칫흠칫 도적굴 입구를 훔쳐보곤 하였다. 오랜만에 다시 와 본 도적굴의 뻥 뚫린 입구가 날씨 때문인지 그날따라 한층 음산해 보였다. 도적굴 입구를 바라보기조차 싫었다. 마치 이장을 하기 위해 파헤쳐진 무덤을 보는 기분이었다. 우리는 이제 더 이상 이곳이 우리만의 아지트가 될 수 없다는 것을 느꼈다. 나는 이상하게 자꾸만 등 뒤가 시려 왔다. 전설로 알고 있었을 때는 조금도 무섭지 않았던 도적굴이 왜 지금은 이렇듯 새삼스럽게 등골이 오싹할 정도로 무섬증이 드는 것일까. 유골들을 모두 수습하여 다른 곳에 안장했는데도 말이다. 도적굴 이야기가 전설이 아닌 엄연한 역사적 사실로 밝혀졌기 때문일까. 역시 전설보다는 역사가 더 무서운 것인가. 하기야 나이가 들면서부터는 전설이 조금도 무섭지 않았다. 전설은 그냥 할머니가 들려준 옛날이야기 같았다.

오랜만에 도적 바위에 오른 우리는 박지성이 가져온 소주를 똑같이 나누어 마셨을 뿐 자위행위를 하지 않았다. 그동안 그곳에 올라올 때마다 미스 양을 생각하면서 자위행위를 했던 사실이 왠지 꿀꿀하게 느껴져 얼굴이 화끈거리기까지 했다. 우리는 비로소 부끄러움이나 체면 같은 것을 의식하게 된 것이다. 체면이라는 것을 느끼면서부터 남을 의식하기 시작했고 감정대로 쉽게 행동하지 않게 되었다. 그것은 동굴 속의 유골들과 함께 있으면서부터 자신도 모르게 몸에 밴 것이었다. 술기운이 올라 기분이 알딸딸해지자 박지성이 목청을 돋워 〈자옥아〉를 불렀다. 갑자기 가로수 다방 미스 양이 보고 싶었다.

"나는 이제 구산이 엄청 싫어졌다."

한동안 잠자코 있던 조민철이 뚜벅 입을 열었다.

"왜 유골들이 우리를 괴롭히는 건지 모르겠어. 우리가 구산을 떠나면 유골들도 우리 골통 속에서 떠나게 될까? 야, 골통 속이 복잡해서 미치겠다. 우리 차라리 구산을 떠나자."

박지성이 비명을 지르듯이 말했다. 나는 별로 놀라지 않았다. 어쩌면 나도 그들과 같은 생각을 하고 있었는지도 몰랐다.

"글쎄, 어디로……?"

나는 자신이 없다는 듯 말끝을 흐렸다.

"나는 자유로워지고 싶다. 유골들로부터도, 우리에게 관심을 보이는 사람들로부터도 자유로워지고 싶다. 아무튼, 당분간 떠나고 보는 거야."

"당분간?"

내가 물었다.

"그래, 한 5년 떠나 있다 보면 자유로워지지 않겠냐? 5년이면 자리도 잡힐 거고……. 그때 다시 만나자. 대학에 간 애들보다 더 잘되어 돌아와 깜짝 놀라게 해 주는 거야."

"나는 찬성이다."

"그래, 나도."

나는 도시에 나가서 그림 공부를 하고 싶다고 했고, 조민철은 사진작가가 되는 것이 꿈이라고 했다. 사진은 인생의 흐름을 보여준다고 했다. 박지성은 장사해서 돈을 벌겠다고 했다. 부자가 된 다음에는 남편과 자식을 버리고 집을 나간 어머니를 찾아 복수하고 싶다고 했다. 그동안 아무런 꿈도 없이 살아왔던 우리는 어느덧 저마다 포부를 품게 되었다. 그렇게 해서 우리는 고향을 떠났고 헤어지게 되었다. 어쩌면 우리는 유골 때문에 고향을 떠나게 된 것인지도 몰랐다. 그러나 분명한 것은 유골은 우리에게 꿈을 안겨 주었다는 사실이다. 우리가 도적굴 유골을 발견하지 않았더라면 우리는 아직도 아무런 희망도 없이 도적 바위 밑에 앉아 자위행위나 하고 손바닥만한 구산읍에서 빌빌대며 지루하고 답답하게 하루하루 시간을 죽이고 있을 것이었다.

그날 우리는 마지막으로 오랫동안 말없이 텅 빈 학교 운동장을 내려다보았다. 하루하루가 지겹고 고달프기만 했던 삶을 청산하고 고향을 떠나야 한다고 생각하니 기분이 촉촉하게 젖어 왔다. 우리는 저마다 다른 꿈을 갖고 고향을 떠날 생각을 한 것이었다. 그러나 우리는 슬프지 않았다. 뭔가 자기 나름대로 새로운 꿈을 가지고 미지의 땅으로 떠난다는 것만으로 자랑스러웠다.

"우리 5년 후에 이 자리에서 다시 만나 구봉산 정상에나 한번 올라가 보자."

구산포 앞바다 쪽을 바라보고 있던 내가 제안을 했다.

"뜬금없이 구봉산 정상은 왜?"

"18년간 구산읍에 살면서 구봉산 정상에 한 번도 올라가 보지 않았다는 게 이상해서."

"그럴 수도 있는 거지. 그게 뭐가 이상하다고 그래?"

"암튼 구산에 살면서 구봉산 정상에 한 번도 올라가 보지 않았다는 건 이상해. 정상에 올라가 보면 시야가 확 트여서 우리가 미처 보지 못했던 것도 볼 수 있을 텐데."

"그거는, 그거는 말이야, 그동안에 우리가 더 멀리 바라볼 필요를 느끼지 않았으니까 당연하지."

"꿈이 없었기 때문이야. 사실 우리한테 유일한 희망은 미스 양을 한번 안아 보는 것뿐이었으니까."

나와 박지성의 주고받은 말을 잠자코 듣고만 있던 조민철이 갑자기 벌떡 일어섰다.

"그래, 성주 말대로 우리 5년 후에 만나서 정상에 한번 올라가 보기로 하자. 정상에 올라가 보면 뭔가 새로운 것들이 보이지 않겠냐?"

조민철이 턱끝을 하늘로 쳐들고 정상 쪽을 쳐다보며 말했다.

나는 5년 전 조민철의 말을 떠올리며 산 정상을 올려다본다. 굴참나무 우듬지에 가려서인지 산 정상은 보이지 않고 바람이 토렴하듯 출렁이는 회색빛 하늘만 뻥 뚫려 있다. 나는 갑자기 구봉산 정상에 올라가 보고 싶어졌다. 내가 정상에 올라갔다 내려오는 동안 친구들이 도착해 있을 것만 같다. 5년 전 조민철의 말마따나 정상에 올라가면 지금껏 보지 못했던 새로운 것들을 볼 수 있을지도 모른다. 나는 굴참나무며 떡갈나무, 진달래, 화살나무, 국수나무, 오리나무, 산벚꽃나무들이 빼곡하게 들어찬 잡목 숲을 뚫고 가파른 등성이를 추어 오른다. 위로 오를수록 제법 날 선 바람이 점점 드세어졌으나 속옷이 땀에 흠씬 젖을 정도로 몸에서 열이 후끈 솟는다. 한참 정신없이 산을 오르다가 둥글고 판판한 너럭바위 위에 올라서서 산 아래를 내려다본다. 도적 바위에서 내려다본 광경과는 아주 다르다. 에메랄드그린으로 빛나는 구산포 앞바다도 훨씬 더 넓어 보이고 K시로 나가기 위해 넘어야 하는 하늘재의 구불구불한 자동차 길도 손에 잡힐 듯 가깝게 보인다. 구산읍의 전체 모습이 환하다. 그런데 시야는 넓어졌으나 구산읍은 손바닥처럼 아주 좁아 보인다. 높이 올라갈수록 지금까지 익숙하게 보아 왔던 것들은 형편없이 작아진다. 나는 헉헉대며 계속 산을 올라간다. 산을 오르는 일은 조금도 힘들지 않다.

한참 산을 오르다가 두엄더미만한 바위 밑에서 갑자기 걸음을 멈추고 쪼그리고 앉았다. 초겨울 햇볕이 가득 고인 바위 밑에는 신기하게도 십 원짜리 동전만큼이나 작은 꽃이 노랗게 피어 있다. 쑥부쟁이꽃이다. 늦여름부터 가을 사이에 피는 건데, 12월에 꽃이 피다니…… 이건 분명 기적이야. 나는 12월에 핀 앙증맞은 쑥부쟁이꽃을 신기한 듯 오랫동안 들여다본다. 이동기 씨의 혼령이 겨울의 문턱에서 한 떨기 쑥부쟁이꽃으로 피어난 것일지도 모른다는 생각이 든 것은 무엇 때문일까. 나는 마음속으로 기적이라는 말을 되새긴다. 쑥부쟁이는 추위 때문인지 꽃대를 자라목처럼 잔뜩 움츠리고 땅에 바짝 엎드린 채 눈부실 만큼 화려하게 자태를 드러내고 있다. 여름이었다면 씨앗을 멀리 날려 보내기 위해 한껏 목을 길게 늘여 우아하게 꽃을 피울 터인데, 추위 때문에 한사코 바람을 피해 몸을 움츠린 꽃이 너무 저량해 보인나. 나는 눈앞에서 기적이 일어나기를 기다리기라도 하는 것처럼 자리를 뜨지 못하고 쑥부쟁이꽃 옆에 앉아 있다. 나는 돌멩이들을 주워다 쑥부쟁이꽃 주위에 성처럼 쌓아 바람막이를 만들었다. 그리고 돌칼 모양의 돌을 쑥부쟁이꽃 옆에 기념비처럼 비쩍 꽂아 놓는다. 계절을 모르고 피어난 작은 쑥부쟁이꽃에서 기적이 일어나기를 바라는 심정으로 나는 돌칼 모양의 돌과 노란 꽃을 굽어본다. 나는 갑자기 똥이 마려워서 엉덩이를 까고 쪼그리고 앉는다. 똥을 싼다. 쑥부쟁이꽃 같은 똥을 싸면서, 5년 전 지리산에 올라가다가 똥을 싸고 있는 만봉 스님과 만났던 일을 떠올려 본다. 똥이 아름다운 인연이 되어 내 인생을 바꾸어 놓을 줄은 정말 몰랐다. 갑자기 웃음이 터진다. 산이 삐걱거릴 정도로 큰 소리로 웃어 댄다. 5년 동안 나는 많이 변한 것 같다. 그사이에 나에게는 참으로 많은 변화가 있었다. 앞으로도 어떤 변화가 있을지 모른다. 그 변화를 나는 희망이라고 부르고 싶다. 참으로 알 수 없는 것이 인생인 것 같다.

친구들은 오지 않았다. 그러나 나는 두 친구가 언젠가는 꿈을 이루고 돌아오리라 믿는다. 너무 멀리 있는 꿈을 붙잡기 위해 숨 가쁘게 뛰어가고 있어서 지금은 당장 오지 못한 것으로 생각한다. 나는 다시 정상을 향해 올라간다. 여러 번 걸음을 멈추고 산 아래에 펼쳐진 낯선 장면들을 눈여겨 살펴본다. 지금까지 익숙하게 보아 왔던 낯익은 장면들도 지금은 낯설다. 마치 시뮬레이션 화면이 빠르게 교체되듯 산 아래의 광경은 수시로 달라진다. 높이 올라갈수록 푸른 소나무는 점점 줄어들고 잎이 떨어진 잡목들이 빽빽하다. 8부 능선쯤 올라가자 키보다 더 높은 억새가 넓게 깔려 있다. 은빛 억새가 군무를 추듯 일제히 바람에 흔들리는 모습이 너무 보기에 좋다. 억새밭에서 정상까지는 눈이 별로 쌓이지 않았고 가파르지도 않다. 나는 억새밭을 헤치며 정상을 향해 소리를 내지르며 뛴다. 정상이다. 교실 하나 정도 넓이만큼 평평한 산정에는 꽤 오래됨 직한 굽은 소나무 한 그루가 외롭게 서 있다. 하늘과 땅 사이에 높고 낮은 산들이 주름치마처럼 눈앞에 끝없이 펼쳐져 있다.

처음 본 구봉산 너머의 산과 골짜기, 들과 마을들은 구신읍과 비슷했지만 내게는 모든 것이 낯선 세상처럼 느껴진다. 내가 내려다본 세상은 빛바랜 전설처럼 회색빛으로 뿌옇게 흐리다. 구봉산 정상에서 내려다본 세상은 헤아릴 수 없을 만큼 찬란한 유채색 빛깔이다. 그때 회색빛 하늘에서 눈이 내리기 시작한다. 아, 감로탱화가 여기 있었구나. 나는 감탄사를 연발한다. 하늘에서는 보살들과 일곱 여래가 구름을 타고 눈꽃 송이에 뒤섞여 펄펄 날아 내려오고, 지상에서는 지옥도, 아귀도, 축생도, 아수라도, 천상도 등 육도 세계가 함께 뒤섞인 채 펼쳐져 있다. 그러고 보니 극락과 지옥이 내가 서 있는 하늘과 땅 사이에 함께 어울려 있는 것이 아닌가. 산 위에서 바라본 세상은 끝없이 장엄하면서도 그 어떤 것과도 비교할 수 없을 만큼 아름답고 신비하다. 어떤 금어라도 붓끝으로 감히 흉내 낼 수조차 없는 광경이다. 그것은 부처님이 자비의 입김으로 그려 낸 감로탱화가 분명하다. 나는 지상에 펼쳐진 감로탱화를 바라보면서 마음속으로『화엄경』입법계품 속 선재동자가 53선지식을 만나 법에 관해 묻는 장면을 떠올려 본다. 눈은 오래된 전설이 쌓이듯 술술 내린다. 세상은 거대한 동굴처럼 막혀 있고 허공에는 흰빛 유골들이 눈송이처럼 부유하고 있다. 눈발 속에 두 친구와 미스 양, 그리고 이동기 씨와 함께 죽은 사람들의 모습이 만봉 스님이 그린 오백 나한의 얼굴처럼 희끗희끗 보인다.

나는 하산을 서둘러 집으로 향한다. 이미 부처님의 오묘한 섭리로 그린 천하제일의 신비하고 광대한 감로탱화를 명징하게 보았으므로 군이 서울에 갈 필요를 느끼지 않는다.

『문학사상』, 2005

눈향나무

정오부터 갑작스럽게 내린 눈이 폭설로 변했다. 지리산이 머리끝에서부터 새끼발가락까지 옴씰하게 눈에 덮여 끝없는 설산을 이루었다. 푸른빛이라고는 나뭇잎 하나 눈에 띄지 않는다. 지상의 흰빛과는 대조적으로 하늘은 검푸르다. 순백의 은빛 세상이 맑은 영혼의 빛깔처럼 소름 끼치도록 정갈해 보인다. 나는 지금 사람의 발길이 끊긴 지 오래된 관음굴의 암자에 홀로 앉아 있다. 머리에는 화려하기 이를 데 없는 높은 보관을 쓰고 팔각대좌 위에 결가부좌한 채, 허리를 곧추세워 두 손을 가슴 앞까지 들고 아래로 향한 왼손의 약지를 엄지에 마주 댄 하품중생인의 아미타인을 짓고 있다. 고개를 약간 앞으로 숙여 아래를 굽어보고 있는 것은 천 개의 손과 천 개의 눈으로 세상의 모든 곳을 두루 살펴 자비로 중생의 괴로움을 구제하기 위해서다. 지금 내가 있는 곳은 지리산 종주 코스에서 한참 떨어진 세석평전 8부 능선의 너덜겅 옆이라서 사람 냄새를 맡아보기가 쉽지 않다. 한창 철쭉이 피는 5월 하순부터 6월까지는 세석평전을 찾는 사람 중에 어쩌다 관음굴을 발견하고 호기심에 쭈뼛거리며 들어오는 이도 있지만, 가을 이후로는 그림자조차 찾아보기 어렵다. 일부러 기도하러 찾아오는 만신이나 약초꾼들조차도 눈이 내린 후부터는 발길이 뚝 끊기게 마련이다. 사람의 손길이 미치지 않자 관음굴을 밝히는 촛불이 꺼진지도 오래되었다. 한 사람이 몸을 움츠려 거우 비집고 드나들 수 있을 정도의 입구로 스며드는 한 줄기 부연 잔광이나 밖의 설광雪光이 희미하게나마 관음굴 속을 비춰주고 있지만 해가 지면 땅속처럼 깜깜하다.

눈이 내리고 있는 지금은 햇살이 없어도 눈의 빛으로 관음굴 안 모습이 희미하게 드러나 보인다. 바위 틈새의 좁은 입구에 비해 관음굴 안은 허리를 펴고 설 수 있는 높이에 열 사람 정도 둘러앉을 수 있을 만큼 널찍하다. 입구 오른쪽에 석간수가 똑똑 소리를 내며 방울방울 떨어져 언제나 옹배기가 넘실거린다. 식수를 해결할 수 있어 숨어 살기에는 적당한 곳이다. 나는 관음굴의 가장 안쪽, 대추나무로 깎은 팔각대좌 위에 앉아서 바람 소리를 듣고 있다. 칼날 같은 바람이 눈 덮인 산을 갈퀴질하듯 훑어대는 소리가 요란하다. 나는 바람 소리를 들으며 눈을 뜨고 지리산 안통을 샅샅이 헤집어보고 있다. 작은 개미의 움직임까지도 다 살펴본다. 그러나 내가 눈여겨보는 것은 사람이다. 사람에게 특별히 관심을 갖는 것은 그만한 이유가 있다. 다른 동물들은 내버려 두어도 큰 욕심 부리지 않고 분수껏 살다가 명이 다하면 자연스럽게 죽음을 받아들인다. 그러나 사람은 내버려 두면 욕심을 부리고 그 욕심을 채우기 위해 남을 해치고 세상에 해악을 끼친다. 사람을 방치하면 하늘을 찌를 만큼 오만방자해져서 세상을 마음대로 주무르려고 하고 그 과정에서 장애를 만나면 이겨내지 못하고 고통에서 헤어나지도 못한다.

나는 천 개의 눈을 일시에 열어 천왕봉에서부터 여러 개의 봉우리와 등성이며 골짜기, 비탈, 숲속과 억새밭, 너덜경의 자잘한 바위 밑까지도 샅샅이 더듬어 사람의 모습을 찾아보고 있다. 노고단에 올랐던 등산객들은 이미 화엄사 쪽으로 내려갔고 피아골 등성이를 타던 대학생들도 골짜기 아래 연곡사로 들어가는 것이 보였다. 이제 지리산에서 움직이는 것이란 어떤 존재도 눈에 띄지 않는다. 짐승이나 새들도 잔뜩 몸을 웅크리고 눈이 멎기를 기다리고 있는 듯하다. 안심되어 막 천안天眼을 닫으려는데 언뜻 움직이는 것이 보였다. 천왕봉에서 세석평전 쪽으로 내려오는 두 사람이 눈에 들어왔다. 그들은 등성이를 타고 곧장 내려가면 관음굴이 나온다는 것을 알고 있는 듯했다. 그러나 눈이 허리께까지 쌓여 있는 데다가 앞이 보이지 않을 정도로 눈보라가 휘몰아쳐 걸음을 옮기기가 쉽지 않아 보인다. 게다가 한 사람은 완전히 지쳐 움직이는 것을 포기하고 자꾸 눈 속에 주저앉곤 한다. 서둘러 관음굴까지 내려오지 못하면 두 사람은 필시 얼어 죽고 말 것이다. 짐승이나 새들은 아무리 춥고 폭설이 내려도 얼어 죽는 법이 없다. 인간들이 해치지만 않는다면 정명定命을 채우게 마련이다. 그러나 사람이라는 동물은 체온을 유지하지 못하면 죽고 만다. 그러고 보면 강한 척 똑똑한 척하는 인간이야말로 가장 약하고 어리석은 존재가 아닌가 싶다.

　나는 죽음에 직면해 있는 두 사람을 잘 알고 있다. 깡마른 체격에 너무 지쳐 움직임이 둔해진 쪽은 약초꾼 홍가이고 큰 키에 몸집이 좋은 쪽은 목각장이 불모佛母 안가다. 그들은 불상을 조각할 만한 고사목을 찾기 위해 세석평전 능선을 헤매다 눈을 만난 것이다. 지난 늦가을 약초꾼이 석청을 따라 지리산에 올라왔다가 벼락 맞아 죽은 아름드리 주목을 발견하고 불모에게 알려주었을 것이다. 그리고 어제 아침 불모는 약초꾼을 앞세우고 지리산에 올랐다가 갑작스럽게 퍼붓는 폭설을 만났으리라. 불모는 반드시 죽은 나무만을 선택하여 불상을 조각한다. 살아 있는 것이라면 나뭇가지 하나 꺾지 못했다. 그는 그대로 두면 썩어 없어질 죽은 나무를 찾아내어, 나무가 아닌 다른 것으로 새롭게 태어나게 하는 것을 보람으로 생각하며 살고 있다. 죽어 있는 것에 영혼과 생명을 불어넣는 것이야말로 사람이 할 수 있는 가장 고귀하고 아름다운 일이라고 믿고 있는 터였다. 그는 살아 있는 것과 죽은 것의 경계를 허물고자 하는 것인지도 모른다. 어쩌면 이 세상 안에 있는 모든 것은 살아 있으면서 죽어 있고 죽어 있으면서 살아 있다고 생각하는 것인지도. 아니 삶과 죽음, 증오와 사랑, 부도덕과 도덕의 경계까지도 없애려고 하는 것인지도. 내가 알기로 세상에 안가만큼 불심이 강한 불모도 없다. 그는 자신이 하는 일에 존엄과 사랑, 순결과 자부심이 대단하다. 그리고 심마니 홍가와 나는 깊은 인연이 있다. 내 삶은 홍가의 선대와 연결되어 있다. 그 때문에 나는 두 사람을 살려야만 한다. 그들을 살리기 위해 업력業力으로 관음굴까지 인도해야만 한다.

눈발이 더욱 굵어지는가 싶더니 바람마저 드세어졌다. 바람 소리가 기계톱 돌아가는 소리처럼 무섭게 산을 쮀흔들고 있다. 지리산이 삐꺽거리며 통째로 흔들리는 것만 같다. 기진한 몸을 가까스로 일으켜 힘겹게 비탈길을 내려오고 있던 약초꾼이 힘없이 넘어지면서 데굴데굴 구르더니 눈 속에 파묻히고 말았다. 불모가 두 팔로 약초꾼의 겨드랑이를 안아 일으키면서 큰 소리로 다그친다. 약초꾼은 일어났다가 다시 주저앉고 주저앉았다가 다시 일어나는 것을 되풀이하고 있다. 기력이 쇠진한 데다가 의지마저 약해진 그가 관음굴까지 무사히 내려올 수 있을지 걱정이다. 잠시 후 불모가 약초꾼을 앞세우고 뒤따라 걷기 시작했다. 약초꾼이 여남은 걸음을 떼어 옮기더니 다시 짚불 스러지듯 힘없이 주저앉아 눈 속에 파묻히고 말았다. 다시 불모가 소리를 질러대며 약초꾼을 안아 일으키기 위해 안간힘을 쓴다.

"일어나게. 조금만 더 내려가면 관음굴이야."

"더는 못 가겠어요."

"오래전에 내가 그곳에 관음보살님을 모셨지."

"나도 알아요."

"관음보살님이 우리를 구해주실 거네."

"어떻게 우리를 구해준다는 겁니까요."

"관음보살님이니까."

"그래도 더 못 가겠어요. 조금만 이대로 쉬고 싶어요. 기분이 아주 좋아요."

"안 돼. 잠들면 안 돼. 눈을 뜨게."

불모가 약초꾼의 두 어깨를 잡고 상반신을 마구 흔들어대며 소리쳤다. 나는 그들의 대화를 듣고 있다. 불모는 나를 믿고 있는 것 같고 약초꾼은 그러지 않은 듯하다. 그렇다고 나는 약초꾼을 탓하고 싶은 마음은 조금도 없다. 그의 처절한 고통과 참담한 절망을 충분히 헤아리고 있기 때문이다. 아무래도 살겠다는 마지막 한 가닥의 의지조차도 놓아 버린 것 같다. 이대로 두면 죽을 수밖에 없을 것이다. 어떻게 해서라도 서둘러 그를 관음굴로 불러들여야 할 것 같다. 물론 관음굴 속도 춥기는 마찬가지다. 얼어붙은 두 사람의 몸을 녹여줄 만한 것이 준비된 것도 아니다. 그렇지만 약초꾼을 살리자면 그가 눈 속에서 잠들기 전에 관음굴로 불러 들어야만 한다. 체온이 섭씨 35도 이하로 내려가면 심장이나 뇌, 폐의 기능이 저하되면서 오한이 들고 졸음이 쏟아지게 마련이다. 졸게 되면 맥박이 느려지고 의식이 희미해진다. 또 체온이 27도 이하로 내려가면 부정맥 위험이 있고 25도 이하로 내려가면 심장 박동이 정지되어 죽은 것처럼 보인다.

나는 인간의 체온에 대해 자주 생각해 보았다. 인간에게는 체온이 있는

데 높아도 안 되고 낮아도 안 되며 언제나 적정 온도를 유지해야만 살아 갈 수가 있다. 그 체온을 유지해주는 것이 붉은 피라는 것을 나는 알고 있다. 피는 곧 생명이며 감정과 이성의 균형을 유지해주기도 한다. 내가 인간을 부러워하는 이유는 몸속에 흐르고 있는 붉고 따뜻한 피를 갖고 있기 때문이다. 그러나 내 몸속에는 붉은 피 대신에 향기가 있지 않은가. 제사를 지낼 때 내 몸의 일부를 떼어 향불을 피우는 것은, 향기가 살아 있는 사람과 죽은 사람 사이를 연결해주기 때문이 아닌가. 내 몸의 향기는 이승과 저승을 연결해주는 끈과 같은 것이 아닌가. 내게는 그 신묘한 끈이 있다. 향기의 끈을 통해 사람의 마음속으로 스며들어가서 그 마음을 움직일 수가 있는 것이다. 중생제도라는 것도 실은 끈을 이용해서 사람의 마음을 좋은 쪽으로 유도하는 것이 아닌가. 불행과 행복, 슬픔과 기쁨, 절망과 희망, 증오와 사랑 등 마지막 결정은 내가 아니라 인간 자신이 하는 것이라는 것도 알고 있지만, 그것을 유도하는 끈은 내가 잡고 있다. 지금 약초꾼이 졸음을 이겨낼 수 있게 하자면 그에게 살아야겠다는 한 가닥 희망의 끈을 붙잡을 수 있도록 의지를 불어넣어 주지 않으면 안 된다. 나는 조심스럽게 약초꾼 마음속으로 들어가기로 했다. 그러나 그게 내 뜻대로 될지 모른다. 그의 마음속으로 들어간다고 해도 그가 나를 거부하면 아무런 도움도 줄 수가 없기 때문이다.

나는 400년 동안이나 오래된 묘지 옆에 홀로 죽은 듯 누워 있었다. 누워 있는 것처럼 보이지만 몸이 땅에 닿지는 않았다. 잔가지 하나라도 땅을 짚지 않고 뿌리의 힘만으로 공중에 떠 있는 것처럼 누운 몸을 지탱하기는 참으로 힘겨운 일이다. 나는 그렇게 400년을 누워 있었다. 사람들은 내가 누워 있다고 해서 눈향나무라고 부른다. 나는 누구인가 나를 찾아와 도끼로 내 몸을 찍어 상처 내기를 간절하게 기다렸다. 400년 동안 몸속에 간직해온 깊고 맑은 향기를 세상을 향해 실컷 내뿜고 싶었기 때문이다. 아무리 짙고 그윽한 향기라도 몸 밖에 뿜어내지 못하고 오랫동안 간직하고 있다면 무슨 소용이 있겠는가. 그것은 죽은 향기나 다름없지 않은가. 그러나 내가 누워 있는 곳이 너무나 깊은 산속이라 아무도 나를 찾아내지 못했다. 그곳은 절집으로 가는 산길 중턱으로 예전에는 내 옆을 지나다니는 사람들이 많았으나 자동차가 다닐 수 있도록 산을 허물어 새 길을 뚫고 말끔하게 포장까지 한 후부터는 인적이 끊겼다. 그 후로 나는 홀로 그곳에 갇혀 살아온 것이다. 아마 내가 사람 냄새를 맡지 못한 지가 3, 40년쯤 되는 것 같았다.

본디 나는 임진왜란 때 죽은 돌쇠 장군의 무덤을 쓸 때 심어졌다. 영웅의 죽은 영혼과 함께할 수 있음을 큰 축복으로 받아들였다. 나라를 지키기 위해 싸우다 전사한 장군의 무덤을 지키는 것에 자부심을 느꼈다. 1598년 봄에 돌쇠 장군이 죽었으니 402년간 한곳에 뿌리박고 무덤을 지켜온 셈이다. 흙이 비옥하고 햇볕이 잘 드는 양지바른 곳이라 튼실하게 잘 자라서 심은 지 100년쯤 지나자 시제 때가 되면 내 몸을 갈아 향불을 피우곤 했다. 나는 매년 3월에 지내는 돌쇠 장군의 시제를 기다렸다. 1년에 한 번 향불을 피우기 위해 칼로 내 몸을 도려낼 때가 되면 몸속에 간직하고 있던 향기를 힘껏 뿜어낼 수 있었고 나는 그 순간을 즐겼다. 내 향기가 사람의 콧속으로 스며들어 핏줄을 타고 온몸으로 퍼지는 것을 느낄 수가 있었다.

돌쇠 장군은 1598년 11월 18일 밤부터 다음 날 새벽까지 벌어졌던 노량해전에서 이순신 장군과 함께 싸우다 전사했다. 18일 밤 조선과 명나라는 연합함선 146척을 앞세우고 왜선 500척과 교전을 벌이고 있었다. 그는 이순신 장군의 군관으로 명나라 함선이 왜적의 집중포화를 당하고 있을 때, 이순신 장군과 함께 명나라 진린陳璘 제독 구출 작전에 나섰다. 왜군은 조선 함대가 진린을 구출하려고 하는 것을 알고 이순신 장군이 타고 있는 함선을 에워싸고 포화를 퍼부어댔다. 이순신 장군은 늠연한 모습으로 90여 명의 기라졸旗羅卒과 60여 명의 병사를 데리고 2층 갑판 중앙에서 전투를 지휘하고 있었다. 수십 척의 왜나라 함선에 둘러싸인 채 포격을 당한 이순신 장군은 진퇴양난의 위기에 처해 있었다. 이때 돌쇠 장군이 뱃길을 열기 위해 포작선을 앞세우고 불화살을 쏘아 대며 진격했다. 한갓 보잘것 없는 포작선으로 전함을 상대로 싸운다는 것은 무모하기 짝이 없는 일이 었다. 그러나 돌쇠 장군은 죽기를 각오하고 불화살을 쏘아 진로를 틀어막고 있던 왜군 함선을 불태웠다. 그 사이 이순신 장군이 타고 있던 함선이 뱃길을 트고 앞으로 나아갔다. 그때 돌쇠 장군은 포작선에 타고 있던 십수 명의 병사들과 함께 적의 총탄에 맞아 전사했다. 그로부터 두 시간 후에 이순신 장군도 숨을 거두고 말았다.

원래 돌쇠 장군은 보성 율포에서 전복이나 소라를 잡는 가난한 포작鮑作이었다. 그 무렵 해안의 포진에는 수시로 침노하는 왜적을 막을 만한 병사를 제대로 배치하지 못했다. 고작 갯가에 사는 포작들이 자체 방어를 하기 일쑤였다. 임진왜란이 터지면서부터는 포작선 100여 척이 수군에 동원되었다. 수군은 포작선을 뒤따르게 하여 적에게 아군의 함선이 많아 보이게 한 것이다. 이때부터 돌쇠 장군은 포작선을 지휘하여 용감하게 싸웠고 그의 용맹함을 이순신 장군이 알고 부하로 삼았다. 이순신 장군은 돌쇠 장군이 거듭 전과를 올리자 천민들로는 상상할 수도 없는 군관이라는 높은 직급을 주었다.

돌쇠 장군의 죽음은 많은 포작은 물론 갯가 사람들에게 큰 슬픔을 안겨주었다. 임금은 돌쇠 장군에게 전라 좌수사를 증직했다. 그 무렵까지만 해도 세상에서 돌쇠 장군의 이름을 모르는 사람이 없었다. 후대에 내려오면서 이순신 장군이 영웅으로 주목받으면서부터 이순신의 이름만 남게되고 임진왜란 때 용맹하게 싸우다 전사한 나머지 장수들에 대해서는 잊혀져 갔다. 역사란 그런 것인지 모른다. 한 사람의 전쟁 주인공을 영웅으로 만들어주는 것. 전쟁의 영웅이란 수많은 사람의 이름 없는 무덤 위에 피어난 한 송이 꽃과 같은 것인지도. 이름 없는 무덤들은 흔적도 없이 사라져버렸다. 100여 년 전까지만 해도 돌쇠 장군의 시제 날에는 벌 안이 넘칠 정도로 후손들과 추모객들이 참예를 했으나 일제강점기가 되면서부터는 시제도 흐지부지되기 시작했고 후손들 발길마저 뜸해졌다. 돌쇠 장군의 증손이 동학군에 가담한 후로는 집안이 몰락하고 말았다. 6·25전쟁 후부터는 시제도 지내지 않고 있다.

약초꾼 홍가는 바로 돌쇠 장군의 19대 직계손이다. 그는 그 사실을 모르고 있다. 그러나 나는 오래전부터, 아니 내 몸의 잎들이 눌눌하게 말라 죽어가기 시작하면서부터 그를 내게로 불러들이기 위해 그의 행적을 추적하고 있었다. 산 아래 면 소재지 가까운 곳에 산을 허물어 숲을 없애고 온천을 개발하면서부터 내 뿌리가 조금씩 썩기 시작했다. 그때 이미 나는 말라 죽게 되리라는 것을 알았고 죽기 전에 누구인가 나를 발견하여 내 몸속에 400년 동안 축적해온 향기를 유용하게 사용할 수 있기를 바랐다. 내가 말라 죽은 다음에는 향기가 반으로 줄어들 뿐만 아니라, 돈만 아는 속된 장사치 공예가를 만나면 나는 여러 토막으로 잘려 기껏해야 탁자나

차반으로 만들어질 것이었다. 내 꿈은 보살로 거듭나는 것이었다. 그러자면 이름난 불모를 만나야만 했다. 약초꾼이 나를 찾게만 된다면 불모를 만나는 일은 어렵지 않다는 것을 나는 알고 있었다. 불모들은 불상 조각감으로 향나무를 최고로 친다. 향나무는 속살이 붉은 황백색을 띠고 매가 치밀하여 매끄럽고 고울 뿐만 아니라 광택이 있고 그 향기는 날카로우면서도 은은하다. 게다가 단단하여 몇백 년이 지나도 썩지 않는다. 불모가 400년 넘은 향나무를 만나는 것은 큰 행운이 아닐 수 없다.

마침내 나는 약초꾼을 내게로 불러올 수 있었다. 5년 전, 하루가 다르게 산색이 변하고 있는 봄이었다. 나는 안간힘을 다해서 마지막으로 연둣빛 잎을 피워냈다. 가을이 오고 겨울을 맞아 이 잎이 시들면 다시는 새잎을 피워내지 못하리라는 것을 알고 있었다. 나는 향기를 간직한 채 죽는다는 것이 너무 안타까웠다. 내가 살아 있을 때 상처를 내주기를 기대하며 죽을힘을 다해 돌쇠 장군의 19대손인 약초꾼의 마음에 끈을 연결하여 내게로 잡아당겼다. 나는 수분과 양분의 섭취를 극도로 줄이고 엽록소를 증발시켜 잎을 갈색으로 만든 다음 죽은 채 누워 있었다. 향기만을 간직한 채 몸을 쥐어짜듯 물기를 뺀 나는 죽은 것이나 다름없었다. 고갈의 고통은 뿌리가 썩는 것보다 더 힘겨웠지만 참고 견뎠다. 그리고 그해 가을에 기다리고 기다리던 약초꾼이 산삼을 캐기 위해 지리산에 오르는 길에 내게로 왔다. 나는 그가 가까이 오고 있는 것을 눈여겨 살폈다. 표정의 변화는 물론 손의 흔들림이나 발걸음 하나도 놓치지 않았다. 40대 초반의 그는 키가 작달막했으나 암팡져 보였다. 근육질의 갸름한 얼굴에 뭉뚝한 코며 야무진 입 등 이목구비가 뚜렷했다. 깊고 우묵한 눈이며 짙은 눈썹이 돌쇠 장군과 닮아 보였다. 안타깝게도 그는 19대 할아버지의 무덤이 그곳에 있다는 것을 전혀 모르고 있었다. 하기야 돌쇠 장군의 무덤은 오래전에 봉분도 없어지고 무덤 한가운데에 상수리나무 서너 그루가 하늘을 가린 채 자라고 있었으니 무덤의 흔적조차 찾아볼 수 없었다. 약초꾼이 나타나자 나는 그의 마음을 사로잡기 위해서 기를 쓰고 몸에 있는 향기를 한꺼번에 발산했다. 그는 나를 발견하더니 탄성을 내지르며 내게로 가까이 다가왔다.

"아, 이 향기……. 깊은 산에 이렇게 오래된 눈향나무라니, 이 정도면 수령이 한 500년쯤 되겠는데, 아깝게 죽어가고 있구나."

그는 죽어가는 나를 쓰다듬으며 연방 감탄했다.

내가 예상했던 대로 약초꾼은 두 조금 지나 불모를 데리고 나타났다. 불모는 나를 보더니 경탄으로 벌어진 입을 쉽게 다물지 못했다. 그는 내게 합장을 하고 나서는 손으로 내 밑둥치에서부터 몸통이며 가지들을 쓰다듬으며 연방 탄성을 쏟아냈다. 한갓 나무를 향해 합장하는 그를 보고 나는 첫눈에 그를 신뢰하게 되었다. 그는 산에서 내려가지 않고 거의 한나절 동안이나 내게서 눈길을 떼지 않고 맴돌았다. 불모는 약초꾼보다 여남은 살위로 보였다. 큰 키에 몸집이 우람하고 눈이 부리부리했으며 각진 턱에 수염이 거뭇했다. 약초꾼은 그를 법천 선생님이라고 깍듯이 존대를 했고 불모는 약초꾼을 홍 씨라고 반말을 하며 함부로 대하는 듯싶었다.

불모가 다녀간 지 사흘 후, 마침내 기계톱이 요란한 소리를 내며 내 몸을 동강 냈다. 톱에 내 몸이 잘릴 때 나는 전율처럼 짜릿한 희열을 느꼈다. 절단의 고통이 그처럼 큰 기쁨이 될 줄은 몰랐다. 황갈색 톱밥이 흘러내릴 때 내 몸에서는 뭉떵뭉떵 알싸하고도 상큼한 향기가 뿜어져 나와 사방으로 흩어졌다. 자신의 몸이 토막 나면서 내뿜는 향기에 취한 나는 하늘로 날아오르는 듯한 황홀감에 빠져들었다. 그동안 누구인가 나타나 내 몸에 상처 내주기를 얼마나 애타게 기다려왔던가. 한때는 몸에 상처를 내야만이 향기를 뿜어낼 수 있는 내 존재에 대해 회의를 느낀 적도 있었다. 그러니 내 몸이 찔리는 순간 나는 내 손재를 만족스럽게 생각했다. 가지들을 모두 잘라내고 토막 난 몸뚱이가 트럭에 실려 연둣빛 들판을 달려갈 때의 기분은 최고였다. 그러나 그 기분은 잠깐이었다. 불모의 집으로 실려가 어둡고 답답한 공방의 창고 구석에 2년 이상 방치된 동안에는 약초꾼을 불러온 것을 후회하기도 했다. 창고에 방치된 동안 나는 이러다가는 나무토막으로 생을 마감해야 하는 것은 아닌가 하는 절망에 빠지기도 했다. 불모의 손을 빌려 다시 태어나기 위해서는 내 몸의 물기를 깡그리 빼내야 한다는 것은 알고 있었지만, 건조의 과정이 그렇게 고통스러울 줄은 미처 몰랐다. 그러나 나는 참고 또 참았다. 보살로 다시 태어날 수만 있다면 어떤 고통도 참을 자신이 있었다. 나는 보살 중에서도 관음보살로 태어나기를 원했다.

불모는 자주 집을 비웠다. 연장을 챙겨서 한번 집을 나가면 보통 열흘, 심하면 한 달이나 두 달이 지나서야 돌아오곤 했다. 가족은 40대 후반으로 보이는 아내와 열한 살 난 아들이 있었다. 그의 아내는 관음보살처럼 도톰한 얼굴에 풍만한 몸매를 지녀 육감적이었다. 나는 불모의 집에 갔을 때 그의 아내 얼굴이 관음보살과 너무 닮은 것을 보고 깜짝 놀랐다. 내가 태어나고 싶은 얼굴이었다. 남자라면 누구나 한 번쯤 탐을 낼 만큼 고혹적인 매력을 지니고 있었다. 그의 아내를 가까이서 보고 싶었지만, 그녀는 공방에 한 번도 들어오지 않았다. 생명을 잃고 나무토막에 지나지 않는 나로서는 그 여자를 내게로 끌어당길 능력이 없었다. 그 여자 대신 열한 살 난 그의 아들이 불모가 공방에 있을 때는 자주 들락거렸다. 나는 아들을 처음 보는 순간 출생의 비밀이 궁금해졌다. 그 아이에게서 돌쇠 장군의 분위기가 느껴졌기 때문이다. 어쩌면 그 아이는 돌쇠 장군의 핏줄을 받고 태어났을지도 모른다는 생각이 들기도 했다. 나의 추측은 들어맞았다. 불모가 집을 비우는 사이 약초꾼이 그림자처럼 이 집에 들락거렸고 불모의 아내와 잠자리를 같이한 것을 알았다. 불모는 이 사실을 모두 알고 있었다. 그는 약초꾼과 아내와의 불륜을 오래전부터 눈치챘으며 이를 인정하고 있는 터였다. 더욱이 그는 자신의 핏줄이 아닌 아들을 끔찍이 사랑했다. 생식기능이 없는 자신에게 아들을 갖게 해 준 아내와 약초꾼에게 오히려 감사하는 마음마저 갖고 있었다. 그는 약초꾼과 아내를 증오하거나 그들에게 앙갚음할 생각이 전혀 없는 듯싶었다.

산벚 꽃잎이 꽃비처럼 후루루 바람에 날리던 이른 봄날 아침이었다. 한 조금 만에 집에 돌아온 불모가 문을 열고 창고 안으로 들어왔다. 봄날 아침의 눈부신 햇살이 열린 창고 안으로 꾸역꾸역 쏟아져 들어왔다. 불모는 햇살에 비친 나를 이리저리 되작거려 살펴보기 시작했다. 나는 그가 비로소 내 몸에 자귀질을 하게 될지도 모른다고 생각하면서 제발 당장에 관음보살로 태어나게 해달라고 서원誓願을 했다. 내가 관음보살로 태어나기를 원하는 데는 그만한 이유가 있었다. 관음보살은 대자대비大慈大悲를 근본 서원으로 하는 보살이며 중생에게 온갖 두려움이 없는 무외심無畏心을 베풀고 세상을 구제할 때 서른세 가지의 형체로 나타날 수 있기 때문이었다.

다음 날 불모는 목욕재계로 몸과 마음을 정갈하게 다듬고 종일 공방의 부처님 앞에 기도를 올렸다. 그로부터 사흘 후, 그는 다시 내 몸을 두 토막으로 자르더니 밑둥치에 해당하는 부분에 미친 듯 자귀질을 하기 시작했다. 그가 땀을 흘리며 자귀질을 할 때 나는 마음을 한데 모아 관음보살의 형상을 그렸다. 열흘 동안 자귀질과 끌질을 계속하여 머리에 보관의 형태를 만들기 시작해서야 관음보살로 태어난다는 것을 알 수 있었다. 그리고 하품중생인의 아미타인을 짓는 모습을 만들 때 비로소 확신했다. 나는 한 달 만에야 불모의 손에서 관음보살로 태어났다. 머리에 높고 화려한 보관을 얹고 팔각대좌 위에 결가부좌를 하고 앉았다. 허리를 곧추세우고 고개를 앞으로 살짝 숙여 아래를 굽어보는 자세였다. 나는 황금색 모습이 매우 만족스러웠다. 네모꼴에 가까우면서도 각지지 않고 둥그스름하면서도 탄력적인 얼굴에 단정한 이목구비며, 삼도三道가 뚜렷한 목과 약간 두드러져 보이는 가슴, 가냘프면서도 섬세한 오른손을 가볍게 가슴에 올리고 왼손은 배에 두고 엄지와 중지를 맞댄 자세 등이 흡족했다. 이근耳根을 열자 듣고 싶지 않은 것까지 들렸고 점안을 마치자 보고 싶지 않은 것까지도 다 보였다. 기쁨의 노랫소리보다 슬픈 울음소리가, 환호보다 비명이, 아름다운 소리보다 번잡한 소리가 더 잘 들렸고 밝은 곳보다 어두운 곳, 높은 곳보다 낮은 곳, 아름다운 것보다 더러운 것이 더 잘 보였다.

나는 불모의 능력에 감탄하지 않을 수 없었다. 인간이란 참으로 불가사의한 존재인 것 같았다. 악한 것 같으면서도 선하고, 추한 것 같으면서도 아름답고, 약한 것 같으면서 강하고, 오만한 것 같으면서 겸손하고, 증오에 가득 차 있는 것 같으면서 사랑을 간직하고 있고, 비정한 것 같으면서 정이 많고, 욕심이 많은 것 같으면서 버릴 줄 알고, 이기적인 것 같으면서 희생할 줄 알고, 무능한 것 같으면서 능력이 무한한 존재. 그래서 나는 인간을 무시할 수 없다. 무한한 관심으로 자비를 베풀어 제도하려는 이유가 이 때문이다.

그해 늦여름, 지리산에 한창 철쭉꽃이 붉게 타오를 때, 나는 드디어 이곳 관음굴에 안치되었다. 그리고 지금, 관음보살로 태어난 후 처음으로 사람의 목숨을 구해주기 위해 마음을 쓰는 중이다.

약초꾼이 눈 속에 파묻혀 있는 것이 보인다. 그는 살고자 하는 마음을 포기해버린 듯 꼼짝도 하지 않고 있다. 불모가 있는 힘을 다해 약초꾼의 두 팔을 잡아당긴다. 내가 약초꾼의 마음속으로 들어가서 그의 살려는 의지를 살려보려고 했으나 자꾸만 나를 밀어내려고 했다. 불모는 쉽게 나를 받아들여 내 마음대로 따라주었으나 불심이 약한 약초꾼은 그렇지가 않았다. 불모가 약초꾼을 가까스로 일으켜 앉히더니 등에 업고 걷기 시작한다. 이제 관음굴까지는 얼마 남지 않았다. 다시 비탈에 이르자 약초꾼을 업은 불모가 넘어지면서 여남은 걸음이나 미끄러진다. 등에 업힌 약초꾼이 눈 속으로 파묻힌다. 불모가 비틀거리며 일어나더니 약초꾼을 일으켜 등에 업는다. 바람이 숨을 죽이자 이내 눈송이가 굵어진다. 두 사람의 털모자와 어깨, 약초꾼의 등에 눈이 수북하게 쌓였다. 움직이는 눈사람 같다. 약초꾼을 업고 비탈을 내려가는 불모의 두 다리가 자꾸만 휘청거린다. 다시 넘어지면 일어나지 못할 것만 같다. 그는 지금 선조가 넘겨준 무거운 업보를 짊어지고 있다. 두 사람을 묶고 있는 질긴 인연의 밧줄은 어디쯤 가서 풀리게 될지 모르겠다. 갑오년 농민 전쟁 때 약초꾼의 증조부 홍기표는 동학군이었고 불모의 증조부 안달복은 동학 토벌군 대장이었다. 순창 강천사에서 동학 패잔병들을 추격하던 안달복은 도망치는 홍기표를 끝까지 쫓아가서 붙잡아 목을 잘랐다. 그때 홍기표의 나이 스물다섯 살이었고 그가 죽던 그달에 아내의 배 속에 있던 유복자가 태어났다. 세상을 부유하던 홍기표의 아들 역시 아들 하나를 낳고 일찍 죽었다. 홍기표의 증손자인 약초꾼은 나이 서른이 넘도록 장가를 못 가 돌쇠 장군의 대가 끊기게 되는가 했더니, 공교롭게도 불모의 아내에게서 씨를 받았다. 두 사람의 인연이 참으로 기구하고도 미묘하지 않은가. 이 또한 부처님의 뜻이란 말인가.

두 사람의 숨소리가 점점 가까워지고 있다. 불모의 숨소리는 거칠고 약초꾼의 숨소리는 감지할 수 없을 정도로 미약하다. 숨소리가 가냘픈 것을 보니 잠이 들었는지도 모른다. 잠이 들면 큰일이다. 나는 그를 살려낼 방도를 생각해 본다. 관음굴 역시 춥기는 마찬가지다. 눈을 흽쓸고 달려 들어온 칼바람이 암굴에 가득 도사리고 있다. 더욱이 먹을 것이라고는 치성을 드리러 왔던 만신들이 내게 바친 배며 사과 몇 개와 돌덩이처럼 굳어진 떡 부스러기가 전부다. 그나마 과일은 오래되어 쪼글쪼글 말라비틀어졌다. 암굴 밖에서 발소리가 멎는다. 투덕투덕 눈을 터는 소리도 들린다. 그들이 도착한 모양이다. 불모가 다 왔으니 눈을 뜨라며 약초꾼을 닦달하는 소리가 들린다. 이윽고 불모가 축 늘어진 약초꾼을 질질 끌고 관음굴 안으로 들어선다.

"제발 이 사람을 좀 살려주십시오."

불모가 약초꾼을 내가 앉아 있는 대좌 앞 돗자리에 누이고 자신의 윗도리를 벗어 상반신을 덮어주며 말한다. 입이 얼어붙어 웅얼웅얼 발음이 분명하지가 않다. 불모는 돗자리에 쪼그리고 앉더니 눈을 뜨라고 소리치며 여러 차례 약초꾼의 뺨을 후려친다. 반응이 없자 그는 안간힘을 다해 약초꾼의 몸을 주무르기 시작한다. 잠시 후 불모는 관음굴 구석에 있는 종이 상자며 신문지를 입구 쪽에 가져다 쌓아놓고 라이터로 불을 붙인다. 가까이서 불을 피워 따뜻한 공기가 갑자기 유입되면 부정맥 위험이 따르고 피가 심장과 뇌로 급격히 흘러들어 뇌졸중이나 심장마비를 일으킨다는 것을 불모는 알고 있는 듯하다. 불모는 서둘러 치성꾼들이 두고 간 양은그릇에 석간수를 받아 불 위에 얹어놓고 나서 다시 약초꾼의 몸을 주무르기 시작한다. 곧 불이 꺼지자 그는 돗자리며 만신들이 치성을 드릴 때 앉았던, 하나뿐인 방석까지도 태운다. 그는 관음굴 안에 있는 것 중에서 불에 탈 수 있는 것은 다 가져다 태웠다.

약초꾼은 눈을 뜨지 않는다. 그 정도의 불기운으로는 얼어붙은 약초꾼의 몸을 녹일 수가 없다. 점점 불길마저도 쇠잔해가고 있다. 불모는 배낭까지도 태운다. 화학섬유가 타면서 매캐한 냄새와 함께 검은 연기가 관음굴 밖으로 새어 나간다. 불모는 새끼손가락을 양은그릇에 넣고 물의 온도를 가늠해본다. 불기가 약해서인지 양은그릇의 물은 좀처럼 데워지지 않는다. 약초꾼을 살려내자면 그의 체온이 저하되는 것을 막기 위해 따뜻한 물을 먹이고 주위 공기의 온도를 서서히 높여야만 한다. 그러자면 빨리 물을 데워야 한다. 불모는 불태울 만한 것을 찾느라 관음굴 안을 두리번거린다. 그러나 불을 만들 만한 것은 아무것도 없다. 굴 밖에 나가봤자 너덜겅이 쫙 깔린 데다 눈보라가 휘몰아쳐 땔감이라고는 삭정이 하나 주워 올 수가 없다. 언뜻 그의 시선이 내게 머무른다. 나는 그가 무슨 생각을 하고 있는지 그의 심중을 읽을 수가 있다. 그러나 곧 그는 마음속으로 도리질을 치는 듯하다. 나는 약초꾼이 얼마나 더 버틸 수 있는지 알아본다. 그는 더는 오한을 느끼지 못하는 상태에서 여전히 졸음에 빠져 있다. 혈관과 경락이 수축하여 피의 흐름이 원활하지 못해 맥박이 느려지고 의식이 가물가물해지고 있다. 조금 더 있으면 의식이 없어지고 근육이 경직되면서 손가락과 발가락이 자줏빛으로 변하고 호흡이 멎을 것이다. 그를 살리자면 비상수단을 쓰지 않으면 안 된다. 불모가 다시 새끼손가락을 양은 그릇에 넣어본다. 벌써 세 번째다. 그는 무겁게 고개를 저으면서 간절한 눈빛으로 나를 쳐다본다. 그가 내게 말을 하고 싶어 하는 것 같다. 나는 그가 내게 하고 싶은 말이 무엇인지 잘 알고 있다. 나는 그의 생각을 실행에 옮기게 하려고 그의 마음속으로 들어간다. 사람은 한번 죽으면 다시 살려낼 수 없지만, 관음보살은 또 만들 수 있겠지. 나는 그의 마음속에서 그렇게 말한다. 불모도 그것을 알고 있을 것이다.

나는 관음보살로 태어나기 위해 깊은 산속에서 눈비 맞아가며 400년 동안 쓰라린 인내의 고통을 참고 기다려왔지 않았는가. 내게 이 같은 행운은 다시 찾아오지 않을 수도 있다. 다시 관음보살로 태어나는 행운을 잡기 위해서는 향나무나 박달나무, 주목나무 같은 불상의 재목이 될 만한 나무를 만나, 또 몇백 년을 기다려야 할지 모른다. 아니, 몇백 년 몇천 년을 기다려도 관음보살로 다시 태어날 확률은 거의 없을 것이다. 그것을 잘 알면서도 나는 약초꾼을 살리기 위해 내 몸을 바치려고 한다. 한순간 자비의 단맛을 맛보기 위해 400년을 공들여 온 서원을 불태우려고 하는 것이다. 불모도 그것을 알고 있기에 쉽게 결정을 못 하고 망설이는 듯하다. 그가 주저하고 있는 동안 나는 마음이 다급해진다. 시간이 약초꾼의 생명을 재촉하고 있기 때문이다. 나는 다시 한번 불모의 마음속으로 들어가 어서 내 팔을 떼어내 불을 붙이라며 그의 결행을 다그친다. 그가 다시 나를 쳐다본다. 나는 염화미소를 보내며 그의 마음을 다독여준다. 그때야 그는 절박하면서도 간절한 눈빛으로 나를 한번 쳐다보더니, 애써 고개를 돌려 외면한 채 가슴 위에 올린 내 오른팔을 잡아떼어 사위어가는 불 위에 얹는다. 그는 불을 살려내기 위해 불더미 앞에 납작 엎드려 입바람을 불어댄다. 연기가 그의 얼굴을 휘덮으면서 눈물이 흘러내린다. 그는 쉬지 않고 입바람을 불어댔고 마침내 내 오른팔 손가락에 불이 붙기 시작한다. 그때 불모가 다시 내 왼팔을 떼어낸다. 역시 두 팔이 떨어져 나간 나를 보지 않으려고 애쓰는 그에게 염화미소를 보내준다. 내 팔에 불이 붙으면서 연기가 피어오른다. 연기가 폴폴 솟으면서 매캐하면서도 날카로운 향기가 관음굴 안에 가득 퍼진다. 나는 연기와 함께 맴도는 향기에 취해 잠시 어지럼증을 느낀다. 내 몸에서 이처럼 강렬한 향기가 날 것이라고는 생각하지 못했다. 어떤 도구로 어떻게 상처를 내느냐에 따라 내 몸의 향기는 그 짙고 옅음, 부드럽거나 강렬함, 가늘고 두꺼움에 차이가 있다. 작은 가지 하나를 꺾었을 때 나는 향기는 엷어 순식간에 바람에 흩어져 버리고 만다. 칼로 껍질을 벗기고 속살을 도려냈을 때는 툭 쏘는 듯 강렬한 향기가 자극적이다. 또한 톱질을 하거나 자귀질을 했을 때는 향기가 주변에 오래 머물러 있으면서 몸에 깊숙이 배어들고 핏줄 속까지 파고든다. 그리고 불에 태웠을 때는 그 날카로운 향기가 바늘 끝으로 쿡쿡 쑤셔대는 것 같다. 꽃으로 표현한다면 내 몸을 찍어 깊은 상처를 냈을 때는 보랏빛 제비꽃 같은 향기가, 불에 태웠을 때는 진홍빛 장미꽃 같은 향기가 난다.

나는 내 몸에서 뿜어내는 오묘한 향기를 음미하면서 두 팔이 불에 타는 것을 바라본다. 마치 크고 작은 나비 떼가 한데 뒤엉켜 날개를 치는 것처럼 보인다. 어떤 나비는 주황색 날개를 파닥거리며 금세 날아오를 것 같고 어떤 나비는 날기를 포기한 듯 조용히 날개를 접고 흔적도 없이 사위어 간다. 나비 떼의 거듭되는 생성과 소멸을 보면서 나는 두 번째의 짧은 생을 되돌아본다. 나는 아무렇지도 않다. 천안은 더욱 밝아져 관음굴 밖이 다 보이고 귀 또한 활짝 열려 나뭇잎 바스락거리는 소리까지도 들린다.

갑작스럽게 폭설이 내리는 바람에 실종된 등산객을 구조하기 위해 출동한 헬기가 요란한 소리를 내며 반야봉 위를 낮게 날고 있는 것이 보인다. 헬기는 곧 세석평전 쪽으로 올라올 것이다. 구조헬기가 관음굴을 찾을 수 있게 하려면 굴 밖으로 연기를 내보내야만 할 것이다. 마침내 양은그릇의 물에서 김이 올라오기 시작한다. 불모는 양은그릇에 손가락을 넣어보더니 숟가락으로 떠서 약초꾼의 입에 흘려 넣는다. 그는 정성스럽게 따뜻한 물을 떠 넣어주고 있다. 그 사이 불길이 사위어가기 시작하자 불모가 다시 나를 쳐다본다. 그 눈빛이 애틋하다 못해 슬퍼 보인다. 무엇인가 망설이고 있는 눈치다. 나는 마음이 다급해진다. 마침내 불모가 일어서더니 두 손으로 내 몸통을 안아 번쩍 들어 올려 조심스럽게 불더미 위에 놓는다. 꺼져가는 불길이 내 몸에 붙으면서 다시 연기가 피어오르고 향기가 가득 퍼진다. 향기를 머금은 회색빛 연기가 관음굴 밖으로 흘러나간다. 이윽고 내 몸에 불이 댕겼고 주위의 공기가 따뜻하게 데워졌다. 불길은 더욱 강렬하게 몸통을 기어오른다. 그때 나는 약초꾼이 게슴츠레 눈을 뜨는 것을 본다. 그의 숨소리가 커지면서 맥박이 정상을 회복하는 듯하다. 언뜻 나와 약초꾼의 눈길이 엉킨다. 그의 눈에서 눈물이 반짝 빛난다. 나는 그에게 염화미소를 보낸다. 나는 마지막으로 한 번 더 눈과 귀를 열어 그늘지고 어두운 세상의 구석구석을 샅샅이 훑어보고 수많은 사람의 신음과 슬픈 울음소리들을 한꺼번에 듣는다. 그리고 잠시 후, 나는 향기에 휩싸여 관음굴 밖으로 흘러나가 눈 덮인 지리산 등성이와 여러 골짜기로 퍼져나갔다. 나는 더는 아무것도 볼 수가 없고 어떤 소리도 들을 수 없다.

『불교문학』, 2006

탄피와 호미

따글따글 총소리가 들린다. 숲속에서 여러 마리의 딱따구리들이 한꺼번에 나무를 쪼아대는 소리처럼 들리는가 하면 밤하늘을 수놓은 불꽃놀이 폭약이 터지는 소리 같기도 하다. 간헐적으로 스타카토가 분명한 피아노 소리처럼 들리기도 한다. 나는 총소리에 공포를 느끼지 않는다. 여러 가지 기억들을 떠올리게 해 준 그 소리는 오히려 낭만적으로 들린다. 오래도록 도시에 사는 동안 잊고 있었던 참새나 소쩍새 우는 소리를 다시 듣는 기분이다. 다시 듣게 된 총소리는 슬프고도 조금은 경쾌하다. 파열음과 함께 허공을 찢는 총알이 차마 사람의 뼈와 살을 뚫고 목숨을 빼앗는다는 것은 상상이 되지 않는다. 탄환이 장전되지 않은 채 하늘을 향해 공포를 쏘고 있을 거라는 생각이다. 지금 내가 듣는 총소리는 죽음과 무관하다고 믿고 있기 때문일까. 새소리, 바람 소리, 물소리, 피아노 소리, 자동차 클랙슨 소리와 같은 평화로운 일상의 소리처럼 들릴 뿐이다.

총소리는 정확하게 한 시간 만에 멎었다. 사격장에서 사격 훈련이 끝난 것이다. 사격장 총소리는 오전 10시와 오후 2시, 하루에 두 차례, 규칙적으로 들려왔다. 비가 오거나 날씨가 궂을 때는 쾌청한 날보다 훨씬 가깝게 들렸다. 오늘은 햇살이 쨍쨍한 4월인데도 총소리가 여느 날보다 칼칼했다. 아마 황사 때문인지도 모른다.

얼마 전까지만 해도 나는 총소리를 무서워했다. 월남전에서 돌아온 뒤 한동안은 총소리를 들을 때마다 가슴이 덜컹거리면서 호흡이 빨라지고 두 다리가 휘청거렸다. 불시에 총알이 날아와 내 심장을 꿰뚫어 버릴 것만 같았다. 그때는 세상의 모는 소리가 총소리로 들렸다. 사람들이 싸우는 소리며 자동차가 빵빵대는 소리까지도 총소리로 들려 흠칫흠칫 놀랐다. 나는 1970년 5월에 월남에 파병되었다. 그때 내 나이 스물한 살이었다. 총소리가 들릴 때마다 전우들이 피를 흘리고 죽어갔다. 전투가 벌어졌을 때 죽은 전우들의 얼굴이 떠올라 차마 총을 쏠 수가 없었다. 그 때문에 한동안 솜으로 귀를 틀어막고 총을 쏘았다. 그러던 내가 제대 후에 결혼하고 가장이 된 후부터 차츰 총소리가 무섭지 않게 되었다. 먹고살기 위해 몸부림치듯 살아가는 사람들의 악에 받친 목소리가 총소리보다 더 무서웠다.

나는 유년 시절 총소리를 들으면서 자랐다. 엄마가 나를 낳던 날에도 총소리가 몸서리치도록 마을을 쥐흔들었다고 했다. 그러니까 나는 총소리와 함께 태어난 것이다. 그 때문에 어렸을 때는 총소리를 두려워하지 않았는지도 모른다. 그때는 오히려 총소리가 기다려지곤 했다. 탄피 마을에서 낳고 자란 탓으로 총소리에 대해 무감각해진 것이었을까. 유년 시절 총소리는 내게 날마다 부는 바람 소리거나 개울물 흐르는 소리쯤으로 들렸다. 총소리가 신경을 자극하거나 긴장감을 주지는 않았다.

탄피 마을에서 살던 때 나는 날마다 총소리를 기다렸다. 소나기 퍼부어대듯 한바탕 총소리가 마을을 흔들고 지나가고 나면 내 또래 아이들과 함께 앞다투어 탄피를 주웠다. 군인들이 도착하기 전, 우리는 미리 사격장의 타깃 근접지에 콘크리트로 만들어놓은 대피소에 숨어들어 엎드린 채 사격이 끝날 때까지 기다려야만 했다. 대피소에 숨어 있는 동안 머리 위로 총알이 허공을 찢으며 쑹쑹 날아갔다. 어떤 날은 탱크가 지나가면서 기관총과 대포를 쏘아 대기도 했다. 탱크 위에서 기관총을 쏘면 탄피가 튀어나와 땅바닥으로 떨어지는 소리가 들렸다. 사격이 끝나고 군인들이 돌아가고 나면 우리는 대피소에서 뛰쳐나와 달리기 경주를 하듯 일제히 질주했다. 사격장 주변에는 화약 냄새가 진동했고 아직 식지 않은 포탄 파편들이 여기저기 밤나무 밑의 알밤처럼 널려 있었다. 우리가 가장 탐내는 것은 기관총 탄피였다. 기관총 탄피는 놋쇠로 만들어져 한 개에 10원을 받을 수가 있었다. 어쩌다 운이 좋으면 기관총 탄피나 혁대처럼 기다란 포탄 띠를 차지할 때도 있었다. 탄두가 폭발 압력으로 발사될 때 포신 내벽과 마찰음을 줄이기 위해 탄두 허리에 덧대는 놋쇠 대인 포탄 띠는 금속으로 만들어져 비싼 값을 받을 수가 있었다. 나도 두 번인가 포탄 띠가 떡갈나무 가지에 걸려 있는 것을 발견하고 황새 춤을 춘 적이 있었다.

놋쇠보다 더 많은 값을 받을 수 있는 것은 구리였고 구리보다는 중석이 비쌌다. 납이나 양은 철로 된 것은 별로 값이 나가지 않았다. 탄피 중에서 가벼운 양은으로 된 것은 땅 위에 하얗게 널려 있게 마련이었고 무거운 중석 총탄은 땅속 깊이 파고들었다. 지표면의 흙이 잘게 부서져 있는 것을 보고 나는 총탄이 땅을 파고들었다는 것을 금방 알아내곤 했다. 언젠가는 화약이 남아 있는 파편을 바지 주머니에 넣었다가 한참 후에 불씨가 살아나 아랫도리를 태운 적도 있었다.

사격장에서 주운 탄피는 집에 가지고 가서 분리 작업을 했다. 나는 M1 소총 탄두에서 껍질을 벗겨내는 일부터 시작했다. 총알의 탄두는 철심에 씌워진 놋쇠 표피를 제거해야만 제값을 받을 수가 있었다. 철심으로 된 탄두가 없는 연습탄은 화약을 모두 빼내야만 했다. 연습탄은 화약만 채우고 주둥이를 오므려놓은 것이었다. 분리 작업이 가장 어려운 것은 예광탄이었다. 탄두의 머리 부분에는 무거운 납을 채우고 꼬리 부분은 화약으로 채워졌는데 가끔 화약이 남아 있는 경우, 분리하다가 터질 위험이 있었다. 처음 얼마 동안 나는 분리하는 데 자신이 없어 예광탄을 모두 버렸다. 예광탄뿐 아니라, 모든 탄환의 분리 작업은 조심하지 않으면 안 되었다. 망치에 맞은 총탄이 튀어나와 다칠 수도 있기 때문이었다. 집게로 모루에 고정한 탄두의 중간 부분에 총검의 날을 대고 망치로 내려쳐서 놋쇠 껍질을 끊고 벗겨내는 일은 쉽지가 않았다. 자칫하면 총검에 손을 벨 수도 있었다. 카빈총이나 권총 탄두에는 놋쇠 껍질 속에 납이 있어 열을 가해서 분리했다. 깡통에 탄두를 담아 숯불에 올려놓으면 납이 녹아 쉽게 분리할 수가 있었다. 탄두에서 납이 녹아 불에 달구어진 깡통 바닥에 차오르면 돈이 되지 않는 탄두 껍질은 납 물이 되어 위로 떠 오른다. 이때 껍질을 쇠 젓가락으로 집어내 납 물을 덜어내면 된다. 불순물이 제거된 탄두는 자석으로 분리했다. 자석에 붙는 것은 값이 나가지 않는 철이다. 마지막으로 땅을 파고 액화된 납 물을 부은 다음 식히기만 하면 된다. 어떤 탄두는 놋쇠를 코팅한 값싼 철도 있어 실망하기도 했다.

우리는 날마다 학교에서 수업이 끝나면 사격장으로 달려갔다. 잠시도 땅뺏기나 자치기 놀이를 하며 노닥거리거나 해찰을 할 여유가 없었다. 나의 일과는 학교 갔다 와서 사격장에서 탄피를 줍는 것과 텃밭 먹감나무 밑에 쭈그리고 앉아서 탄두를 분리하는 일이 전부였다. 늦도록 학교 수업이 끝나지 않을 때는 사격 시간에 맞추기 위해 땡땡이를 치기도 했다. 땡땡이친 다음 날에는 어김없이 복도에 무릎을 꿇고 앉아 벌을 서게 되었지만, 결코 후회하거나 반성하는 일은 없었다. 내게 중요한 것은 학교 수업이 아니라 탄피였기 때문이다. 우리 마을 아이들 모두 나와 똑같은 생각이었을 것이다. 사격 연습 시간 전에 학교에서 돌아오지 않은 날에는 엄마한테 지청구를 들어야만 했다.

탄피와 탄두에서 분리한 구리며 놋쇠 등은 며칠 동안 모아, 엄마와 함께 고물상에 가져가 팔았다. 고물상에 가는 날은 엿이나 눈깔사탕을 사먹을 수도 있었지만, 대부분은 엄마가 돈을 가져가 식량을 사 왔다. 그 무렵 총소리를 들을 때는 눈깔사탕과 죽이 아닌 밥이 먼저 떠오르곤 했다. 입안에 눈깔사탕을 넣고 단물을 빨 때 간질간질한 기분을 느꼈다.

사격장에서 총소리가 멎은 지 한 시간쯤 지났는데 아직 점순이와 영미는 돌아오지 않고 있다. 2년 전 나를 따라서 이곳 만월리로 온 점순이는 처음에 사격장 총소리를 듣는 순간 질급하여 책상 밑으로 기어들더니 바들바들 떨었다. 나는 그녀의 갑작스러운 행동에 너무 놀랐다. 얼마 후에야 그녀가 탈북자라는 사실을 깨닫고 아리고 쓰린 마음속으로 고개를 끄덕였다. 나는 그녀를 안심시키려고 일부러 큰 소리로 웃으며 군인들이 사격장에서 사격 연습을 하는 중이니 걱정하지 말라고 말했다. 그러나 점순이는 여전히 놀라움으로 굳어진 채 책상 밑에서 기어 나오려고 하지 않았다. 열한 살 영미가 그런 점순이를 보고 모두뜀을 뛰며 재미있다는 듯이 깔깔대고 웃었다. 영미는 총소리에 조금도 놀라지 않았다. 나는 마흔여섯 살의 점순이와 열한 살의 영미가 총소리에 대한 반응이 이렇듯 다른 것을 보고 나도 모르게 기분이 심란하게 뒤엉켰다. 아마도 점순이에게는 총소리에 대해 끔찍스러운 기억이 남아 있고 영미는 그렇지 않은 차이일 것이라고 생각했다. 6·25전쟁 후에 태어난 점순이에게 총소리를 무서워

할 만한 기억이란 도대체 어떤 것일까. 어쩌면 그녀의 아픈 기억은 탈북 과정에서 생긴 것인지도 모른다는 생각이 들었다. 한참 후에야 책상 밑에서 기어 나온 점순이는 "총소리가 제일 무서워요. 이 세상에서 총소리가 나지 않는 곳은 아무 데도 없습네까?"라고 말하며 어색하고 쓸쓸한 미소를 날렸다. 그런 점순이가 지금은 총소리를 무서워하지 않고 영미와 함께 사격장으로 탄피를 주우러 다닌다.

밤나무밭 언덕배기에 영미가 나비처럼 팔락거리며 집으로 뛰어 내려오는 것이 보인다. 분홍빛 티셔츠 색깔이 4월 한낮의 햇살 속에서 눈부시도록 선명하다. 영미가 한 떨기 탐스러운 분홍빛 꽃처럼 아름답다. 나는 처마 밑 철쭉 옆에 서서 영미를 향해 손을 흔들어 보인다. 등성이의 소나무 숲에 가려서인지 점순이의 모습은 아직 보이지 않는다. 영미가 거의 집에 도착할 때까지도 점순이는 언덕배기에 모습을 나타내지 않았다.

"왜 혼자만 오니?"

"아줌마는 아직 탄피 줍고 있어요. 아줌마 오늘 엄청 많이 주웠어요. 난 화장실 가려고 먼저 온 거구요."

영미는 가쁜 숨을 몰아쉬며 다급하게 화장실로 뛰어 들어갔다. 영미가 요즈막에는 말도 많아지고 한껏 명랑해진 것 같아 보기에 좋다. 처음 점순이를 따라 이곳에 왔을 때만 해도 영미는 나를 바로 보지도 못하고 퀭한 눈을 내리깐 채 한사코 점순이 뒤에 몸을 감추곤 했다. 가까이 다가가서 머리를 쓰다듬어주려고 하자 내게 침을 뱉으며 소리를 마구 질러댔다. 나는 너무 놀라 뒤로 물러섰다. 그 후 영미는 이름을 불러도 대답조차 하지 않았다. 나를 무서워하는 것 같았다. 어딘가 잔뜩 겁을 먹고 있는 것 같기도 했다. 점순이를 통해 얼마 전에 영미가 겪은 이야기를 듣고 나서야 그 이유를 알았다. 그 이야기를 듣고 영미를 안아주고 싶었지만 나를 배돌기만 할 뿐 가까이 오려고 하지 않았다. 그런 영미에게 가까이 다가가려고 할수록 나를 더욱 경계하고 두려워한다는 것을 알아차린 나는 한동안 애써 무관심했다. 그러기를 두어 달쯤 지나자 영미는 조금씩 굳게 닫힌 마음의 빗장을 열고 조심스럽게 내게 가까이 다가오기 시작했다.

영미는 자신의 나이로는 감당할 수 없을 만큼 깊은 상처를 입었다. 아홉 살 때 아빠가 실직하여 술주정이 심해지자 엄마는 가출했고 영미도 집을 나와 노숙자들 틈에서 살다가 성폭행을 당했다고 했다. 음부가 찢어져 걷지도 못하고 공원 벤치에 엎드려 울고 있는 영미를 발견하고 병원으로 데려간 것이 점순이였다. 치료를 받는 동안 경찰에 알린 것도 그녀였다. 그러나 공원에서 만났다는 성폭행 범인은 끝내 찾지 못했다고 했다.

점순이가 밤나무밭 언덕배기에 모습을 나타낸 것은 영미가 화장실에서 나오고도 한참이나 지나서였다. 짙은 밤색 몸뻬에 철 지난 쥐색 스웨터를 입은 점순이는 왼손에 분홍빛 자귀나무 꽃다발을, 오른손에 탄피 자루를 들고 언덕배기를 내려오고 있었다. 큰 키에 가냘픈 몸매로 경중경중 비탈을 내려오고 있는 모습이 춤을 추는 것 같다. 탄피 자루가 버거워 보이는 것이, 또 군인들이 먹고 버린 빈 병을 주워 오는 모양이다. 점순이는 요즈막 빈 병과 쇠붙이들을 모아 면 소재지 농협 마트나 고물상에 팔고 있다. 그녀가 열심히 돈을 모으는 것은 네 살 난 딸을 찾으러 중국에 가기 위해서라는 것을 나는 알고 있다. 내 생각에 푼돈을 모아 중국 가는 여비를 마련하기란 결코 쉽지 않을 것 같았다. 이제는 군인들의 사격 연습도 뜸해졌고 또 탄피를 주워봤자 별로 돈이 되지 않는 터라, 사격장을 찾는 사람은 점순이와 영미뿐이다.

집에 온 점순이는 탄피 자루를 마당 구석에 내려놓고는 분홍빛 자귀나무 꽃다발을 들고 현관 안으로 들어섰다. 큰방의 화병에 꽃을 꽂기 위해서라는 것을 알고 있는 나는 말 없이 그녀를 바라보기만 했다. 봄이 되면서부터 그녀는 새 꽃이 피는 대로 내 방의 화병에 꽃을 꽂기 시작했다. 눈이 미처 녹기 전에 골짜기에 핀 노란 복수초부터 시작해서 백매화, 청매화, 홍매화, 개나리, 수선화, 복사꽃, 철쭉, 영산홍, 오동나무꽃, 이팝나무꽃, 박태기나무꽃, 왕벚나무꽃 등 마을 주변의 산과 들에 핀 꽃을 꺾어다 화병에 갈아 꽂았다. 얼마 전에는 오동나무꽃을 꺾으러 나무에 올라가다 다리를 다쳐 한동안 절름거리기도 했다.

"선생님, 김하고 멸치가 떨어졌는데 오늘 장에 가시자우요."

점순이가 아직 시들지도 않은 노랑원추리꽃을 한 묶음 들고 내 방에서 나오며 말했다. 그녀는 오늘따라 어울리지도 않게 애교 웃음까지 실실 날려 보냈다.

"그러지요. 대장간에 볼일도 있으니 같이 갑시다."

"정말 장에 갈 거예요?"

장에 간다는 말에 영미까지 손뼉을 치며 좋아했다. 또래 친구도 없이 깊은 산골에 잡초처럼 사는 터라, 영미는 장에 가는 것을 가장 좋아했다. 나는 점순이가 굳이 멸치 때문에 장에 가자고 하는 것은 핑계라는 것을 알고 있다. 어제 마을 뒤꼍에서 딴 오디를 팔기 위해 장날을 기다렸을 터다. 이른 봄부터 그녀는 취나물이며 고사리를 뜯다 장날이면 가지고 나가서 팔았고 산나물이 쉰 이후부터는 죽순을 캐고 매실을 따서 장에 가지고 나갔다. 돈이 되는 것이라면 무엇이든지 장에 가지고 나가 팔았다. 돈을 준다면 독사라도 잡아서 팔 여자였다.

"점심은 장에 가서 먹기로 합시다. 국밥 어때요?"

"그래요? 그럼 준비하겠시요. 야, 영미 너도 날래 서두르라우."

점순이의 얼굴이 손에 들고 있는 원추리꽃처럼 화사하게 활짝 펴지면서 빛났다. 그녀의 그런 얼굴은 좀처럼 보기 드물었다. 나이답지 않게 짜글짜글한 주름 사이로 깊고 음울한 그늘이 드리워진 얼굴은 웃어도 웃는 것 같지가 않았다. 얼굴에서 그늘을 완전히 떨치고 목젖이 보일 정도로 입을 크게 벌리고 소리 내어 웃는 것은 아직 한 번도 보지 못했다.

점순이는 대소쿠리가 그들먹한 오디며 텃밭에서 새벽에 뜯어다 잘 다듬어놓은 부추, 쑥갓, 고구마 대, 봄 무 등 장에 가지고 갈 것부터 챙겨 자동차 트렁크에 실었다. 그사이 나는 장화를 벗고 운동화로 바꾸어 신은 다음 차양이 넓은 베이지색 운동모자를 깊숙이 눌러썼다. 대장간에 가지고 갈 탄피며 탄환에서 분리한 놋쇠 등도 챙기고 운전석에 앉았다. 점순이는 영미를 뒤쪽으로 밀어 넣다시피 하고 내 옆자리에 앉았다. 점순이는 사격장에 갔던 몸뻬 차림 그대로다. 그녀는 바깥출입을 할 때 화장을 하거나 외출복으로 갈아입는 법이 없다. 내가 그녀를 안 지가 3년이 넘었지만, 아직껏 화장한 얼굴을 한 번도 본 적이 없었다. 점순이 몸에서는 화장품 냄새 대신 땀 냄새가 났다. 내가 어렸을 때 어머니한테서 맡았던 쉰 보리밥처럼 시지근한 냄새와 같았다. 그 냄새에 익숙해 있던 터라 나는 점순이의 땀 냄새가 싫지 않았다.

산자락 밑 한갓진 곳에 외따로이 자리 잡은 우리 집에서 자동차가 다니는 큰길로 나가자면 마을 앞을 지나야만 한다. 나는 마을 앞을 지날 때면 사람들을 만날 때마다 차창을 내리고 일일이 인사를 한다. 옆에 앉은 점순이도 고개를 끄덕거리고 뒷좌석에 혼자 앉은 영미는 싱글거리며 손을 혼든다. 마을 사람들은 아직 우리 셋을 부부와 딸의 관계로 알고 있다. 주민등록표에 세 사람의 관계가 동거인이라고 표시된 것을 아는 사람은 없는 듯하다. 그렇다고 애써 마을 사람들에게 우리는 아무 관계도 아니고 그냥 딱한 처지의 외로운 사람들끼리 만나 한 지붕 아래서 살아갈 뿐이라고 밝히고 싶지는 않다. 영미와 내 성이 다르다는 것을 아는 사람도 내가 아이 딸린 여자와 재혼을 했거니 짐작할 거라고 생각했다. 영미도 다른 사람들 앞에서는 나를 아저씨라고 부르지 않았다. 어쨌건 마을 사람들 눈에 비친 우리의 모습은 행복한 가족으로 보였을 것이고 그것을 한껏 과장하기라도 하려는 듯 우리 셋은 되도록 얼굴을 밝게 활짝 폈다. 비록 급조된 가족이기는 하지만 그런대로 잠시나마 고된 길 멈추고 안도의 숨을 쉴 수 있을 정도로 마음이 편안해질 수 있는 것은 사실이다. 마치 낯선 시골 길에서 마지막 버스를 놓치고 기약 없이 걸어가다가, 가까스로 달구지를 얻어 타고 언뜻 단잠을 자는 기분이랄까. 그러면서도 다급하게 짜 맞춘 관계라서 언제 허물어져 뿔뿔이 흩어지게 될지 모르는 불안감을 떨쳐버릴 수는 없다. 나는 헤어질 때 상처받지 않게 조금은 냉정해지려 노력하고 있다.

나는 문득 죽은 아내와 결혼해서 미국에 이민을 간 딸 주희랑 셋이서 드라이브를 즐기던 기억이 떠올랐다. 아내가 한창 건강할 때였으니 10여 년 전쯤이었던 것 같다. 우리는 주말이면 아내가 좋아한 담양의 메타세쿼이아 가로수 길을 달렸다. 메타세쿼이아 길에서 바라보면 추월산 정상은 마치 하늘을 향해 반듯하게 누워 있는 부처님 모습 그대로였다. 아내는 추월산 정상이 가장 잘 보이는 곳에 차를 멈추게 하고 한참 동안 바라보곤 했다. 메타세쿼이아 가로수는 연둣빛 잎이 바늘처럼 쫑긋쫑긋 돋아나는 봄과 황소 털 모양의 주황색으로 물드는 늦가을이 보기에 좋았다. 아내는 단풍 든 메타세쿼이아 색깔이 푹신하고 따뜻하게 보인다면서 내게 주황색 스웨터를 짜주겠다고 약속했다. 물론 아내는 그 약속을 지키지 못하고 죽었다. 일찍 흙으로 돌아가려고 그랬는지 아내는 모든 나무를 지나치게 좋아했다. 봄에 새순이 돋아나는 연초록 잎을 보면 핥아주고 싶다고 했고, 여름에 푸른 가지가 바람에 흔들리는 것을 보면 지상 최고의 멋진 춤이라고 했다. 가을에는 모자이크처럼 여러 가지 색깔로 변한 감나무 잎을 들여다보며 황홀한 얼굴로 감탄사를 연발했고, 겨울이면 앙상한 나목을 바라보며 슬퍼했다. 돌이켜보면 그 시절이 참으로 행복했던 것 같다. 행복이란 어제와 크게 다르지 않은 오늘의 일상 속에 있다는 것을 그때는 미처 깨닫지 못했었다. 마주 보고 있으면서 말이 없어도, 반복되는 삶이 지루해 일탈을 꿈꾸면서도 막상 변화를 두려워하는 그 일상의 한때가 행복의 순간이었음을 미처 알지 못했다.

창평에 도착한 우리는 장터에서 점순이가 가장 맛있다고 한 돼지고기 국밥을 먹었다. 아내도 창평국밥을 좋아해 이쪽으로 드라이브를 나올 때마다 먹곤 했었다. 점심을 먹고 나서 점순이는 팔 물건들을 길가에 늘어놓고 앉아서 팔기 시작했고, 나는 영미와 함께 대장간으로 갔다. 일이 없어서인지 몸피가 왜소한 50대의 대장장이는 짙은 초록색 안경을 끼고 대장간 앞 벚나무 밑 찌그러진 나무 의자에 앉아 한가하게 담배를 피우고 있었다. 나는 그에게 탄피로 호미나 괭이를 만들 수 있느냐고 물어보았다. 대장장이는 별 이상한 사람 다 보겠다면서 삐딱하게 고개를 꼬고 한참이나 나를 올려다보았다.

"아니, 꾸끔스럽게 웬 탄피로 호미를 만들어요? 탄피라면 비싼 놋쇠 아니오?"

"암턴 호미허고 괭이를 하나 만들어볼라고 여기 탄피를 가져왔습니다."

나는 트렁크를 열고 탄피가 든 자루를 꺼내 보였다.

"총소리 들은 지가 언젠네, 시금 세상에 웬 탄피를 이렇게……. 싸게 드릴 텐께 그냥 쇠로 맹글어진 것을 사 가씨요."

"돈이 문제가 아니라, 꼭 탄피로 괭이를 만들고 싶어서 그래요. 수공료는 달라는 대로 줄 테니 꼭 만들어주세요."

"탄피도 녹여야 허고 주물도 떠야 허고 여간 복잡헌디……."

대장장이는 버릇처럼 고개를 갸웃거리며 내키지 않는 표정으로 다시 건성으로 탄피 자루를 들여다보았다.

"이 분량이면 호미와 괭이 한 자루를 만들고도 남을 겝니다. 남는 걸로 다른 걸 몇 개 더 만들어주세요."

나는 그러면서 요구하는 대로 수공료를 주겠다는 말을 되풀이했다.

"영미 너한테는 뭘 만들어줄까?"

"칼이요. 감추고 다닐 수 있는 칼을 만들어주세요."

영미는 내가 묻는 말에 잠시 생각해 보지도 않고 즉각적으로 대답했다. 나는 놀란 얼굴로 영미를 찬찬히 바라보았다.

"숟가락을 만들어줘요. 숟가락 세 개요."

나는 일이 끝나는 대로 전화를 달라며 대장장이한테 전화번호를 적어주고 돌아선 후 내내 마음이 무거웠다. 칼을 만들어달라는 영미의 말이 명치끝에 걸렸기 때문이다. 영미의 분노가 언제 칼을 휘두르게 될지 두려웠다. 아무래도 어린 마음속에 똬리를 튼 분노를 삭여주기 위해서 신경을 많이 써야 할 것 같았다. 점순이가 좌판을 벌이고 있는 장터로 돌아오는 길에 초등학교 앞을 지나는데 교문 가까운 곳에 무더기로 피어 있는 담홍 자색 비비추꽃이 발걸음을 멈추게 했다. 나는 교문 앞 가게에 들러 영미한테 아이스크림을 사주었다. 그러자 영미는 막대 사탕을 들고 씩 웃었다. 나는 아이스크림과 막대 사탕값을 계산해주고 학교 꽃밭 옆 느티나무 그늘 벤치에 앉았다.

"영미야, 아까 대장간에서 칼을 만들어달라고 한 이유기 뭐야?"

나는 웃는 얼굴로 아이스크림을 핥고 있는 영미를 보며 부드럽게 물었다. 입 가장자리에 분홍빛 아이스크림이 묻은 영미의 얼굴이 해맑고 천진 스러워 보였다.

"근데, 왜 탄피로 호미랑 숟가락을 만들어요?"

영미의 예기치 않은 반문에 나는 뜨끔해 말문이 막혔다.

"그건 말이다. 아니다. 내가 너한테 내준 숙제라고 생각하고 훗날 네 스 스로 답을 찾아봐라. 어른이 되면 알게 될 거다."

"난 알고 있는데…… 맞혀 봐요?"

"알고 있어?"

"아줌마 돈 벌게 해 주려고 그러는 거죠? 그래야 아줌마가 계속 탄피를 주워서 아저씨한테 팔 수가 있으니깐요. 내 말이 맞죠?"

영미의 말에 나는 실소하고 말았다. 열한 살 소녀다운 생각이라고 생각 했다. 영미는 득의만면한 표정으로 깔깔대며 웃고 나서 내게 맡겨둔 막대 사탕을 가져가 입에 넣고 오물거리며 단물을 빨기 시작했다. 막대 사탕을 빠는 영미의 모습이 앙증맞은 꽃처럼 예쁘고 귀엽다. 이처럼 티 없이 맑은 영미의 마음속에 칼날 같은 앙칼스러움과 서슬 퍼런 분노가 감추어져 있 다니 오목가슴이 아렸다. 나는 한동안 아린 시선으로 천진스럽게 막대 사탕을 빨고 있는 영미의 얼굴을 가까이서 들여다보았고 영미는 그런 내 마음을 알고 있기라도 한 듯 햇살처럼 기분 좋은 표정으로 쨍하게 웃었다.

"저어, 저……."

영미가 갑지기 입에시 믹대 사탕을 빼 들고 잔뜩 긴장한 표정으로 나를 빤히 올려다보며 차마 말문을 열지 못하고 망설이고만 있었다.

"왜 그러냐?"

"……."

"아저씨한테 할 말 있어?"

"저…… 아빠라고 부르면 안 돼요?"

"……."

"아줌마는 엄마라고 불러도 괜찮다고 했는데……."

"아빠라고 부르고 싶으냐?"

영미는 힘을 주어 고개를 끄덕거렸다. 고개의 끄덕거림은 열 번도 더 계속되었다. 나는 웃는 얼굴로 영미를 가슴에 꼭 안아주었고 영미는 손에 들고 있던 막대 사탕이 땅에 떨어진 것도 모른 채 두 팔로 내 목을 힘껏 감고 매달렸다. 작은 가슴의 따뜻한 체온이 내 핏줄 속으로 스며드는 듯 하더니 목울대에서 울컥 뜨거운 김이 솟아올랐다.

"그래, 아빠라고 불러라."

그러자 영미는 목을 안은 팔을 풀더니 모두뜀을 뛰고 목청껏 아빠, 엄마를 외쳐대면서 운동장을 돌았다.

나는 푸른 호스를 질질 끌고 개울 건너 금낭화 꽃밭으로 가서 물을 뿌렸다. 만월리로 내려온 나는 집 앞 개울 건너 밭을 사서 금낭화를 가꾸고 있다. 물줄기가 퍼지자 담홍색 비단 주머니 모양의 꽃들이 물결치듯 일렁인다. 한 줄기에 열 개 이상의 꽃이 주렁주렁 매달린 금낭화는 딱 한 포기만 화분에 심어졌을 때도 빼어나게 아름답지만 200평이 넘는 밭에 집단으로 무리 지어 핀 모습도 볼만하다. 금낭화는 아내가 좋아했던 꽃이다. 아프기 전 설악산에 가서 금낭화를 처음 본 아내는 비단 주머니 꽃 모양도 신기하지만 요염하지 않고 소박하면서 청초한 색깔이 너무 곱다면서 감탄을 연발했다. 나는 아내가 너무 좋아하는 것을 보고 설악산에서 돌아오는 길에 야생화 화원에 들러 금낭화 화분을 샀다. 아내는 화원 주인한테서 금낭화 꽃말이 "당신을 따르겠습니다"라는 말을 듣고 더욱 좋아했다. 나도 금낭화를 처음 보았을 때 가녀린 몸매에 갈래머리를 한 여학교 시절 아내의 모습을 떠올렸다. 금낭화는 아내와 많이 닮았다고 생각했다. 줄기가 너무 연약한 것도 그렇고 눈부시게 화려하지 않으면서 단아하고 자극적이지 않은 모양이 그랬다.

나는 아내를 생각하면서 정성을 다해 금낭화 꽃밭을 가꾸기 시작했다. 씨앗으로 파종하다 보니 꽃을 피우는 시간도 오래 걸렸다. 작년 여름에 씨앗을 모아 양파망에 넣어서 땅에 묻고 한 달쯤 지난 후, 다시 꺼내 냉장고 맨 아래 칸에 다시 한 달 동안 보관한 다음에야 파종했다. 파종한 지 한 달쯤 지나자 싹이 돋아나기 시작하더니 초겨울 무렵까지 자라다 노랗게 시들어버렸다. 그랬던 것이 올봄에 다시 싹이 나고 처음으로 꽃을 피웠다. 씨앗을 바로 땅에 뿌리면 2년 후에나 꽃을 피우지만 복잡하게 땅에 묻었다가 냉장고에 보관한 후에 파종하면 1년 만에 꽃을 볼 수가 있다. 올봄, 나는 꽃이 피어날 때마다 아내를 다시 보는 것 같아 울컥 목이 메어왔다. 이제 해마다 봄이 되면 아내를 닮은 금낭화를 다시 볼 수 있어 얼마나 다행인지 모르겠다.

아내는 유방암 진단을 받은 지 1년 7개월 만에 저세상으로 갔다. 아내가 세상을 뜨자 나는 단 하루도 집에 있을 수가 없었다. 집 안 구석구석 아내와 함께 살아온 28년 세월의 숨결 같은 더께가 켜켜이 묻어 있었다. 아내가 썼던 화장대는 물론 장롱 서랍이며 찬장, 텔레비전, 오래된 벽시계, 신발장, 손때 묻은 방문 손잡이마다 아내의 목소리와 체취가 유기체처럼 살아나 나를 괴롭혔다. 아내가 죽기 3개월 전에 결혼을 한 외동딸 주희마저 서둘러 미국으로 떠나버렸다. 큰 집에 혼자 남은 나는 아내의 환영과 함께 살면서 외로움과 불면과 무력증에 시달려야만 했다. 몸과 마음이 약해질 대로 약해지자 하루하루의 삶이 지겹도록 귀찮아지기 시작했다. 끼니때마다 밥을 먹는 것, 세수하고 칫솔질을 하는 것, 누구를 만나고 이야기를 하는 것조차 싫었다. 텔레비전의 채널과 볼륨을 고정해놓은 채 멍하니 앉아서 시간을 죽이는 것이 고작이었다. 점순이가 아니었더라면 아마 꼼짝도 하지 않고 방에 누운 채 아사했을지도 모른다. 그녀는 무력증에 빠진 채 하염없이 누워 있는 나를 아침마다 깨워주었고 칫솔에 치약을 묻혀들고 서서 세수를 하게 했으며 끼니때는 내 입맛에 맞게 밥을 차렸고 청소며 빨래를 해주었다.

점순이는 아내의 간병인이었다. 그녀는 1년 넘게 병원에서 기식하면서 아내를 돌봐주었다. 아내가 죽자 갈 곳이 없다면서 나를 따라 우리 집까지 왔다. 며칠 있으면 갈 길 찾아가겠거니 했는데 일주일이 넘고 한 달이 지나도록 떠날 생각을 하지 않았다. 몇 번이고 제발 나가 달라고 말했으나 못 들은 척했다. 내가 나가 달라고 한 날은 더욱 억척을 부리며 집안일을 했다. 나는 아내가 죽고 두 달 후에 서둘러 사격장이 있는 이곳 만월리에 집을 마련했다. 그때 나는 점순이한테 두 달 치 가정부 월급을 주면서 다른 일자리를 찾아보라고 사정을 했다. 그녀는 내게서 한 발짝도 떨어지지 않겠다고 생떼를 쓰다시피 했다. 나는 어이가 없어 화를 내고 어르고 설득을 해 보았으나 막무가내로 버텼다. 그녀는 끝내 소리를 내어 서럽게 울면서 탈북 과정을 이야기했다. 어린 딸을 데리고 밤에 한겨울 얼어붙은 압록강을 건너 중국으로 넘어온 후, 중국 공안원의 눈을 피해 다니다 중국 남자한테 강간당한 일이며, 한국인 목사를 만나 한국 대사관 담을 넘다가 딸아이를 놓쳐버리고 혼자만 올 수밖에 없었던 그간의 일을 눈물과 한숨을 섞어 이야기했다. 그러면서 그녀의 한 가지 바람은 중국에 떨어진 딸아이를 찾아오는 것이라고 했다. 마음 약한 나는 그 이야기를 듣고 차마 매정하게 점순이를 떨쳐버릴 수가 없었다. 딱 2년간이라는 조건을 몇 번이고 되풀이해 강조하며 만월리에 함께 오고 말았다. 그동안 겪어보니 그녀는 성격이 좀 괄괄한 게 약간 거슬리기는 해도 깔끔하고 성실한 게 마음에 들었다. 먹는 것, 입는 것에 대해 시시콜콜 간섭만 하지 않는다면 내 비위를 건드리는 일도 없다. 아내를 잃은 후 줄담배에 폭주했던 내가 지금은 담배를 끊고 술도 두 홉들이 소주 한 병으로 줄이게 된 것은 순전히 점순이 덕이다.

밤이 되자 개울 건너 작은 연못에서 개구리들이 왁자하게 울어댄다. 개구리 울음소리 때문에 개울물 흐르는 소리도 들리지 않는다. 물이 고여 있을 때 서둘러 짝짓기를 끝내고 알을 낳아야 한다는 조바심에 부쩍 극성스럽게 울어대는 것 같다. 오케스트라를 연주하듯 화음이며 높낮이와 박자가 정확하다. 오케스트라의 여러 가지 악기가 각기 다른 소리를 내듯

개구리들도 종류에 따라 저마다 다른 울음을 운다. 산개구리는 오르륵오르륵, 참개구리는 끼끼꺼깨고 끼끼써깨고, 청개구리는 꽥 꽥 꽥 꽥, 무당개구리는 후욱 후욱 하고 운다. 악기가 크다고 큰 음을 내지 않는 것처럼 개구리 몸집이 크다고 해서 울음소리가 크지는 않다. 한참 동안 합창으로 울어대던 개구리 소리가 갑자기 뚝 멎는다. 비로소 졸졸졸 개울물 소리가 되살아난다. 그러자 마을 어귀 논다랑이 쪽에서 오르륵오르륵 산개구리 한 마리가 울고 연못과 개울, 산자락의 개구리들이 약속이나 한 듯 일제히 따라 울기 시작한다. 어둠에 묻힌 마을은 일시에 개구리울음으로 넘친다.

저녁 안개 때문인지 습윤한 바람이 목덜미를 휘감는 것을 느낀다. 저녁 상을 물린 나는 마루에 앉아 개구리 소리를 들으며 소주잔을 기울이고 있다. 시골에 살다 보니 저녁을 먹고 나서 잠자리에 들기까지가 하루 중에서 가장 참을 수 없을 정도로 무료한 시간이다. 대화 상대도 없이 긴 시간 동안 어둠만 바라보고 있자니 지루할 수밖에. 그렇다고 점순이와 나란히 앉아 이야기 전개가 뻔히 들여다보이는 텔레비전 연속극을 보고 히히거리면서 시간을 죽이고 싶지는 않다.

처마에 매달아 놓은 전깃불 주위에 날것들이 새까맣게 들러붙어 날개를 파닥거린다. 영미는 잠이 들었고 8시에 시작하는 드라마가 끝났는지 점순이가 방문을 열고 밖으로 나온다.

"나도 한 잔 주시겠습네까?"

문지방 앞에 엉거주춤 서 있는 점순이가 내 옆에 바짝 앉았다. 나는 점순이의 돌연한 태도에 소스라치듯 놀란 얼굴로 그녀를 올려다보았다.

"한 잔 하시겠소? 그러고 보니 아직 함께 술을 나눠본 적이 없었네요."

내가 빈 잔을 가득 채우며 말했다. 점순이는 기다렸다는 듯이 술잔을 받아 단숨에 목구멍으로 털어 넣었다.

"한 잔 더 주시겠습네까?"

그녀는 턱밑으로 바짝 빈 잔을 내밀었고 나는 잔을 채웠다. 그녀는 내가 채워주는 대로 거푸 잔을 비웠다. 나와 점순이는 금세 소주 두 병을 거의 비웠다. 나는 오래전에 점순이가 몰래 술을 마시고 있다는 것을 눈치채고 있었지만 모른 척해왔다. 주는 내로 잔을 비웠는데도 그녀는 아무렇지도 않아 보였다. 나를 바라보는 눈빛이 더욱 투명해졌고 당돌하게 느껴질 정도로 목소리도 칼칼해졌다. 이곳으로 내려온 지 1년쯤 지났을 때도 그녀는 내게 돌발적인 행동을 한 적이 있었다. 작년 이맘때였던 것 같다. 달빛이 골짜기 마을을 환하게 비추는 밤이었다. 그녀는 영미가 잠들자 긴히 할 말이 있다면서 집에서 조금 떨어진 개울가 팽나무 아래로 나를 이끌고 가더니 다짜고짜 두 팔로 내 목을 끌어안고는 자신을 받아달라는 것이었다. 가쁜 숨을 몰아쉬며 나와 결혼하고 싶다고 말했다. 그녀에게서 술 냄새와 느끼한 화장품 냄새가 확 풍겼다. 나는 깜짝 놀라 사납게 그녀의 팔을 떼어내고 정신 차리라고 소리쳤다. 무참해진 그녀는 내 바짓가랑이를 붙잡고 울었다. 그 일이 있고 난 뒤로 나는 그녀에게 더욱 냉정하게 대했고 그녀 역시 더는 내게 접근하지 않고 살살 배돌면서 일정한 거리를 유지했다.

"내일이면 선생님을 따라서 여기 온 지 꼭 2년째 되는 날이라는 걸 알고 있갔지요?"

점순이가 상반신을 앞으로 깊숙이 꺾고 턱끝을 바짝 쳐들어 나를 빤히 들여다보며 말했다. 그때야 나는 오늘 밤 그녀의 조금은 당돌한 태도를 이해할 수 있을 것 같았다. 점순이는 2년 동안만 나와 같이 살다가 떠나기로 약속했지 않은가. 내일이 딱 2년이 되는 날이라는 것을 나는 까맣게 모르고 있었다. 그것은 점순이가 그동안 내 옆에 있었던 것에 전혀 불편함을 느끼지 못했다는 이야기가 될 수도 있다. 점순이는 떠날 준비를 하는 것인지도 몰랐다. 내일이면 띠닐 작정을 하고 마지막 나와 이별주를 마시는 것인지도.

"참 살다 보니 이런 날도 있구먼요. 선생님과 마주 앉아서 술을 마시고……."

점순이는 오늘이 그 마지막 밤이라는 것을 알고 마음먹고 나와 대작하려고 벼르고 있었던 것 같기도 했다. 나는 그녀의 행동을 충분히 이해하면서도 그 당돌함이 조금은 두렵기까지 했다. 술에 취한 그녀가 또 어떤 행동을 보일지 몰랐기 때문이다.

"선생님께 마지막으로 한 말씀 하겠시요. 죽은 사람 못 잊는 거는 아무것도 아니라요. 진짜 잊을 수 없는 거는 죽은 사람이 아니라 살아 있는 사람이라구요. 진짜 고통스러운 거는 살아 있는 사람을 잊을 수 없는 거라니깐요. 이북에서 남편이 죽었지만도 거저 금방 잊게 되드만요. 그렇지만 중국에 살아 있는 딸은 한순간도 잊히지 않아요. 선생님도 돌아가신 사모님은 인제 그만 잊으시라우요. 죽은 사람 못 잊는 거는 정신적 사치라고 생각해요. 그러고…… 그러고 말입네다. 남한에 와서, 아니 선생님 따라와서 느낀 게 있구만요. 산을 보니 소나무는 소나무끼리 참나무는 참나무끼리 모여 사는 거를 보고 깨달았시요. 상수리나무 숲속에 한 그루의 소나무는 살아갈 수 없고 소나무 숲에서 한 그루 상수리나무는 살 수 없다는 거 알았시요. 상수리나무는 상수리나무끼리, 소나무는 소나무끼리 살 수밖에 없다는 것을 알았구만요. 사람도 혼자는 낯선 사람들 속에서 살 수가 없겠드만요."

점순이는 혼자 긴 이야기 끝에 잠시 한숨을 몰아쉬더니 술병을 들어 쥐어짜듯 마지막 자신의 술잔을 채웠다. 나는 점순이에게 산이 나무를 선택하는 게 아니라 나무가 산을 선택하는 거라고 말해주려다가 그만두었다.

"선생님과 술 한 잔하고 나니 막힌 가슴이 뻥 뚫리는 것 모양으로 마음이 후련합네다. 영미가 마음에 걸리긴 하지만도…….."

그녀는 마지막 술잔을 단숨에 털어 넣었다.

"선생님, 영미가 불쌍해요. 이제 겨우 마음의 상처가 아물기 시작하는데…….."

"얼마 전에 영미가 나한테 아빠라고 불러도 되느냐고 하기에 그렇게 하라고 했는데도 어찌 된 건지 한 번도 아빠라고 부르지 않던데…….."

"나헌테도 엄마라고 부르고 싶다고 했습네다."

"엄마라고 불렀어요?"

"아닙네다. 마음이 바뀌었다고 했습네다."

"마음이 바뀌다니요?"

내 물음에 그녀는 잠시 머뭇거리다가 말을 이었다.

"나와 선생님이 결혼하기 전에는 엄마, 아빠라고 부르지 않겠다고 했시요."

그러면서 점순이는 오랫동안 내 얼굴에서 시선을 거두지 않았다.

마지막 어둠이 퇴각하고 회색빛 여명이 터오더니 이내 한여름의 산색이 명징하게 드러났다. 새벽에서 아침이 밝아올 때까지 시간의 흐름이 손에 잡힐 듯 눈에 보인다. 산골 마을의 새벽은 유리알 속처럼 투명하다. 6월의 끝자락에 들어서면서부터 산색은 초록빛 허물을 벗고 청록색으로 바뀌었다. 여느 날과 마찬가지로 5시에 일어난 나는 마당으로 나와 심호흡을 한다. 신선한 새벽 공기가 실핏줄을 타고 온몸으로 쩌릿쩌릿 퍼지는 기분이다. 내가 하루 중에서 가장 좋아하는 시간이다. 오늘은 아침을 먹고 대장간에 가서 탄피로 만든 호미와 괭이, 그리고 세 개의 숟가락을 찾아올 생각이다. 어제 오후, 대장장이로부터 보름 전에 맡긴 것이 이제야 완성되었다는 전화가 왔다. 나는 앞으로 탄피로 만든 호미와 농기구로 야생화를 가꾸고 탄피로 만든 숟가락으로 밥을 먹을 생각이다. 특별한 의미는 없다. 그냥 배고팠던 유년 시절 탄피를 주워서 굶어 죽지 않았던 때를 잊지 않기 위해서라고나 할까.

나는 울타리 대신 벚꽃나무로 에두른 집 주위를 한 바퀴 돌아보고 나서 산책길에 나선다. 밤나무밭 언덕배기에 희끔하게 사람의 그림자가 어른거리는 것이 보인다. 나만의 아침 산책길에 누가 먼저 와 있을까 궁금했다. 나는 걸음을 멈추고 서서 한동안 언덕배기를 올려다본다. 점순이다. 그녀가 언덕배기 등성이에 앉아서 나를 내려다보고 있는 게 아닌가. 그녀는 나를 기다리고 있는 것 같다. 지금까지 한 번도 그녀와 함께 이 길을 산책한 적이 없었는데 무슨 일로 이슬아침에 언덕배기에 올라가 나를 기다리는 것일까. 더욱이 그녀는 남자들의 비린내와 같다면서 유난히 밤꽃 향기를 싫어했다. 내게 작별을 고하기 위해서인가. 그녀는 정말 떠나려는 것일까. 그녀가 일어서더니 나를 향해 손을 흔드는 것이 보인다. 나는 그녀가 서 있는 언덕배기로 올라갈 것인지 아니면 몸을 돌려 다른 산책길을 택할 것인지 망설였다. 그때 밤나무밭 쪽에서 바람이 살랑 불어오면서 밤꽃 향기가 물큰물큰 콧속을 후비며 파고들었다. 밤꽃 향기가 싫지 않다. 나는 밤꽃 향기를 깊숙이 빨아들이며 언덕배기를 향해 천천히 걸음을 옮기기 시작한다. 점순이한테 할 말이 생각났기 때문이다. 그건 간밤에 영미와 중국에 있다는 점순이 딸 때문에 잠을 이루지 못하고 뒤척이면서 생각해낸 것이었다.

『문학들』, 2006

생오지 가는 길

쿠엔은 군내 버스에서 내리자 남편의 트럭을 기다리기 위해 황토색 비닐이 깔린 정류장의 시멘트 의자에 앉았다. 길 건너 전봇대 옆 박태기 꽃이 햇살 속에서 빨긋빨긋 꽃망울을 터뜨린 것이 눈에 들어왔다. 아침 8시쯤 버스를 기다리기 위해 앉아 있었을 때까지만 해도 꽃은 보이지 않았다. 서너 시간 사이에 자연의 변화가 이토록 확연하다니. 쿠엔은 문득 시간의 시간 속에 살고 있는 자신을 발견한다. 사는 것이 참으로 숨 가쁘다고 생각한다. 얼마 전까지만 해도 그녀는 시간 밖의 시간 속에 살고 있었다.

10분쯤 기다려도 남편은 오지 않았다. 천천히 일어선 그녀는 턱끝을 바짝 쳐들고 하늘을 올려다보았다. 한국에 온 후로 하늘을 쳐다보는 버릇이 생겼다. 끝없이 펼쳐진 에메랄드빛 고향 바다가 보고 싶기 때문일까. 오늘따라 하늘은 바다처럼 깊고 투명하다. 이곳 골짜기에서 쳐다본 하늘은 높은 산들에 가려 고향 앞바다에 비해 그리 넓지 않지만 하늘을 쳐다보는 순간만은 어머니 걱정으로 울연해진 가슴이 바늘 틈새만큼 뚫리는 것 같다. 막힘 없이 툭 트인 고향 앞바다가 울컥 그립다. 병든 할머니와 한쪽 다리가 불편한 어머니, 그리고 자기 대신 할머니와 어머니를 돌보는 동생들도 보고 싶다.

생오지 마을까지는 버스에서 내려 20분쯤 걸어야 한다. 남편은 왜 나타나지 않는 것일까. 그녀는 청승맞게 삐딱하게 서서 생오지로 연결된 시멘트 도로 초입에 선봇대 높이로 높다랗게 세워놓은 마을 안내 간판에 시선을 꽂았다. 하늘에 매달린 듯 맨 위쪽에 걸린 '용연 문예 마을' 간판부터 띠듬띠듬 읽어 내려갔다. '엠마오 교육관', '문학의 집 생오지', '용주 농원', '현암 화실', '차 한잔과 세상', '대림 사슴 목장', '용무 농장'. 간판을 보면 생오지가 어떤 마을인가 호기심이 당길 만하다. 특히 용주 농원의 둥그스름한 황토색 지붕과 대림 목장의 살아 있는 듯한 사슴 그림이 유난히 눈에 띈다. 골짜기 입구에 간판을 세운 후로, 차를 몰고 지나던 사람들이 더러 찾아오기도 한다. 간판에 표시된 생오지는 도시풍의 전원 마을 같으나 실제 골짜기 안으로 깊숙이 들어와 보면 구멍가게 하나 없고, 오랜 세월 세상과 단절된 듯 적막하고 호젓하기만 한 산골 풍경이다.

쿠엔은 유둔재 너머 생오지에서 10킬로미터쯤 떨어진 면 소재지 면민 자치센터에서 장구를 배우고 집으로 돌아가는 길이다. 매주 수요일은 그녀가 장구를 배우기 위해 외출하는 날이다. 두 달 후에 열리는 외국인 아내 장기자랑에 출전하기 위해서다. 그녀는 설장구를 치는 순간만은 날개가 돋은 듯 몸과 마음이 가벼워지면서 장단에 맞춰 옴쭉옴쭉 하늘로 솟아오르는 기분을 느낀다. 장구를 배우기 시작한 지 겨우 6개월이 되었는데 어느덧 발놀림이며 몸짓을 곁들인 버슴새를 익히는 중이다. 장구를 배우는 매주 수요일에는 작년에 베트남에서 시집온 친구도 만나고 농협 마트에 들러 남편이 즐겨 마시는 소주며 아들 청국이가 좋아하는 초코파이도 사 올 수가 있다. 달고 쫀득거리는 초코파이를 살 때마다 고향의 동생들 생각이 간절하다. 쿠엔은 그녀가 좋아하는 쌀국수를 사는 것도 잊지 않았다. 쌀국수는 한국에 와서 맛볼 수 있는 유일한 고국 음식이다. 베트남 쌀국수에 비해 면발이 굵고 너무 차져 맛이 떨어지기는 하지만, 뜨거운 물에 한 번 데쳐 뜨물을 쪽 빼낸 다음, 팔팔 끓는 멸칫국물에 콩나물이나 야채와 함께 살짝 적셔 먹으면 입안이 개운하고 상큼하다. 쿠엔은 갑자기 쇠고기를 얹고 고수를 넣은 베트남 쌀국수 퍼보가 먹고 싶어졌다. 베트남에 온 남편과 결혼을 결심하던 날 퍼보를 사주었더니 남편은 향신료인 고수에서 빈대 냄새가 난다면서 먹지 않았다. 오늘 점심때 해 먹을 쌀국수에는 쇠고기나 닭고기 대신 멸치를 얹을 생각이다. 그녀는 남편과 함께 쌀국수에 곁들여 소주 마실 생각에 발걸음이 빨라진다. 처음 한국에 와서는 소주는 입에도 대지 못했으나 남편이 주는 대로 홀짝홀짝 받아 마시다 보니 이제는 부부가 대작을 하기에 이르렀다. 오늘은 장구를 배우고 우체국에 들러 '생오지 청국장'을 택배로 부치느라 집에 오는 시간이 여느 날보다 늦다. '생오지 청국장'은 쿠엔이 재배한 콩으로 직접 띄워 만든 것으로, 요즘에는 하루에 한두 곳으로부터 인터넷 주문이 꾸준히 들어오고 있다.

쿠엔은 1년 전에 '생오지 청국장' 홈페이지를 만들었다. 홈페이지에 생오지 마을의 아름다운 사계절 변화를 배경으로 청국장이 만들어지는 과정을 사진으로 찍어 올렸다. 봄에는 온통 꽃으로 휘덮인 마을을 배경으로 자갈밭에 콩을 심는 장면을, 여름에는 울타리처럼 마을을 에두른 푸른 소나무와 나비 모양의 희거나 자줏빛을 띤 콩꽃이 보료처럼 땅을 덮고 있는 모습을, 가을에는 정자 옆 300년쯤 된 둥구나무 단풍과 콩 타작하는 사진을, 겨울에는 눈 내리는 생오지에서 재래식 부엌의 아궁이에 장작불을 지펴 청국장을 띄우는 모습을 각각 곁들였다. 작년까지만 해도 근동 몇몇 집에서 입소문을 듣고 생오지까지 직접 와서 청국장을 사 가는 정도였는데, 홈페이지를 만들어 올린 뒤부터는 매달 평균 100kg 정도 주문이 들어

오고 있다. 한 달 매상이 100만 원이나 된다. 쿠엔은 올해 안으로 월 매출액 200만 원을 돌파할 계획이다. 한번 먹어본 사람은 잊지 않고 다시 주문을 해 오는 것으로 보아 목표 달성은 무난할 것 같다. 어쩌다 직접 청국장을 사러 생오지에 온 사람들은 청국장 만드는 사람이 베트남에서 시집온 스물일곱 살의 젊은 아줌마라는 것을 알고 깜짝 놀라곤 한다. 쿠엔이 먹어봐도 자신이 만든 청국장은 맛이 있다. 청국장을 제일 잘 띄운다는 꼬부랑 할머니네 것보다 맛이 깊고 은근하다.

'생오지 청국장' 맛은 좀 특별하다. 콩을 으깨지 않아 알갱이 씹히는 맛도 있고 살짝 고춧가루를 가미해서 약간 칼칼하다. 쿠엔은 한국 음식 중에서 자신이 만든 청국장을 가장 좋아한다. 이제 쿠엔은 청국장 만드는 것에 자신이 생겼다. 콩을 선택하는 것에서부터 띄우는 방법에 자기만의 노하우가 생겼다. 그녀는 생오지 자갈밭에서 나는 국산 황태만을 쓴다. 콩은 돌 오줌을 먹고 자란다는 말을 절감한다. 척박한 자갈밭에서 나는 황태라야 열매가 튼실하고 진이 많이 생긴다. 콩은 반드시 지하 300m 암반수로 씻고 계절에 따라 알맞게 콩을 불린다. 가마솥에 뭉근한 장작불로 콩 물이 거의 없어져 걸쭉해질 때까지 다섯 시간 정도 삶고 10~20분 정도 뜸을 들인 후에 거품이 나도록 솥을 여러 번 흔들어준다. 붉은 기운이 날 정도로 콩 속까지 잘 삶아지지 않으면 바실러스균이 깊숙이 침투하지 못해 균사가 일어나지 않는다. 삶는 도중에 솥뚜껑을 열어 찬 공기가 조금이라도 들어가면 콩이 잘 익지 않는다. 쿠엔은 콩을 띄우기 위해 짚 대신 말린 쑥을 사용한다. 농약을 전혀 사용하지 않은 볏짚을 구하기가 어렵기 때문이다. 발효시킬 때 말린 쑥을 넣는 것은 조 씨 어머니가 귀띔해주었다. 아흔두 살로 생오지에서 가장 나이가 많은 조 씨 어머니는 짚 대신 쑥을 넣으면 맛이 "개미가 있다"라고 했다. 쿠엔은 '개미 있다'라는 말의 뜻을 알아듣지 못했다. 최근에야 그 말을 "맛이 깊다"라는 의미로 이해할 수 있었다. 발효시킬 때는 잘 삶아진 콩을 바구니에 담아 콩과 콩 사이에 말린 쑥을 꽂은 다음, 깨끗한 면 보자기로 싸서 뜨뜻한 아랫목에 이불로 싸놓는다. 청국장을 띄울 때는 적당한 습도와 온도를 조절하는 것이 중요하다. 이때는 반드시 구들방에 장작불을 땐다. 띄운 지 2, 3일 지나 바구니를 열고 국자로 떠보면 충분히 발효되어 실 같은 것이 길게 늘어진다. 실이 많이 나올수록 잘 띄워진 청국장이다. 실이 쩍쩍 늘어나는 것을 보면 탄성이 나올 정도로 오지고 예쁘다. 보고만 있어도 사르르 군침이 돈다. 잘 띄운 청국장은 꽃보다 아름답고 이른 봄에 갓 돋아나는 연둣빛 청 단풍잎처럼 새뜻해서 핥아주고 싶다.

쿠엔은 청국장을 만들면서부터 한국 생활의 어려움을 이겨냈다. 단단히 각오하고 선택한 결혼이었지만, 한국에 와서 처음 얼마 동안은 하루하루 버텨나가는 것이 지옥 같았다. 말은 통하지 않지, 어머니 보고 싶은 마음은 굴뚝같지, 역겨운 청국장 냄새는 진동하지, 일 못 한다고 시어머니의 구박은 죽 끓듯 하지, 죽고 싶을 때가 한두 번이 아니었다. 무엇보다 견딜 수 없었던 것은 지독한 청국장 냄새였다. 시어머니는 아들이 좋아한다면서 끼니때마다 청국장을 끓였는데 쿠엔은 밥상에 앉아서도 냄새 때문에 코를 쥐어 막곤 했다. 쿠엔은 할 수만 있다면 다시 고향으로 돌아가고 싶었다. 그녀는 무인도에 혼자 버려진 기분이었다. 너무 외로워서 종일 아무것도 먹지 않고 침대 밑이나 장롱 속에 숨어 있기도 했다. 모든 것이 허무하고 귀찮아졌다. 밥을 먹는 것도, 텔레비전 드라마를 보는 것도, 좋아하는 음악을 듣는 것도, 한국말을 배우는 것도, 꿈을 간직하고 사는 것조차도 무의미하게 생각되었다. 침대 밑이나 장롱 속에 숨어 있으면 호두 알 속에 긴힌 것처럼 답답했지만 그래도 모든 것을 잊을 수가 있었다.

그러던 어느 날, 침대 밑에서 언뜻 잠이 들고 말았다. 눈을 떠보니 방안에 회색빛 이둠이 내려앉기 시작했고 고약한 청국장 냄새가 코를 후벼 팠다. 저녁 준비를 하는 시어머니가 청국장을 끓이고 있었다. 쿠엔은 오목가슴이 땅기고 창자가 뒤틀리는 듯한 토악질을 참을 수 없어 다급하게 화장실로 뛰어 들어갔다. 변기 앞에 쪼그리고 앉았으나 위 속에서는 아무것도 올라오지 않고 헛구역질만 계속했다. 다시 침대 밑으로 기어들어 가 엎드려 있는데 으슬으슬 오한이 들면서 머리가 지근거렸다. 그날 이후, 미열과 함께 구역질은 계속되었다. 구역질 때문에 아무것도 먹을 수가 없었다. 쿠엔은 한참 후에야 임신한 것을 알게 되었다. 그전까지는 토악증이 청국장 냄새 때문이라고만 생각했었다. 그러던 어느 날 갑자기 청국장이 먹고 싶었고 시어머니가 끓여준 청국장을 먹고 나자 신통하게도 입덧이 가라앉았다. 청국장은 먹을수록 그 맛이 독특했다. 된장 맛하고는 달랐다. 된장 맛이 구수하고 담박하다면 청국장 맛은 고릿하면서도 강렬하고 뒷맛이 은근했다. 시어머니 말로는 청국장 맛이 된장 맛보다 더 "쌈빡하다"라고 했다. '쌈빡하다'는 것은 자극적이고 강렬하다는 것을 의미했다. 텁텁한 것 같으면서도 새큼달큼하고 개운했다. 뒷맛이 좋았다. 쿠엔은 청국장을 즐겨 먹은 후부터 맛이 "개미가 있다"라느니, "쌈빡하다"라느니 하는 말을 비로소 이해하게 되었다. 자꾸 먹다 보니 질리지도 않았으며 오히려 중독되기라도 한 것처럼 입맛이 당기기까지 했다. 쿠엔은 어렸을 때 처음으로 생선 젓갈인 느억맘을 먹고 썩은 냄새 때문에 토할 것 같았으나 두 번째부터는 아무렇지 않았고 먹을수록 입맛이 당겼던 기억이

났다. 맛에 길들어지자 냄새와 친해지기 시작했다. 청국장 냄새는 두리안 냄새와 비슷한 것 같았다. 그녀는 시어머니한테서 청국장 만드는 법을 배웠다. 시어머니한테서 배운 대로 콩을 심고 수확하여 청국장을 만들기까지 모든 과정에 마음을 쏟았다. 그때 그녀는 알았다. 직접 청국장을 만들기 시작하면서부터 차츰 한국에 동화되어가는 자신을. 청국장 맛에 길들어지면서부터 다른 한국 음식도 좋아하게 되었고 한복 입는 것을 즐겼으며 한글도 깨우치게 되었다. 이제는 한국이 너무너무 좋다. 청국장을 즐겨 먹으면 한국 사람과 친해질 수 있고 어떤 경우에도 한국 사람을 미워하지 않을 것 같았다.

자동차가 겨우 지날 수 있을 정도로 조붓한 시멘트 포장도로를 따라 빠른 가락 걸음으로 치렁치렁한 긴 생머리 팔랑거리며 골짜기로 들어서는 쿠엔의 행색이 우스꽝스럽다. 그녀는 외출할 때는 일부러 한복을 입는다. 오늘도 그녀가 좋아하는 색깔인 분홍빛 치마에 연두색 저고리를 입고 묵신해 보이는 군청색 등산용 백을 멨다. 백 속에는 마실 물과 타월 한 장, 농협 마트에서 장 본 물건들이 들어 있다. 외출할 때 치마를 즐겨 입는 이유는 첫째 아오자이처럼 치맛자락이 바람에 날리는 것이 좋아서고, 둘째는 마을 밖에 나갈 때마다 처음 본 사람들이 어느 나라에서 왔느냐고 묻는 말에 대답하지 않아도 되기 때문이다. 대부분 사람은 그녀의 갸름한 얼굴에 약간 튀어나온 이마며 까무잡잡한 피부색을 보고는 필리핀이나 인도네시아에서 왔느냐고 묻는다. 그런데 한복을 입은 후부터는 아무도 어느 나라에서 왔느냐고 묻지도 않고 군내 버스에서 내릴 때도 운전기사가 미리 알고 남도 마당 앞 정류장에서 정차한다.

쿠엔은 자꾸 걸음이 빨라진다. 마을이 가까워질수록 조 씨 집 앞을 지

나갈 생각에 가슴이 덜컹 내려앉았다. 마을 밖으로 나들이를 할 때마다 조 씨 집 앞을 지나는 일이 무서워 마음이 차갑게 얼어붙곤 했다. 그녀는 조 씨를 떠올리지 않으려고 고개를 들어 먼 산을 보며 걸었다. 조 씨 어머니는 가끼이하고 싶지만 조 씨는 생각하기도 싫었다. 생오지 가는 길은 밤나무며 상수리나무가 듬성듬성한 산자락을 따라 어슷하게 누워 있다. 사슴 목장을 지나 길을 따라가다 보면 첩첩 야산 위로 중절모자를 쓰고 있는 것처럼 뾰족하게 솟은 별산이 한눈에 들어온다. 별산이 떠오르면서 미술관 같은 용주농원 이층집이 덩실하게 시선을 잡아끈다. 이 길로 처음 들어서는 사람이면 누구나 용주농원에서 골짜기가 끝나는 것으로 생각하기 십상이다. 그러나 좁은 길은 산속으로 휘움하게 계속 이어진다. 바람이 건듯 불자 가로수로 심어놓은 벚꽃나무에서 꽃잎이 풀풀 흩날린다. 다랑논 건너편 연초록 산에 꽃구름이 떠 있다. 꽃잎이 꽃비처럼 날려 시멘트 도로에 눈처럼 희끔하게 쌓여 있다. 이곳의 산벚꽃은 다른 지역보다 2주 정도 늦게 핀다. 무등산 뒷자락 깊은 산골이라서 자동차로 한 시간 거리의 광주보다 3도, 멀리 떨어진 서울보다는 5도 정도 기온이 낮다. 그 때문에 무등산 벚꽃이 다 지고 난 후에야 생오지 골짜기의 봄꽃들이 한꺼번에 폭발하듯 피어난다. 개나리, 산수유, 매화, 산벚꽃, 벚꽃, 철쭉, 목련, 살구, 자두, 복사꽃, 박태기꽃, 앵두꽃, 탱자꽃, 이팝꽃 등이 골짜기의 산과 들에 한꺼번에 피어나면 꽃 폭죽을 터뜨린 것처럼 울긋불긋 황홀한 꽃 세상을 이룬다.

길 위 잡목 숲에서 푸드득 꿩이 날아오르며 꿩꿩 울자 쿠엔은 깜짝 놀라 걸음을 멈춘다. 쿠엔은 6년 전 늦가을에 남편 이정식을 따라 처음 이 길을 걸어 들어왔다. 그때 그들은 군내 버스를 타고 유둔재를 넘어 남도 마당 앞에서 내렸다. 쿠엔의 옷가지를 가득 담은 낡은 쥐색 비닐 가방을 든 남편이 절름거리며 앞서 걸었고 쿠엔은 여남은 걸음 뒤처져 따라왔다. 바다를 접한 구릉지대인 고향에서는 찾아볼 수 없는 깊은 산골이었다. 11월인데도 그날따라 바람이 골짜기를 물어뜯듯 거칠게 불어왔다. 산에는 굴참나무며 떡갈나무 등 활엽수 잎이 떨어져 바람에 날렸다. 쿠엔은 너무 추워 자꾸 눈물이 나왔다. 앞으로 추운 산골에서 살아가는 얼이 죽을 것만 같았다. 버스를 타기 전에 화장실에 갔다 왔는데도 긴장되고 불안해서인지 또 오줌이 마려웠다. 그녀의 걸음걸이가 느려지자 앞서가던 남편이 걸음을 멈추고 돌아서서 바보처럼 빙시레 웃었다. 그녀는 남편에게 오줌이 마렵다는 표현을 하고 싶었으나 입안에서만 말이 뱅뱅 돌았다. 그녀는 더 참을 수가 없어 웃고 있는 남편에게 가까이 다가가 가까스로 "화. 장. 실"이라는 말을 했다. 한국에 와서 처음 배운 말이 '화장실'이다.

울상을 짓고 있는 쿠엔의 다급한 표정을 읽은 남편은 손으로 자신의 사타구니와 엉덩이를 번갈아가며 투덕거렸다. 그 행동이 우스꽝스러웠으나 웃음이 터지지는 않았다. 그녀는 한참 만에야 남편이 손짓으로 오줌이 마려운 건지 똥이 마려운 건지를 묻고 있다는 것을 알아차리고 자신의 사타구니 쪽을 가볍게 툭툭 쳤다. 남편은 쿠엔의 손목을 잡고 뛰기 시작했다. 다짜고짜 생오지 들머리 대밭 아랫집으로 들어서서 집주인 노파를 밀치고 화장실 문부터 열더니 그녀를 안으로 밀어 넣었다. 볼일을 보고 화장실을 나온 쿠엔은 소스라치듯 놀라며 몸을 움츠렸다. 화장실 문 앞에 대여섯 명의 아낙과 노인들이 먼 나라에서 시집온 새댁을 보기 위해 몰려온 것이었다. 그들은 쿠엔의 손이며 얼굴, 머리털은 말할 것도 없고 가슴이며 엉덩이까지 만지고 토닥거리며 키들거리고 떠들어댔다. 쿠엔은 자신이 동물원 짐승이 된 듯하여 빨리 그 집에서 빠져나가고 싶었지만, 남편은 마을 사람들과 함께 키들거리며 한사코 미적거렸다. 낯선 나라에서 온 새색시를 구경하러 온 사람들은 점점 많아졌고 거실 소파에 파묻힌 듯 느긋히게 앉은 남편은 좀처럼 일어설 줄을 몰랐다. 남편은 자기보다 열두 살이 적은 외국 아내가 마냥 자랑스러운지 마을 사람들이 물어보는 말에 거침없이 대답을 해주며 연방 벌쭉벌쭉 웃고만 있었다. 이윽고 머리에 타월을 둘러쓴 주름투성이 집주인 할머니는 부침개와 두부찌개로 안주를 마련하여 술상을 내왔고 남편은 거푸 따라주는 술잔을 받아 마시고는 흥건히 취하고 말았다. 쿠엔도 마을 아낙들이 한사코 권하는 바람에 몇 잔 받아 마셨더니 얼굴이 화끈거리고 사지에 힘이 빠졌다. 분홍빛 감도는 술은 향기가 알싸하면서도 달콤해서 자꾸 맛이 당겼다. 쿠엔과 그녀 남편은 날이 어둑어둑해져서야 술에 취해 절름거리면서 시어머니가 기다리고 있는 안 생오지 마을 막창에 자리 잡은 집으로 향했다. 집으로 가면서 남편은 목청껏 느린 가락의 노래를 불렀다. 쿠엔도 남편 옆에 바짝 붙어 걸으며 '달빛 아래서'라는 베트남 노래를 흥얼거렸다.

달빛이 밝아오니 고향 생각이 나네 달빛은 어머니 마음 부드럽게 나를 비추니 내 마음 더욱 쓸쓸하네 달빛에 젖어 그리움에 젖어 나는 오늘도 눈물 흘리네

쿠엔의 생오지 신혼 생활을 그렇게 시작되었다. 하노이 한복판에 있는 고급 호텔 커피숍에서 처음 남편을 본 쿠엔은 크게 실망했다. 맞선을 보기 위해 비싼 교통비를 들여서 용기를 내 먼 길 찾아온 것이 후회되기도

했다. 결혼 알선 업체에서는 신랑감의 한쪽 다리가 불편하다는 것을 미리 말해주지 않았다. 사기를 당한 것만 같아 울화가 치밀어 그냥 일어서 버리고 싶었다. 신랑감이 절름거리며 결혼 알선 회사 직원과 함께 그녀 테이블 가까이 다가오는 것을 본 그녀는 고개를 돌려 외면해버렸다. 순간 오른쪽 다리가 없어 목발을 짚고 서서 신랑감을 만나기 위해 마을을 떠나는 딸을 바라보던 어머니가 떠올랐다. 어머니는 콩알 크기의 까만 점으로 사라질 때까지 마을 앞 종려나무 밑에 서서 손을 흔들었다. 그녀는 외다리로 험한 세상을 살아온 어머니의 뼈저린 외로움과 고통을 속속들이 보아 왔다. 남편이 먼저 입을 열었다. 쿠엔이 시선을 피하는 이유를 알고 있는 듯 남편의 표정이 어두웠다. 무겁게 가라앉은 낯선 이국 남자의 목소리가 슬픈 노래처럼 그녀의 가슴에 홍건하게 젖어오는 듯했다.

"쿠엔 양의 눈빛이 샘물처럼 맑고 아름답다고 하십니다. 그리고 오늘의 만남이 운명이 되었으면 하고 바라신답니다."

통역의 말에 그녀는 비로소 고개를 똑바로 세우고 앞에 앉은 낯선 남자를 보았다. 걸어오는 것을 언뜻 보았을 때 키가 작달막한 것 같았는데 큰 두상에 떡 벌어진 어깨 등 생각보다 덩치가 우람찼다. 근육질 얼굴에 각진 턱이며 몸피가 다부지고 강건해 보였고 하얀 피부에 크고 우묵한 눈이며 짙은 눈썹, 실한 콧대 등이 편안한 느낌을 주었다. 통역이 남자가 다리에 총상을 입은 사연을 말해주었다. 남자는 열두 살이었던 80년 5월 광주항쟁 때 버스 터미널 근처 식당에서 일하고 있던 어머니를 모셔 오기 위해 도청 앞을 지나다가 계엄군이 쏜 총에 오른쪽 허벅지를 맞았다고 했다. 통역의 이야기를 듣는 순간 목발 짚은 어머니의 초라하고 불안정한 모습이 여러 차례 떠올랐다. 어머니도 38년 전 열두 살 나이에 한국군이 난사한 총에 다리를 맞았다. 예상했던 대로 어머니는 두 사람의 결혼을 반대헀다. 그린데도 쿠엔은 끝내 결혼을 고집했고 한국에 왔다. 어머니의 반대를 무릅쓰고 굳이 결혼을 선택한 이유는 연민 때문이었는지도 모른다. 그 언민의 뿌리는 어머니로부터 비롯된 것 같았다. 아니, 할아버지를 죽이고 어머니의 한쪽 다리를 앗아 간 한국이 어떤 나라인가를 알아보고 싶었는지도.

골짜기 안에서 바람이 불어온다. 봄이 되면서부터 바람의 방향이 바뀌었다. 가을부터 겨울까지는 골짜기 밖에서 안으로 날카로운 북새풍이 쌩쌩 불어오더니, 봄부터 여름까지는 골짜기 안에서 시원한 마파람이 콧노래처럼 밖으로 솔솔 흘러나간다. 골짜기 안에서 불어오는 바람은 상큼하고 향기롭다. 쿠엔은 싱그러운 산죽이 키 높이로 촘촘하게 늘어선 길을 지나 대밭 모퉁이를 돌았다. 대밭 아래서부터 고샅처럼 좁은 도로 양쪽으로 대여섯 채의 올망졸망한 집들이 어깨를 비비고 바짝 붙어 있다. 용주농원에서부터 이곳까지가 바깥 생오지다. 쿠엔은 조 씨 집이 가까워지자 다시 불안해져 걸음이 빨라진다.

바깥 생오지 마지막 모퉁이 길가의 두 칸짜리 낡은 블록집에는 베트남 참전 용사 조 씨 할아버지가 아흔두 살의 노모와 살고 있다. 아들이 하나 있었는데 비장이 부어오르는 호지킨병에 걸려 일찍 죽었다고 했다. 그는 오래전부터 고엽제 후유증인 근위축성측색경화증을 앓고 있다. 3년 전까지만 해도 휠체어를 타고 조금씩 움직였는데 지금은 사지는 고사하고 목조차 제대로 가누지 못하는 상태로 방 안에만 누워 있다. 6년 전 쿠엔이 생오지로 시집온 지 사나흘쯤 지났을까, 조 씨는 노모의 도움으로 휠체어를 타고 일부러 그녀의 집까지 찾아왔었다. 그는 서투른 베트남어로 자신은 68년도에 다낭에 있었노라고 하면서 매우 반가운 표정을 지어 보였다. 쿠엔은 그가 베트남 파병 군인이었다는 것을 아는 순간 온몸의 피돌기가 멎어버린 듯 몸이 빳빳하게 굳어졌다.

대밭 모퉁이를 돌자 바위 아래에 푸르스름한 청매화가 찢어지게 피어 있다. 쿠엔은 매화꽃 옆을 지나다 말고 언뜻 걸음을 멈추었다. 참전용사 조 씨 집이 한사코 시선을 팽팽하게 끌어당겼기 때문이다. 혼자 그 집 앞을 지나기가 싫었다. 그래서 남편이 집에 있을 때는 트럭으로 버스길까지 태워주곤 했다. 그런데 오늘은 어찌 된 일인지 남편이 마중 나오지 않았다. 쿠엔은 조 씨를 마주 대할 때마다 죽은 할아버지와 목발 짚은 어머니가 떠오르곤 했다. 그 때문에 조 씨가 베트남 참전 군인이었다는 것을 알게 된 후부터는 그와 단 한마디도 말을 섞지 않았다. 되도록 그와 마주치는 것을 피했다. 쿠엔은 할아버지가 맞았던 최후의 순간에 대해서는 어머니한테서 귀가 아프도록 들었다. 어머니가 열두 살 때였다고 했다. 그날은 새벽부터 장대비가 내렸다. 식구들이 아침밥을 먹고 있는데 마을 앞 야자나무 숲 쪽에서 탱크 소리가 들렸다. 이틀 전 그곳에서는 베트콩의 기습을 받아 20여 명의 한국군이 몰살을 당했다. 탱크 소리는 마을을 향해 땅을 울리면서 점점 가까이 들려왔다. 할아버지와 어머니는 밥을 먹다 말고 밖으로 뛰어나갔다. 마을 들머리 종려나무 언덕 밑에 있는 큰할아버지 집이 보이지 않았다. 탱크가 마을의 집들을 밀어 캐터필러로 짓이기듯 깔아뭉개며 가까이 다가오고 있었다. 탱크의 지붕에서 기관총이 불을 뿜어댔다. 군인들이 탱크 뒤를 따르며 마구 사격을 가해, 사람들이 총에 맞아 퍽퍽 쓰러지는 것이 보였다. 갑작스러운 사태에 마을 사람들은 집에서 뛰어나와 비명을 지르며 마을로부터 도망쳤고 탱크와 군인들은 이들을 향해 총알을 퍼부어댔다. 어린애와 노인을 구별하지 않고 무차별 사격을 가했다. 어머니와 할아버지는 가족을 걱정할 겨를도 없이 살기 위해 무작정 뛰었다. 이때 할아버지와 큰할아버지 가족 셋이 죽고 어머니는 다리에 총을 맞았다. 이날 스물여섯 명의 마을 사람들이 총에 맞아 죽은 것 외에 열일곱 명이 총상을 입었다. 아기를 안고 도망치던 큰집 할머니는 돌쟁이 아기를 꼭 안은 채 아기와 함께 죽었으며, 폐병으로 오랫동안 앓고 있던 큰 삼촌은 방에 누운 채 탱크에 깔려 죽었다.

쿠엔은 잠시 멈칫거리다가 걸음을 옮겼다. 조 씨 집 방문이 닫혀 있다. 햇살이 따사로워지고 뜰에 목련꽃이 피기 시작한 며칠 전부터 조 씨는 방문을 활짝 열어놓고 바람 빠진 고무 인형처럼 흐물흐물해진 몸으로 이불에 등을 기대고 누운 채 꽃을 바라보고 있었다. 작년 봄까지만 해도 그는 휠체어를 타고 토마루에 앉아서 해바라기를 하고 있다가 쿠엔이 지나가면 마치 기다리고 있었던 것처럼 반가운 소리로 그녀의 이름을 외쳐 불러대곤 했다. 그때마다 쿠엔은 고개를 돌린 채 몸서리를 쳤다. 조 씨 어머니는 왜 남의 각시 이름을 함부로 부르느냐면서 아들을 나무라기도 했다. 조 씨가 허리와 목을 가누지 못해 방 안에만 누워 지낸 것은 작년 가을부터였다. 지금은 몸의 모든 근육이 삭정이처럼 바싹 말라붙어 앙상해진 몸에 혀의 근육까지 약화되어 말도 할 수 없게 되었다. 그런데 오늘은, 아들 때문에 집 밖을 나가지 못하고 어두운 얼굴로 토마루에 얼굴을 받치고 앉아 있거나 허리 굽은 몸으로 마당을 서성이던 조 씨 어머니마저 보이지 않는다. 쿠엔은 덜컹거리는 마음을 진정시키며 빠른 걸음으로 도망치듯 조 씨 집 앞을 지나쳤다. 그런데 남편은 왜 지금까지 마중을 나오지 않고 있는 것인지 모르겠다. 그녀는 전화하려고 휴대전화를 꺼내다 말고 참았다. 이제 다 왔는데 괜히 전화비를 축낼 필요가 없을 것 같아서다. 그 대신 집에 가서 한바탕 남편을 볶아대야겠다고 생각한다. 아마 남편은 또 낮술을 마시고 취해서 잠이 들었을 것이다.

살진 여자의 허벅지 속처럼 습윤한 기운이 도는 골짜기 안으로 깊숙이 들어서자 바람은 숨을 죽이고 햇살이 쨍쨍해졌다. 초록색 페인트칠을 한 양수장 앞을 지나자 안 생오지 마을이 연꽃처럼 눈앞에 확 꺼져 보였다. 커다란 연꽃이 둥개둥개 바람에 떠 있는 것 같다. 처음 와보는 사람이라면 이 좁은 골짜기 끝자락에 이처럼 옴폭한 공간이 있으리라고는 상상할 수 없으리라. 경사진 도로를 어슷하게 추어 오르자 신비롭고 아름다운 꿈속 같은 세상이 텔레비전 화면처럼 짠 하고 펼쳐진다. 소나무와 대나무가 들어찬 야트막한 산이 연꽃잎 모양으로 마을을 둥그스름하게 에두르고 있고, 색깔과 모양이 각기 다른 집들이 꽃술처럼 띄엄띄엄 박혀 있다. 바람이 건듯 불 때마다 상큼한 솔 향과 알싸한 꽃향기가 콧속으로 들어와 실핏줄을 타고 쩌릿쩌릿 온몸으로 퍼지는 것 같다. 생오지 사람들은 이곳에서 굽은 조선소나무처럼 푸르게 살아가고 있다. 속세에 찌든 사람이라면 뉘라서 이곳에 지친 영혼을 편하게 누이고 싶지 않으랴.

마을 안으로 들어서자 도로변에서부터 집집마다 매화, 벚꽃, 개나리가 환장하게 피어 있다. 가장 먼저 눈에 들어오는 것은 마을 한가운데 정자 앞에 서 있는 죽은 소나무다. 수령이 500년쯤 되었다는 이 소나무는 몇 년 전에 죽었는데 갈색 잎이 모두 떨어져 앙상한 모습으로 서 있다. 오래된 나무는 죽어서도 위용을 잃지 않고 의연하다. 죽은 소나무 옆에는 300년 넘은 느티나무가 곰실곰실 연두색 잎을 틔우기 시작했다. 쿠엔은 거북이 모양의 문학의 집을 지나 걸음을 서둘렀다. 한낮인데도 마을 안은 바닷속처럼 조용하다. 버스길에서 지금까지 마을 사람을 단 한 명도 만나지 못한 것이 이상하게 느껴졌다. 그녀는 마음이 다급해져 마을 끄트머리에 있는 집을 향해 걸음을 서둘렀다. 집 앞에 남편의 흰색 트럭이 보이지 않았다. 부리나케 방문을 열어봐도 텅 비어 있다. 웬일인가 싶은 생각에 휴대전화를 꺼내는데 옆집 꼬부랑 할머니가 아들 청국이를 데리고 마당 안으로 들어섰다. 청국이는 화가 났는지 뚱한 표정으로 어머니를 째려보고만 서 있다.

"청국이 아부지 뱅원에 갔어."

꼬부랑 할머니가 가라앉은 목소리로 말했다.

"병원에요?"

"조 상사가 숨이 넘어갈라고 허니께 뱅원 차가 와서 실코 갔어. 마을 사람들도 모다덜 차 타고 뱅원에 갔어."

마을 사람들은 조 씨를 조 상사라고 부른다. 상사 계급으로 말뚝을 박고 오랫동안 군대 생활을 했기 때문이다. 쿠엔은 그때야 조 씨 집 방문이 닫혀 있는 것하며 마을이 텅 빈 연유를 알았다.

남편한테서 전화가 온 것은 쿠엔이 아들과 함께 늦은 점심을 먹고 있을 때였다. 남편은 조 씨가 숨을 거두었다면서 지금 트럭을 몰고 면사무소 앞으로 갈 테니 당장 조 씨 집에 가서 영정 사진을 가지고 나와 달라고 하고는 일방적으로 전화를 끊었다. 쿠엔은 어이가 없어 허파에서 바람 빠지는 소리를 내며 실소했다. 무엇 때문에, 하필이면 그녀 자신한테 조 씨의 영정을 찾아오라는 것인지 이해가 되지 않았다. 쿠엔은 죽어도 조 씨 집에 가기 싫었다. 가지 않기로 했다. 쿠엔은 조 씨의 죽음을 전해 듣는 순간 아무런 감정의 움직임도 없었다. 연민도 슬픔도 없었다. 오히려 이제는 아무렇지 않게 조 씨 집 앞을 지날 수 있다고 생각하니 버거운 짐을 부려버린 기분이 들기도 했다. 남편한테서 전화가 다시 왔다. 아직 집에 있다고 했더니 벌컥 화를 냈다. 쿠엔은 화가 났다.

조 씨가 휠체어마저 타지 못하고 방에 드러눕게 되기 한 달 전쯤이었다. 남편은 화순 장으로 계란을 팔러 갔고 시어머니는 청국이를 업고 바깥 생오지 환갑잔치에 가고 없는데 조 씨 혼자 몸부림치듯 낑낑대며 휠체어를 타고 집 안으로 들어서는 것이었다. 너무 놀란 쿠엔은 텃밭에서 도라지를 심다 말고 호미를 든 채 방 안으로 뛰어 들어갔다. 안으로 방문을 걸어 잠그고 오들오들 떨고 있는데 마루 아래로 바짝 다가온 조 씨가 그녀를 향해 느릿느릿 하소연하듯 말했다.

"나를 버러지 보듯 하면서 피하는 이유를 압니다. 나를 무서워하는 이유도 알지요. 남편한테 청국이 외가 사람들이 전쟁 때 한국군들한테 피해를 봤다는 이야기 진작 들었네요. 나도 괴롭답니다. 아들도 나 때문에 잘못 태어나서 죽었고 마누라는 도망갔어요. 나도 언제 죽을지 모른답니다. 나도 피해자라고요. 죽는 날까지라도 좀 마음 편하게 살고 싶으니, 제발 나를 무서워하지 마시오. 부탁입니다."

조 씨의 그 말이 아직 머릿속에서 파삭한 낙엽이 바스러지듯 자꾸만 부스럭거렸다. '나도 피해자'라는 말이 커지면서 오랫동안 맴돌았다. 쿠엔은 조 씨가 집을 나갈 때까지 방에서 나오지 않았다. 그날 고개를 무겁게 떨어뜨린 채 힘겹게 휠체어를 타고 집 밖으로 나가는 조 씨의 뒷모습이 검불처럼 초라하고 가벼워 보였다. 조 씨는 마당 입구 오래된 매화나무 가지에 턴못맛 목걸이를 걸어놓고 갔다. 눈이 하나인 턴못맛은 주로 베트남 북서부 지방 사람들이 믿는 까오다이교의 신이다. 한때 반프랑스 운동을 했고 하노이에서 교사 노릇을 하다가 폐가 나빠져서 고향에 돌아와 살게 된 그녀의 외할아버지도 베트남의 토착 종교인 카오다이교의 신자였다고 했다. 쿠엔은 조 씨가 어떤 생각으로 턴못맛 신을 조각한 목걸이를 매화나무 가지에 걸어놓고 갔는지 이해할 수 없었다. 그녀는 목걸이를 버리지 않고 죽은 사람의 영혼을 모시듯 깨끗한 흰 종이에 고이 싸서 그녀의 화장대 서랍 깊숙이 넣어두었다. 필시 조 씨는 베트남에서 누구인가를 죽이고 그 목걸이를 탈취했을 것이라고 생각했다.

남편한테서 다시 쨍쨍한 목소리로 전화가 왔다. 쿠엔은 방으로 들어가 화장대 서랍을 열고 턴못맛 목걸이를 꺼내 손에 꼭 쥐었다. 분명 오랫동안 조 씨가 목에 걸고 있었음 직한 목걸이인데도 이상하게 거부감이 없었다. 체온처럼 따스했다. 마음이 차분해졌다. 냄새 때문에 역겹다고만 생각했던 청국장을 처음 먹었을 때 느꼈던 그 깊고 찐득한 맛처럼 안온해졌다. 그녀는 서둘러 아들 청국이를 옆집 꼬부랑 할머니한테 다시 맡기고 바깥 생오지를 향해 걸음을 재촉했다. 잠시 후 그녀는 울타리도 없는 조 씨 집 마당 안으로 성큼 들어섰다. 마당 앞에 흰 목련꽃 한 송이가 바람에 하느작거리다가 뚝 떨어졌다. 쿠엔은 턴못맛을 쥔 손에 힘을 주고 조 씨가 누워 있던 방문을 열었다. 음습한 분위기와 함께 역한 지린내가 코를 덮쳐 그녀는 자신도 모르게 오른손으로 코를 쥐어 막았다. 한낮의 햇빛 때문인지 천장이 낮은 방안은 어둑했다. 그녀는 방문을 열어놓고 한참 동안 문밖에 서 있었다. 창에 분홍색 커튼이 드리워진 자그마한 방은 불치병으로 오랫동안 앓아온 환자의 방답지 않게 정갈하게 정돈되어 있었다. 문턱 가까이에 깔린 짙은 밤색 요의 깊은 구김은 조 씨가 방금까지 숨을 쉬며 누워 있었던 흔적을 그대로 보여주었다. 문 쪽으로 모란꽃 그림의 차반에 양은 주전자와 놋대접, 숟가락이 놓여 있었다. 오늘 아침까지도 조 씨의 노모는 이 숟가락으로 아들의 입에 물을 떠 넣어주었으리라. 방문 맞은편 커튼이 드리워진 창문 쪽으로 3층 반닫이가 자리 잡았고 그 위에 조 씨가 누워서 보기 좋은 위치에 낡은 텔레비전 수상기가 놓여 있었다. 쿠엔은 방 벽이 거의 조 씨의 사진으로 도배된 것을 보고 놀랐다. 모두 조 씨가 베트남에서 찍은 사진들이었다. 군복에 총을 메고 있는 젊은 조 씨는 서만하고 당당한 모습으로 활짝 웃고 있었다. 쿠엔은 방으로 들어가서 종려나무를 배경으로 찍은 사진 액자를 떼어 들고 나왔다. 유일하게 총을 들지 않은, 붉은 티셔츠에 흰색 바지 차림의 사진이었다. 그녀는 왼손에 턴못맛 목걸이를 쥐고 오른손으로 조 씨의 사진 액자를 든 채 버스가 다니는 큰길을 향해 반달음으로 뛰었다. 눈앞에 얼굴도 모르는 외할아버지와 목발을 짚고 뒤뚱뒤뚱 걷는 어머니의 모습이 자꾸만 어른거렸다. 사진 속에서 조 씨가 "우리 모두 전쟁 피해자라고요"라고 말하는 것 같았다. 순간 갑자기 액자가 쇳덩이처럼 무겁게 느껴졌다. 대밭 모퉁이를 돌면서 그녀는 턴못맛 목걸이를 자신의 목에 걸고 조 씨의 사진 액자를 오른쪽 옆구리에 꼭 끼었다. 희끔희끔 산을 덮은 산벚꽃을 한바탕 쥐흔들고 달려온 바람이 싱그럽게 콧속을 간질이고 달아났다. 앞산에서 뻐꾸기가 이 나무, 저 나무로 옮겨 다니면서 낭자하게 울었다. 오늘따라 뻐꾸기의 울음소리가 유난히 슬프다. 쿠엔은 갑자기 팔팔 끓는 청국장이 먹고 싶어졌다. 그녀는 참을 수 없이 화가 나거나 울고 싶도록 외롭고 슬플 때 뜨거운 청국장을 먹으면, 강파른 마음을 따뜻하게 발효시켜주듯 마음이 훈훈해지곤 했다.

『좋은 소설』, 2007

그 여자의 방

1

그 방에 들어서는 순간 습윤한 느낌과 함께 답답증이 일어 헉하고 숨이 막혀왔다. 천장이 낮은 직사각형의 방은 형무소의 독거감방만큼이나 좁았다. 방 윗목에는 반야심경의 첫 대목을 해서체로 쓴 낡은 병풍에 가려 싸늘하게 식은 앵두의 시신이 안치되었고 방 아랫목에는 겨우 두어 사람이 붙어 앉을 수 있는 공간이 남아 있을 뿐이었다. 까뭇까뭇 파리똥 깔린 낮은 가리개 병풍 너머로 날아갈 듯 가벼운 홑이불에 덮여 한갓지게 누워 있는 앵두의 모습이 눈에 들어왔다. 열 살 안팎의 어린아이가 누워 있는 것처럼 한 자 반도 안 되게 몸피가 왜소해 보였다. 마른 장작개비를 덮어놓은 것 같았다. 상주도 없는 쓸쓸한 빈소. 가리개 앞 개다리소반에 놓인 서너 송이의 흰 들국화 향기와 실낱처럼 가느다란 회색빛 연기를 솔솔 내뿜으며 아주 서서히 아래쪽으로 타 내려가는 향불 냄새가 한데 섞여 싸하게 콧속을 자극했다.

나는 예의를 갖추어 두 번 절하고 문턱 옆에 바짝 붙이고 앉아 천천히 방안을 둘러보았다. 세간이 별로 눈에 띄지 않았다. 흔한 텔레비전과 라디오는 고사하고 이불장도 없었다. 낡은 반닫이와 반닫이 위에 개켜져 있는 진한 감색의 겨울 이불 외에 회갑 무렵에 찍은 듯싶은 벽에 걸린 부부

사진과 농협 달력, 부엌으로 난 쪽문 위에 건너지른 시렁 위의 낡은 보르지 상자와 회갈색으로 빛이 바랜 호박색 비닐 손가방이 전부였다. 아랫목 횃대에는 허드레 옷가지 하나 걸려 있지 않고 말끔하게 치워져 있었다. 늙은 여자가 혼자 사는 방이라고는 하지만 경대는 고사하고 거울조차 보이지 않았다. 검박하다 못해 초라했다. 군더더기 없이 말끔하게 방이 정리된 것을 보면 이미 오래전부터 다시는 돌아오지 못할 먼 곳으로 떠날 준비라도 해놓은 것인지도 몰랐다. 벽에 걸린 앵두 부부 사진에 내 시선이 파고들었다. 노랗게 물든 마당의 은행나무를 배경으로 햇살 속에 나란히 서서 찍은 사진이었다. 흰 두루마기에 중절모를 깊숙하게 눌러쓴 남편 옆에, 역시 흰 치마저고리 차림에 비녀를 꽂고 바짝 붙어 서 있는 앵두. 똑같이 흰 고무신을 신은 부부의 키가 서로 어금지금해 보였다. 부부는 언제 무슨 생각으로 이 사진을 찍었을까 궁금해졌다. 일부러 날을 받아 특별한 옷차림을 하고 이 사진을 찍은 것 같았다. 그들은 무표정하게 한 곳만을 바라보고 있었다. 그들이 바라보는 곳은 어디일까. 어쩌면 아득히 먼, 다른 세상을 바라보고 있는 것 같기도 했다.

방 하나에 부엌과 곳간이 달린 세 칸 홑집은 앵두 아버지가 새색시를 맞아들이기 위해 지었다고 했다. 쉰 평도 안 되어 보이는 좁은 터에 손수 나무를 배어날라 기둥을 세우고 흙을 발라 벽을 만들어 문을 달고 마당에는 은행나무며 감나무, 배롱나무, 매실나무 외에도 모란이며 분꽃, 맨드라미 같은 화초도 심었다. 앵두 아버지는 이 집을 짓고 아내를 맞아 딸 하나를 낳았다. 딸을 낳자 샘가에 앵두나무를 심고 아기의 이름을 앵두라고 불렀다. 앵두는 이 좁고 오래된 방에서 태어나 65년을 살았다. 이 방에서 자라 아버지, 어머니의 죽음을 맞았으며 스물한 살에 결혼하여 첫날밤을 치렀다. 그리고 이 방에서 남편을 떠나보냈으며 이제 생을 마감하고 죽음을 맞았다. 겨우 서너 평 남짓 됨 직한 이 좁은 공간에 앵두의 기쁨과 슬픔, 희망과 절망, 외로움과 평화가 켜켜이 배어 있는 셈이다. 이 방은 앵두 부모와 앵두 부부 등 네 사람의 삶과 죽음의 공간이기도 했다. 그들은 세상 사람들에게 오래 기억되지도 않을 삶의 흔적을 이 좁은 공간에 옴씰하게 남기고 떠난 것이나.

작은 방 하나에서 태어나고 살다가 죽은 앵두에 비해 나는 그동안 헤아릴 수 없을 만큼 넓은 공간에서 살아왔다. 고향의 오래된 초가 부엌방에서 태어나 자란 후, 중학교에 다니기 위해 도시로 나가, 고등학교와 대학을 졸업하기까지 자취방과 하숙방을 전전했다. 미국으로 유학을 가서도 해마다 기숙사를 옮겨 다녔고 귀국하여 직장을 갖고 결혼한 후에도 서너 차례나 이사를 했다. 다시 미국의 대학에 자리를 구해 16년을 사는 동안 대여섯 번이나 아파트를 옮겨 다녔다. 부엌의 골방에서 태어나 뉴욕 근교의 수영장이 있는 저택에 이르기까지 서른 개 이상의 방을 옮긴 셈이다. 지금 살고 있는 저택은 풀장과 정원을 합해 대지가 천 평이 넘고 건평이 80평에 침실, 서재, 거실, 바 등 내가 차지하는 공간만도 앵두의 방 열 개를 합한 것보다 넓다. 그런데 지금까지 내가 살아오면서 느낀 것은 방이란 삶의 바다를 건널 수 있게 띄엄띄엄 놓인 징검다리와 같다는 것이었다. 한곳에 정착하지 못하고 계속 떠돌기 위해 물 위에 띄워놓은 부교 같은 것. 더욱이 지금 앵두의 방에 들어와서 새삼스럽게 깨달은 것은 방이란 클수록 더 마음이 공허하고 작을수록 삶이 꽉 찬 기분을 느낄 수 있다는 것이다. 내 생각에 앵두는 결코 마음이 공허해서 스스로 죽음을 선택한 것 같지는 않았다. 죽음에 대한 두려움 없이 죽은 남편을 따라갈 수 있다는 것은 결코 공허함에서 비롯되는 것이 아니기 때문이다. 누구를 따라 죽을 수 있다는 것은 아름다운 일이고 따라 죽을 사람이 있다는 것은 얼마나 행복한 일인가.

나는 어렸을 적에 앞집에 사는 앵두를 만나기 위해 자주 이 방에 들락거렸었다. 앵두가 우리 집에 오는 경우보다 내가 앵두 집에 가는 날이 많았다. 우리 집은 할머니, 할아버지를 비롯해 큰고모, 작은고모와 삼촌, 두 명의 동생까지 합해 식구가 열 명이나 되어 늘 북적거렸지만 앵두네는 가족이 단출해서 호젓했다. 게다가 장돌뱅이 장사를 하는 앵두 부모는 거의 날마다 집을 비웠기 때문에 나는 혼자 있는 앵두가 쓸쓸해 할까 싶어 자주 찾아가곤 했다. 앵두의 부모님이 집을 비운 동안에 앵두와 나는 이 방에서 나란히 배를 깔고 누워서 놀았고 몸을 붙이고 낮잠을 자기도 했다. 한번은 둘이서 술 항아리에 보릿대 빨대를 넣어 술을 빨아 마시고 정신이 얼얼해지도록 취해 잠에 곯아떨어진 일도 있었다. 해가 떨어진 후에야 장에서 돌아온 앵두 아버지가 잠든 나를 우리 집에 업어다 주었다. 그 무렵 나는 이 방이 작다는 생각은 한 번도 하지 않았다. 앵두 부모와 앵두, 그리고 나까지 넷이 누워도 좁지 않았으니까. 그러고 보니 나는 중학교에 들어간 후 이 방 출입이 뜨악해진 것 같다. 그 무렵 나는 사춘기를 맞았고 이상하게도 앵두를 대하기가 서먹해졌다.

초등학교를 졸업하고 중학교 입학 날을 기다리던 어느 날이었다. 눈이 내린 뒤 한껏 드세어진 바람에 앞산의 솔바람 소리가 고즈넉이 얼어붙은 마을을 쥐혼들었다. 아침을 먹은 나는 앵두 부모님이 장짐을 이고 지고 고샅을 꿰고 나가기를 기다렸다가 부리나케 앞집으로 갔다. 우리는 땟국에 절고 시금털털한 땀 냄새와 시침이 터져 삐죽삐죽 솜이 비어져 나온 이불을 둘러쓰고 누워 거친 바람 소리를 듣고 있었다. 그때 언뜻 서로의 발이 닿았다. 순간 핏줄 속으로 전류가 흐르는 것처럼 찌릿찌릿한 기분을 느꼈다. 태어나서 처음 느껴본 아릿한 기분이었다. 가슴 설레게 달콤하기도 하고 심장이 덜컹거리는 것 같기도 했다. 이상한 일이었다. 전에는 발이 아니라 가위바위보를 하여 팔을 걷어 올려 때리고 배 위로 기어올라 엉덩방아를 찧으며 굴러도 아무렇지가 않았는데 이날은 달랐다. 그런 일이 있고 난 뒤부터 앵두와 마주치면 머릿속이 후끈거렸고 가슴이 덜컹거렸다.

"남편이 죽은 후부터 남편 뒤따라가려고 죽을 준비를 하고 있었던 것 같아요. 죽기를 작정하고 식음을 전폐했다네요. 흰둥이가 갑작스럽게 늑대 울음을 울기에 들여다봤더니 숨이 끊어져 있더랍니다."

옆에 앉아 있던 육촌 동생이 한참 동안 깊은 생각에 잠겨 방안을 둘러보고 있는 내게 말했다. 나는 아침에 마을에 도착해서야 1년 전에 앵두의 남편이 간경화로 세상을 떴다는 이야기를 들을 수 있었다. 앵두 남편 장서방은 우리 집 머슴이었다. 앵두의 홀어머니가 죽자 마을 어른들이 서둘러 피붙이 없이 꼴머슴 때부터 우리 집에서 살아온 장 서방과 짝을 맞춰주었다. 장 서방은 앵두보다 여섯 살이 더 많았다.

"남편이 죽자 그릇 하나까지도 마을 사람들한테 다 나눠주고 마지막 남은 갈치배미 논 팔아서 마을 발전 기금으로 내놨구먼요."

육촌 동생은 그러면서 앵두가 서둘러 남편을 뒤따라갈 만큼 찐덥진 그들 부부의 금실에 관해 이야기했다.

나는 상주도 없는 좁고 답답한 방에 오래 앉아 있기가 조금은 어색하여 밖으로 나왔다. 앵두의 방문 앞 토마루에는 송아지만한 흰둥이가 주인이 누워 있는 빈소를 향해 코를 땅바닥에 처박고 납작 엎드려 있었다. 흰둥이도 주인의 죽음을 알고 있는 듯 눈에 슬픔이 가득해 보였다. 아침나질이라 문상객이 없는 마당에는 마을 사람 서넛이 노란 잎이 수북하게 쌓인 은행나무 밑에 한가로이 앉아 있었고 부엌 쪽에서는 마을의 늙은 아낙 몇이 음식을 준비하느라 기름 타는 냄새가 노릇하게 흘러나왔다. 마당에 멍석을 깔고 앉아 있던 마을 사람들이 빈소에서 나오는 나를 보자 의외라는 표정으로 멀뚱히 바라보았다. 평소에 고향에 자주 오는 것이 아니라, 몇 년에 한 번씩 잊을 만하면 띄엄띄엄 얼굴을 내민 내가 친척 관계도 아닌 앵두를 문상하러 왔으니 그들이 낯설어하는 것도 당연한 일이겠다 싶었다.

"아니, 조 박사가 웬일이여. 미국에 산다드만 앵두 문상을 다 오고?"

"앵두 마지막 가는 길에 얼굴 내밀만 허제. 어렸을 적에 두 사람이 워디 보통 사이였간디."

"하먼, 얼레리꼴레리 하는 사이였제."

마당에 있던 내 또래 마을 사람들이 비아냥거리는 소리로 침을 뱉듯 한마디씩 토해냈다. 젊었던 시절 그들은 한때 은근히 앵두를 탐냈던 사내들이었다. 나는 어색하게 웃으며 엉거주춤 그들 옆에 앉았다. 얼마 만에 은행잎을 깔고 앉아보는 것인가. 얼추 50여 년이 더 되는 것 같다. 앵두와 같이 은행잎에 앉아서 신랑각시놀음을 하던 때는 나무 밑동이 아이들 장딴지만 했던 것이 지금은 한 아름도 더 되어 보였다. 나는 한동안 바람에 흔들리는 은행나무 우듬지를 쳐다보았다. 마을 사람들 말마따나 내가 왜 갑작스럽게 앵두의 문상을 오게 되었는지 모르겠다. 서울에서 '글로벌 시대의 장벽 허물기'라는 제목으로 강연을 하기 위해 5년 만에 한국에 나온 나는 그동안 고향 소식도 궁금하고 해서 육촌 동생한테 안부 전화를 했었다. 고향이라고 해야 가까운 친척들은 모두 떠나고 나보다 세 살 아래인 육촌 동생이 살고 있을 뿐이었다. 육촌 동생의 전화에서 앵두의 죽음을 접하는 순간, 나는 잠시 그녀의 기억을 더듬느라 머뭇거렸다. 이름은 낯설지가 않은데 누구인가는 확실치가 않았다. 잠시 후에야 사금파리 깨지듯 날카로운 비명이 뇌리를 강타하면서 열두 서너 살쯤 되어 보이는 가냘프고 앳된 시골 소녀의 모습이 번개처럼 떠올랐다.

초등학교 6학년 겨울방학 때였다. 오랜만에 겨울답지 않게 햇살이 화사하게 꽂히던 정오 무렵, 나는 그날도 앵두 집에 있었다. 방 안에서 몽그작거리다가 무료해진 둘은 밖으로 나와 숨바꼭질을 했다. 앵두가 숨을 차례였다. 술래가 된 나는 집 안을 다 뒤져보았으나 앵두를 찾아내지 못했다. 심술이 난 나는 끝이 뾰쪽한 대나무 작대기를 들고 다니며 헛청의 먹서리며 부엌의 솔가리 나무둥치, 마당 구석에 쌓아둔 두엄, 짚더미 등을 마구 쑤셔대기 시작했다. 작대기로 힘껏 짚더미를 푹 쑤셨을 때였다. 자지러지는 듯한 비명에 놀란 나는 서둘러 짚더미를 들어냈다. 그러자 앵두가 허리를 앞으로 꺾고 두 손으로 허벅지를 감싸 쥔 채 모로 엎드려 소리를 지르고 있지 않겠는가. 나는 대나무 작대기에 앵두가 찔렸다는 것을 알고 그녀의 오른 허벅지를 살펴보았다. 검은색 무명 치마를 들추어보았더니 흰 고쟁이에 피가 묻어 있었다. 나는 상처를 확인하기 위해 아픔을 참지 못해 소리를 지르며 한사코 몸을 도사린 채 오른 허벅지를 감싸 쥔 앵두의 두 손을 힘겹게 뜯어내고 고쟁이를 긁어내렸다. 상처는 허벅지 안쪽 깊숙이 사타구니 가까이에 있었다. 대나무 작대기 끝에 찔린 상처에서 피가 흘렀다. 나는 침착하게 피를 닦아 낸 다음 장독대에 가서 된장을 한 움큼 떼어다 상처에 바르고 짚으로 묶었다. 앵두를 업어다 방에 뉘어놓은 후에도 앵두는 한동안 아픔을 못 견뎌 하며 신음을 토하다가 잠이 들었다. 나는 잠든 앵두의 얼굴을 찬찬히 내려다보고 앉아서, 앞으로 어떤 일이 있어도 앵두를 아프게 하지 않겠다고 나 자신에게 다짐했다. 대나무 작대기에 찔린 허벅지 상처 때문에 앵두는 한동안 다리를 절뚝거렸다. 그러나 그녀는 상처를 낸 사람이 나라는 것을 누구에게도 말하지 않았다.

육촌 동생의 전화를 받고 앵두의 이름과 얼굴이 일치하는 순간 내가 떠올린 것은 그녀의 허벅지 상처였다. 그 순간 나는 대나무 작대기 끝에 오목가슴이 찔린 듯한 통증을 느꼈다. 그리고 허겁지겁 옷을 입고 호텔을 나와 택시를 잡아타고 용산역으로 향했다. 택시를 잡아탔을 때도, 용산역에 도착하여 광주행 KTX 열차표를 살 때도 내가 어쩌자고 넋 나간 사람처럼 덤벙대고 있는 것인지 마음의 갈피를 잡을 수가 없었다. 아무리 생각해봐도 내가 서둘러 앵두의 문상을 갈 처지는 아니었다. 고속 열차에 올라 자리를 잡고 앉아서도 나는 도무지 내 행동이 이해되지 않았다. 더욱이 서울에 머무는 동안 일정이 빡빡했다. 서울에 사는 형제들과 처가쪽 친지 외에도 대학의 옛 동료들이며 제자들과 약속도 있고 학회 사람들도 만나봐야 했다. 또 아내와의 약속을 지키기 위해서 인사동 골동품점과 갤러리도 몇 군데 들러볼 계획이었다. 그런데 행동이 마음을 따라주지 않았다. 새벽에 광주역에 도착해서도 나는 아무래도 서울로 되돌아가야겠다 싶어 매표창구까지 갔다가 무슨 생각에서인지 발걸음을 돌려 렌터카 직원을 만나 자동차 키를 받아 들고 말았다. 자동차를 몰고 고향으로 뻗은 국도를 달리면서 나는 몇 번이고 차를 세우고 되돌아갈 생각을 되풀이했다. 그리고 고향에 도착해서도 마을 입구 공터에 차를 세우고 차마 밖으로 나오지 못하고 오랫동안 핸들을 잡은 채 앉아 있기만 했다. 육촌 동생이 마중 나오지 않았더라면 계속 차 속에 들어앉아 있었을지도 모른다.

"입관헐 시간이 훨씬 지났는디, 조가는 왜 여태 안 오는 겨. 또 술독에 빠진 거 아녀?"

토마루에 앉아서 담배를 빨고 있던 쥐색 점퍼 차림이 신경질적으로 말했다. 나는 그가 나보다 두서너 살 위이고 두껍다리 근처에 사는 최 아무개라는 것만 알고 있을 뿐 이름은 정확히 생각나지 않았다. 마을 사람들은 재 너머 새터에서 오기로 한 염장이 조 씨를 기다리는 중이었다.

"조가를 데리러 간 필수마저 함흥차사가 되야부렀구만."

나와 동갑내기로 광주에서 벽돌 공장에 다니다가 10여 년 전에 귀향한 염덕배였다. 그 사이에 육촌 동생의 부인인 제수가 마당으로 술상을 들고 나왔다. 나는 마을 사람들과 함께 술상을 에둘러 앉았다.

"조 박사는 이 세상 안 가본 데가 없제? 우리 같은 농투성이들은 우물 안 개구리맹키로 코재 안통에만 처박혀 사니께 세상이 얼매나 넓은지 알 수가 있어야제."

쥐색 점퍼 최가가 내게 소주잔을 권하며 이죽거리듯 퉁겨댔다.

"미국만 가자도 비행기로 열 몇 시간을 날아간다니께 상상을 해봐, 세상이 얼매나 넓고 넓은가. 꼴착에서 평생을 같은 산, 같은 들판만 징글맞게 바라보는 우리덜은 살았다고 할 것도 없제. 안 그런가, 조 박사?"

이번에는 옆에 앉은 염덕배가 한마디 했다. 그의 말투 역시 혀에 바늘이 박혀 있음을 느낄 수 있었다.

"어디나 사람 사는 거는 마찬가지여. 넓은 세상 좁은 세상이 따로 있는 건 아니니까."

나는 그렇게 말하면서 서너 평도 안 되는 방에서 태어나서 코재 안통

골짜기에서 살다가, 태어났던 그 방에서 생을 마감한 앵두와, 비슷한 환경에서 태어나 부모님 덕으로 외국 유학을 하고 세계 곳곳을 두루 돌아다니며 살아온 나의 삶을 비교해 보았다. 사람은 넓은 곳을 본다고 해서 마음이 넓어지는 것이 아니고 좁은 공간에 산다고 해서 마음이 좁아지는 것은 아니라고 생각했다. 비록 좁은 공간에서 살지라도 개미 한 마리의 움직임이나 골짜기에 꽃이 피고 지는 과정을 자세히 들여다보며 사는 것이 오히려 아름답고 가치 있는 삶이 아닐까 싶기도 했다. 넓은 곳은 너무도 낯설고 충격적이어서 늘 불안하고 피곤하지만 좁은 곳은 익숙해서 두렵지도 않고 평화로워서 좋지 않겠는가. 한곳에 오랫동안 깊고 단단하게 뿌리를 내리고 평생 남편 한 사람만을 믿고 바라보며 살아오다가, 남편을 뒤따라가기 위해 스스로 삶을 포기한 앵두야말로 얼마나 아름답고 행복한 삶을 산 것인가. 그런 앵두에 비해 나는 오래전에 고향에서 뿌리 뽑힌 채 정처 없이 떠돌면서 세상의 눈치나 보고 살자니 늘 불안하고 심신이 고단해서 하루도 편할 날이 없지 않은가.

나는 소주잔을 한 번에 비우고 나서 노릇노릇한 표고버섯 부침개를 입에 넣었다. 내가 술잔을 비우자 돌아가면서 잔을 채웠고 나는 거절을 못하고 넙죽넙죽 받아 마셨다. 한 순배가 돌자 화끈 술기운이 온몸에 퍼졌다. 더는 술을 마시면 안 되겠다 싶어 화장실에 가는 척하면서 일어섰다. 그때 빈소 앞에 엎드려있던 흰둥이가 방에 누워 있는 주인 쪽을 향해 고개를 쳐들더니 우우우 하고 이상하게 울었다. 그것은 개의 울음이 아니었다. 목이 메는 울음에 슬픔과 비통함이 그대로 묻어났다. 그 소리에 마당에 있던 사람들의 시선이 일제히 흰둥이에게로 쏠렸다.

"흰둥이가 주인의 죽음을 애도하는구먼. 어젯밤에도 저렇게 울어쌓더니……."

"흰둥이가 울지 않았더라면 앵두 죽음을 몰랐을 거여."

술잔을 기울이던 마을 사람들이 한마디씩 했다. 나는 조금 전 자동차에서 내려 상가에 오는 길에 육촌 동생한테서 흰둥이에 관한 이야기를 대충 들어 알고 있었다. 앵두가 자리를 보전하게 되자 마을 사람들은 끼니때마다 믹을거리를 만들어주었다고 했다. 그런데 마을 사람들이 앵두를 들여다보면 항상 그릇이 깨끗하게 비워져 있더라고 했다. 앵두가 스스로 아사를 작정하고 음식을 먹지 않은 것은 까맣게 몰랐다. 그녀가 숨이 끊어지기 전날에야 마을 사람들이 가져다준 음식을 흰둥이가 깨끗이 먹어치우는 것을 목격했다고 한다. 앵두는 그동안 마을 사람들이 가져다준 음식을 손도 대지 않고 흰둥이에게 먹인 것이었다. 나는 부침개 하나를 집어 흰둥이 앞에 던져 주었다. 흰둥이는 먹지 않았다.

염장이를 데리러 간 필수가 난감한 얼굴을 하고 맥없이 혼자 돌아온 것은 해가 하늘의 한가운데에 떠 있을 무렵이었다.

"조 씨가 글쎄, 아침에 오토바이를 타고 이리로 오다가 코재 내리막길에서 굴러 떨어졌다지 뭡니까. 화순병원으로 실려 갔답니다."

헐근거리며 마당에 들어선 필수는 우선 소주 석 잔을 거푸 목구멍에 털어 넣고 나서야 말했다. 염장이의 사고 소식에 마을 사람들은 아무 말도 하지 않고 벙벙하게 서로의 얼굴만 번갈아 보았다. 시신을 염할 염장이가 상가로 오다가 사고를 당했다니 어쩐지 기분이 좋지 않았다.

"뭔 일이여? 어쩌면 이런 일도 다 있당가?"

"생명에는 지장이 없다든가?"

"바가치 모자도 안 써서 위독하다는 말만 들었구먼요."

염가와 최가가 묻고 필수가 대답했다. 마을 사람들은 술잔을 놓고 우두 커니 먼 산만 바라보았다. 앵두의 시신을 염하기 위해 달려오던 염장이가 하필 교통사고를 당한 것이 아무래도 꺼림하게 생각되었기 때문이다. 염 장이 조 씨도 거정이지만 당장 망지의 염을 누가 해야 힐 깃인지 막막했 다. 한참 후에 염덕배가 염을 하지 않은 상태로 그냥 입관하면 어떻겠냐 고 조심스레 제안했으나 선뜻 아무도 동의하지 않았다.

"수의는 준비되었는가?"

한참 후에 내가 조심스럽게 물었다.

"이미 죽을 준비를 한 사람이니께 당연히 수의는 맹글아났겄제."

"내가 염을 할 테니 준비를 해주게. 우선 향수가 없으니 물을 한 바께스 떠서 국화꽃을 듬뿍 넣어주고 솜과 두루마리 화장지 좀 구해 오게."

내가 육촌 동생에게 당부하듯 말했다. 내 말에 모두 놀란 표정으로 나 를 보기도 했고 더러는 콧방귀를 뀌며 이상한 웃음을 흘리기도 했다. 나 는 미국에 유학할 때 한인 교회에서 장례 봉사 활동을 한 적이 있었고 그 무렵 한인들의 주검을 염한 경험이 있다는 말을 했다. 그때야 마을 사람 들은 아주 무겁게 고개를 천천히 끄덕거리기도 했고 콧방귀를 뀌던 사람 도 한껏 진지해진 눈빛으로 나를 보았다.

2

앵두의 방에 혼자 들어간 나는 홑이불부터 걷었다. 예순다섯 살의 나이 인데도 앵두는 주름살이 별로 없이 맑고 편안한 얼굴이었다. 누구인가 망 자의 얼굴을 보면 이승의 삶이 행복했는지 불행했는지를 알 수 있다고 했 다. 얼굴이 편안해 보이면 행복하게 살았고 반대로 고통스러워 보이면 불행한 삶을 살았다는 것이다. 그렇다면 앵두는 행복한 삶을 살아온 것일까. 앵두야, 나 왔다. 오랜만이구나. 혼자 살기가 얼마나 외롭고 힘들었으면 이렇게 서둘러 남편 뒤를 따라가느냐. 남편이 반갑게 맞아줄 테니 걱정하지 말고 편히 가라, 하고 나는 마음속으로 말했다.

앵두를 마지막 본 것이 언제쯤이었던가. 5년 전 당숙의 부음을 받고 문상 왔을 때였던 것 같다. 그때도 앵두는 농촌에 묻혀 사는 촌부답지 않게 아담하고 야리야리한 몸매에 여전히 얼굴이 박꽃처럼 고왔다. 5년 만에 다시 만난 앵두는 그때나 지금이나 말이 없다. 하얀 무명치마저고리로 갈아입고 평화롭게 죽음을 맞은 앵두는 두 손이 배 위에 가지런히 겹쳐 올려진 채 발과 함께 묶여 있다. 시신이 곧고 반듯하게 굳어 관에 넣기 좋게 하기 위한 수세 걸음이라고는 하지만 죽은 사람 손발을 묶어놓은 게 보기에 좋지 않았다. 마치 이승에서 죄를 지어 손발이 묶인 채 저승사자한테 끌려가는 것 같은 느낌을 주었다. 내가 알기로 앵두가 이승에서 지은 죄라면 결혼하기 전에 나와 딱 한 번 입맞춤한 것이 전부일 것이다. 내가 대학에 들어가던 해 가을, 결혼을 일주일쯤 앞둔 앵두가 뜻밖에 학교로 편지를 보내왔다. 내게 편지를 쓴 것은 그것이 처음이자 마지막이었다. 편지 내용은 결혼이고 뭐고 다 집어치우고 멀리 낯선 곳으로 도망가서 식모살이라도 하고 싶다는 것이었다. 나는 앵두의 심경에 큰 변화가 생긴 것으로 짐작하고 서둘러 고향으로 내려왔다. 우리는 어렸을 때 두 사람만의 아지트였던 마을 뒤 흙구덩이 토굴에서 만났다. 성장해서 이곳에서 단둘이 만난 것은 처음이었다. 나는 앵두에게 무슨 일이 있느냐고 다그쳐 물었다. 앵두는 세운 무릎 위에 얼굴을 묻은 채 어깨를 들썩이며 말없이 울기만 했다. 어르고 닦달해보았지만, 도무지 말이 없었다. 나는 그녀의 남편이 될 장 서방에 대해 잘 알고 있었다. 나이가 좀 많아서 그렇지, 성격이 숫 접고 부지런한 사람이었다. 나는 앵두에게 피차 외로운 사람끼리 만나 서로 의지하고 잘 살라는 말만 거듭 당부했다. 그러자 앵두는 얼굴을 파 묻은 채 쥐어짜는 목소리로 한번 안아달라고 했다. 나는 잠시 망설임 끝에 앵두를 안았다. 조그맣고 여리게만 보아 왔었는데 품에 꼭 찰 정도로 몸피가 탄탄하고 포실했다. 나는 앵두가 한 여자로 완전히 성숙해 있음을 알았다. 느낌이 이상했다. 간질간질한 욕망이 뻗질러 오르면서 걷잡을 수 없는 불길이 온몸을 뜨겁게 달구었다. 기실 나는 그동안 여러 차례 앵 두를 범하고 싶은 충동을 어렵게 참아왔었다. 성숙한 여자의 몸으로 성장 해 가는 앵두를 볼 때마다 그 욕망은 더욱 커졌지만, 그녀를 사랑하지 않 았기에 차마 행동으로 옮길 수는 없었다. 앵두는 몸부림치듯 격렬하게 내 품속으로 파고들더니 기습적으로 입맞춤을 하고는 부리나케 토굴 밖으 로 뛰쳐나가 버렸다. 나는 빈총 맞은 사람처럼 한동안 우두커니 서 있기 만 했다. 그때야 나는 앵두가 어떤 심정으로 내게 도망치고 싶다고 편지 한 것인지를 이해할 수 있었다. 앵두의 결혼식 날 나는 일부러 내려오지 않았다.

지금 내 앞에 눈감고 누워 있는 앵두의 몸피는 너무도 조그맣고 얄팍하 다. 내 눈길이 잠시 앵두의 입술에 머물렀다. 명치끝에 찬바람이 스치듯 싸하게 훑어 내렸다. 토굴에서의 그 일 때문이었는지 결혼 후 앵두는 나 를 바로 보지 않았다. 나는 앵두의 머리를 감겨서 빗겨주는 대신 손가락 으로 서너 번 빗질을 한 후에 가볍게 쓰다듬었다. 반백에 숱이 적은 머리 칼이 파슬파슬했다. 눈초리와 인중 언저리의 몇 가닥 잔주름만 아니라면 회갑을 넘긴 여자의 얼굴 같지 않게 팽팽했다. 나는 잡티 하나 없이 해맑은 앵두의 얼굴을 내려다보면서 국화꽃을 담근 물에 솜을 살짝 적셨다. 앵두는 하얀 산국을 좋아했었다. 솜에 적신 꽃물에서 알싸하면서도 상큼한 국화 향기가 났다. 나는 심호흡을 하고 나서 조심스럽게 앵두의 이마부터 가볍게 문질렀다. 눈두덩과 코를 닦아 내고 두 뺨에 이어 귓속까지 국화 꽃물을 찍어 발랐다. 관음보살의 그것처럼 귓불이 털렁 했다. 스스로 죽음을 택하지 않았더라면 장수할 귓불이다. 얼굴에 비해 주름이 많은 목을 좌우로 닦고 나서 입술에 눈길이 멈췄다. 가지 빛깔의 작고 도톰한 입술은 내게 한마디도 하고 싶은 말이 없다는 듯 무겁게 닫혀 있었다. 나는 결혼 며칠 전 토굴에서 있었던 그녀의 돌발적인 사건을 다시 떠올리며 꽃잎을 만지듯 손끝에 가볍게 힘을 주어 입술에 꽃물을 발랐다. 앵두의 어디에 그런 도발적인 용기가 숨어 있었는지 몰랐다. 꽃물이 입술을 타고 또르르 굴러 입안으로 흘러 들어갔다. 꼴깍 소리를 내며 꽃물을 삼킬 것만 같았다.

　나는 얼굴을 닦고 나서 잠시 숨을 골랐다. 얼굴 화장은 하지 않기로 했다. 꽃물로 몸을 닦을 차례가 되었지만 잠시 망설였다. 옷을 벗기고 몸을 만지는 것을 앵두가 허락할지가 염려스러웠다. 나는 주저하면서 생뚱맞게도 새터에서 오기로 했다는 염장이 조 씨가 궁금해졌다. 그가 크게 다치지 않기를 빌었다. 어쩌면 앵두가 내게 자신의 몸을 맡기기 위해 염장이를 못 오게 한 것은 아닐까. 엉뚱한 생각을 한 나는 몇 번이고 도리질 했다. 순간 내 머릿속에 어렸을 적 앵두의 허벅지에 난 상처가 떠올랐다. 갑자기 그 상처가 머릿속에 분홍빛 꽃잎처럼 피어났다. 상처를 다시 보고 싶었다. 나는 숨을 죽이며 앵두의 저고리 고름을 풀었다. 수의를 입히자면 어차피 옷을 벗겨야 했다. 앵두야, 어쩔 수가 없구나. 허락해주럼. 나는 쌀뜨물 빛깔처럼 희부연 앵두의 속살을 보면서 마음속으로 중얼거렸다.

솜뭉치를 갈아 꽃물을 듬뿍 적셔 목 아래와 쇄골에 거듭 찍어 바른 다음 되도록 손끝에 힘을 주지 않고 쓰다듬듯 가볍게 문질렀다. 양어깨며 팔과 손, 겨드랑이, 옆구리를 차례로 닦았다. 다시 솜을 바꾸고 꽃물을 적셔 뭉긋한 가슴 부위에 발랐다. 어쩌다 손끝이 피부에 스치듯 아주 살짝 닿는 순간이면 미세한 떨림이 골수까지 전달되면서 나도 모르게 숨이 멎는 듯했다. 한 번도 젖을 빨리지 않아서인지 앵두의 유두는 엷은 핑크빛을 띠고 있었다. 치마의 말기 끈을 풀 때는 가슴이 떨렸다. 다시 숨을 고르고 나서 치마를 살짝 내리고 오랫동안 굶어서 허리에 찰싹 달라붙은 복부를 닦았다. 아랫도리를 닦을 차례가 되자 치마를 긁어내리고 한껏 시선을 돌리며 미리 준비한 타월로 치골 부위를 가린 다음 홑이불로 몸을 덮었다. 그때 나는 오른쪽 허벅지 깊숙한 곳에 군살처럼 도드라진 흉터를 보았다. 살이 말라붙어 이끼처럼 푸르스름한 빛을 띤, 버섯 모양의 흉터가 선명하게 보였다. 술래잡기할 때 내가 대작대기로 찔러 만든 상처 자국이 분명했다. 흉터를 보자 미안한 생각보다는 오랫동안 잊고 있었던 소중한 것을 다시 본 것처럼 울컥 반가움이 앞섰다. 유년의 앵두를 다시 만난 기분이었다. 그 순간부터 앵두의 알몸이 눈에 들어와도 아무렇지가 않았다.

나는 본의 아니게 앵두의 허벅지에 상처를 낸 후부터 그녀의 몸에 관해 관심을 갖기 시작한 것 같았다. 앵두를 볼 때마다 그녀의 희고 매끈한 허벅지 살이 떠오르면서 얼굴이 후끈후끈 달아오르곤 했다. 가까이 다가가고 싶은 마음은 굴뚝같았지만 이상하게 몸이 따라주지 않았다. 한번은 둘이 청소 당번이 되어 학교에서 늦게 돌아오는데 바람 모퉁이에서 앵두가 갑자기 오줌이 마렵다면서 걸음을 멈추고 서서 두 다리를 비비 꼬는 것이었다. 나는 앵두를 길에서 조금 떨어진 산자락 떡갈나무 숲으로 데리고 가, 망을 봐줄 테니 마음 놓고 소변을 보라고 했다. 앵두는 내가 서서 망을 볼 지점을 정해주고 나서야 대여섯 걸음 떨어진 곳의 떡갈나무 뒤에 엉덩이를 쳐들고 엉거주춤 앉았다. 내게 등을 돌리라는 말을 하는 순간 쏴 하는 소리가 났다. 그 소리에 나는 깜짝 놀랐다. 오줌 싸는 소리가 소나기 퍼붓는 날 낙숫물 떨어지는 소리보다 컸다. 나는 앵두의 오줌 싸는 소리를 듣는 순간 머릿속이 복잡하게 얼크러졌다. 그때도 허벅지 살이 떠올랐다. 그 후 마을 앞내에서 징거미를 잡을 때도, 뒷산에서 도토리를 주울 때도 내 머릿속에는 앵두의 허벅지 살이 꽃잎처럼 붉게 피어나곤 했다. 고등학교를 졸업하고 대학생이 되자 앵두의 몸에 대한 관심은 더욱 커져만 갔다. 여자로 성숙해가는 앵두를 보면서 마음속으로 은근히 그녀를 탐하고 있었다. 기회는 여러 번 있었으나 언제나 마음뿐이었다. 앵두를 탐하는 마음은 그녀가 시집을 간 후에도 마찬가지였다. 대학을 졸업하고 가족이 도시로 나가기 전까지, 나는 욕망이 솟구쳐 몸이 달구어질 때마다 마음속으로 계속 그녀의 몸을 더듬고 있었다. 고향을 떠나 앵두를 볼 수 없게 되어서야 비로소 앵두에 대한 탐욕이 없어졌다. 그 시절 나는 그녀의 영혼을 사랑하지 않고 그녀의 몸을 사랑하고자 한 것 같았다. 그 점이 앵두한테는 참으로 미안했다.

목욕을 끝내자 나는 시렁에서 보르지 상자를 내리고 수의를 꺼내 입혔다. 수의를 입히면서 자신이 입고 갈 수의를 준비한 앵두의 외롭고 절절한 마음을 헤아렸다. 자신의 수의를 만들고 있는 그녀의 처연한 모습이 눈에 보이는 것만 같았다. 나는 밖에 있던 육촌 동생과 염덕배를 불러 염습하는 것을 도와달라고 부탁했다. 두 사람 모두 선뜻 나서지 않았다. 나는 육촌 동생만 들어오라고 했다. 육촌 동생이 머뭇머뭇 들어오자 시신을 묶을 염포殮布를 세로와 가로를 구별하여 준비했다. 방에 불을 지피지 않았을 텐데도 온몸이 흠씬 땀에 젖었다. 땀은 더위 때문이 아닌지도 몰랐다. 옆에 있던 육촌 동생이 화장지로 이마의 땀을 닦아주었다. 나는 발끝에서부터 시작하여 무릎, 배까지 세 매듭을, 다시 머리 쪽으로부터 아래로 묶고 마지막으로 시신의 가운데 부분을 묶었다. 묶을 때 염포 자락을 두 가닥으로 쪼개고 시신이 고루 쌓이게 하여 오른쪽 염포가 위로, 왼쪽 염포는 밑으로 가도록 하고는 매듭을 짓지 않고 틀어서 끼운 후, 남은 한 자락을 밑으로 향하도록 쓸어 넣었다. 시신을 묶고 나서 머리끝에서 발끝까지 일직선이 되었는지, 팔이나 다리 등의 면부가 모두 고르게 펴지고 똑바르게 되었는지 살핀 다음, 턱밑과 다리 사이 빈 공간에 휴지를 뭉쳐 채우는 것도 잊지 않았다. 염을 끝내자 얼굴이 온통 땀벌창이 되었다.

나는 관을 들이기 위해 방문을 열고 크게 숨을 내쉬었다. 그때야 긴장이 풀리면서 땀이 가셨다. 오래전에 끊었던 담배가 다시 피우고 싶었지만 참았다. 관이 들어오자 홑이불의 네 귀를 잡아 관 위에 팽팽하게 걸치고 그 위에 시신을 놓은 후 홑이불을 조금씩 늦춰가며 바닥에 닿게 했다. 시신이 안치되자 막대기로 홑이불 구석을 누르고 짚이나 옷가지로 완전히 빈틈을 채웠다. 이제 관 뚜껑을 닫고 결관만 하면 임관 작업이 끝난다. 서너 평 남짓의 좁은 방에서 태어나 일생을 보낸 앵두는 마지막으로 겨우 자신의 몸을 누일 수 있을 정도로 답답한 관 속으로 들어갔다. 그러나 남편을 잃고 외롭게 살아온 앵두에게 관 속은 오히려 자유로운 공간일 수도 있겠다 싶었다. 사람은 넓은 공간에서는 구속감을 느끼지만 좁은 공간에서는 자유로움을 만끽할 수가 있지 않겠는가. 자유와 부자유, 행복과 불행, 열린 마음과 닫힌 마음은 공간의 넓고 좁음과는 아무 관계가 없다는 것을 나는 깨달았다. 앵두는 비록 좁은 공간에서 살아왔으나 남편을 뒤따라가기 위해 편안한 마음으로 스스로 죽음을 선택한 반면, 넓은 세상을 마음껏 누비며 살고 있는 나는 아직 사는 것이 불안하고 죽음이 너무 두렵기만 하다.

나는 관 뚜껑을 닫기 전에 마지막으로 앵두의 얼굴을 찬찬히 보았다. 곧 잊힐 수밖에 없고 또 잊어야 하는 얼굴이지만 마지막 한 번 더 보고 싶었다. 그것은 한때 그녀의 몸을 탐했던 자신에 대한 용서를 빌기 위해서인지도 몰랐다. 더욱이 남의 아내가 된 후에도 그녀를 탐한 것은 죄가 될 수밖에 없었다. 그러나 나는 이성을 느끼기 전이었던 유년 시절의 앵두 모습만은 죽을 때까지 간직하고 싶었다. 유년의 앵두 모습에는 내 존재도 포함되어 있기 때문이다. 마지막 본 앵두의 얼굴 위로, 희미하게나마 함께 이불을 덮고 나란히 배를 깔고 엎드려서 푸른 소나무 그림을 그렸던 유년의 모습이 겹쳤다. 앵두와 함께 그렸던 마당의 은행나무며 두엄자리 옆 먹감나무, 탱자 울타리, 장독대, 뒷동산 참나무 숲이 휙휙 스쳐 지나갔다.

입관을 끝내고 밖으로 나온 나는 옷소매로 이마의 땀을 훔치며 소주 두 잔을 거푸 들이켰다. 석 잔째 잔을 채웠을 때 토마루에 엎드려 있던 흰둥이가 고개를 돌려 사람의 눈처럼 슬픔에 잠긴 듯 한동안 나를 보았다. 아마 내게서 주인의 냄새가 났기 때문이리라. 나는 돼지고기 한 점을 집어 흰둥이에게 던져 주었다. 흰둥이는 입도 대지 않았다. 사람들이 던져 준

부침개며 돼지고기, 떡 부스러기들이 흰둥이 주변에 널려 있었다. 흰둥이는 주인이 죽은 후로 아무것도 먹지 않았다고 했다. 나는 얼큰한 기분으로 육촌 동생 집에 들러 샤워를 했다. 몸에 찬물을 끼얹고 칼칼하게 비누질을 하는 동안 머릿속에 두 얼굴의 여자가 계속 들락거렸다. 눈의 뙤록뙤록한 단발머리 앵두와 숱이 적은 반백의 짧은 머리에 희고 맑은 얼굴의 늙은 앵두가 같은 사람 같지가 않았다. 아무래도 죽은 앵두의 마지막 모습이 쉽게 지워지지 않을 것만 같아 마음이 무거워졌다.

늦은 점심을 먹은 다음 나는 조부모님 산소에 가기 위해 마을 뒷동산으로 올라갔다. 성묘만 끝내고 해가 지기 전에 서둘러 서울행 고속 열차를 탈 생각이었다. 부러 앵두의 출상을 보기 위해 하룻밤을 묵어가고 싶지 않았다. 나는 대밭 모퉁이를 지나 흙구덩이 쪽으로 올라가다가 나도 모르게 아, 하고 탄성을 질렀다. 작은 둔덕에 올라섰을 때 갑자기 하늘이 붉어지는 것을 보았다. 토굴 앞에 단풍잎이 한창 타오르고 있었다. 고향에 살 때, 해마다 가을이면 어김없이 토굴 앞 단풍을 보았으나 이처럼 여러 가지 색깔로 아름답게 타오르는 것은 한 번도 느끼지 못했다. 나는 아름드리 단풍나무 앞에 서서 노랑, 주황, 분홍, 진홍색 등 여러 가지 색깔이 한데 어울려 햇살을 받아 더욱 눈부시게 반짝이는 단풍잎을 바라보았다. 문득 앵두의 얼굴이 다시 떠올랐다. 앵두의 생애에서 늦가을 단풍잎처럼 아름답게 빛난 시절이 언제였을까 생각해 보았다.

나는 몇 번이고 단풍나무를 뒤돌아보면서 쉬엄쉬엄 뒷산에 올랐다. 오래전에 발길이 끊긴 산길은 칡덩굴과 억새며 청미래덩굴, 노간주나무, 떡갈나무들로 뒤엉켜 있었다. 겨우 길의 흔적만 남아 있을 뿐이었다. 다복 소나무가 빼꼭한 작은 등성이를 넘어 비탈을 어슷하게 끼고 돌자 편편한 억새밭이 나왔다. 억새밭 가장자리 늦가을의 윤기 나는 햇볕이 매끄럽게 내리쬐는 곳에 묘지가 있었고 묘지 앞에 흰 두루마기에 중절모를 쓴 노인과 희끗한 머리에 흰옷 차림의 노파가 그림처럼 다정하게 해바라기를 하고 앉아 있었다. 나는 쭈뼛 놀라 걸음을 멈추었다. 이 깊은 산 묘 앞에 노인 부부라니. 나를 의식하지 않고 서로 얼굴을 마주 보며 이야기를 주고받는 그들의 모습에서 현실감이 전혀 느껴지지 않았다. 나는 노부부가 나처럼 뒤늦게 성묘하러 왔으려니 생각하고 그냥 지나쳤다. 비탈길로 조금만 더 추어 오르면 오래된 눈향나무 밑에 조부모님 산소가 있다.

울창한 소나무 숲속에 자리 잡은 산소는 비교적 반듯하게 정리되어 있었다. 햇볕을 잘 받아 잔디도 갈색 융단처럼 푹신하게 잘 자랐고 5년 전에 에둘러심은 편백나무도 한껏 푸름을 뽐냈다. 육촌 동생의 깔끔한 성격과 조상을 섬기는 마음을 충분히 읽을 수가 있었다. 이곳에는 부모님과 조부모님, 증조부님 내외와 육촌 동생의 증조부가 되는 내 증조부님 동생 내외, 고조부님 내외분이 모셔져 있다. 나는 주머니에 넣고 간 소주를 종이컵에 따라 올리며 차례로 두 번씩 절하고 나서 벌 안을 한 바퀴 둘러보았다. 이번이 5년 만에 찾아온 성묫길이니 내가 살아 있는 동안 앞으로 몇 번이나 더 올 수 있을지 울연한 마음이 앞섰다. 그것은 그렇다 치고 자식들이 모두 미국에 살고 있으니 나 죽은 다음에는 또 어찌할 것인가. 더욱이 육촌 동생은 딸만 둘이니 장차 누가 이 산소를 돌볼 것인지 막막했다. 그렇다고 미국에서 기반을 잡고 살고 있는 자식들을 데리고 돌아올 수도 없는 일이 아닌가. 나는 조상들 앞에 죄스러운 마음에 쉽게 발길을 돌리지 못하고 오랫동안 산소 윗머리 향나무 밑에 앉아 있었다.

나는 한 시간 넘게 조상들 옆에 앉아 있다가 천천히 일어섰다. 무거운 마음으로 소나무 숲을 내려와 억새밭에 이르렀다. 그때까지도 묘 앞에 늙은 부부가 앉아 있었다. 얼굴의 윤곽은 뚜렷했으나 눈이며 코, 입 등은 선명하게 눈에 들어오지 않았다. 내가 가까이 다가갔으나 노부부는 외면한 채 나를 의식하지 않는 듯싶었다. 둘이서 뭐라고 이야기를 하는 것 같았으나 말소리도 들리지 않았다. 나는 인사를 하기 위해 언뜻 걸음을 멈추었다. 그러나 노부부는 여전히 고개를 돌린 채 나와 눈을 마주치지 않았다. 다소 민망한 생각이 들어 그냥 지나치고 말았다. 나는 비탈길을 내려오면서야 언뜻 본 노부부의 얼굴 모습이 어딘가 낯설지 않다는 생각이 들었다. 그런데도 분명히 누구인가는 확연하게 떠오르지 않았다. 나는 비탈을 내려와 갈색 참나무 잎이 바람에 흩날리는 흙구덩이 언덕배기를 향해 발걸음을 서둘렀다. 그때 나는 소스라치게 놀라며 걸음을 멈추었다. 참나무 숲 언덕배기 끝자락에 흰옷 차림의 노부부가 너울너울 춤을 추듯 걸어가고 있는 것을 보았기 때문이다. 분명 억새밭의 묘 앞에서 보았던 노부부였다. 조금 전 나는 그들 앞을 지나왔고 마을로 통하는 다른 샛길이 있는 것도 아닌데 어느 틈에 그들이 나보다 앞서가고 있다는 말인가. 나는 노부부를 따라잡기 위해 반달음으로 뛰었다. 바람이 드세어지면서 구름이 햇살을 가렸다. 참나무 숲을 지나 단풍나무가 서 있는 흙구덩이 아래로 내려서 보았더니 그새 노부부가 보이지 않았다. 나는 사방을 두리번거렸다. 마을로 내려갔을 리가 없는데 어디로 사라졌단 말인가.

"형님, 나를 부르지 않고 어쩌자고 산소에는 혼자 다녀와요."

흙구덩이 앞에 이르자 육촌 동생이 염덕배와 함께 헐근거리며 올라오고 있었다. 두 사람은 미리 앵두가 묻힐 자리를 정하기 위해 산으로 올라가는 중이라고 했다. 나는 육촌 동생한테 노부부를 못 보았느냐고 물으려다 그만두었다.

"남편 옆에 안장하는 것이 좋을 것 같아서……."

염덕배가 말했다.

"앵두 남편 묘가 우리 선산 아래 억새밭에 있거든요."

육촌 동생의 그 말이 아득히 멀리서 들려오는 것 같았다. 그때 바람이 거칠게 불어와 한바탕 단풍잎을 쥐흔들고 달아났다.

서울로 돌아온 나는 육촌 동생으로부터 염장이 조 씨가 운 좋게 머리에 찰과상을 입었을 뿐 하루 만에 퇴원했다는 소식을 들었다. 그 이야기를 듣는 순간 갑자기 앵두의 허벅지 상처가 다시 꽃처럼 선명하게 피어올라 눈에 밟혔다. 모교의 강단에서 '글로벌 시대의 장벽 허물기'라는 강연을 하던 중에도 자꾸만 앵두의 좁고 답답했던 방이 떠오르곤 했다. 앵두의 삶에서 세계화가 무슨 의미가 있으며 장벽을 허문다는 것은 또 무엇인가. 스스로 반문을 되풀이하게 했다. 그리고 내게 중요한 것은 공간의 장벽 허물기가 아니라 사람의 장벽 허물기라는 것을 깨닫게 되었다.

일주일 후, 나는 뉴욕행 보잉 747 여객기에 몸을 실었다. 여객기가 4만 5천 피트로 고도를 유지하자 안전띠를 풀고 등받이를 젖혀 편안하게 상반신을 뒤로 뉘었다. 미세한 흔들림도 없이 너무도 안락하고 쾌적해서 어둠 속을 날아가고 있다는 느낌이 들지 않았다. 밤하늘은 두꺼운 어둠의 장막으로 드리워져 있었고 아무것도 보이지 않았다. 하늘에서 본 어둠은 생성과 소멸의 한계조차 느낄 수 없을 만큼 끝없는 적멸의 빛깔이었다. 죽음을 색깔로 나타내면 바로 이와 같은 현호의 빛깔일까. 모든 색깔을 합해놓은 것처럼 검고 끝없이 깊고 멀며 오묘하고 심오하며 가뭇없기만 한 빛깔. 그것은 끝이 없는 하늘의 빛깔이면서 이 세상의 빛깔이기도 했다. 나는 그 불멸의 빛깔 속으로 깊숙이 빨려들었다. 점액질 어둠 속에서 반짝이는 별빛만 아니라면 하늘에 떠 있다는 것도, 내가 살아 있다는 사실도 의식할 수가 없을 것 같았다. 하늘에서 바라본 별은 지상에서보다 빛나고 아름다웠다. 나는 창밖으로 시선을 멀리 던져 반짝이는 별들을 바라보았다. 내 자신이 나비의 날개처럼 가벼워져서 별빛 속으로 빨려 들어가는 기분이었다. 별들이 쏟리는 어둠 속에서 오래된 앵두의 방이 떠올랐다. 불 꺼진 앵두의 방은 벽이 허물어져 하늘처럼 끝없이 넓어 보였다. 방 한가운데에 흰 옷차림의 앵두 부부가 다정하게 앉아 있는 것이 보였다.

『문학사상』, 2008

생오지 뜸부기

1

검은등뻐꾸기가 새벽부터 뒷산 잡목 숲에서 트럼펫 소리를 낸다. 나는 오늘도 먼동이 틀 무렵 새소리에 퍼뜩 잠에서 깨어났다. 부스스 눈을 뜨고 일어나 창문을 활짝 열어젖히자 부연 안개가 마당 앞 먹감나무 우듬지를 친친 감고 있었다. 안개 속에서 새들의 오케스트라 연주 소리가 들렸다. 나는 매일 아침 5시 무렵이면 어김없이 새들이 연주하는 〈한여름 동틀 무렵〉이라는 곡명의 오케스트라를 감상한다. 새들의 연주회 무대는 내가 살고 있는 한갓진 골짜기 마을 생오지. 이곳은 버스도 들어오지 않고 휴대전화도 연결되지 않는 지역이다.

새들의 오케스트라 단원 수가 가장 많을 때는 여름날 아침 동틀 무렵이다. 이 시간이 지나 안개가 걷히고 구리철사같이 뾰쪽뾰쪽한 햇살이 숲속에 꽉 차 빈틈없이 퍼지기 시작하면 새들은 서서히 무대를 떠나 집으로 돌아간다. 새들은 해가 떠오르기 전에 최상의 컨디션과 저마다의 음색으로 한껏 목소리를 뽐내며 바이올린과 피아노, 하프, 오보에, 플루트, 클라리넷, 트럼펫, 피콜로, 심벌즈 등의 악기 소리를 낸다. 딱새는 힛힛힛, 삐쭈삐, 찌이히찌, 쇠솔새는 쪼—리, 쪼—리, 쪼—리, 쪼—리, 큐—웃, 큐—웃, 소쩍새는 솥—적다, 솥—적다, 박새는 뾰로로로로, 쪼쪼, 쯔

— 비, 쯔— 비, 쯔쯔비, 개개비는 개개개개개 개액개액, 굴뚝새는 초르
—초르—초르 하고 소리 낸다. 검은등뻐꾸기는 뒷산에서 호올—딱 버
엇—고, 호올—딱 버엇—고 하며 트럼펫 역할을 하고 뒷마당에 내려
앉은 산비둘기는 구국구욱, 구국구욱 작은 북소리를 낸다. 개울 건너 앞
집 홰치는 수탉의 장대한 울음소리는 영락없는 심벌즈 역할이다.

　요즘에는 소쩍새가 낮에도 노래한다. 아름다운 고음에 떨리는 목소리
를 가진 굴뚝새 소리는 경쾌하고 가락이 있으며 멀리까지 들린다. 작은
몸집으로 어디서 그처럼 힘찬 목소리를 내는지 모르겠다. 이따금씩 쓰르
람 매미가 날카롭게 목청을 돋우며 연주회를 훼방하곤 한다. 방해꾼 매미
소리에 섞여 앞산 굴참나무 숲에서 뻐꾸기가 뻐꾹뻐꾹 운다. 굵고 허스키
한 목소리가 마치 늙은 남자가 우는 것처럼 애잔하고 슬프다. 그런가 하
면 오랫동안 보지 못했던 동박새 소리도 들린다. 3년 전 이맘때 나는 녹색
등에 턱밑과 배가 희고 아래 꼬리 덮개 깃이 황금색인 동박새 한 마리가
금목서 가지 끝에 앉아서 울고 있는 것을 보았다. 눈을 감고 있다가 오랜
만에 듣는 동박새 소리에 번쩍 눈을 떴다. 나는 새들이 연주하고 있는 동
안에는 눈을 감는 버릇이 있다. 아무것도 보지 않고 귀를 통해 소리의 풍
경을 머릿속에 그려보기 위해서다. 소리를 통해 머릿속에 그린 상상의 그
림은 눈으로 보는 세상보다 더 투명하고 아름답다.

　가끔 연주회를 망치는 것은 때까치다. 제각기 무질서하게 시끄러운 소
리를 내어 분위기를 수선스럽게 흐트러뜨리기도 한다. 흐리거나 비가 올
것 같은 날씨에는 울지 않고 하늘이 화창하고 맑게 갠 날은 시끄럽게 소
리를 내지른다. 이럴 때는 때까치 대신 아름다운 노래쟁이 휘파람새가 와
주면 얼마나 좋을까 생각해 본다. 휘파람새는 지난봄에 호—호—호 홋

— 홋 하고 노래하며 온통 숲속을 휘어잡았었다. 휘파람새와 꾀꼬리가 참가해준다면 얼마나 아름다운 연주회가 되겠는가 싶다.

문득 올리비에 메시앙이라는 작곡가가 한 말이 생각난다. 그의 스승 폴 뒤카가 어느 날 숲속을 거닐며 메시앙에게 "새들의 노랫소리를 들어라. 그들이야말로 작곡의 거장이다"라고 했다고 하지 않던가.

스멀스멀 안개가 회색빛 머리를 풀어헤치고 하늘로 흩어지기 시작한다. 안개가 벗겨지면서 한여름의 찐득거리는 푸른 속살이 조금씩 요염하게 드러나고 있다. 날이 밝고 안개가 걷힌 후에도 멀리서 우는 산새는 볼 수가 없다. 나는 소리만 듣고 새의 생김새며 무슨 나무에서 어떤 모습을 하고 있는지 상상해 본다. 안개가 말끔히 걷히자 한동안 어지럽게 소란을 피우던 산까치와 멧비둘기만 남고 하나씩 사라져간다. 새들의 연주회는 한 시간쯤 후, 내가 뒷산으로 소리 산책을 나설 무렵에야 끝났다. 안개가 걷히자 연주회가 끝이 난 것인지, 아니면 연주회가 끝나자 안개가 걷힌 것인지 잘 모르겠다. 어쩌면 안개가 걷히는 도중에 연주회도 시들해진 것인지도. 클라리넷 연주를 담당하던 굴뚝새가 닭장 앞에서 작은 몸이 툭툭 튀듯 움직이더니 대밭 쪽으로 포르르 날아오른 후 더는 목소리를 내지 않았다. 뒤를 이어 뒷산 관목림에서 노래하던 피아니스트 솔새의 목소리도 뚝 그쳤다. 피아노와 클라리넷이 빠지면서부터 연주는 차츰 시들해지기 시작했다. 연주회가 끝나자 생오지 골짜기 안통이 텅 빈 것처럼 고즈넉하다. 아침 한때 새소리로 가득했던 골짜기가 조용해지자 나는 갑자기 이유 없이 슬퍼진다. 나는 침묵의 슬픔에서 벗어나기 위해 잠시 눈을 감고 귀를 기울여본다. 새들의 연주 시간 동안 숨을 죽였던 개울물 소리가 어느새 조금씩 되살아났다. 장마 뒤끝이라서 참새골과 매봉골 두 골짜기 바닥을 훑고 내려온 개울물은 무릎 높이로 넉넉하게 흐른다. 물이 줄어든 것인지 하룻밤 사이에 물 흐르는 소리가 낮아진 듯싶다. 개울노 또 하나의 소리 세상을 이루고 있다. 바람은 한동안 해찰을 하다가 소리도 없이 먹 감나무 이피리를 긴길이고 달아난다. 가을이 오기도 전에 걸레처럼 볼품 사납게 땅에 떨어진 널찍한 오동나무 잎이 바스락거린다.

내가 막 운동화를 꿰고 현관을 나서려는데 다급하게 전화벨이 울렸다. 나는 운동화를 벗고 다시 거실로 들어갔다.

"고모부님, 뜸북새는 찾으셨어요?"

서울 사는 사촌 처조카한테서 온 전화다. 며칠 전 전화가 와서 뜸부기를 보았다는 사람이 있어 함께 이웃 마을에 가 보기로 했다고 했더니 그것을 잊지 않은 모양이다. 그러나 나는 처조카가 내게 전화한 것은 뜸부기 소식 때문이 아니라는 것쯤은 알고 있다.

"못 찾았어. 멸종 위기에 있는 새인데 쉽게 찾을 수 있겠어?"

내 대답은 목구멍 속으로 잦아들 것처럼 이내 시들해진다.

"모레쯤 집사람하고 고모부님 댁에 내려가 볼까 하는데…… 괜찮겠어요?"

"그렇게 해. 기다리고 있을게."

나는 전화를 끊고 아내가 잠들어 있는 안방으로 들어갔다. 아내는 내가 한 시간쯤 산책을 끝내고 돌아올 무렵에야 일어나는데, 오늘 아침에는 처조카 전화 때문에 한 시간쯤 빨리 깨어났다. 아내는 부스스한 얼굴로 아득히 먼 시선을 무념하게 말아 올린 채 침대 모서리에 걸터앉아있다. 이럴 때 아내는 아무 생각도 없어 보인다. 생각이 빠져나가 버린 아내의 모습은 메마른 나뭇잎처럼 가벼워 보이게 마련이다. 요즈막 아내는 무엇에 자신의 삶을 송두리째 빼앗겨버리기라도 한 듯 몸도 마음도 놓아버린 채 살아가고 있는 것 같다. 도시에 살 때는 지나치다 싶으리만치 몸치장에 신경을 쓰고 말이 많았던 아내였는데, 시골로 오면서부터는 입성이 늘 후줄근해 있다. 피부는 껍질이 벗겨져 푸슬푸슬하며 반백의 머리는 풀머리 그대로 며느리밑씻개 덩굴처럼 얼크러졌고 오래도록 목욕을 하지 않은 몸에서는 시지근한 묵은지 냄새가 났다. 시선이 풀린 채 살고 있는 아내는 지금 마음속에 아무것도 움켜쥔 것이 없어 보인다. 자식들에 대한 집착도, 살림살이에 대한 욕심도, 내일에 대한 희망도 모두 놓아버리고 빈손으로 살아가고 있는 아내를 볼 때마다 나는 가슴에 동굴이 뚫린 듯 허전하고 슬프다. 그럴수록 나는 뜸부기를 찾는 일과 자연의 소리에 점점 더 깊숙이 빨려들어 가고 있는 자신을 본다. 숲속에서 들리는 작은 새소리에도 가슴이 설레고 풀밭에 납작하게 깔려 나지막이 속삭이는 바람 소리며 햇볕이 쨍쨍한 한여름 대낮의 잔잔한 개울물 소리, 달빛이 화사한 밤에 어둠을 휘젓는 귀뚜라미 소리에도 눈물이 나도록 감격스러워한다. 이 소리들을 듣고 있으면 마음이 편안해진다. 내가 몇 년 동안 뜸부기 소리를 찾아다니는 것도 이 때문이다.

시골로 내려온 후 풀잎 하나에도 감동하며 활력이 솟구치는 나에 비해 아내는 날이 갈수록 깊은 바닷속으로 침잠해가고 있는 것만 같아 안타깝다. 시골로 내려온 후부터 시작된 아내의 무력증은 때때로 나를 외로움의 공포 속으로 몰아넣는다. 내가 처조카 부부를 우리 마을로 끌어오려고 한 것도 내심은 아내 때문이다. 옆에 처조카가 있어 준다면 아내가 시골에 마음을 붙이고 살 수 있을지 몰라서다. 서울에서 자라, 아버지 대부터 80년대까지 극장 앞에서 신기료장수를 해온 처조카는 오래전부터 시골에 내려와 사는 게 마지막 꿈이라고 했다. 극장이 헐리고 다세대주택이 들어서면서부터 일자리를 잃고 어렵게 살아온 그는 지금 특별히 하는 일 없이 부부가 낡은 다세대주택에서 살고 있다. 그는 집을 팔아 우리 마을에 땅이 딸린 농가를 사려고 한다.

"내일 종수 부부가 내려온다네. 이번에 내려오면 소나무 집을 계약하라고 해야겠어."

내 말에도 아내는 반응이 없다. 반응이 없다는 것은 관심이 없다는 것과 같다.

아내는 처음부터 시골로 들어오는 것을 반대했다. 시골이 무섭다고 했다. 나는 그 이유를 알지 못한다. 한 번도 시골에서 살아보지 않았기 때문일까. 긴장이 풀려 삶이 느슨해지는 것이 두려운 것인지, 아니면 도시와 달리 남의 눈을 의식하고 사는 것이 싫은 것인지, 그것도 아니면 깜깜한 밤이나 산짐승이 무서운 것일까. 암튼 아내는 시골로 내려온 그 날부터 걸핏하면 혼자서라도 도시로 다시 나가겠다면서 한 달에 두세 번씩 보따리를 싸곤 했다. 이제는 그나마도 지쳐버렸는지 매사에 무반응, 무관심이다. 평생 도시의 경쟁 속에 긴장하며 살아오다가 시골에 내려오자 갑자기 세포가 이완되었는지, 혈당도 올라가고 신경도 무디어진 것 같다.

지난봄 내가 휘파람새 소리를 듣고 아름다운 소리가 아프게 다가와서 아내한테 들어보라고 말했더니 아내는 화가 난 얼굴로 귀를 틀어막아 버렸다. 내가 좋아하는 소리를 아내는 징그럽게도 싫어했다. 아내의 그 같은 행동에 나는 가슴이 미어질 것만 같았다. 시골에 와서 아내가 하는 일이란 잊지 않고 하루 세끼 밥 차리고 빨래하는 일이다. 그것만으로도 나는 눈물 나도록 고마울 따름이다. 나는 더 이상 아내한테 새소리며 물소리에 귀 기울이기를 권하지 않는다.

얼마 전 아내는 느닷없이 우리 집에 울타리를 치고 대문을 달라고 성화였다. 마을 사람들이 예고도 없이 불쑥불쑥 찾아와서 이 방 저 방 기웃거리는 것이 싫다고 했다. 아내는 아무도 만나고 싶어 하지 않았다. 그렇지만 우리 마을에는 울타리도 대문도 없는데 우리 집만 유별나게 이웃과 경계를 나타낼 필요가 없다는 생각에, 나는 아내의 요구를 들어주지 않았다. 그렇지 않아도 시골로 내려오면서부터 실어증에 걸린 것처럼 말이 없는 터에, 울타리에 대문까지 달고 이웃들과 왕래를 끊는다면 어찌 되겠는가 걱정이 되었기 때문이다. 나는 아내가 종일 입에 담는 말이 몇 마디나 될까 하고 유심히 관찰한 적도 있는데, 끼니때마다 식사하라는 말, 빨랫감 내놓으라는 말이 전부인 날이 많았다.

도시에서는 동창들이나 아파트 주민들과 잘도 어울리던 아내가 시골로 내려오면서부터 사람과 소통하는 것을 싫어하는 연유를 도무지 알 수가 없다. 시간이 갈수록 아내는 자기만의 어둡고 깊은 수렁 속에 갇혀서 몸도 마음도 왜소해져 가고 있는 것만 같다. 나는 단절의 깊은 수렁에서 아내를 꺼내기 위해서라도 처조카 부부가 하루빨리 우리 곁으로 왔으면 싶다. 만약 아내의 상태가 호전되지 않고 이대로 계속된다면 나는 아내를 위해 다시 기계음으로 가득 찬 도시로 되돌아갈 수밖에 없다.

나는 소나무와 편백나무가 듬성듬성 어우러진 마을 뒤 임도를 따라 한 시간쯤 산책을 끝내고 돌아와 아침을 먹었다. 아내는 기계처럼 아침을 준비해놓고 안방으로 들어가 버렸다. 보나마나 아내는 또 앨범들을 꺼내놓고 눈이 빠지게 사진을 한 장 한 장 들여다보고 있을 것이다. 아내는 앨범을 들여다보는 데 하루가 걸린다. 우리는 다섯 권의 앨범을 갖고 있다. 아내와 나의 어린 시절부터 아이들을 결혼시키고 회갑을 맞고 내가 정년을 할 때까지의 삶의 흔적들이 오롯이 다섯 권의 앨범 속에 담겨 있다. 신통하게도 앨범을 들여다볼 때 아내의 눈빛이 살아 있음을 보았다. 발걸음 소리를 줄여 안방에 들어가 보니 예상대로 아내는 벽에 등을 기대고 두 다리를 쭉 뻗어 편하게 앉아 앨범을 들여다보고 있다. 아내의 메마르고 가느다란 눈길은 외동딸 미라의 대학 입학 때 찍은 사진에 오랫동안 머물러 있다. 미라는 대학교 3학년 때 인도 배낭여행에서 만난 스페인 남자와 결혼하여 미국에서 살고 있다. 딸의 얼굴을 못 본 지도 5년이 넘었다.

나는 아내가 아침밥을 먹었는지 안 먹었는지는 알 수가 없다. 물어봐도 대답을 하지 않는다. 아내가 예나 지금이나 변함없이 끼니때마다 시간에 맞춰 꼬박꼬박 정성을 다해 내게 밥상을 마련해주고 있다. 나는 시골에 내려온 후부터 끼니때마다 혼자서 밥을 먹는다. 혼자 밥을 먹고 설거지를 하고 커피를 마신다. 혼자 새소리를 듣고 혼자 산책을 하고 혼자 밥을 먹고 혼자 커피를 마신다는 것은 낯설고 먼 길을 혼자서 걷는 것만큼이나 적막하고 고통스럽도록 외롭다. 어떨 때는 마치 깜깜한 무덤 속을 걷고 있는 것 같다는 생각이 들기도 한다. 이럴 때 생명의 소리를 듣는 것만이 유일하게 위로가 된다.

설거지를 끝내고 거실 소파에 앉아 커피를 마시고 있는데 전화벨이 울렸다.

"저, 긍께 여그는, 운곡리 이장인디요. 어저께 논에서 뜸부기를 봤다는 사람이 있당께라. 틀림없는 뜸부기였다고 허드만이라우. 소싯적에 봤던 것과 똑같다고 허드랑께요. 거시기, 요본에는 틀림이 없는 것 같은디……."

운곡리라면 내가 사는 생오지에서 산 너머 수용산 밑 움쑥한 골짜기 마을이다. 나는 3년 전 이곳으로 오자마자 면사무소에 나가서 각 마을 이장

들에게 뜸부기를 발견하면 연락을 해달라는 전단지를 나누어주었다. 그후로 심심찮게 전화가 걸려오고 있다. 지난 3년 동안 스무 통화 남짓 전화를 받고 한걸음에 달려가 보았지만 모두 헛수고였다. 그동안 운곡리도 전화를 받고 두 차례나 다녀온 적이 있었다. 나는 오늘 전화에도 별 기대는 하지 않는다.

"뜸부기를 봤다는 분이 옆에 계시면 바꿔주실 수 있습니끼?"

나는 송수화기를 든 채 한참 동안 기다렸다. 윙윙윙 전류를 타고 귓속으로 흘러들어온 소리가 날카롭게 신경을 긁어 댔다. 그것은 바람 소리가 아니다. 바람 소리와 전류 흐르는 소리는 다르다. 바람 소리는 아무리 거칠고 드세어도 신경을 긁어 대지는 않는다. 그러나 전류 흐르는 소리는 뇌가 찌릿찌릿할 정도로 날카롭고 자극적이다.

"아, 여보씨요. 전화 바꿨서라우."

질그릇 깨지는 것처럼 투박하면서도 끈적끈적한 점액질의 쉰 소리. 전류 흐르는 소리보다 사람의 목소리에서 나는 훨씬 강한 흡착력을 느낀다.

"정말로 뜸부기를 보셨습니까?"

"아니, 그러면 시방 내가 비싼 밥 묵고 거짓말이나 허겄어요."

"어떻게 생겼던가요?"

"꼭 달구 새끼같이 생겼는디, 그보담은 쬐끔 작고 대가리에 벼슬이 맨드래미꽃 모양으로 삐럽디다."

"몸 색깔은요?"

"머시라고 허까, 밤색허고 황토색 중간이라고나 허까."

"우는 소리도 들었겠지요?"

"하면. 뜸—뜸—뜸— 내가 젊었을 적에 들었던 소리 그대로드만요."

"알았습니다. 지금 곧 운곡리로 가겠습니다."

나는 부리나케 전화를 끊고 설레는 마음으로 카메라와 망원경부터 챙겼다. 어쩐지 이번에는 고대하던 뜸부기를 볼 수 있을지도 모른다는 기대로 한껏 설레는 기분으로 집을 나섰다. 엉겁결에 자전거에 올라탔다가 다시 내려와 챙이 넓은 야구 모자와 포켓용 소형 녹음기를 챙겨 나왔다. 나는 자전거를 타고 벚나무가 듬성듬성한 마을 길을 빠져나갔다. 시골로 내려오면서 자동차를 없애고 자전거를 장만했다. 기계이면서 기계음이 전혀 없는 자전거는 시골길을 달리기에 딱 좋다. 햇살이 날카로워지면서 비포장 비탈길 산자락에서는 매미와 여치 소리가 낭자하다. 나는 매미 소리에 발을 맞추어 천천히 페달을 밟으면서 콧노래를 흥얼거린다.

뜸북뜸북 뜸북새 논에서 울고 뻐꾹뻐꾹 뻐꾹새 숲에서 울 제 우리 오빠 말 타고 서울 가시며 비단 구두 사가지고 오신다더니 기럭기럭 기러기 북에서 오고 귀뚤귀뚤 귀뚜라미 슬피 울건만 서울 가신 오빠는 소식도 없고 나뭇잎만 우수수 떨어집니다

나는 언제나 이 노래를 2절까지 부른다. 시골로 내려오기 전 한동안은 가수 이선희와 조용필이 부른 이 노래의 카세트테이프를 사서 자동차를 탈 때마다 볼륨을 높이고 자주 들었다. 나는 이 노래를 들으면서 죽은 누나를 생각하곤 했다. 여섯 살 때, 강변에서 놀다가 사금파리에 발바닥을 베인 나는 한동안 누나의 등에 업혀 지냈다. 나보다 일곱 살이 더 많은 누나는 엄마처럼 나를 돌봤다. 그날도 나는 누나 등에 업혀 안산 끝자락 자갈밭에서 콩밭을 매는 엄마한테 먹을 것을 가져가고 있었다. 나는 누나가

엄마한테 삶은 감자나 옥수수를 가지고 갈 때마다 데려가 달라고 떼를 썼다. 엄마한테 가면 언제나 개똥참외나 오이, 가지를 따서 풀떨기 속에 감춰두었다가 주곤 했기 때문이다. 노두를 건넌 누나는 물방앗간을 지나 봇도랑을 따라 걸으면서 〈오빠 생각〉 노래를 부르기 시작했다. 누나는 '오빠'를 '아빠'라고 불렀다. 누나는 '오빠'라고 불렀는데 내 귀에 '아빠'라고 들렸는지도 모른다. 그 무렵 내가 엄마한테 아빠는 어디 계시냐고 물을라치면 엄마는 주저하지 않고 서울로 돈 벌러 갔다고 대답했다. 그러나 나는 아빠는 내가 태어나던 해에 군에 입대하여 싸움터에서 돌아가셨다는 것을 어렴풋이 눈치채고 있었다. 누나도 우리 아빠는 이 세상에 없다는 것을 알고 있었을 것이었다. 그래서 아빠 생각을 하면서 그 노래를 불렀을지도 몰랐다. 누나는 논둑길을 걸으면서 몇 번이고 되풀이해서 그 노래를 불렀다. 누나는 방죽 아래 습초지가 가까워지면 노래를 멈추곤 했다. 그곳에 뜸부기가 살고 있었기 때문이다. 뜸―뜸―뜸 하고 우는 뜸부기 소리도 들을 수 있었다. 생김새가 영락없이 닭과 비슷했다. 갈색 몸통에 회색 얼룩이 져 있고 닭보다 긴 다리는 잿빛 녹색을 띠고 있었다. 수컷은 수탉처럼 붉은 깃을 달고 있었다.

어느 날은 뜸부기 소리가 들려온 초지 가까이 다가가다가 사방이 왕골과 부들로 가려진 풀떨기 속 큰 둥지 안에서 열두 개나 되는 알을 발견했다. 누나와 나는 집에 돌아올 때 뜸부기 알 여섯 개를 가져다 삶아 먹었다. 적갈색 무늬의 뜸부기 알은 달걀보다 약간 작고 비린내가 났지만, 맛이 있었다. 누나와 나는 콩밭 매는 엄마한테 갈 때마다 뜸부기 둥지를 들여다보곤 했는데 남겨 둔 여섯 개의 알이 부화하여 새까만 솜털로 덮여 있었다. 새끼는 얼마 안 되어 떠나버리고 없었다. 그리고 그 이듬해 여름,

누나는 엄마가 외할머니 회갑 잔치에 가서 가져온 돼지고기를 먹고 며칠 동안 설사를 하다가 죽고 말았다. 누나가 죽은 후부터 나는 뜸부기 소리가 싫었다. 〈오빠 생각〉 노래도 부르지 않았다. 그 노래를 듣기만 해도 가슴이 저미는 듯 아프고 슬픔이 솟구쳤기 때문이다. 내가 그 노래를 다시 좋아하게 된 것은 어른이 된 후부터다. 망각의 세월이 흘러 누나를 잃은 상처의 딱지가 떨어지고 그 자리에 새살이 돋아나면서, 슬픔이 그리움으로 변한 것인지도 모른다.

5년 전, 어머니 장례를 치르고 나자 불현듯 누나가 그리워서 나는 고향으로 달려갔다. 젊은 시절 아버지를 잃은 어머니의 눈물과 땀으로 얼룩졌을 콩밭에는 매실나무가 심어졌고 뜸부기가 살았던 습초지에는 파라다이스라는 분홍빛 3층 모텔이 들어서 있었다. 초록빛 들판 한가운데 분홍빛은 어울리지 않아 보였다. 가슴에 구멍이 숭숭 뚫린 기분으로 한나절을 파라다이스 주변을 맴돌았으나 뜸부기 소리는 들을 수가 없었다. 돌아오는 길에 고향에서 6km쯤 떨어진, 지금 내가 살고 있는 생오지로 초등학교 시절 짝꿍을 만나러 왔다가 이곳에서 뜸부기 소리를 들을 수가 있었다. 그리고 그로부터 2년 후, 다시 뜸부기가 보고 싶어 도시 삶을 정리하고 아예 생오지로 옮겨 오게 되었다. 그러나 이사 온 후 3년 내내 뜸부기는 다시 보지 못하고 있다.

자전거를 타고 버스가 다니는 큰길로 접어들자 매연과 함께 농약 냄새가 확 덮쳐 와 속이 메스꺼웠다. 이 길은 화순 온천 리조트 가는 길이라서 주말이면 자동차들이 줄을 잇는다. 며칠 동안 비가 오지 않아서인지 가로수로 심은 목련꽃 나뭇잎에 부연 먼지가 켜켜이 쌓여 있는 것이 보인다. 운곡리로 가자면 내가 초등학교를 졸업할 때까지 살았던 고향 마을을 지나야 한다. 목련꽃 나무 가로수가 끝나는 지점에 최근에 들어선 메디칼 리조트가 있고 그곳에서 조금 더 가서 다리 건너 주유소가 있는 마을이 내 고향이다. 샘 거리에 주유소와 청국장이 맛있는 식당이 있고 마을 한 가운데 조붓한 고샅이 2차선 도로로 변했다. 나는 넓은 주유소 앞길을 지날 때마다 유년 시절의 내 몸뚱이가 동강 나버린 듯한 참담한 기분에 사로잡히곤 한다. 유년 시절에 삶아 먹었던 뜸부기 알과 누나의 죽음, 그리고 마을을 둘로 쪼개놓은 2차선 도로가 무슨 연관이 있는 것처럼 생각되기도 했다. 말도 안 되는 억측이라는 것을 알면서도, 내가 뜸부기를 찾아 시골로 내려온 후 그 생각은 내 머리에 진득찰처럼 찰싹 달라붙어서 좀처럼 떨어져 나가지 않았다. 내가 살던 때만 해도 고향 마을은 70여 호가 넘었었는데 2차선 도로가 마을을 갈라놓은 후부터 자꾸만 줄어, 지금은 겨우 24호밖에 살지 않는다.

나는 생오지를 떠나 30분쯤 후에 운곡리에 도착했다. 한여름 햇볕 속을 뚫고 페달을 밟았더니 온몸이 땀에 흠뻑 젖고 말았다. 뜸부기를 보았다는 사람이 마을 어귀 늙은 느티나무 밑 정자에서 나를 기다리고 있었다. 반바지에 땟국에 전 러닝셔츠 바람의 그는 머리가 허옇게 센 팔순 노인이었다.

"뜸부기를 언제 어디서 보셨습니까?"

수인사를 나눈 다음 물었다. 보통 키보다 약간 작고 겨릅처럼 마른 체격의 최 노인은 내 물음에 잠시 대답을 망설이는 듯싶더니, 천천히 오른손을 들어 개울 건너 산자락 끄트머리를 가리켰다. 정자에서 키 큰 미루나무 두 그루가 서 있는 산자락 끄트머리까지는 불과 200m도 안 되는 거리였다.

"그러니께 멋이냐, 어저께 해가 설핏헐 적에, 저그 저 미루나무 밑 우리 논에서 폴짝폴짝 뜀시로 뜸 — 뜸 허고 우는 것을 보았제."

"논에서 보셨다고요?"

"하먼. 논에 농약을 치다가 봤어."

"농약이요?"

"그려. 멸구 약을 쳤제. 헌디 뜸부기 신고허면 거시기 뭣 좀 안 주요? 간첩 신고허면 보상금 주드끼……."

최 노인의 말에 나는 어색하게 웃으며 시선을 멀리 던져 햇볕에 반짝이는 미루나무 잎을 바라보았다. 최 노인도 무척 뜸부기가 보고 싶은 모양이라고 생각하면서. 농약을 친 논에는 뜸부기가 살지도 오지도 않는다는 것을 최 노인도 잘 알고 있을 터인데, 왜 뜸부기를 보았다고 하는 것인지 몰랐다. 그렇다고 나는 그냥 되돌아올 수가 없어, 최 노인을 따라 그가 분명 보았다는 미루나무 아래 논까지 가 보았다. 최 노인의 뒤를 따라가면서 나는 최 노인도 나도 같은 꿈을 꾸고 있다고 생각했기 때문에 쉽게 돌아설 수가 없었다. 뜸부기를 그리워하는 사람이 나 말고 또 있다는 사실이 조금은 반갑기도 했다. 논에 가까이 다가갈수록 농약 냄새가 코를 찔러 헛구역질이 나오려는 것을 가까스로 참으면서 그의 뒤를 바짝 따랐다. 우리는 미루나무 그늘 밑으로 가까이 갔다.

"헌디 뭣 땜시 뜸부기를 찾는 게요?"

"뜸부기가 숨바꼭질의 선수라서요. 우리는 지금 숨바꼭질을 하고 있답니다."

최 노인이 묻고 내가 대답했다. 그때 최 노인이 갑자기 걸음을 멈추더니 검지를 입술 중앙에 대고 한쪽 눈을 찡긋해 보이며 쉿 소리를 냈다. 최 노인이 논둑에 쪼그리고 앉자 나도 따라 앉았다. 최 노인은 두 손바닥을 오므려서 귓바퀴를 감싸더니 산자락 끝으로 이어지는 논둑을 유심히 보았다.

"저 소리, 저 소리…… 들리지요? 뜸―북, 뜸―북, 뜸―북, 뜸―북, 뜸―뜸―뜸……."

최 노인이 시선을 한곳에 집중한 채 속삭이듯 말했다. 나도 최 노인처럼 손으로 귓바퀴를 감싸고 귀를 기울였다. 개울물 소리가 가벼운 바람에 뒤섞이며 흐르는 소리 외에는 아무 소리도 들리지 않았다. 나는 산자락 끝으로부터 시선을 거두어 눈앞의 최 노인 얼굴을 찬찬히 들여다보았다. 최 노인의 허정한 표정에서 나는 그가 분명 내가 듣지 못하는 뜸부기 소리를 듣고 있다는 것을 느낄 수가 있었다.

그로부터 며칠 후, 나는 최 노인이 1년 전에 아내가 죽고 혼자 외롭게 살고 있다는 것을 알았다.

2

내가 K시를 떠나 골짜기 마을 생오지로 옮겨 온 것은 두통과 어지럼증 때문이었다. 정년을 하고 아파트에 칩거하기 시작하면서부터 나는 심한 두통과 어지럼증에 시달렸다. 처음에는 머리가 먹먹하다가 띵하더니 콕콕 쑤시다가 우지끈우지끈 골이 흔들리는 것 같았다. 그러다가도 머리가 꽉 조이는 듯하면서 빠개질 듯 아팠다. 통증은 처음에 뒷머리에서부터 지끈거리다가 전두엽으로 옮겨진 후, 얼굴 전체로 퍼졌다. 심할 때는 얼굴과 코 주위까지도 아팠다. 이럴 때 나는 두 손으로 머리를 쥐어 싸고 비명 아닌 괴성을 지르며 괴로워했다. 딱따구리가 날카로운 부리로 골을 쪼아대는 것 같기도 하고 심할 때는 호비칼로 머리를 후벼 파는 듯했다. 처음에는 게보린을 복용하면 효과가 있었는데 차츰 효력이 떨어져서 약을 먹어도 소용없게 되었다.

뇌에 이상이 있는가 싶어 병원에 가서 진찰을 받아보았으나 특별한 원인을 찾을 수 없다고 했다. 일반적으로 두통의 원인은 편두통, 긴장성 두통, 중이염이나 축농증, 치주염, 충치, 수막염, 뇌염, 뇌 기생충 질환, 뇌진탕, 뇌좌상, 뇌출혈, 지주막하출혈, 뇌종양, 고혈압, 가스중독, 알코올중독, 니코틴중독, 외부 압박, 한랭 자극성, 기침, 심한 운동, 성교 등에서 비롯된다고 했다. 그러나 의사는 원인 불명의 두통이라는 결론을 내렸을 뿐, 끝내 원인을 찾아내지 못했다. 문헌을 뒤져보았더니 중세 이전에는 치료가 되지 않을 정도로 두통이 심할 때는 머릿속에 악마가 산다고 하여, 두개골에 구멍을 뚫었다고 한다.

두통은 점점 심해졌다. 처음에는 주로 늦은 오후나 저녁에 몰려오던 두통이 아침부터 시작되었다. 아파트 안에 있으면 통증이 더욱 심해지는 것 같아 밖으로 나돌아다니기 시작했다. 목적지도 없이 지치도록 종일 쏘다니다가 저녁에 들어오는 날에는 고단함 때문인지 쉽게 잠이 들곤 했다. 그런데 갑자기 어지럼증이 찾아왔다. 주변이 빙빙 도는 것 같아 걷는데 중심을 잡을 수가 없었다. 나를 중심으로 산도 나무도 사람들까지 빙글빙글 돌아 지팡이를 짚고도 걸음을 옮길 수가 없었다. 어지럼증을 치료하기 위해 병원에 가 보았다. 의사는 현훈증眩暈症이 아니면 균형 장애 때문일 가능성이 크다면서 CT 촬영을 하자고 했다. 현훈증일 경우 뇌졸중이나 뇌종양, 간질 또는 말초신경 장애가 원인이고, 균형 장애는 다발성 뇌경색이거나 자율신경에 문제가 있기 때문이라고 설명했다. 그러나 촬영 후에도 의사는 원인을 찾아내지 못했다.

그러던 어느 여름날, 친구들이 피서하러 가자며 한사코 싫다는 나를 억지로 자동차에 태우고 지리산 깊은 골짜기로 들어갔다. 친구들은 소나무와 편백나무가 빼곡하게 들어찬 계곡에서 맑고 시린 물에 발을 담그고 앉아서 피서를 즐겼다. 그날 밤 우리는 계곡의 숲속에 자리 잡은 통나무집에서 민박했다. 두통 없이 잘 잤다. 개울물 소리와 새들이 낭자하게 울어대는 소리에 잠이 깼다. 참으로 오랜만에 듣는 솔새와 박새 우는 소리였다. 새소리는 촬ー촬ー촬 계곡물 흐르는 소리며 적당하게 불어온 바람소리와 함께 어울려 듣기에 참 좋았다. 그 소리는 하모니를 이루어 내 머리와 핏줄 속으로 스며드는 듯했다. 어찌 된 일인지 어지럼증도 두통도 전혀 느낄 수가 없었다. 통나무집에서 가까운 편백나무 숲속에 들어가 바지 주머니에 두 손을 찌른 채 턱끝을 쳐들고 걸을 수가 있었다. 골짜기 주변을 뛰어다닐 정도로 조금도 어지럼증을 느끼지 않았다. 오랜만에 머릿속이 이슬처럼 투명하게 맑았고 몸도 햇볕에 깡마른 겨릅보다 가벼웠다. 머릿속에 침투해 나를 괴롭히던 악마가 홀연히 빠져나가 버린 기분이었다. 나는 휘파람을 불어대며 향기로운 숲속을 거닐었다.

도시로 돌아오자 어지럼증과 두통은 다시 계속되었다. 지리산 골짜기에서 들었던 아름다운 새소리, 물소리, 바람 소리가 몸살 나도록 그리웠다. 아파트에서 들을 수 있는 소리는 날카롭고 뾰족뾰족한 기계음뿐이었다. 건너편 아파트 공사장에서는 새벽부터 어두워질 때까지 산자락을 허무는 굴착기와 바위를 깨고 파쇄하는 대형 브레이커 소리가 그치지 않았다. 공사장 주변 산에서는 앵앵거리며 나무를 자르는 전기톱 소리도 들렸다. 공사장의 소음과 지축을 흔드는 진동 소리, 유리창에 켜켜이 내려앉은 돌가루 먼지 때문에 잠시도 마음이 편할 날이 없었다. 답답증과 두통 때문에 미칠 것 같아 비척거리며 밖으로 나갈라치면, 자동차들이 빵빵대고 가게마다 흘러나오는 음악 소리며 장사치들이 떠들어대는 확성기 소리 때문에 귀가 먹먹해졌다. 도시 전체가 기계음으로 송두리째 흔들리고 있는 것 같았다. 날 선 칼날처럼 서슬 퍼런 쇳소리며 총소리처럼 따끔거리는 금속성의 파열음 등 온갖 소리가 나를 덮쳐 왔다. 이럴 때면 날카로운 쇠꼬챙이로 내 머릿속을 들쑤셔대는 것만 같아 나도 모르게 괴성이 터져 나왔다. 통증과 함께 어지럼증까지 겹쳐 두 손으로 머리를 쥐어 싸고 길바닥에 주저앉아 버르적거렸다. 온갖 기계음들이 칼날처럼 번뜩이며 나를 공격해 왔다. 도시의 모든 소리가 무기로 변해 일제히 나를 찌르며 상처를 냈다. 이럴 때는 지리산 골짜기의 숲과 새소리, 물소리, 바람 소리가 간절하게 그리웠다.

나는 여느 날과 다름없이 아침 일찍 숲길 '소리 산책'에 나섰다. 숲길은 우리 집 뒤에서 골짜기를 따라 구불구불 이어졌다. 숲길 산책을 하는 동안 나는 되도록 눈에 들어오는 풍경보다는 귀에 들어오는 소리에 신경을 집중한다. 숲속의 여러 가지 소리를 듣기 위한 산책인 것이다. 고로쇠나무 두 그루가 두껍게 그늘을 깔고 찔레 덩굴이 얼크러진 골짜기 초입에 들어서자 가파르고 거센 물소리가 왁자지껄하게 세상을 지배해버린 것 같다. 계곡이 좁은데다가 바닥에 바위가 깔리고 낙차가 심해서 물 흐르는 소리가 콸콸, 철철, 좔좔 요란하다. 숲속의 모든 소리를 물소리가 다 삼켜버린 것만 같다. 마을 근처에서 울어대는 새소리마저도 아득하게 들릴 뿐이다.

계곡 옆 밋밋한 언덕에 하얀 망초꽃이 무더기로 피어 있고 길 양쪽으로 남보랏빛 원추리꽃이며 엉겅퀴꽃, 노란 나리꽃과 달맞이꽃들이 띄엄띄엄 피어 있다. 소나무 몸통을 휘감기 시작하던 칡덩굴은 하룻밤 사이에 가지를 타고 스멀스멀 기어오르기 시작했다. 칡덩굴은 길바닥에도 납작하게 배를 깔고 덮쳐 왔다. 여름날 칡덩굴을 보면 뱀처럼 살아서 꿈틀거리는 것 같아 징그럽기까지 하다.

나는 귀를 활짝 열고 골짜기 인으로 쉬엄쉬엄 들어섰다. 깊숙이 들어갈수록 새소리는 점점 약해지고 물소리가 드세어진다. 이따금 까치와 소쩍새 소리가 간헐적으로 들릴 뿐이다. 20분쯤 올라가 계곡이 시작된 지점에 이르러 오리나무며 소나무, 참나무, 떡갈나무, 쥐똥나무 등 잡목이 빼곡한 등성이 길로 휘움하게 접어들자 물소리가 점점 작아지기 시작한다. 나는 잠시 그곳에 쪼그리고 앉아서 가느다란 물줄기에 손을 적시고 나서, 물소리를 듣기 위해 허리를 바짝 구부린다. 바위틈에서 떨어진 물방울이 또르르 돌 위를 구르더니 몽글몽글한 모래와 흙 사이로 잘잘 흐른다. 나는 물이 흙 속으로 스며들면서 내는 아주 미세한 소리를 듣기 위해 개울바닥으로 귀를 바짝 댄다. 작은 웅덩이 옆에 서 있는 쥐똥나무 뿌리가 추적추적 아주 천천히 물을 빨아올리는 소리까지도 들리는 것 같다.

나는 다소 경사가 심한 등성이 길을 추어 올라갔다. 어느덧 물 흐르는 소리는 사라지고 바람 소리가 되살아난다. 처음에 나는 멀리서 쉴쉴쉴 물이 흐르는 소리로 착각했다. 잠시 걸음을 멈추고 눈을 감아서야 그 소리가 바람 소리라는 것을 알 수 있었다. 바람은 나무 이파리들과 어우러지면서 여러 가지 소리를 낸다. 떡갈나무며 참나무, 오리나무 등 활엽수 숲에서 바람에 잎들이 서로 부딪치면서 가늘게 떠는 소리가 마치 저음의 첼로 소리처럼 아련하게 들린다.

소나무 숲에 이르러 바람이 드세어지자 바늘처럼 가늘고 뾰족뾰족한 잎들이 급히 회전하면서 날카로운 현의 소리처럼 아름다운 소리를 냈다. 그러다가 숲 전체가 소용돌이치고 마치 호흡이 섞인 것처럼 휘휘 거리는 소리를 내기도 한다. 나는 지난겨울 눈보라 치는 소나무 숲에서 윙윙대는 기계톱 돌아가는 소리를 들었다. 나는 겨울의 솔바람 소리를 좋아한다. 솔바람에서 상큼한 솔향기가 핏속으로 스며드는 기분이다.

등성이를 넘어서자 분지처럼 움푹한 곳에 붉은빛 몸통의 소나무 숲이 나왔다. 그곳에 들어서니 한 줌의 바람조차 느낄 수가 없다. 아무 소리도 들리지 않는다. 둔탁한 내 발소리와 발에 밟히며 으스러지는 나뭇잎 바스락거리는 소리뿐이다. 나는 내 숨소리까지도 느낄 수 있다. 바람이 잠든 소나무 숲속에서 소리를 내는 것은 내 몸뿐이다. 나는 소리를 듣는 입장에서 소리를 내는 존재로 바뀐 것이다. 내 몸속의 모든 세포와 뼈들이 일제히 소리를 내며 움직이는 것만 같다.

숲속으로 더 깊숙이 들어가자 반 아름쯤 되어 보이는 죽은 소나무가 길게 누워 있다. 누구인가 밑동을 톱으로 자른 흔적이 보인다. 누가 무엇 때문에 100년도 더 되었음 직한 이 소나무를 자른 것일까. 시체처럼 길게 누워 있는 죽은 소나무를 보자 갑자기 슬퍼졌다. 나는 요즘 죽은 나무나 새, 심지어는 여치 같은 곤충들이 죽어 있는 모습을 보면 왠지 울컥 슬픔이 복받치곤 한다. 시골로 내려온 후부터 마음이 약해진 것일까. 두통과 어지럼증이 말끔히 사라진 대신, 마음이 풀잎처럼 여려져서 작은 일에도 상처를 받기 십상이다. 얼마 전에는 우리 집 개 진국이가 수탉을 물어 죽였다. 마을 사람들은 삶아 먹으라고 했지만 내 손으로 기른 닭을 차마 먹을 수가 없어 땅에 묻어 주었다. 죽은 닭을 생각하며 며칠 동안 울적해 있었다. 새벽마다 높은음자리로 어둠을 가르며 동이 터오는 것을 알려주던 수탉이 죽자, 어쩐지 우리 집에 아침이 더디게 오는 것만 같았다.

나는 죽은 소나무 밑동부리를 쓰다듬어주고 앉았다. 슬픔 때문인지 분노 때문인지 심장 맥박이 빨라진다. 맥박이 요동치는 소리가 들리는 것 같다. 해저처럼 깊은 정적 속에서 소리를 내는 것은 내 몸뿐이라는 생각이 들자 갑자기 몸이 오싹해진다. 너무 무서워 소리를 지르고 싶지만 생각뿐이다. 순간 소리가 죽어버린 세상을 상상해 본다. 무덤 속같이 소리가 없는 세상은 너무 무서워서 살아갈 수가 없을 것 같다. 나는 새삼스럽게 새소리며 물소리, 바람 소리, 내 몸 안의 소리들 자체가 거대한 하나의 생명체임을 깨닫는다. 나는 두려움에 무겁게 짓눌림을 당하는 것만 같아 더는 정적 속에 앉아 있을 수가 없어 서둘러 걸음을 옮겼다. 다시 야트막한 등성이로 올라서 아름드리 소사나무 밑으로 갔다. 내 '소리 산책'의 종점은 소사나무가 서 있는 작은 등성이다. 이곳에 올라오자 다시 바람이 살아났다. 가까이는 단숨에 건너뛸 것 같은 별산이, 멀리는 야청빛으로 출렁이는 모후산이 보인다. 등성이 아래 화순 이서 쪽으로 아스팔트가 햇볕 속에서 뒤척이고 있고 농협 창고의 초록빛 슬레이트 지붕이 무척 뜨거워 보인다. 아스팔트로 군내 버스가 뿌연 매연을 뿜으면서 달리고 있다.

나는 처조카가 오기로 한 날 아침에 우리 마을 소나무 집 오영기를 만나기 위해 집을 나섰다. 오영기 집에 명품 소나무가 있어 나는 그 집을 소나무 집이라고 부른다. 지난번 처조카가 생오지에 왔을 때 오영기의 집을 사고 싶다고 해서 두어 차례 그를 만나 집을 흥정하려고 했으나 소나무 한 그루와 영산홍 다섯 그루 때문에 타협이 이루어지지 않고 있다. 한때

농업 후계자로 농촌에서 뿌리내리고 살아보겠다고 소를 키우며 발버둥 쳐왔던 오영기는 지금 빚만 지고 실의에 빠져 있다. 그의 마지막 희망은 도시로 나가 새 출발 하는 것이라고 했다. 마흔여섯 살의 그는 아직 육신이 멀쩡하니 막일을 해서라도 두 아들을 제대로 교육시켜보겠다는 것이다.

서울에 사는 처조카는 환갑을 바라보는 늘그막에 농촌으로 들어와 이상을 펼쳐보겠다고 하는가 하면, 우리 마을에서 가장 젊은 40대 농사꾼 오영기는 농촌에서 실패한 삶을 더 늙기 전에 도시에 나가서 보상받아보겠다고 한다. 내가 보기에 처조카는 영악하리만치 도시적 이성과 생리를 타고 태어났고 오영기는 순박한 흙의 감성과 생리를 타고 태어났는데 어찌하여 자신이 살고 있는 터전에서 안정되게 뿌리를 내리지 못한 것인지 이해할 수 없다. 처조카는 서울 변두리 극장 앞에서 오랫동안 신기료장수를 해서 구두 고치는 일에는 도가 튼 사람이다. 그는 영화 감상이 유일한 취미다. 한편 오영기는 힘이 좋아 옛날 같으면 상머슴으로, 농사짓는 선수이고 나무를 가꾸는 전문가다. 처조카가 시골로 온다 해도 구두를 고칠 일은 없을 것이고, 오영기가 도시로 나가서 나무를 가꿀 일도 없을 터인데, 두 사람이 한사코 옮겨 살겠다고 하는 이유를 나는 잘 모르겠다. 그들이 삶의 터전을 바꾼다고 해서 반드시 꿈이 이루어진다는 보장도 없는데 말이다. 나는 두 사람을 생각하면 괜히 울적해진다.

집을 나선 나는 경쾌하게 흐르는 개울의 물소리를 들으며 금낭화밭 옆 길을 따라 걸었다. 우리 마을 이장 동생이 야생화 금낭화를 300평쯤 되는 밭에 재배하는 데 성공했다. 늦봄까지만 해도 화사한 분홍빛 꽃물결이 보기에 좋았는데 여름 들어 옴씰하게 꽃이 지면서 잎이 누렇게 시들어버렸다. 아름다운 꽃은 역시 질 때 지저분한 것이 흠인 것 같다. 더욱이 금낭화는 한두 그루가 꽃이 피었을 때 신비로울 정도로 아름답지만 수천 그루가 집단으로 피어 있으면 다만 신기할 뿐, 놀랄 만큼 아름답지는 않다. 금낭화 꽃밭을 볼 때마다 나는 후진국 청소년들의 매스게임을 보는 느낌이 들었다. 역시 야생화는 누가 보지 않더라도 본디 제자리에서 저 스스로 자라야 한껏 제 모습을 뽐내고 드러낼 수 있는 것이 아닌가 하는 생각이 든다.

금낭화밭 끄트머리 늙은 느티나무 밑에 마을 정자가 있다. 내가 이 마을로 이사를 오던 때까지만 해도 정자 앞에는 500년쯤 됨 직한 노송 한 그루가 그림처럼 서 있었는데 지금은 베어내고 없다. 5년 전 군에서 마을 길을 시멘트로 포장을 한 후부터 잎이 시들해지면서 시난고난 앓다가 죽은 것을 작년 가을에 크레인을 동원해서 잘라냈다. 노송이 잘리던 날, 나는 차마 볼 수가 없어 자전거를 타고 멀리 떠돌다가 저녁 무렵에야 돌아왔다. 마을로 돌아온 나는 노송이 보이지 않자 심장이 쿵 하고 내려앉는 것 같은 허전함에 슬픔이 목울대에 가득 뻗질러 올랐다. 내가 이 마을에 정처를 정한 것은 뜸부기 소리 말고도 이 노송이 한몫했기 때문이다. 내 마음이 이러한데 평생 이 마을에서 살아온 토박이 노인들의 심정은 오죽 아프랴 싶었다. 옛날 이 마을 사람들은 노송 앞을 지날 때면 마음을 정갈하게 가다듬어 합장하고 소원을 빌었다고 했다. 나는 잠시 걸음을 멈추고 서서 전기톱에 잘린 노송의 둥그스름한 밑동을 바라보다 말고 알 수 없는 두려움을 느꼈다. 인간의 무지로 수백 년 된 나무를 죽게 한 잘못이 내게 있는 것만 같아, 무서운 죄책감에 진저리를 쳤다.

마을 안길로 접어들자 오영기 집 소나무의 푸른 우듬지가 눈에 들어왔다. 나는 멀리서부터 소나무를 보면서 걸었다. 가까이 다가갈수록 소나무는 의연하면서도 단아한 자태를 드러냈다. 누구나 이 소나무를 보면 욕심을 낼 만큼 튼실하고 멋들어지게 잘생겼다. 새소리에 비교하자면 늦은 봄 푸른 숲속에서 누구인가를 부르는 듯 청아하고 애절한 꾀꼬리 소리 같고, 사람으로 치자면 일찍 깨달음을 얻은 청년 도사 같다고나 할까. 처조카도 이 소나무를 무척 탐냈다. 오영기는 오래전부터 눈독을 들이고 있는 조경업자한테 팔겠다고 했고 처조카는 이 소나무를 그대로 두지 않으면 집을 사지 않겠다고 했다.

마침 오영기는 팔순의 노모와 함께 화단에서 풀을 뽑고 있었다. 몽골에서 시집온 그의 처 멍질라는 보이지 않고 두 아이만 처마 그늘 밑에서 흙장난을 하고 있었다. 밍질라는 요리 학원에서 아직 놀아오지 않은 모양이다. 그녀는 버스로 한 시간 넘게 걸리는 광주까지 요리 학원에 다니고 있다. 요리사 자격증을 따서 식당에 취직하겠다고 했다. 그녀는 이미 서울에 가서 살아갈 준비를 하고 있는 것이다.

"우리 집 안 판다는디 뭣 땜시 또 오셨당가요? 나는 죽어도 서울로 안 간당께."

으름덩굴이 휘덮인 아치형의 그늘막을 지나 마당 안으로 들어서자 오영기의 노모가 먼저 나를 발견하고 노골적으로 불만을 뿜어냈다. 오영기의 노모는 집을 팔아주려는 나를 무척 마뜩잖게 생각하고 있었다. 오영기가 손에 쑥이며 망초 등 잡초를 한 움큼 든 채 내 옆으로 다가왔다.

"오늘 저녁때쯤 처조카가 오겠다고 해서……. 이번에 아주 계약을 했으면 하던데……."

"소나무 대신 영산홍을 남겨두기로 허지요. 사실 저 소나무와 영산홍은 돌아가신 아버님께서 정성 들여 가꾼 것이라서 옮기고 싶지 않아요. 허지만 돈 땜시 어쩔 수 없이 소나무만큼은 업자한테 팔아야겠네요. 저렇게 잘 키운 영산홍 없당께요."

오영기가 집 옆 텃밭 모퉁이에 창창한 소나무와 키 높이의 영산홍을 보면서 말했다. 지난달까지만 해도 다섯 그루의 영산홍은 진홍빛 꽃을 구름처럼 뭉얼뭉얼 피워 올렸다. 나는 세 차례나 이 집에 영산홍 꽃구경을 오기도 했었다. 꽃이 지고 난 후 지금까지도 장엄하도록 아름다운 그 모습이 머릿속에 그대로 남아 있다. 오영기 아버지가 30여 년을 키웠다는 영산홍은 그 빛깔이 화사하고 곱거니와 앙당그러진 수형이 가히 예술품이다. 나는 그 영산홍이 너무 욕심나서 한 그루 사다 심을까 싶었지만 차마 팔라는 말을 할 수가 없었다.

"소나무를 얼마에 팔기로 했는데?"

"오백은 받아야지요. 임자를 만나면 천짜리는 되고도 남아요."

"오백이라……. 아버님께서도 저 소나무가 이 집에 그대로 남아 있기를 바라실 걸세. 그러니 삼백을 더 쳐주면 어떻겠는가."

나는 쩝쩝 연방 입맛만 다시며 안타까운 눈으로 소나무를 바라보았다. 사람들이 나무를 돈으로 따진다는 것 자체가 부끄럽게 생각되었다.

"그렇게는 안 되지요. 사실 저 영산홍도 돈으로 치자면 이백은 넘는 건디……."

"그래? 암튼 처조카가 내려오면 다시 이야기해보세. 헌데 갈 곳은 확실히 정했는가?"

"조카분 사시는 데가 의정부허고 가깝다면서요? 서울 남쪽은 집값이 너무 비싸서 북쪽으로 알아보려고요. 제가 의정부에서 군 생활을 해서 잘 알거든요."

"자당께서 저렇게 반대를 하시는데 꼭 서울로 가려고 하는 이유가 뭔가?"

"지금꺼정 집 앞에 있는 토질 좋은 밭에 콩을 심다가 재작년에 산비탈 자갈밭에 심었더니 소출이 엄청 많이 나오데요. 그러고 저기 저 단감나무도 밭에서 캐다가 두엄자리 옆에 심었더니 씨알도 굵고 많이 열리드라니께요. 사람도 식물이나 같지 않겠어요? 저저끔 살 자리를 잘 잡어야 무탈하게 잘 살아갈 수 있을 것이라는 생각이 들데요."

나는 오영기가 하는 말을 잠자코 듣고만 있었다. 오영기는 내게 생명 있는 존재들의 삶의 터전에 관해서 이야기했다. 어쩌면 그의 말대로 땅 위의 모든 생물은 저마다 자기의 생리에 맞는 환경에서 터전을 잘 잡아야 안전하게 뿌리를 내리고 살아갈 수 있는 것인지도 모른다. 습지식물은 습지에서, 건지식물은 건지에서 잘 살고, 나무들도 등고선에 따라 생명을 유지할 수 있는 것처럼. 갈매기는 바다에서 살고 참새는 집 주위에서 살아가듯.

"우리 같은 사람은 농촌에서 살아갈 수가 없어요. 도시에서는 그래도 땀 흘린 만큼 수입이 생기는디, 농촌에서는 골병들게 일을 하면 할수록 손해만 나요. 그런디 어뜨케 살겄어요. 농촌에서는 거지 노릇도 못 헌당께요. 도시에서는 공짜로 밥 주는 데도 많다고 헙디다만, 농촌에서는 어디 가서 밥 한 숟가락 얻어먹을 데도 없어요."

오영기는 그가 농촌을 떠날 수밖에 없는 이유를 말했다.

"나는 죽어도 서울 안 간다. 정 가고 자프면 에미 죽거든 땅에 묻고 가."

오영기의 노모가 굽은 허리를 펴지 못하고 아들 쪽으로 상반신을 틀어 고개만 옆으로 돌린 채 화난 목소리로 쏘아 댔다. 저렇듯 완강하게 버티는 노모를 모시고 어떻게 고향을 떠날 수 있을 것인지 걱정이 되었다.

"우리 어머니, 서울이 무서워서 저러시는 겁니다. 사실은 나도 겁나게 무서운디, 평생 기차 한 번 안 타보신 어머니는 얼마나 무섭겠어요. 그렇지만 무서움은 절망보다 낫지요. 절망은 한번 빠지면 헤어나기 어렵지만 무서움은 곧 이겨낼 수 있으니까요."

열일곱에 아랫마을에서 시집온 오영기 노모는 단 한 번노 고향을 떠나지 않고 70년 동안 꼬박 이 마을에서만 살아왔다고 했다. 그래서 고향 떠나기가 죽기보다 더 무서운 것인지도 모른다. 집 밖에 나간 일이라고는 아들 결혼식 때 광주에 처음 가 보았고 고작 장날 읍네 구경이나 해온 오영기의 노모에게 멀고 낯선 서울이라니. 그런 오영기의 노모를 보면 내가 지금 잘하고 있는 것인지 자꾸만 망설여지기도 한다.

오영기를 만나고 집에 돌아온 나는 한동안 기분이 찜찜했다. 죽어도 가기 싫다면서 원망 어린 눈으로 나를 쏘아보던 오영기 노모의 시선이 따끔따끔 심장을 쪼아대는 것 같았다. 음울하게 가라앉은 기분을 달랠 겸 뒤꼍의 느릅나무 그늘 밑 벤치에 앉아 있는데, 오영기의 처 멍질라가 연방 이마의 땀을 훔치며 걸어오는 것이 보였다. 그녀는 요리 학원에 갔다가 버스에서 내려 15분 이상 걸리는 길을 양산도 받치지 않고 쨍쨍한 햇볕 속을 걸어온 것이다. 그녀가 나를 보고 잠시 멈칫거리더니 우리 집으로 들어섰다. 깡똥한 키에 둥글납작하고 보글보글한 얼굴을 한 그녀는 옅은 밤색의 개량 한복 차림이다. 입만 열지 않는다면 영락없는 한국 사람이다. 나는 멍질라가 주춤거리며 마당으로 들어서는 것을 보고 천천히 일어섰다. 그동안 멍질라가 혼자서 우리 집을 찾아온 것은 처음인 것 같다.

"선새니임, 부타기 있어 와서요. 우리, 소나무 꼬욱 팔라야 해요. 소나무 팔라야 몽골 우리 어머니 눈 뜰 수 이서요. 이 말 하라고 와서요."

멍질라가 나를 보자마자 따지는 듯한 목소리로 말했다. 나는 약간 당황한 눈으로 그녀를 마주 보았다.

"안으로 들어갑시다."

나는 한사코 망설이는 멍질라를 앞세우고 함께 집 안으로 들어갔다. 이웃 사람이라면 담을 쌓고 살다시피 한 아내가 어찌 된 일인지 현관 밖까지 나와 멍질라를 친절하게 맞아주었다. 놀랍게도 아내는 희미하게나마 미소를 띠고 냉커피까지 내왔다. 더욱이 멍질라가 고향에 있는 앞 못 보는 어머니 이야기를 하면서 울음을 터뜨렸을 때는 아내도 시울이 펑 젖어 멍질라를 안아주며 위로를 해주었다. 나는 이웃 사람들에게 친절을 베풀던 예전의 아내를 다시 보는 듯했다.

몽골 고향에 있는 멍질라의 어머니는 10여 년 전부터 각막궤양으로 눈이 흐려지기 시작하더니, 그녀가 한국으로 떠나올 무렵에는 가까스로 딸의 얼굴을 알아볼 정도로 상태가 나빠졌단다. 멍질라가 한국으로 시집올 결심을 한 것도 어머니의 눈을 고쳐주기 위해서였다. 그러나 이제 어머니의 눈은 몽골 의료진으로는 고칠 수가 없게 되어 한국으로 모셔 와 치료를 받아야만 했다.

"우리 남편이 소나무 팔라갖고, 몽골 엄마 서울에 모셔 와갖고, 눈 수술 해주기로 해써요. 소나무 못 팔며는 우리 엄마 눈 못 고쳐요."

멍질라가 울면서 말했다.

"걱정 말아요. 우리 조카한테 소나뭇값 별도로 더 주라고 할 테니까."

아내가 멍질라의 어깨를 다독거리면서 달랬다. 본디 마음이 따뜻한 아내는 거리에서 구걸하는 걸인들을 보면 그냥 지나치는 법이 없었다.

"죽은 시아버지가 우리 엄마 위해서…… 옛날에 소나무 심어놓은 거 같아요. 그러고 하늘나라 간 우리 아버지가 나를 오영기 씨한테 시집보내주었다고 생각해요. 이거는 인연입니다."

우리 집을 나설 때 멍질라의 표정이 새뜻하게 밝아졌다. 아내는 집 밖 다리 건너까지 멍질라를 배웅해주었다. 나는 그녀에게 한마디도 못 하고 마당에 나와 땅껍질을 벗기듯 신발 앞부분으로 땅을 둑툭 치며 걷는 멍질라의 뒷모습을 벚나무 가지 사이로 오래도록 바라보았다. 집을 나설 때 그녀가 인연에 대해 한 말이 내 머릿속에서 부스럭거렸다. 어쩌면 그녀의 말대로 오영기의 아버지가 소나무를 심은 뜻은 훗날 멍질라 어머니의 눈을 뜨게 하기 위한 것이었는지도 모른다는 생각이 들었다. 나는 버거운 짐을 진 듯 힘겹게 걸어가는 멍질라의 뒷모습에서 앞을 보지 못하는 그녀 어머니 모습을 볼 수 있었다. 문득 작년 추석날 몽골 전통 의상인 푸른색 테들렉에 꼭대기가 산봉우리처럼 뾰족하고 빨간 리본을 단 모피 모자를 쓰고 혼자 마당을 서성이던 그녀의 모습이 떠올랐다. 명절날 고향에 가지 못하는 아픔과 그리움을 삭이지 못해 전통 의상을 입고 스스로를 위로하고 있었다.

골짜기의 한여름 대낮은 햇빛 속에 납작 엎드려 있다. 새들도 더위에 목이 타는지 울음을 그쳤다. 풀벌레와 매미가 한낮의 소리 공간을 완전히 제압해버렸다. 풀벌레 중에서도 여치의 목소리가 제일 크다. 겨우 2개월 동안 살 수 있는 여치는 그 짧은 삶에서 서둘러 짝짓기를 끝내고 알을 낳아야 하므로 울음소리마저 찌르르 — 찌르르 다급하다. 나는 문득 어렸을 때 여치를 잡아 보릿대로 집을 만들어 마루 위 기둥에 걸어놓았던 기억이 떠올랐다. 여치보다 더 귀를 자극하는 것은 말매미 소리다. 토종 매미인

참매미는 매암매암 하고 제법 구성지게 우는데 남방 계열인 말매미는 마치 사이렌 소리처럼 신경을 오랫동안 계속해서 깊게 긁는다. 더욱이 한 마리가 울면 다른 말매미들도 경쟁적으로 따라 울어, 꼬챙이로 마구 귀를 뚫는 것 같다. 이들은 산에서만 운다. 농약이나 제초제 영향으로 시골이라고 해도 논이나 밭, 집 주변에서는 매미도 풀벌레도 울지 않는다.

작년 여름 서울 강남 처가에 갔을 때 처남 말이, 해마다 여름이면 어찌나 매미가 극성스럽게 울어대는지 깊은 잠을 잘 수가 없다고 푸념했다. 나는 도시 사람들로부터 해가 갈수록 매미가 더욱 극성스럽게 울어댄다는 이야기를 자주 들어온 터다. 확실히 도시 아파트 주변에 매미들이 신경질적으로 사납게 울어대는 것을 들을 수가 있다. 농촌의 매미 소리보다 도시의 매미 소리가 더 극성스럽다. 더욱이 농촌 매미는 주로 낮에 우는데 도시의 매미는 밤낮을 가리지 않는다. 사람들이 밤낮을 구별할 수 없을 정도로 환하게 불을 밝혀놓고 있으니 매미들도 헷갈릴 수밖에. 그리고 도시 매미들 울음소리가 더 높고 요란한 것은 차량 소음 등 기계음으로 심해진 환경에 적응하기 위해 매미 자신들이 어쩔 수 없이 울음소리를 키우는지도 모른다.

처남은 또 강북 매미보다 강남 매미 소리가 더 시끄럽다고 했다. 그러면서 '강남 매미가 강북 매미보다 더 시끄러운 이유?'라는 제목의 신문 기사를 보여주기도 했다. 신문 기사를 보니 소리 측정 결과 강북 매미 소리가 66.8데시벨인 데 비해 강남 매미는 87.6데시벨로 나와 있었다. 그것은 강남에 말매미가 많기 때문이라고 한다. 강남의 가로수는 양버즘나무나 버드나무 등 활엽수가 많아 말매미들이 좋아하는 수액을 빨아 먹기 위해 몰려들기 때문이란다. 강남에 비해 강북 쪽은 침엽수나 은행나무 가로수가 많은 편이다. 도시에서는 자동차 배기가스 등 환경오염으로 많은 곤충이 사라지고 있는 데 반해 유독 매미가 번성하는 이유는 간단하다. 매미는 일생을 대부분 땅속에서 보내기 때문에 환경오염에 잘 견디는 편이고 더욱이 매미의 천적인 조류가 급격히 줄어들었기 때문이다. 그렇지만 신경 줄을 끊는 듯 아무리 듣기 싫은 말매미 소리라고 해도, 기계음에 비하면 훨씬 상큼하고 아름답다.

오전 중에 온다던 처조카는 해가 설핏할 때까지 소식이 없다. 시골로 내려온 후, 아직까지 누구를 간절하게 기다려본 일이 없는 아내는 아까부터 앞마당 느티나무 그늘 밑에 앉아서 마을로 휘어 들어오는 길 모퉁이 쪽을 하염없이 바라보고 있다. 멍질라의 부탁 때문에 조카를 기다리고 있는 것이 분명하다. 해넘이 무렵 전화벨이 다급하게 울려서 받아보았더니 운곡리 최 노인이다. 방금 미루나무 밑 논에서 또 뜸부기를 보았다면서 빨리 오라고 성화다. 나는 가볍게 콧방귀를 뀌며 전화를 끊어버렸다. 어둠이 두꺼워지기 시작하는 집에서 마음을 안정시키지 못하고 혼자 외롭게 서성거리고 있는 최 노인의 모습이 보이는 것 같다. 어쩌면 최 노인이 나보다 뜸부기를 찾고자 하는 마음이 더 간절할지도 모른다는 생각이 들어 매정하게 전화를 끊어버린 것을 후회했다.

3

다음 날 오후 늦게 처조카 부부가 구닥다리 청색 트럭을 몰고 왔다. 지금 살고 있는 연립주택을 매입할 사람이 있어 계약하고 오느라 늦었다고 했다. 아내는 다짜고짜 조카에게 소나뭇값을 제대로 쳐달라는 부탁부터 했다. 아내한테서 멍질라 친정어머니 이야기를 듣고 난 조카는 긍정적인 태도를 보였다. 연립주택값을 잘 받은 듯 조카 부부는 기분이 약간 달떠 보였다. 시골로 내려오게 된 것이 마냥 즐거운 듯싶었다.

"시골로 오는 게 좋아?"

"그럼요, 고모님. 전 지금 희망에 부풀어 있어요. 여기서 우리 두 사람의 새로운 인생이 시작될 텐데요. 서울에서 실패한 인생을 시골에 와서 보상받고 싶어요. 막상 서울을 떠나기로 결심을 하고 나니, 하루도 더 머물러 있고 싶지가 않아요. 자동차 빵빵대는 소리도 진절머리 나고, 극성맞게 울어대는 매미 소리도 듣기 싫어요. 헌데 여기 오니까 공기도 달고 새소리, 매미 소리도 정겹게 들리네요. 마치 천국에 온 기분이랍니다."

"천국이라고? 천국이 이렇게 지옥처럼 지루하고 답답하고 고달픈 곳인가?"

"여기서 살면 아무 근심 걱정이 없을 것 같아요."

나는 아내와 처조카가 주고받는 말을 잠자코 듣고만 있었다. 한 공간이 아내한테는 지옥 같고 처조카한테는 천국 같다니, 이렇게 생각이 다를 수 있겠는가. 그 같은 차이가 무엇 때문에 생기는 건지 분명하게 알고 싶었다.

"시골로 내려오면 욕심부터 버리기로 했어요. 두 사람 기거할 집과 일궈 먹을 땅이 조금만 있으면 충분할 것 같아요."

처조카는 연립주택을 매도한 돈으로 오영기 집과 논 400평, 밭 100평 외에, 산 1,000평 정도를 샀으면 좋겠다고 한다. 논 두 마지기와 밭 한 마지기에 농사를 지으면 두 식구가 충분히 먹고살 수 있다는 것이다. 그리고 산에는 옻나무를 심어 꿈을 키워가겠다고 한다. 그는 옻나무 재배법과 수익성에 대한 정보도 충분히 수집했다고 말했다. 처조카의 귀농에 대한 계획은 소박하고도 구체적이다.

나는 점심을 먹고 나서 오영기 부부를 우리 집으로 불렀다. 처조카 부부가 오영기 집을 한 번 더 보고 싶다고 했으나 오영기 노모의 마음을 다치게 하고 싶지가 않았다. 계약은 쉽게 이루어졌다. 물론 소나뭇값은 오영기가 요구한 대로 쳐주기로 했다.

"소나뭇값을 별도로 쳐주는 대신 꼭 멍질라 친정어머니를 한국에 모셔와서 눈 수술을 해드리겠다고 약속해주세요."

아내가 넝질라를 보며 오영기한데 다짐을 받아냈다. 멍질라는 축축하게 젖은 눈으로 아내를 보며 거듭 고개를 주억거렸다. 눈빛과 얼굴 표정에 고마움이 찐득하게 깃들어 있었다. 아내도 기분이 좋은지 얼굴이 안개 걷힌 소나무 숲에 아침 햇살이 쏟아진 듯 한껏 밝아졌다. 아내의 그런 얼굴을 본 것은 시골로 내려온 후 처음인 것 같다. 나는 그 멋진 명품 소나무가 우리 마을에 그대로 남게 된 것이 무엇보다 기뻤다. 한 그루의 소나무가 여러 사람을 행복하게 해주는 것 같아 기분이 좋았다. 나도 오영기 아버지가 그랬던 것처럼 사람을 닮은 소나무 한 그루를 마당 귀퉁이에 심어 잘 가꾸고 싶다. 내가 심어놓은 소나무 한 그루가 오랜 세월이 흐른 뒤에 누구인가를 행복하게 해 줄 수 있으리라고 믿기 때문이다. 내가 시골에 와서 깨달은 것은 나무와 새, 곤충들도 사람을 행복하게 만들어준다는 사실이다. 그리고 그 행복감은 시간이 흐를수록 부풀어 오른다는 것을 알았다. 어떤 경우에도 이것들은 사람을 배신하거나 실망을 안겨주지 않는다는 것도.

"뜸부기는 아직 못 찾았어요?"

오영기 부부가 돌아간 뒤에 수박을 먹으며 처조카가 뚜벅 물었다.

"뜸부기 우는 소리를 들었다는 사람은 더러 있는데 아직은……."

"인터넷에서 알아보니까 뜸부기가 천연기념물 446호로 지정이 되어 있데요? 그렇게 귀한 새인 줄은 몰랐어요."

"옛날에는 흔했었지."

"앞으로 저랑 같이 열심히 찾아봅시다요."

"글쎄, 찾기가 쉽지는 않을 기야. 내가 여기 와서 3년 동안 찾고 있지만, 아직 울음소리 한 번 못 들었으니까."

"기다리면 언젠가는 오겠지요. 희망을 가집시다."

"희망?"

"예. 저는 희망을 갖고 새로운 삶을 살고 싶습니다."

처조카는 어쩌면 나와 다른 생각을 하는 것인지도 모른다. 그는 무엇을 찾기 위해 버려진 농촌으로 내려오기로 한 것인가. 그가 말하는 희망이 뜸부기가 아닌 것만은 분명한 것 같은데 말이다. 처조카 부부는 주변을 한번 돌아보고 어둡기 전에 돌아오겠다면서 트럭을 몰고 나갔다.

나는 혼자 무료하게 벚나무 밑 그늘에 앉아 있었다. 아까부터 정수탱크 앞 뽕나무밭 언덕배기에 희끔희끔 움직이는 것이 보였다. 나는 눈에 힘을 주어 언덕배기를 바라보았다. 직각으로 굽은 허리에 지팡이를 짚고 꼼지락꼼지락 언덕배기를 올라가고 있는 사람은 다름 아닌 오영기의 노모다. 그곳에 밭이 있는 것도 아닌데 노인이 무엇 때문에 그 높은 곳까지 올라가고 있는 것인지 의아심이 생겼다. 나는 더럭 불안한 생각이 들어 등산화로 바꿔 신고 서둘러 뽕나무밭 언덕배기로 올라갔다. 노인이 보이지 않았다. 혹시나 싶어 물탱크 뒤쪽으로 가 보았다. 노인은 밤색 몸뻬에 목이 헐렁하게 늘어지고 누리끼리하게 색이 바랜 러닝 차림으로 물탱크 뒤 손바닥만한 오리나무 그늘 밑에 두 다리를 쭉 뻗고 퍼질러 앉아 있었다.

"할머니, 여기서 뭣 하세요?"

내가 가까이 다가가며 묻자 노인은 소스라치듯 놀랐다. 노인은 원망과 서글픔이 엉켜 그렁그렁해진 눈으로 나를 올려다보았다.

"고향을 떠나기가 싫으시죠?"

노인 옆에 앉으며 물었다. 노인은 아무 반응 없이 무연히 마을을 내려 다보고만 있다. 마을이 한눈에 들어온다. 위에서 내려다보이는 한여름 대낮의 마을은 납자하게 가라앉아 있다. 마을 입구 뒤집어놓은 배 모양의 우리 집과 오래된 느티나무 옆 정자며, 마을 안길 탱자 울타리를 지나 소 나무가 서 있는 노인의 집까지 빤히 한눈에 내려다보인다. 이장 집 블로 크담 벽을 주황빛 능소화가 담뿍 덮고 있는 것도 보인다. 일곱 살짜리 오 영기의 큰아들 순득이가 목청껏 할머니를 외쳐 부르며 집 밖으로 나와 두 리번거리자 이장 집 검둥이가 컹컹 짖어댄다. 개 짖는 소리에 놀랐는지 옆집 청국장 할머니네 수탉이 다급하게 꼬꼬댁거린다. 할머니를 찾는 목 소리며 개 짖는 소리, 닭 소리가 바람 소리에 어울려 평화롭고 친근하게 들린다. 잠잠하던 개고마리가 성가시게 우짖는 소리도 싫지가 않다.

"큰손자가 할머니를 찾고 있구만요."

"떠나기 전에 언닝 죽고만 자퍼."

노인은 내 말에는 대꾸하지 않았다. 노인은 이 마을로 시집와서 70년 간 살아온 이야기를 한숨 섞어가며 푸념하듯 조단조단 털어놓았다. 노인 의 남편은 태어날 때부터 외다리에다 말을 못 하는 귀머거리로, 농사를 제대로 지을 수 없었다. 노인의 친정이 땅 한 뙈기 없이 가난한 데다가 자 식이 7남매나 되어, 입 하나라도 줄이기 위해 부모가 몸도 정신도 성치 못 한 나이 많은 총각한테 시집을 보냈다고 했다. 남편이 할 수 있는 것이란 나무를 심고 가꾸는 일뿐이었다. 농사일은 전혀 못 하는 사람이, 특별히 배운 것도 아닌데 신통하게 나무 가꾸는 일만은 누구도 따를 수 없었다. 다른 사람이 심으면 다 죽어도 남편이 심은 나무는 절대 죽지 않았다. 그래서 마을 사람들은 그녀의 남편을 나무박사, 나무귀신이라고들 했다. 죽어가는 나무라도 남편의 손이 닿으면 신통하게 되살아났다. 마을 앞 500년 된 노송이 죽게 되었을 때도 마을 사람들은 그녀의 남편만 살아 있었어도 소나무를 살릴 수 있었을 것이라면서 안타까워했었다.

"시집온 것이 아니라 머슴살이를 온 것이었어. 까탈시런 시어머니흐고 뼛속에 진물이 괴이도록 농사를 지어서 포도시 묵고 살았당께. 그 통에도 누에를 쳐서 땅도 사고 집도 지었어. 그렇께 저 집은 내 한숨과 피눈물로 지은 집이여. 그런 전답과 집을 팔다니……."

"아드님이 자식들 장래를 위해 보다 넓은 세상에서 살고 싶어서 그러겠지요. 젊은 사람이 시골구석에 살자니 오죽 답답하겠어요. 아드님 소원이 그러니 맘 편하게 떠날 수 있도록 놓아주세요."

나는 노인의 애잔하게 홀 맺힌 마음을 다독여주고 싶었다. 할머니를 찾는 노인의 큰손자 목소리가 마을이 삐걱거릴 정도로 커졌다. 덩달아 이장집 검둥이와 청국장 할머니네 닭들이 가라앉은 마을을 한바탕 휘저어놓았다. 노인의 큰손자가 할머니 찾는 것을 포기했는지 다시 집으로 들어가자 마을은 이내 조용해졌다. 언덕배기 아래 오동나무 가지에서 울어대던 개고마리도 울음을 그쳤다. 한여름 낮 한때의 찐득한 정적 속에, 노인의 숨소리가 거칠게 느껴졌다.

"넓은 세상에 산다고 답답허지 않은 것이 아니여. 손바닥만큼 좁은 세상에서 살아도 마음을 넉넉허게 풀고 살면 답답허지 않은 벱이여. 나는 이날 이때꺼정 생오지에서만 살았어도 답답허지 않았어. 우리 앞집 사는 청국장 할머니, 올봄에 서울 아들네 집에 갔다가 새장에 갇힌 것 맹키로 답답해서 울렁증이 생겨갖고 아파트에서 못 살겠다고 후딱 내려와 뿌렀당께. 송충이는 솔밭에서 살고 배추벌레는 배추밭에서 살아야 신간이 편혀."

그러면서 노인은 죽어도 서울로 가지 않겠다면서 이 마을에 방 하나 얻어서 혼자 남아 있겠다고 했다. 나는 노인을 설득할 수 없다는 것을 알았다. 오영기가 거정되었다.

"혼자 남아 계시면 아드님이 어떻게 떠날 수 있겠어요. 그러면 아드님 희망이 사라지지요. 희망을 찾아서 저렇게 간절하게 서울로 가고 싶어 하는데……."

"도회지가 좋으면 선상님은 왜 촌구석으로 오셨소? 아, 뜸부기 찾을라고? 뜸부기 찾아서 뭣 허실라고? 뜸부기가 남자들헌테 좋다등만…… 약에 쓸라고?"

노인의 말이 어쩐지 나를 비아냥거리는 것처럼 들렸다. 나는 푸시시 웃음을 날렸다. 내가 뜸부기를 찾는 이유를 절절히 설명한다고 해도 노인은 결코 나를 이해할 수 없을 것이기 때문이다. 하기야 때로는 나 자신도 간절하게 뜸부기를 찾고 있는 이유를 잘 모를 때가 있다. 다만 내 인생의 내리막길에서 새가 마지막 희망이 될 수 있다는 게 얼마나 다행스러운 일인가 싶다.

나는 뜸부기를 찾아 나서기 시작하면서부터 문득문득 송광사의 심우도尋牛圖가 떠오르곤 했다. 심우도의 열 가지 그림 중에서 여섯 번째 동자가 구멍 없는 피리를 불며 흰 소를 타고 집으로 돌아가는 기우귀가騎牛歸家가 인상적이었다. 나는 그 그림을 볼 때마다 구멍도 없는 피리에서 어떤 소리가 날까 하는 것이 무척 궁금했다. 스님에게 물었더니 육안으로 살필 수 없는 인간의 본성에서 흘러나오는 소리라고 했다. 나는 스님의 말이 이해되지 않았다. 암튼 나는 지금 심우도의 첫 번째 그림 속 동자처럼 소를 찾아 고삐를 들고 산속을 헤매고 있을 뿐 소의 발자취도 찾지 못했으니, 아직 모든 것이 아득한 뿐이다. 뜸부기를 찾아 나서기 전까지 나는 도대체 무엇을 하며 살아왔단 말인가. 아무것도 찾으려 하지 않고 숨 가쁘게 시간에 쫓기면서 허송세월한 것이 후회스러울 따름이다. 허겁지겁 살면서 욕심껏 움켜쥐었던 것들은 모래처럼 시나브로 손가락 사이로 다 흘러버리고, 남은 것이라고는 회한과 아쉬움과 미망의 헛헛한 그리움뿐이다.

어쩌면 내가 뜸부기를 찾아 나선 이유가 내가 시골에 머물러 있기 위한 자기변명이거나, 아내를 내 옆에 묶어두기 위한 구실인지도 모른다. 두통이나 어지럼증 때문이라고 한 것은 옹색한 변명일 수도 있다. 도시에 사는 사람 중에 기계음 때문에 두통이나 어지럼증을 앓고 있는 사람이 어디나 하나뿐이겠는가. 농사를 짓는 것도 아니고, 그렇다고 특별히 할 일도 없으면서 한사코 아내를 옆에 묶어둔 채 시골에 머물러 있자니, 남의 눈치를 보게 되는 것이 싫어서인가. 그렇다고 생태계를 조사하고 복원하겠다는 거창한 꿈이 있어서는 더더욱 아니다. 희망도 물론 아니다. 굳이 이유를 대라면 막연한 그리움 때문이라고 해야 옳다. 유년 시절에 보았던 뜸부기에 대한 기억 역시 내게는 그리움의 대상이다.

정년퇴직을 하고 나자, 모든 것이 그리웠다. 지나온 삶의 궤적을 따라 자꾸만 뒤돌아보게 되면서 기억들이 하나하나 되살아났다. 내일에 대한 설렘이나 기대보다는 지난 세월에 대해 아쉬움이나 미련들에 마음이 갔다. 한때 사랑했던 것, 오랫동안 잊고 살아왔던 것, 잊으려고 했던 것, 소홀히 했던 것, 집착했던 것, 욕심을 부렸던 것, 미워하고 싫어했던 것들까지도 애절하게 그리웠다. 특히 내 그리움의 대상은 많은 세월이 지났으나 본디 모습이 변하지 않고 원형 그대로 오롯이 간직하고 있는 것들이었다. 그런 것들은 거의 사라지고 다시는 찾아볼 수가 없다. 지나간 세월의 매듭마다 그리움은 슬픔이 되어 켜켜이 쌓여 있는 것 같았다. 그리움의 중심에 뜸부기가 있었다. 끝내 뜸부기를 찾지 못하게 될지도 모른다. 그래도 나는 뜸부기 찾는 것을 포기할 수는 없다. 오영기 노모처럼 세상 사람들은 이런 나를 비웃을지도 모른다. 그렇지만 나는 그 비웃음을 두려워하지 않는다. 뜸부기를 찾아 나서면서부터 나는 비로소 내 존재감을 확실하게 느끼기 시작했으니까.

"제가 뜸부기를 찾고 있는 거나 아드님이 서울로 가고 싶어 하는 거나 마찬가집니다."

나는 이렇게 말하고 나서 곧 후회했다. 이 말은 나를 비아냥댄 노인에 대한 반격에서 나온 말임을 알고 있기 때문이다. 나는 결국 노인을 조롱한 셈이다. 물론 노인은 내 말을 이해할 턱이 없을 것이다.

"그러니께 시방 우리 아들이 서울로 뜸부기 찾으로 간다는 말이여 뭣이여?"

"서울에도 뜸부기가 있을지도 모르지요."

나는 어깃장을 놓듯 계속 엇나가고 있었다. 그러나 물론 그것은 고의는 아니다. 순간 나도 모르게 그렇게 말하고 싶었을 뿐이다.

"할머니는 뜸부기 많이 보았지요?"

나는 노인을 조롱한 것 때문에 조금은 미안한 생각이 들어 정색하고 진지하게 물었다.

"젊은 시절에야 쌔고 쌨었제."

"그 많은 뜸부기가 다 어디로 가버렸을까요?"

"사람들 욕심 탓이여. 욕심이 뜸부기를 없앤 것이여. 논 한 마지기에서 쌀 두 가마니만 내 묵어도 되는디, 네 가마니, 다섯 가마니씩이나 묵을라고 욕심을 부리는 통에……. 사람 욕심 땜시 없어진 것이 워디 뜸부기뿐이간디? 우리 젊었을 적에는 빔마다 집 앞꺼정 여시가 내려와서 캑캑해쌌고 밤에는 호랭이 무서워서 뒷간에도 못 갔어. 황새, 구랭이 못 본지도 오래되었고 집집마다 있었던 풍구, 애기 낳을 때 쳤던 금줄도 볼 수가 없어. 물방앳간도 없어지고 곧 소핵교도 없어진담서?"

그러면서 노인은 오래전부터 들을 수도 볼 수도 없다는 것들을 하나나 들먹이기 시작했다. 노인이 손가락을 꼽아가면서 말한 것들은 달구지, 연자방아, 원두막, 섶다리, 징검다리, 못줄, 똥장군, 가마솥, 다듬이, 인두, 조리, 멱서리, 지게, 두레박, 나막신, 당그래, 산태미, 바지개, 털메기, 쟁기, 가마, 상엿소리, 못줄 넘기는 소리, 엿장수 가위질 소리, 다듬이 소리, 들노래 등이었다. 특히 옛날에는 흔했지만 지금은 찾아보기 어려운 동식물들이 너무 많다. 포유류만 해도 호랑이, 표범, 늑대, 여우, 사향노루, 산양 등 10종이 사라졌거나 멸종 위기에 있고 조류 중에 제비, 참새, 황새, 흑고니, 매, 검독수리, 저어새, 두루미, 노랑부리백로 등은 보기 어렵지 않은가. 나는 시골로 내려와 있는 3년 동안 한 번도 장수하늘소, 두점박이 사슴벌레는 물론 미호종개, 꼬치동자개, 퉁사리 등도 보지를 못했다. 또한 환경부에서 특정 야생식물 126종을 희귀종으로 지정하고 멸종 위기 16종, 감소 추세 20종으로 분류했다고 한다. 하기야 나도 시골에 내려와 산과 들을 돌아다니면서 아직 으름난초, 솔나리, 노랑붓꽃, 진노랑상사화, 끈끈이귀개, 산작약, 순채, 독미나리, 기생꽃, 미선나무, 황기, 미치광이풀, 금강초롱, 깽깽이풀을 찾아보려고 했지만, 아직 발견하지 못했다.

언젠가 신문을 보니, 1990년대 이후 지구상에서 6천여 종의 양서류와 조류 및 어류가 사라졌다고 했다. 이 중에서 170종의 양서류는 절멸했다. 세계 곳곳에서 동식물들이 대규모로 사라져가고 있다는 것이다. 특히 환경 변화에 민감한 생물 종이 위기에 처해 있다고 했다. 이것은 다윈이 말한 '자연도태'가 아니라, 갑작스러운 명멸에 가까워 문제가 심각하다고 했다. 동식물들이 대량으로 사라져가고 있는 것은 백악기에 공룡이 사라졌던 속도보다 훨씬 빠르다는 것이다. 이대로 간다면 동식물의 멸종이 인간의 멸종으로 이어지게 될지도 모를 일이다.

그러나 사라진 것들이 어디 이뿐이랴. 콩 볶아 먹는 날, 머슴날도 없어지고, 전을 부쳐 먹었던 백중과 중굿날을 쇠는 사람도 없다. 제삿날 단자며 복토 훔치기 풍속도 없어졌고 마을에서 어른이라는 존재도 찾아보기가 어렵다. 무엇보다 콩 한 조각도 열 사람이 나눠 먹는다는 시골 인심이 사라진 것이 아쉽다.

오영기와 계약을 끝낸 처조카 부부는 다음 날 떠났다. 그들은 오영기의 집과 뒤꼍의 텃밭, 그리고 논 500평도 싸잡아 샀다. 이사는 입추 날 하기로 했다. 아내는 조카 부부에게 우리 집에 빈방이 많으니 추석 전에라도 내려오라고 당부했다. 내 예감에 처조카 부부가 내려오게 되면 아내의 상태도 한결 나아질 것 같았다.

처조카가 떠난 다음 날 새벽부터 비를 머금은 하늘이 무겁게 내려앉았다. 마른번개가 번쩍거리며 하늘을 난도질해댔다. 농사꾼들은 벼가 마른번개의 번쩍이는 빛을 먹고 자란다고 했다. 나는 시골에 와서야 논의 벼가 번개 빛을 먹고 자란다느니, 콩이 자갈 오줌을 먹고 자란다는 말을 처음 들었다. 처음에는 무슨 소리인가 했으나 지금은 그 말의 의미를 잘 알고 있다. 그러나 나는 흐린 여름날은 기분이 찜부럭하게 가라앉곤 한다.

아침을 먹고 나자 물 머금은 남풍이 감나무 가지를 쉐흔들며 드세어지더니 메마른 땅에 후드득후드득 빗방울이 떨어졌다. 나는 응접실 창문을 활짝 열어젖히고 서서 비가 내리는 모습을 바라본다. 빗방울이 감나무 잎에 떨어지는 소리가 경쾌하다. 잔가지들이 비바람에 흔들리며 타란텔라를 추는 것 같다. 잎이 뾰족한 침엽수보다는 잎이 넓은 활엽수에 떨어지는 빗소리가 더 리드미컬하다. 바람의 강약에 따라 박자가 빨라지고 느려진다. 메마른 땅에 부옇게 흙먼지를 일으키며 떨어지는 빗소리는 휘모리장단의 장구 소리처럼 청량하고도 시원하다. 눈을 감고 귀를 기울이면 잔뜩 목이 마른 땅이 쪽쪽 빗물을 빨아들이는 해갈의 소리가 들리는 듯하다. 연못에 떨어지는 빗소리도 귀를 맑게 씻어준다. 빗방울이 떨어질 때 박자에 맞춰 튀어 오르는 물방울을 보고 있으면 괜히 가슴이 설렌다. 나는 양철 지붕과 시멘트 바닥에 떨어지는 빗소리를 싫어한다. 양철 지붕에 떨어지는 빗소리는 총소리처럼 너무 요란하고 시멘트 바닥에 떨어지는 빗소리는 군화 발걸음 소리처럼 둔탁하다. 빗방울의 굵기에 따라 빗소리도 다르다. 장대비처럼 빗방울이 굵으면 스타카토가 분명하여 경쾌하면서도 조금은 흥겹기까지 하지만, 빗방울이 가늘면 바람 소리인지 빗소리인지 구별하기가 힘들고 듣기에도 지루하다. 그런가 하면 보슬보슬 내리는 봄비나 추적추적 내리는 가을비는 연인들끼리 속삭이는 것 같기도 하고 낙엽이 바스락거리는 것 같기도 해 귀를 기울이게 된다. 계절마다 다르고 빗방울의 굵기에 따라 여러 가지 소리를 내는 빗소리 역시 새소리 못지않게 자연이 내는 아름답고 신비한 음악이다.

오늘처럼 비 오고 바람 부는 날이면 지난 세월과 사라져간 것들이 더욱 그립다. 이런 날에는 아무 데도 안 가고 창문을 열어놓고 무연하게 서서 빗소리를 들으며 비 오는 날의 추억들을 하나하나 떠올려 보고 싶다. 초등학교 때 학교에서 돌아오는 길에 갑자기 비가 쏟아져 토란잎을 뜯어 삿갓처럼 머리에 쓰고 뛰었던 일이며, 고등학교 시절 비를 맞고 가는 세일러복을 입은 여학생한테 우산을 받쳐주었던 기억을 떠올리면 왠지 가슴 밑바닥이 간질간질해진다.

비가 오면 풀벌레와 새들은 울지 않는다. 새들은 비를 좋아하지 않는 모양이다. 날개가 비에 젖는 것을 싫어하기 때문인지 모르겠다. 골짜기 마을에서 비가 억수같이 쏟아질 때는 빗소리와 바람 소리 외에는 아무 소리도 들리지 않는다. 비가 그치고 나면 물이 불어난 개울이 비로소 용트림하듯 소리의 폭이 한껏 넓어진다. 비 온 뒤 물가의 온갖 허섭스레기를 옴씰하게 쓸어가며 내는 개울물 소리는 힘차고 경쾌하다. 물밑으로 자갈 구르는 소리가 들리는 듯하다. 한동안 개울물 소리는 골짜기의 모든 소리를 제압한다. 그러다가 물이 메마르면 다시 비가 내릴 때까지 개울물 소리는 한동안 약해졌다가 겨우 가느다랗게 숨소리만 낸다.

비가 그치자 나는 인터넷으로 그동안 뜸부기에 대한 관찰 기록들을 훑어보았다. 70년대 이전까지만 해도 흔한 새였던 뜸부기는 80년대 들어 산업화 바람으로 서식지를 상실하거나 훼손당해 그 수가 급격히 줄어들어, 환경부가 2005년에 천연기념물로 지정했다. 2000년 이후의 관찰 기록 중에서 신빙성이 있는 것은, 멸종된 것으로 알려졌던 한국 뜸부기가 43년 만에 관찰되었다는 2005년 9월 28일의 기록이었다. 남제주군 안덕면 상천리 공사 현장에서 몸과 날개, 다리에 상처를 입은 것을 발견하여 김포에 있는 야생조류보호협회로 옮겼다는 것이다. 그리고 2006년 5월에 전남 신안군 흑산면 홍도리에서 관찰되었다는 알락뜸부기의 기록도 있다. 알락뜸부기는 1930년 이후 국내에서 관찰 기록이 한 건도 없었다. 홍도에서 관찰된 것은 어두운 갈색의 등과 날개에 섶은 세로줄과 흰색의 가느다란 가로줄 무늬가 있고 턱과 배가 흰색인 것으로 보아, 알락뜸부기가 틀림없는 것으로 보인다. 그 밖에 2008년 봄에 충남 아산과 고창, 의왕, 백사천에서 뜸부기를 관찰했다는 사람들이 사진까지 찍어 올려놓았지만 이에 대한 조류학자들의 언급은 없었다. 2008년 7월 13일 충남 아산에서 암수 한 쌍이 관찰되었다는 기록에는 메추리알보다 1.5배 정도 큰 알 여섯 개의 사진도 올려졌다. 그리고 경기도 의왕에서 야조회 회원들이 뜸부기를 잡아 모기장에 가두어놓고 엎드려서 사진 촬영을 하는 모습까지 보여주고 있다. 하지만 잠수나 헤엄을 잘하고 허공으로 날아오르는 것은 물닭일 가능성이 크다.

   4

   중복이 지나자 더위는 연일 33도를 유지했다. 한낮의 태양은 참나무 불잉걸처럼 이글이글 타올랐다. 태양이 뜨겁게 달아오를 무렵에는 바람마저 숨을 죽였다. 2주 넘게 비 한 방울 내리지 않아 개울물이 바짝 말라붙어 물 흐르는 소리조차 들을 수가 없다. 짝짓기가 거의 끝나서인지 이 무렵에는 새들의 울음도 느긋해졌다. 매미와 여치 등 풀벌레들만 더위에 아랑곳하지 않고 시새워 목청을 돋울 뿐이다. 내리꽂히는 불볕더위 속에서도 매미와 여치가 한껏 목소리를 높이는 것을 보니 어느덧 여름도 끝자락에 다다른 것 같다. 매미 소리를 들을 때마다 나는 유년 시절 매미를 먹으면 목소리가 좋아져서 노래를 잘하게 된다는 말을 믿고 참매미만 골라 구워 먹었던 기억이 난다.

　나는 더위를 피해 벚나무 밑 그늘에 앉아 있었다. 더위가 정점에 오를 무렵인 오후 2~3시쯤, 갑자기 현악기의 줄이 끊어지듯 세상의 모든 소리가 툭 하고 멈췄다. 소리의 끈이 끊겨버린 골짜기 안은 한순간 무거운 정적의 늪 속에 깊수이 잠겼다. 매미와 풀벌레도 약속이나 한 것처럼 울음을 멈추었다. 개울의 물 흐르는 소리도 멈춘 지 오래된 데다 바람마저 숨을 죽여 온 세상이 진공 속처럼 적막한 느낌이다. 너무 조용해서 소름이 끼칠 정도다. 시간이 멈추어버린 것 같다. 나뭇가지도 풀잎도 미동조차 하지 않는다. 지상에 살아 있는 모든 것이 약속이나 한 것처럼 일제히 소리를 감추어버린 것이다. 지금까지 극성스럽게 울어대던 새들과 곤충들이 모두 죽어버리고 식물들도 광합성 작용을 멈춰버린 것은 아닐까 하는 생각이 든다. 소리가 없는 세상은 죽음처럼 쓸쓸하고 공허하다. 공허감을 뚫고 공포감이 엄습해온다. 이 순간처럼 세상에서 자연의 소리가 모두 사라져버린다면 어떻게 될까. 상상하기조차 두렵다. 내 자신이 숨쉬기를 멈춘 기분이 든다. 그렇게 되면 사람들은 로봇 새와 로봇 곤충을 만들어 울게 할지도 모른다. 기계음을 통해서 새소리와 풀벌레 소리, 바람 소리와 물소리를 듣게 될지도. 무섭도록 가라앉은 정적은 30분 가까이 계속되었다. 나무 그늘 밑에 앉아 있던 나는 소리가 되살아나기를 기다렸다. 소리에 집중하다 보면 가끔 불시에 세상이 정적 속에 가라앉을 때가 있다. 그때마다 나는 이것을 경고 메시지로 받아들이곤 한다.

　그때 골짜기 초입 쪽에서 앵앵 사이렌 소리가 정적을 깨고 울리기 시작하더니 점점 가까워졌다. 이윽고 119구급차가 먼지를 일으키며 마을 안

길로 들어갔다. 구급차는 오영기 집 앞에서 멈추었다. 구급차 사이렌 소리와 함께 골짜기 안의 소리가 하나씩 되살아났다. 나는 불안한 예감에 사로잡혀 서둘러 마을 안길로 뛰어갔다. 마을 사람들이 오영기 집 앞으로 몰려왔다. 오영기 어머니가 들것에 실려 집 밖에 세워둔 구급차에 옮겨지고 있었다. 순간 나는 가슴이 덜컹 내려앉는 듯했다.

오영기 부부는 해가 떠오르기 전에 집을 나간 어머니가 점심때가 지나도 들어오지 않자, 논밭을 다 둘러보았지만 찾지 못했다고 한다. 그런데 마을 뒷골 아버지 산소 쪽에서 까치들이 떼를 지어 머리가 빠개지도록 울어대기에 혹시나 하고 가 보았더니, 어머니가 잡풀 하나 남기지 않고 벌초를 다 해놓고 의식을 잃은 채 묘지에 엎드려 있더라고 했다. 뙤약볕에 묘지의 풀을 말끔하게 이발하듯 베고 나서 기함해 쓰러지고 만 것이다.

"시상에 노인이 무슨 청승으로 못등 풀을 다 베었을까. 아들이 어련히 알아서 벌초를 허고 떠날 턴디……."

"서울로 가기 전에 자꼬 죽고 잪다고 해쌌등만, 영감 옆에서 죽을라고 그랬구만그랴."

"그 심정 알겄구만."

멍질라한테서 노인이 구급차에 실려 가게 된 연유를 들은 마을 사람들이 혀를 챘다. 오영기 어머니를 생각하니 날 선 가위로 오장을 잘라내는 것처럼 내 속이 아팠다.

오영기 어머니는 이틀 후에 퇴원했다. 마을 사람들이 모두 집으로 병문안하러 갔다. 노인은 눈을 꼭 감은 채 한마디도 말을 하지 않았다. 병원에서 퇴원한 후로도 한동안 바깥출입을 하지 않고 계속 누워만 지냈다. 듣기로는 아사를 각오한 듯 식음을 전폐한 채 식구들하고 한마디 말도 하지 않는다고 했다. 마을 사람들은 오영기가 어머니를 살리기 위해서는 서울로 떠나는 것을 포기할 수밖에 없을 것이라고들 했다. 그러나 오영기는 내게 아무 말도 없었다. 서울 가는 것을 포기하자면 계약을 취소하고 싶다고 말할 터인데, 나를 만나서도 그런 눈치는 전혀 보이지 않았다. 만약 오영기가 내게 계약을 취소하고 싶다고 한다면 나는 적극적으로 조카를 설득해볼 생각을 하고 있었다. 이사 갈 날이 바짝 나가왔지만, 오영기로부터는 끝내 아무 말이 없었다.

아침저녁으로 제법 바람이 소소해지면서부터 더위가 서서히 퇴각하고 있는 것이 피부로 느껴진다. 명주실처럼 가늘고 명징한 햇살에 윤기가 자르르 흐르고 습윤한 기운이 한껏 가라앉은 듯하다. 무엇보다 소리로 가을이 오고 있음을 확연히 느낄 수가 있다. 어느새 매미 울음이 사라지고 여치도 띄엄띄엄 운다. 늦여름이나 초가을에 풀밭을 지나다 보면 싸락싸락 삽사리들이 속삭이는 소리가 들린다. 메뚜기처럼 생겼고 황색 몸에 회황색 날개를 가진 삽사리는 뒷다리를 앞날개에 비벼대어 싸락싸락 하는 소리를 낸다. 밤에는 귀뚜라미가 맨 먼저 계절이 바뀜을 큰소리로 알려주었다. 귀뚜라미 중에서도 왕귀뚜라미 소리가 가장 크고 아름답다. 새들의 울음도 한결 누꿈해졌다. 먼 산의 새들은 좀처럼 울지 않았으며 참새며 박새, 굴뚝새 등 집 주위의 새들만 산자락 찔레 덩굴에서 낮은 목소리로, 그것도 이따금씩 여유롭게 울었다. '낮에 우는 새는 배가 고파서 울고 밤에 우는 새는 임이 그리워 운다'라는 노랫말처럼, 열매가 익어 먹을 것이 포실하니 이제는 새들이 배가 고프지 않기 때문일까. 아니면 새끼가 부화되어 더 이상 임이 그립지 않은 것일까.

새들과 곤충들 울음이 뜸해지면서 수시로 건들바람이 불어 나뭇잎 흔들어대는 소리가 여름의 퇴각을 재촉했다. 소리가 가라앉은 가을 골짜기는 조금은 공허하고 쓸쓸하다. 소리 대신 화려한 빛깔로 새로운 계절이 빛을 발하기 시작했다. 여름이 소리의 세상이라면 가을은 빛깔의 세상이다. 우리 집을 에둘러 서 있는 벚나무 잎들도 알록달록 물들기 시작했다. 나는 여름이 가기 전에 뜸부기를 찾기 위해 아침과 저녁때에는 어김없이 들을 헤매고 있다. 가을이 오면 뜸부기가 사라져버리기 때문이다. 골짜기 마을 어디에서도 뜸부기는 보이지 않았다. 날개가 있어도 날지 못하는 뜸부기들이 도대체 어디로 사라졌단 말인가. 무지개 타고 하늘로 올라가버렸을까.

이삿날을 사흘 앞두고 오영기 노모가 휘청거리며 집 밖으로 모습을 나타냈다. 노인은 지팡이를 짚고 목을 세워 천천히 마을을 한 바퀴 둘러보았다. 마을 안 고샅에서 느티나무와 정자가 있는 동구 밖까지 나왔다가, 정수탱크가 있는 언덕배기까지 올라갔다 내려왔다. 평생을 살아온 마을을 마지막으로 돌아보는 노인은 하고 싶은 말을 꾹 참고 겉으로 소회를 내비치지 않았지만, 눈빛으로 많은 이야기를 주워 담는 듯했다. 그런 노인은 시든 들꽃처럼 쇠잔하고 쓸쓸해 보였다. 이 마을에 시집온 후 70년을 날마다 지겹도록 보아온 산이며 들, 개울이며 돌담과 정자, 크고 작은 나무 하나하나를 가슴에 담아 가려는 듯 이날 따라 눈이 무척 깊어 보였다. 되도록 아쉽거나 슬픈 기색을 감추고 마을 사람들과 만나 혼연스레 이야기를 나누기도 했다. 다소 기력이 쇠하기는 했어도 정신은 전보다 오히려 총총해 보였다.

"우리 영감이, 더 고집부리지 말고 아들 따라가서 쬐금만 기다리면 곧 나를 데리러 오겠다고 허드랑께."

노인은 그러면서 웃는 얼굴로 만나는 사람들과 일일이 작별 인사까지 했다. 노인은 우리 집에도 왔다. 자책감에 짓눌려 있었던 나는 원기를 되찾은 노인을 보자 한결 마음이 가벼워졌다. 냉장고에서 수박을 꺼내 대접하자 목이 말랐는지 정신없이 먹었다.

"선상님, 뜸부기 꼭 찾으씨요잉."

노인이 손등으로 수박 물이 묻은 입 주위를 쓰윽 훔치며 웃는 얼굴로 말했다. 가까이서 마주 보니 노인의 눈이 살아온 연륜만큼 맑고 깊다. 그 눈으로 내가 진정으로 찾고 있는 것이 무엇인지를 꿰뚫어 보는 것 같았다.

"글쎄요. 아마 못 찾을지도 모릅니다. 뜸부기 우는 소리를 들었다는 사람은 있는데 보았다는 사람은 아직 없으니까요."

"그래도 직심으로 찾다 보면 꼭 보게 될 것이요."

"글쎄요."

나는 자신 없게 나지막이 말하며 직심直心이라는 말을 곱씹어 본다. 참으로 오랜만에 듣는 말이 아닌가. 직심이라는 말은 정직하다는 의미인데, 노인은 왜 내게 '열심히'라는 말 대신에 '직심'이라는 말을 썼을까. 머릿속이 혼란스럽다.

오영기는 새벽에 마을을 떠났다. 아무도 모르게 도망치듯 고향을 떠나버린 것이다. 초저녁에 이삿짐을 모두 차에 실어놓고 마을 사람들이 깊이 잠든 시각에 소리도 없이 떠나버린 것 같다. 날이 밝아 마을 사람들이 오영기가 떠나는 것을 보기 위해 집으로 찾아갔을 때는 집이 이미 텅 비어 있었다. 살림살이가 빠져나가고 사람의 체취가 사라져버린 빈집은 살풍경할 정도로 을씨년스럽고 호젓했다. 마을 뒷산에서 기다랗게 누워 썩어가고 있는 죽은 소나무를 보았을 때처럼 마음이 쓰렁쓰렁했다. 빈집이 마을 사람들을 슬프게 했다. 사람이 있을 때와 없을 때의 차이는 실로 엄청났다. 그것은 삶과 죽음의 차이만큼 멀고도 아련했다. 아련함은 곧 그리움이 되었다. 오영기와 그의 늙은 어머니, 멍질라와 아이들이 머릿속에서 부스럭거렸다. 이날 따라 한껏 푸르러 보인 소나무 뒤로, 한 번도 본 적이 없는 멍질라 친정어머니가 햇살처럼 웃고 있는 모습도 보였다.

"고향 떠나는 것이 죄도 아니고 부끄러운 것도 아닌디, 시상에 이러코롬 얼굴도 안 보이고 살째기 가 부렀다냐?"

"잘못한 것은 아녀도 자랑스러운 것도 아니제."

나는 등 뒤에서 마을 사람들이 수런거리는 소리를 들으며 무거운 발걸음으로 집으로 돌아왔다. 도망치듯 몰래 마을을 떠나버린 오영기의 마음을 충분히 헤아릴 수 있을 것 같았다. 떠나는 뒷모습을 보이기 싫은 오영기의 마음이 얼마나 아팠을까.

아침을 먹으려는데 전화벨이 울려 받아보았더니 또 운곡리 최 노인이다. 지금 그의 논에서 뜸부기가 노닐고 있다는 것이다. 나는 순간 짜증이 폭발해 전화를 끊어버리려다가 버럭 소리를 내질렀다.

"내 말을 고로코롬 믿지 않는 것을 보니께 뜸부기 찾는다는 거 순전히 사기 아니여?"

최 노인의 쩌렁쩌렁한 목소리가 쇠꼬챙이처럼 날아와 내 심장을 마구 찔러대는 것 같았다. 순간 가슴이 빠개지는 듯한 통증을 느꼈다. 나는 아침도 먹지 않고 곧장 자전거를 타고 집을 나섰다. 누릇누릇 벼가 익어가는 논다랑이를 눈 아래 두고 서둘러 골짜기를 빠져나가는데, 편백나무 숲이 우거진 산자락 밑 습초지 쪽에서 뜸—뜸—뜸 하는 소리가 들렸다. 나는 급히 자전거를 세우고 귀를 기울여보았다. 분명 뜸부기 소리였다.

부리나케 개울을 건너 몸을 낮게 숨기고 습초지 쪽으로 다가갔다. 뜸부기 소리는 계속 들려왔다. 그러나 아무리 주위를 샅샅이 찾아보아도 뜸부기는 보이지 않았다. 나는 소리에 홀린 듯 넋을 잃고 습초지로 뛰어 들어갔다. 뜸부기는 끝내 보이지 않았다. 소리 나는 곳에 돌멩이를 던져보았다. 그래도 소리는 멈추지 않았다. 숲 초지의 부들과 갈대 속에 몸을 낮추고 다시 귀를 기울여보았다. 뜸—뜸—뜸. 소리는 땅이 아닌 허공에서 들려왔다. 이승과 저승의 중간쯤에서 들려오는 것 같았다.

『계절문학』, 2008

은행잎 지다

1

고라니는 집 앞 벤치에 앉아서 노랗게 물든 은행나무를 바라보고 있었다. 나는 청년을 고라니라고 불렀다. 껑충하게 키가 크고 갸름한 얼굴에 유난히 귀가 쫑긋하며 눈이 깊고 맑아서다. 어쩌면 그는 해가 떠오르기를 기다리며 동쪽 하늘 끝을 쳐다보고 있는지도 몰랐다. 여느 날보다 한 시간쯤 일찍 일어난 그는 아침밥 먹을 생각도 하지 않은 채 꼼짝 않고 무겁게 앉아 있었다. 검정 터틀넥에 소털 색깔 카디건이 잘 어울려 보였다. 소털 색깔이 무척 따듯하게 느껴졌다. 벤치 등받이 위로 두 팔을 길게 뻗고 목을 곧추세운 모습이 마치 날개를 치고 금세 허공으로 날아오를 것처럼 가벼워 보였다. 가늘고 기다란 손가락이 마지막 잠을 자고 일어난 누에처럼 맑고 하얗다. 그는 양손 검지가 컴퓨터 자판기를 톡톡 두드리듯 연속적으로 의자 등받이를 찍어대고 있었다. 하느님을 향해 '살려주세요. 지금 죽기에는 너무 억울해요'라고 간절하게 메시지를 보내고 있는 것처럼 느껴졌다. 나는 바람이 차가우니 그만 안으로 들어가자는 말을 하려다가 발소리를 죽이며 조심스럽게 그에게 다가갔다. 등 뒤에서 본 고라니는 전혀 환자 같지가 않았다. 튼실해 보이는 견주 뼈와 넓은 등짝이며 참나무 토막처럼 굵은 목이 췌장암 말기 환자로 보이지 않았다.

햇살이 퍼지기 전이라 목덜미를 헤집고 들어온 가을바람이 제법 선득거렸다. 바람이 건듯건듯 불어올 때마다 노란 은행이파리가 하나둘 떨어져 허공에 포물선을 그리며 날렸다. 은행잎은 잠시 허공을 맴돌다가 물봉선이며 여뀌 풀이 우북히게 우기진 개울에 살포시 내려앉아 전전히 물을 따라 흘러갔다. 네모가 반듯한 마당 끄트머리 개울가에 서 있는 은행나무 밑과 아직 파릇한 잔디 위에도 은행이파리 몇 개가 떨어져 있다. 노란 은행잎과 초록빛 잔디 색깔이 절묘하게 조화를 이루었다. 이윽고 소나무 숲 위로 아침 햇살이 퍼지기 시작했다. 햇덩이가 삿갓 모양의 산 정수리 위로 모습을 드러내자 붉은빛이 소나무 숲을 가득 덮었다. 햇살에 흠뻑 젖은 은행나무가 황금빛으로 빛났다. 은행잎이 너무 눈부셔 눈이 시릴 정도였다. 은행나무를 바라보는 사람의 마음까지도 샛노랗게 물들어버릴 것만 같았다.

내가 가까이 다가가자 고라니의 손가락 움직임이 멈췄다. 나는 고라니가 무슨 생각을 하고 있는지 무척 궁금했다. 무사히 하룻밤을 넘기고 새 날을 맞게 해 준 하느님께 감사하고 있는지, 오늘 하루 또 어떻게 삶을 견뎌낼 수 있을까 걱정하고 있는 것인지도. 아니면 하루가 다르게 점점 호흡이 곤란해지면서 목을 조이듯 엄습해오고 있는 죽음을 두려워하고 있는지도. 스물아홉의 젊은 나이에 죽음을 맞기가 얼마나 황당하고 두렵고 억울하겠는가 싶어 오목가슴이 먹먹해졌다.

나는 3개월 전, 대학병원 호스피스 병동에서 고라니를 처음 만났다. 얼마 후면 그는 호스피스병동에서 1인실로 옮겨진 후, 지하에 있는 영안실로 내려가게 될 것이다. 그날 고라니는 내장 신경차단 시술을 받았다. 고통을 느끼지 못하게 척추에서 내장으로 연결된 신경을 화학적으로 파괴

한 것이다. 한번 파괴된 신경을 다시 되살릴 수 없어서 생명의 시한이 1년 미만의 환자에게만 시행되는 시술이다. 내장 신경차단 시술을 받기 전까지만 해도 그는 하루 1천 밀리그램의 모르핀 주사를 맞아도 고통을 견뎌낼 수가 없었다.

그를 처음 본 순간 나는 낯설지 않은 얼굴에 당황해할 만큼 놀랐다. 어디선가 여러 번 만난 적이 있는 것 같은데 굳게 잠긴 기억 창고의 빗장이 열리지 않았다. 그는 훤칠한 키에 눈에 띌 정도로 잘생긴 꽃미남이었다. 나도 모르게 '아깝다'는 말이 튀어나오려는 것을 간신히 참아냈다. '아깝다. 아깝다. 너무 아깝다.' 나는 그 말을 마음속으로 수없이 되뇌었다. 그의 나이가 스물아홉 살이라는 것을 알았을 때, 24년 전에 죽은 내 아들 진석이 생각이 용수철처럼 뇌리에서 튕겨 올랐다. 24년 전에 맨홀에 빠져 죽지 않았더라면 내 아들도 지금 스물아홉 살이 되었을 것이다. 고라니를 처음 본 순간 나는 잠시 죽은 아들 생각에 마음이 칙칙하게 내려앉았다. 죽은 아들 생각과 함께 시한부 인생 고라니에 대한 연민이 내 마음을 흥건히 적셔놓았다. 그 무렵 나는 1년여 동안, 79세의 폐암 말기 환자 간병에 심신이 메말라 있어 다른 사람에 대해 동정이나 연민을 느낄 만큼의 여유가 없었다. 내가 망치라고 불렀던 노인이 죽고 나자 나는 나른한 해방감 속에서 거의 한 달 동안이나 바깥출입도 하지 않고 방에 누워 무척추동물처럼 흐물흐물 지냈다. 노인이 내 몸의 모든 기를 깡그리 빨아들여 무덤 속으로 가져가 버린 기분이었다. 그만큼 노인은 1년 동안 무던히도 나를 괴롭혔다. 얼마나 지쳤던지 당분간 간병인 노릇은 하지 않기로 결심했다. 그런데 이상하게도 고라니를 본 순간 마지막까지 그의 옆을 지켜주고 싶어졌다.

화가 지망생인 고라니가 무동골로 내려온 것은 땡볕이 창끝처럼 쏟아지던 짱짱한 여름이었다. 그는 호스피스병동에 누워 죽음을 기다리기 싫다면서, 화구를 챙겨 이곳으로 왔다. 무동골에는 그의 외할아버지가 20년 전 정년퇴직을 하고 내려와 살았던 낡은 황토집이 있다. 작년에 외할머니와 외할아버지가 한 달 간격으로 세상을 뜬 후 비어 있었다. 그동안 고라니가 아프기 전까지만 해도 황토집에 와서, 화단이며 정원수들을 돌보며 며칠씩 쉬어가곤 했단다. 화단에는 여름에 피는 꽃들이 시들어 황량해 보였다. 여름에 이곳에 왔을 때까지만 해도 흰 접시꽃이며 붉은 봉선화와 맨드라미, 산에서 옮겨 심은 노란 원추리, 장미 주황색의 백일홍, 해당화가 한데 어우러져 피어 있었고, 개울 쪽으로는 하얀 찔레꽃과 키가 큰 자귀나무꽃, 자줏빛 참싸리꽃이 울타리처럼 에둘러 있었다. 화단의 화초며 꽃나무에서 외할아버지의 손길이 정갈하게 느껴졌는지, 고라니는 이곳에 오던 날 한나절 동안이나 화단의 꽃을 바라보며 시울이 펑 젖은 채 깊은 생각에 잠겨 있었다. 외할아버지와 외할머니로부터 남다른 사랑을 받아 온 터라, 그리움이 사무쳤던 것이리라. 외할아버지 내외는 시쳇말로 닭살이 돋을 만큼 금슬이 좋았다고 했다. 앞뜰에 자귀나무를 심어놓은 후로 늙은 부부는 단 한 번의 다툼도 없었다고 했다. 외할아버지가 세상을 뜨기 한 달 전 여름, 고라니가 찾아왔을 때도 깃털처럼 생긴 푸른 잎에 종모양의 자줏빛 꽃이 활짝 피어 있었다. 신기하게도 자귀꽃은 낮에 꽃잎이 활짝 펼쳐졌다가 밤이 되면 오므라져서 희붉게 보였다. 그 때문에 이 나무를 야합수夜合樹 또는 합혼수合婚樹라고 한 것인지도 모른다. 고라니는 내게 외할아버지와 외할머니 이야기를 자주 했다.

고라니는 췌장암 말기로 3개월 시한부 진단을 받았다. 암세포가 모든 장기로 퍼져 수술조차 할 수 없게 되자 마지막 삶을 정리하기 위해 이곳으로 온 것이다. 먼저 떠난 외할아버지와 외할머니를 그리워하며 자연 속에서 죽음을 맞기 위해 왔다고 해야 옳다. 그가 무동골에 온 지 오늘로 87일째다. 의사 말대로라면 살날이 3일밖에 남지 않은 셈이다.

"바람이 차구만, 감기 들면 어쩔라고……. 그만 안으로 들어가제."

나는 고라니 옆으로 바짝 다가가며 서정스러운 목소리로 말했다.

"백일잔치가 며칠 남았지요?"

고라니가 고개를 돌려 얇고 가느다란 눈길로 매달리듯 나를 보며 물었다. 고라니가 말하는 백일잔치란 그가 암 선고를 받고 나서 백 일째 되는 날을 기념하기 위한 날이다. 백 일째라면 의사가 말한 3개월 시한보다 열흘을 더 살게 되는 날이기도 하다. 고라니는 그날을 맞아 이곳에 친구들을 불러 잔치를 하겠다는 거다. 이곳으로 온 후부터 그는 백일잔치를 위해 마지막 생명에 불을 댕겨 고통을 참아가며 혼신을 다해 그림을 그리기 시작했다. 그는 백일잔치가 끝나면 돌잔치 준비를 하겠다는 농담도 했다. 나는 그렇게 되기를 바랐다. 돌잔치까지 아직 아홉 달이 남았는데, 그때까지 살아주기를 간절하게 빌었다.

"백일까지는 두 주일…… 그러니까 십삼일 남았구만."

"그때까지는 살아 있겠지요?"

"무슨 소리야. 돌잔치까지 하기로 해놓고……."

내 말에 고라니는 다시 턱끝을 쳐들고 시선을 멀리 던졌다. 이곳으로 온 후 그의 시선이 하루하루 가늘어지면서 멀어져가고 있었다. 그의 시선이 머무는 곳이 어디쯤일지 가늠하기가 어려웠다. 한동안은 앞산 소나무 숲을 바라보는 것 같다가, 하늘의 구름에 머무르는가 싶었는데 요즈막엔

해 지는 하늘의 끝자락에 매달려 있는 것 같았다. 그는 어쩌면 가뭇없는 이승의 끝자락을 보고 있는 것인지도 몰랐다.

"아줌마 가족은 어디 있어요?"

고리니가 하늘에 시선을 가느다랗게 매단 채 지나가는 말투로 뚜벅 물었다. 그러고 보니 고라니와 함께 지낸 지 3개월이 다 되도록 나는 그에게 한 번도 내 이야기를 해 본 적이 없었다. 그가 나에 대해서 아는 정보는 한동안 늙은 폐암 환자의 간병인이었다는 것뿐이었다. 하기야 고라니가 그동안 나에 대해서 별로 알려고도 하지 않았다. 그는 내 나이가 49세이고 15세 때 강간을 당했으며, 20세에 아비가 누구인지도 모르는 아이를 낳아 혼자 기르다가, 내가 식당으로 돈 벌러 간 사이에 아이는 맨홀에 빠져 죽었고, 혼자 살며 교회 청소부로 일하던 중 5년 전 자궁암에 걸려 수술을 받았고, 회복된 후부터 호스피스병동에서 암 환자 간병인 일을 하고 있다는 것 등을 알 턱이 없었다.

내가 반응이 없자 고라니는 내 대답을 재촉하듯 얼핏 나를 돌아보았다.

"아무도 없어."

"남편은요? 자식은요?"

"나 혼자야."

나는 희미하게 웃으면서 건성으로 말했다. 고라니는 고개를 돌려 내 삶의 궤적을 추적하기라도 하려는 듯 한참 동안이나 내 얼굴을 찬찬히 들여다보았다. 시선이 짧아진 그의 눈길이 맑고 촉촉하게 느껴졌다. 연민이 담긴 그의 시선이 오래도록 찐득하게 내 얼굴에 머물렀다. 죽음을 앞둔 사람으로부터 연민의 눈길을 받은 내 기분이 참으로 묘했다. 이런 기분은 처음이다. 잠시 두 사람의 시선이 엉켰다. 내 쪽에서 먼저 후다닥 고개를 돌려버렸다.

"아주머니가 제 옆에 있어 줘서 마음 든든해요."

"나도 마찬가지야."

"저와 같이 있는 것 무섭지 않으세요?"

"나는 괜찮아. 그쪽이야말로 무섭지 않아?"

"뭐가요? 죽는다는 거요?"

고라니의 그 말에 나는 심장에 총을 맞은 듯 뜨끔했다. 괜한 말을 물었구나 하고 금방 후회했다.

"내가 죽는다고 생각하면 너무 무서워서 잠이 안 와요. 억울해서 목이 찢어지도록 악을 쓰고 싶기도 해요. 아무도 없는 깜깜한 어둠 속을 혼자 가야 한다는 걸 생각하면 떨리고 숨이 막혀요. 지옥 불더미에 떨어져도 살아날 수만 있다면 얼마나 좋을까 싶어요. 아니, 육신이 사라져도 영혼만이라도 이승에 남는다면……."

고라니의 그 말에 나는 목울대가 후끈거리며 울컥 눈물이 쏟아지려고 했다. 그를 위해서 아무것도 해 줄 수 없다는 것이 그렇게 안타까울 수가 없었다. 내가 그를 위해 할 수 있는 일이란 마지막 순간 죽음을 지켜봐 주는 것뿐이 아닌가. 고라니의 죽음을 지켜보는 것은 조금도 무섭지 않으나, 그가 떠난 후 그의 모습을 머릿속에서 완전히 지우기가 쉽지 않을 것 같아 마음이 무거웠다.

그날 오후 나는 고라니가 갑자기 굴전이 먹고 싶다고 해서 읍내에 가려고 길을 나섰다. 비포장 골짜기 황톳길을 20분쯤 걸어 나와, 반 시간이나 기다렸다가 텅 빈 군내버스를 탔다. 나는 무동골을 나선 지 두 시간 만에 읍내 장에 가서 굴과 생조기, 미나리 등 채소를 사 가지고 해가 설핏해서야 돌아왔다. 간단히 장을 봐 오는 데만 다섯 시간이나 걸렸다. 그날 저녁 고라니는 저녁밥 대신 굴전을 석 장이나 맛나게 먹었다. 끼니때 음식을 대하면 모래를 씹는 것 같다면서 젓가락으로 밥알을 세듯 깨작거리기만 하던 고라니가 이날 지녁에는 결신들린 사람처럼 먹었다. 이렇듯 맛나게 먹은 것은 처음이다. 나는 과식 때문에 탈이 날까 걱정이 되어 소화제 대신 매실차를 끓여주었다. 먹고 싶은 것이 있으면 말하라고 했더니 홍어삼합이 먹고 싶다고 했다. 나는 다음 장날에는 홍어를 사 오겠다고 했다. 과식한 탓인지 그날 밤 고라니는 8시도 못 되어서 잠자리에 들었다.

그날 밤 나는 또 맨홀에 빠진 꿈에 진저리를 쳤다. 다섯 살 난 아들이 죽은 후, 나는 한동안 밤마다 맨홀에 빠진 꿈에 시달렸다. 하수 썩은 냄새 때문에 창자가 뒤집힐 것 같은, 깜깜하고 답답한 맨홀 밑바닥에, 오물을 삼키지 않으려고 까치발을 하고 서서 살려달라고 소리치다가 깨어나 보니 온몸이 흠씬 땀에 젖어 있었다. 20년쯤 지나서야 그 악몽이 사라졌는가 싶었는데, 고라니를 만나고 나서 다시 꾸게 되었다. 이상하게도 맨홀에 빠진 사람이 자신과 고라니로 번갈아 가며 바뀌곤 했다. 오늘 밤, 처음에 나는 냄새나는 하수도관 속에서 두려움에 떨었는데, 어느새 나는 보도에 쪼그리고 앉아서 맨홀 바닥에 빠져 허우적거리는 고라니를 들여다보고 있었다. 나는 고라니의 살려달라고 울부짖는 소리에 놀라 잠에서 깼다. 죽는다는 것은 어쩌면 맨홀에 빠지는 것과 같을지도 모른다는 생각이 들었다. 나는 고라니가 걱정되어 화장실을 사이에 두고 있는 그의 침실 문을 열고 들어가 보았다. 고라니는 불을 켜 놓은 채 잠들어 있었다. 그는 언제나 불을 환하게 켜놓고 잠을 잤다. 죽음 같은 어둠이 두렵기 때문이리라. 나는 침대 옆에 상반신을 꺾고 서서, 이불을 걷어찬 채 깊이 잠든 고라니의 얼굴을 가까이 들여다보았다. 아직도 그의 몸은 나무토막처럼 탄탄해 보였다. 그의 몸에서 죽음의 그림자는 보이지 않았다. 불빛 속에 잠든 얼굴이 조각처럼 눈부시게 해맑았다. 나는 아깝다는 말을 버릇처럼 되뇌면서 나도 모르게 고라니의 얼굴을 만지려다가 소스라치며 멈추었다.

2

아침 일찍이 거실 전화기가 다급하게 울어댔다. 나는 고라니 어머니 유여사가 전화한 것이라고 짐작했다. 이 집 전화번호를 아는 사람은 고라니 부모 외에는 아무도 없다. 고라니는 이 집으로 온 후부터 자신의 휴대폰 배터리를 아예 뽑아버렸다. 누구의 전화도 받고 싶지 않기 때문이리라. 여기로 온 후에 그가 누구와 통화하는 것을 한 번도 나는 보지 못했다.

"아주머니, 이번 주말에는 못 가겠는데 어쩌지요? 중동에 출장 중인 아빠가 귀국길에 파리에 들러 딸을 만나고 월요일에 돌아오신다니까, 화요일이나 수요일쯤에 같이 갈게요."

언제나 그렇듯 고라니 어머니의 전화는 극히 사무적이었다. 지난주에는 그녀가 운영하는 패션 살롱 주최로 쇼가 열리게 되어 바쁘다는 핑계로 토요일에 잠깐 와서 얼굴만 보고 도망치듯 되짚어 올라가 버렸다. 고라니한테 전화를 바꿔주고 싶어 얼핏 눈치를 살폈다. 고라니가 다급하게 손사래를 쳤다. 나는 그의 어머니가 고라니의 상태에 관해 물어오기를 기다렸다. 아무 말이 없기에 어제저녁에 굴전을 맛있게 먹더라는 이야기를 하려고 했는데 전화가 뚝 끊겨버렸다. 나는 고라니에게 친어머니가 맞는 거냐고 묻고 싶어졌다.

"어머니께서 주말에 못 오신다는데, 심심하면 친구들이라도 부르지 그래."

나는 고라니의 눈치를 살피며 조심스럽게 물었다. 그는 별로 어머니를 기다리는 것 같지도 않아 보였다. 이 세상에서 그가 기다리는 것은 아무 것도 없을지 몰랐다.

"여자친구도 없어? 전화헤봐. 내가 밋있는 거 만들어서 대섭할게. 이럴 때 여자친구라도 놀러 오면 좋을 텐데……."

고라니의 반응이 없자 소파에 마주 앉으며 다시 말끝을 흐렸다.

"여자친구 같은 거 없어요."

"그 얼굴에 여자친구가 없어? 아픈 뒤로 헤어진 거야?"

"처음부터 없었어요. 스물아홉이 되도록 연애 한 번 못 해 본걸요."

"설마……."

"진짜요. 워낙 숫기가 없어서요. 아직 여자 손 한번 잡아 보지 못 했다 구요."

"참말로 아깝네."

"저, 이대로 죽으면 정말 몽달귀신이 될까요? 옛날에는 총각이 죽으면 몽달귀신이 된다고 해서 세상에 나오지 못하도록 시신을 관 속에 엎어서 매장했다는데……."

나를 바라보는 고라니가 다소 익살스럽게 웃고 있었지만, 목소리는 납 작하게 가라앉았다. 공허하게 느껴지는 그의 미소가 나를 더욱 슬프게 했 다. 그의 말이 농담으로 받아들여지지 않은 것이다. 나는 그에게 아무 말 도 할 수가 없었다. 잠시 침묵이 끈끈하게 고였다. 스물아홉이 되도록 동 정이라니, 그의 순결이 오히려 아깝고 안타까워 내게 부담이 되었다. 본 능적 욕망이 한창 끓어오르는 피 끓는 나이에 동정 그대로 죽음에 이른다 는 것이 너무 슬퍼서 화가 났다.

그날 고라니는 종일 햇볕에 앉아 그림을 그렸다. 내가 파라솔로 그늘을 만들어 주었지만 명주실 같은 가을 햇살이 좋다면서 마당 가운데에 딱딱한 나무 의자를 놓고 이젤 앞에 앉아 그림을 그렸다. 오늘은 지하수 수도관 옆에 서 있는 선향나무를 그렸다. 21년 전 고라니가 초등학교에 들어가던 해에 외할아버지가 심었다는 선향나무는 몸통이 어른 허벅지만큼 든실하고 가지가 우신처럼 둥그스름하게 펼쳐져, 사철 푸른 그늘과 향기를 넉넉하게 뿜어냈다. 그림을 그리기 전 고라니는 새끼손가락만 한 선향나무 가지 하나를 꺾어 킁킁대며 연신 냄새를 맡았다. 그는 내게 향나무 가지를 건네주며 "향나무는 자기 몸에 상처를 크게 낼수록 향기가 강하게 뿜어져 나오지요. 사람도 자신을 희생해서 남을 사랑할 때 진정한 사람의 향기가 나는 거 아닐까요" 하고 혼잣말처럼 중얼거렸다. 고라니는 그러면서 선향나무를 외할아버지 나무, 자귀나무를 외할머니 나무라고 했다. 선향나무를 볼 때마다 외할아버지가 생각나고 자귀나무에 분홍 꽃이 피면 외할머니의 모습이 떠오르곤 한다고 했다.

고라니가 그린 향나무는 윤기 자르르한 가을 햇살을 담뿍 받고 진녹색으로 빛났다. 개울가의 노란 은행나무와 짙푸른 향나무 색깔이 너무 잘 어울려 보였다. 완전히 다르면서도 비슷한 색깔의 어울림은 이질적이지 않고 친근감이 들 정도로 조화를 이루었다. 노랑색에 초록이, 초록 속에 노랑이 서로 깊숙하게 스며든 것 같았다. 고라니는 마지막으로 진초록의 향나무 우듬지 한쪽 가지 위에 흰 눈을 소복하게 얹어놓았다. 초록색 잎과 흰빛의 눈이 절묘한 조화미를 연출했다. 흰 눈이 차갑게 느껴지지 않고 오히려 따뜻해 보였다. 고라니는 왜 향나무에 눈이 내려앉게 했을까. 단순히 색깔의 대조법으로 초록 위에 흰빛을 덧칠하지는 않았을 것이다.

어쩌면 향나무에 눈이 내리는 모습을 볼 수 있는 겨울까지 살아 있기를 간절하게 바라는 마음을 담고 있는 것인지도 모른다. 그림으로 표현된 고라니의 애절한 마음이 내 가슴에 전달되자 또 가슴앓이처럼 명치끝이 아려왔다.

종일 햇볕에 앉아 그림을 그린 탓으로 몹시 피곤했던지 고라니는 저녁밥을 먹는 둥 마는 둥 하더니 곧장 침실로 들어갔다. 그날 밤, 밤이 깊어 화장실에 앉아 있던 나는 고라니의 침실에서 창자를 쥐어뜯는 듯한 앓는 소리가 들려와, 소변을 보다 말고 다급하게 뛰어 들어갔다. 그는 무릎을 꿇어 머리를 침대에 처박고 엎드린 채 버르적거리며 호흡곤란과 통증 때문에 괴로워했다. 내장 신경차단 시술을 받고 이곳으로 온 후 한동안 통증을 호소하지 않았던 그가 어쩐 일로 다시 고통스러워하는 것인지 모르겠다.

"119 부를까?"

"몸이, 내 몸이, 바위에 깔린 기분이어요. 너무, 무거워서, 압사할 것만 같아요. 숨이 막혀요."

고라니는 머리를 거칠게 흔들며 띄엄띄엄 말했다. 그의 고통이 내게로 전이되기라도 한 듯 내 심장이 찢어질 듯 아팠다. 이럴 때 내가 할 수 있는 일은 아무것도 없었다. 나는 침대 위로 올라가서 두 팔에 힘을 주어 그의 상체를 감싸 안았다. 그의 몸이 흠씬 땀에 젖어 있었다. 그가 나를 끌어안더니 격렬하게 몸을 떨며 소리 내어 울었다. 그의 울음이 내 뼛속까지 울렸다. 그리고 얼마 후, 그는 사지를 쭉 뻗고 침대에 반듯하게 엎드렸다. 나는 그의 줄무늬 면 잠옷 속으로 손을 넣어 천천히 등을 긁어주었다. 그의 등은 넓고 촉촉하고 따뜻했다. 얼마 후, 앓는 소리가 잦아지는가 싶더니 두 무릎을 가슴 쪽으로 바짝 끌어모은 채 모로 누웠다. 나는 그의 등 뒤에 다가앉아 계속 등을 긁어주었다. 등을 긁어주면서 자울 자울 졸았다. 어느새 앓는 소리 대신 코 고는 소리가 들렸다. 순간 나는 그의 등 뒤에 몸을 뉜 채 얼핏 잠이 들고 말았다.

얼마나 잤을까. 맨홀에 빠진 고라니의 살려달라는 비명을 듣고 소스라치며 잠에서 깨어 보니 수위가 삼삼했다. 내가 잠든 사이에 고라니가 불을 끈 모양이었다. 가슴이 묵직하게 느껴져 손을 대보니 고라니가 내 젖무덤을 더듬고 있는 게 아닌가. 순간 한겨울 알몸에 찬물을 뒤집어쓴 것처럼 정신이 번쩍 들었다. 나는 그가 놀라거나 무안해하지 않도록 조심스럽게 그의 손을 뜯어내려고 했다. 내 손이 그의 손등에 닿자, 고라니의 다섯 손가락이 낙지의 빨판처럼 강한 흡착력으로 젖가슴에 찰싹 달라붙어 떨어지지 않으려고 했다. 나는 내 손을 거두고 그대로 숨을 죽였다. 그러자 고라니의 손이 점점 배꼽 아래쪽으로 미끄러지듯 서서히 더듬어 내려가더니 잠시 치골 불두덩 위에 멈췄다. 고라니의 숨이 점점 거칠어졌고 꼴깍꼴깍 마른 침 삼키는 소리가 들렸다. 그가 조심스럽게 내 불거웃을 쓰다듬었다. 손가락 끝이 바르르 떨렸다. 나는 더는 그를 애타게 하고 싶지 않아 그가 놀라지 않도록 몸을 조금씩 움직여 손과 발가락으로 잠옷과 팬티를 무릎 아래로 긁어내렸다. 그러자 기다렸다는 듯이 고라니의 몸이 날렵하게 나를 찍어 눌렀다. 나는 자연스럽게 온몸으로 고라니를 받아들였다. 나를 점령한 고라니는 젊고 열정적이며 굳건한 남자였다. 그는 내 배 위에서 파도처럼 격렬하게 온몸을 떨었다. 나도 그를 끌어안은 두 팔을 오래도록 풀지 않았다. 내 몸은 여자로 태어난 후 처음으로 오르가즘의 꼭짓점에서 포말처럼 산산이 부서졌다. 나는 그 순간 수치심도, 죄책

감도, 부도덕하다는 생각도 없었다. 다만 나는 여자로서가 아닌, 어머니의 입장이 되어 따뜻한 모성애로 고라니를 받아들여 품어 안은 것이었다. 돌아올 수 없는, 먼 길 떠나는 고라니를 위해 마지막 위로가 되었으면 싶을 뿐이었다. 겨울을 기다리는 황량한 들판처럼 허허로운 고라니의 순결한 마음에 꽃잎 같은 점 하나를 찍었다는 생각을 했다. 두 사람 사이에 끈적끈적한 침묵이 한동안 흘렀다. 순간 불현듯 죽은 아들이 떠올랐다. 탕수육이 먹고 싶다고 투정 부리던 것을 생일날 사주겠다고 미뤘는데, 아들은 생일을 하루 앞두고 죽었다. 먹고 싶다고 앙탈 부릴 때 사주지 못한 것이 내내 뼈가 저리도록 후회스러웠다. 중학교 졸업을 한 달 앞두고 이모집을 뛰쳐나온 일도 후회되었다. 한 달만 더 참았더라면 중학교 졸업장을 받고 내 힘으로 야간 고등학교라도 다닐 수 있었을 것이고, 그랬더라면 내 인생이 이처럼 처참하게 망가지지는 않았을지도 모를 일이다.

"고마워요, 미안해요, 고마워요, 정말 미안해요……."

한참 후에 그는 고맙다는 말과 미안하다는 말을 여러 차례 되풀이했다.

"꼭 엄마 같아요. 전 엄마의 사랑을 받지 못했거든요."

"그래 엄마라고 생각해. 나도 아들처럼 생각할게."

"헌데 뭐라고 부르죠? 이제부턴 아주머니라고 부르고 싶지가 않아요."

"그냥 아무렇게나 불러. 우리는 남자와 여자, 환자와 간병인 사이가 아닌, 그냥 사람과 사람이 만난 거니까."

고라니는 내 가슴에 얼굴을 무겁게 묻은 채 소리 내어 울었다. 나는 그가 실컷 울도록 내버려 두었다. 그의 눈물이 내 가슴을 적셨다. 목울대가 뜨겁게 달아오르자 나도 함께 울었다. 울지 않으려고 어금니에 힘을 주고 눈을 질끈 감았으나 서러움과 깊은 회한으로 온몸이 절퍽하게 녹아들었

다. 어느덧 두 사람의 울음이 방안에 흥건했다. 울고 나자 수치심도, 부도
덕함도, 무렴함도, 안타까움도 함께 씻겨 내려간 듯 오히려 기분이 개운
해졌다.

"이를 악물어도 울음을 참을 수가 없어요."

"실컷 울어. 슬픔은 남겨 두면 못 써."

"미안하고 고마워요."

"진짜 미안한 건 나야."

"저 잊지 않으시겠죠? 사람이 죽는다는 거는 존재의 소멸이 아니라 망
각되어지는 것이라고 생각해요. 존재가 사라지는 것보다는 사랑하는 사
람으로부터 잊혀진다는 것이 더 슬픈 일이지요."

그 말에, 나는 고라니를 안은 두 팔에 힘을 주었다. 눈물이 멈추지 않았
다. 내가 울고 있는 이유는 고라니에 대한 연민 때문만은 아니다. 오랜 세
월 맨홀에 갇혀 살아온 내 자신에 대한 뼈저린 회한과 가슴에 빗장을 단
단히 걸어 폐쇄시킨 채, 그 어떤 남자도 받아들일 수 없을 만큼 내 자신에
게 가혹했던 지난날의 삶이 너무 억울했다. 그러나 고라니를 한 남자로,
믿을 수 있는 한 사람으로 받아들인 지금, 나는 비로소 맨홀에서 빠져나
와 자유를 찾은 기분이다. 해방감에서 비롯된 기쁨과 회한으로 자꾸만 눈
물이 나왔다. 나는 고라니와 함께 하나가 되어 낯선 시간 속으로 끝없이
흐르고 싶었다.

우리는 한낮이 될 때까지 알몸 그대로 침대에 납작하게 가라앉아 있었
다. 정오가 넘어서야 나는 고라니에게 먹을 것을 마련해주기 위해 옷을
입고 밖으로 나왔다. 거실로 나가보니 고라니가 그의 휴대폰에 배터리 충
전을 위해 전원을 꽂은 채 큰 소리로 통화하고 있었다. 친구한테 이곳으

로 와달라고 부탁 하고 있는 것 같았다. 그가 전화하는 것은 무동골에 와서 처음이었다. 더욱이 오랫동안 처박아두었던 휴대폰 배터리 충전을 하는 것은 놀라운 일이었다. 그는 내가 옆에 있는 것을 알면서도 나를 바라보지 않았다. 아니, 비라보지 못한 깃이리라. 아침을 먹으면서도 그는 나를 정면으로 보지 못했다.

"몸은 괜찮아?"

내가 묻자 그는 식탁 위에 시선을 내린 채 고개만 가볍게 끄덕였다. 괜찮다는 것을 강조하기라도 하려는 듯 그는 전에 없이 쫓기듯 밥 한 그릇을 다 비웠다.

아침을 먹고 나서 그는 스케치 모델이 되어달라면서 나를 은행나무 밑에 서 있게 했다. 나는 그가 원하는 포즈를 만들기 위해 여러 차례 자세를 고쳤다. 그는 가늘고 흰 손으로 내 팔과 어깨를 잡고 흔들며 움직이게 하거나, 턱끝을 올렸다 내렸다 하면서 시선 둘 곳을 정해주기도 했다. 그의 손이 내 몸에 닿을 때마다 나는 오랫동안 죽어있던 몸 안의 미세한 세포들이 기지개를 켜며 살아나는 듯한 느낌이었다. 그러면서도 두 사람의 시선이 엉키는 것을 한사코 피했다. 그의 손끝 촉감은 따끔거릴 만큼 뜨겁고 향기로웠다. 그는 여러 차례 자세를 교정하다가, 은행나무에 어슷하게 등을 기대고 서서, 기도하듯 두 손을 합장하고 약간 고개를 들어 산 너머 하늘 끝을 바라보는 자세를 취하도록 했다. 그는 나 자신을 위해 기도하라고 말했다. 그러나 나는 아들이 죽은 후로 지금까지 나 자신을 위해서 한 번도 기도를 해 보지 않았다. 그러나 지금은 처음으로 나 자신을 위해서 기도하고 싶었다. 나를 구해주세요. 내게 삶의 용기와 희망을 주시려거든 고라니부터 살려주세요. 지금까지 나는 나 자신이 아닌 다른 사람의 생명에 대해 이렇듯 강한 애착을 가져본 일이 없었다.

"은행나무를 보고 있으면 인생이 느껴져요. 인생의 사계절이 보이는 것 같거든요."

그림을 그리다가 잠시 쉬고 싶다면서 신문지로 캔버스를 덮은 다음 마루에 걸터앉은 그가 말했다.

"헌데 제 인생은 푸른 여름으로 끝나고 마는군요. 내 뼛가루를 저 은행나무 밑에 뿌리면 해마다 내 생명의 일부가 황금빛으로 피어날 수 있을까요?"

고라니는 은행나무를 바라보며 중얼거리듯 말했다. 하늘을 향해 기도하는 자세로 두 시간쯤 그렇게 서 있자니 목이 아프고 다리에 힘이 빠지면서 자꾸만 주저앉고 싶었다. 그러나 그는 내가 조금이라도 움직일라치면 말 대신 고개를 거칠게 흔들어대거나 손을 휘저었다. 너무 오줌이 마려워서 잠깐 쉬겠다고 하고 화장실에 가면서 흘끔 그림을 구경하려고 했지만, 그는 상반신을 꺾어 온몸으로 캔버스를 가리면서 못 보게 했다. 나는 나를 모델로 그린 그림이 너무 궁금했다. 그러나 고라니는 끝내 그림을 보여주지 않았다.

주말에 고라니의 두 친구가 무동골에 왔다. 전날 전화를 받고 온 것이다. 장발에 유니폼처럼 똑같이 쥐색 후드 티를 입고 있는 그들은 한눈에 봐도 그림 그리는 친구들이라는 것을 알 수 있었다. 두툼한 뿔테 안경을 낀 한 친구는 훌쩍 큰 키에 깡말랐고 하늘색 벙거지를 눌러 쓴 다른 친구는 키는 깡똥한데 덩치가 우람했다. 그들은 내가 차려준 점심을 먹은 다음, 그동안 고라니가 그린 그림들을 모두 차에 싣고 떠났다.

친구들이 다녀간 날 밤, 고라니는 악몽을 꾸었다면서 큰 소리로 나를 침실로 불렀다. 나는 잠을 자지 않고 그의 침실을 지켰다. 심장이 빠개지듯 내 마음이 아팠다. 나는 무릎을 꿇고 엎드려 괴로워하는 그의 어깨를 주물러주고 등을 긁어주었다. 그는 자정이 넘어서야 가까스로 잠이 들었다. 그가 잠이 들자, 나는 안타깝고 답답한 마음에 소리 나지 않게 방문을 열고 거실로 나왔다. 거실의 유리창에 붙어 서서 어둠의 장막이 두껍게 펼쳐진 마당을 바라보던 나는 너무 놀라 하마터면 비명을 지를 뻔했다. 마당에 웬 사람들이 쭈뼛쭈뼛 서 있는 것이었다. 벌렁거리는 가슴을 진정시키고 유리창에 눈을 바짝 대고 바라보니 검은 물체는 미동도 하지 않았다. 그것은 사람이 아니라 나무들이었다. 마당의 나무들이 내 눈에 사람들로 보인 것이다.

가을 한낮의 햇살이 주황색으로 물들어가는 대지 위에 눈부시게 꽂혀 내렸다. 잣죽을 끓였으나 고라니는 먹지 않았다. 그는 아무 말 없이 탈진한 모습으로 눈을 감은 채 침대 위에 누워 있었다. 통증을 호소하지도 않았다. 오랜만에 얼굴이 아침바다처럼 평화로웠다.

다음날, 그의 부모가 왔다. 고라니 어머니와 마주치는 순간 처음으로 나는 죄스러움과 수치심으로 심장이 덜컹거렸다. 분명 두 살이 위였지만 화려한 몸치장과 탱탱한 얼굴 피부 때문에 나보다 젊어 보인 그의 어머니가 한 여자로 느껴지면서 부럽기도 했다. 기분이 묘했다. 부모가 왔는데도 고라니는 침대에서 일어나지 않았다. 부모님이 오셨다고 큰 소리로 말해서야 잠깐 일어났다가 다시 누웠다. 부모는 말없이 아들의 침대 모서리에 앉아 있었다. 병원으로 가는 게 좋겠다고 했을 때 그는 고개를 흔들며 완강하게 거절했다. 그의 부모는 아들을 떠나보낼 준비가 되어 있는 듯 되도록 겉으로 슬픔을 드러내지 않고 담담해 보이려고 애쓰는 것 같았다.

"병원으로 데려가고 싶은데 저렇게 마다고 하니…… 암턴, 상태가 위급하면 지체하지 말고 전화해요."

다섯 시간쯤 아들 옆에 무료하게 앉아 있다가 떠나면서 그의 어머니가 내게 말했다.

"백일잔치까지 일주일 남았어요."

"그때까지 괜찮겠어요?"

고라니의 아버지가 차에 오르면서 음울하게 가라앉은 목소리로 물었다.

"물론이죠. 끝까지 희망을 가지세요."

나는 자신 있게 말했다. 측백나무가 울타리처럼 두 줄로 조밀하게 줄지어 서 있는 조붓한 진입로를 뚫고 빠져나가는 자동차 뒷모습을 한참 동안 바라보고 서 있다가 집으로 돌아오자, 고라니가 그새 마당에 나와 햇빛 속에 허리를 펴고 꼿꼿하게 서 있었다. 그가 나를 보더니 햇살처럼 환하게 싱긋 웃었다. 그가 웃는 모습을 보자 축축하게 구겨졌던 내 기분이 금세 고슬고슬해졌다. 그의 미소를 보고 있으면 죽음의 그림자가 한 발짝씩 뒤로 물러서고 있는 듯했다.

부모가 다녀간 뒤 고라니의 상태가 조금 나아진 듯싶다. 아침에 일찍 일어나서 나와 같이 마을 안 골짜기 깊숙한 곳에 있는 편백나무 숲까지 산책했다. 그는 편백나무 숲에서 뿜어져 나오는 상큼하면서도 툭 쏘는 듯한 나무 향을 좋아했다. 산책을 마치고 돌아와서는 느지거니 아침밥을 먹고 햇빛 쏟아지는 은행나무 밑 벤치에 앉아 차를 마시며 이야기를 나누었다. 그는 처음으로 내가 살아온 이야기를 듣고 싶어 했고 나는 숨김없이 걸레쪽처럼 더럽고 남루한 내 과거를 까발려가며 이야기해주었다. 일곱 살에 어머니가 죽고 아버지가 재혼하자 이모 집에 맡겨졌고, 열다섯 살 때 이모부한테 성폭행을 당해 집을 뛰쳐나가 설렁탕 집에서 잔심부름하며 지내다가, 식당 주인아저씨한테 겁탈을 당한 일에서부터, 스무 살 때 이름도 모르는 남자의 아기를 가진 것 하며, 그 아이가 맨홀에 빠져 죽은 후, 맨홀에 갇힌 삶을 살아온 이야기를 꾸역꾸역 토해냈다. 이모 집에서 뛰쳐나와 거리를 띠돌면서 사흘 동안 굶었던 일이며, 간병인 노릇을 하면서 겪었던 고통스러웠던 일도 숨기지 않았다. 자궁암에 걸려 난소 적출 수술을 받은 이야기는 하지 않았다. 계모와 함께 사는 아버지를 찾아갔다가 문전박대를 당하고 밤늦게 돌아오다가 부랑아들한테 끌려가서 다리 밑에서 윤간을 당했던 이야기를 할 때, 나는 자신도 모르게 온몸을 떨며 언성을 높였다. 그런 일을 겪고 난 나는 세상의 모든 남자를 나를 헤치는 적으로 생각하며 살아왔다고 했다. 기실 나는 단 한 번도 남자를 인생의 동반자로 생각해 보지 않았다. 남자를 생각하면 분노와 적의가 칼날처럼 날카롭게 번뜩였다.

"지금도 내 아이가 맨홀 바닥에서 살려달라며 울부짖는 소리가 들리는 것만 같아."

이야기하면서 나는 커피를, 그는 오디차를 마셨다. 그는 이제 그림은 그리지 않았다. 그렇게 낮에는 둘이서 차를 마시며 이야기를 나누고 음악을 듣고 산책을 하거나, 그가 먹고 싶은 것을 만들어 먹으면서 하루를 보냈다. 되도록 낮잠은 자지 않도록 했다. 밤에는 고라니의 침대에서 함께 잤다. 밤이면 그가 한사코 같이 있고 싶다고 칭얼대기도 했지만 언제 위급 상황을 맞게 될지 모르기 때문에 잠시도 곁을 떠나 있고 싶지가 않았다. 밤마다 고라니는 가슴 한복판에 가지런하게 올려놓은 내 손을 꼭 잡고 잤다. 더는 관계는 갖지 않았다. 가끔 그가 짜증을 부리며 집요하게 관계를 요구하기도 했지만, 그때마다 나는 그를 힘껏 안아주거나 등을 긁어주며 어린애 어르듯 달래주었다. 내가 거절할 때 그는 고집을 꺾고 순순히 내

의사에 따라주었다. 그는 다른 남자들과는 달리 나를 존중할 줄 알았다.

밤에 잠을 자다가 얼핏 깨어 보니 고라니가 보이지 않았다. 화장실 문을 두드렸으나 반응이 없기에 문을 열어보았다. 화장실에도 없었다. 다급하게 거실로 나와 어둠이 켜켜이 내리덮은 마당을 보니 은행나무 밑에 희끔한 사람의 그림자가 보였다. 외등을 켜니, 황금빛으로 출렁이는 은행나무 밑에 고라니가 서 있는 것이 보였다. 백열등 불빛에 비친 그의 모습이 또 하나의 은행나무처럼 눈부셨다.

산색이 주황색으로 짙어지면서 아침저녁에는 바람이 소쇄해졌다. 햇살도 가늘어져 어느덧 가을이 끝자락에 와 있음을 피부로 확연히 느낄 수 있었다. 가을로 접어들면서 한 번도 거센 비바람에 부대끼지 않은 탓으로, 은행잎은 옴씰하게 그대로 매달려 햇살 속에서 황금빛으로 일렁였다. 지금 같아서는 백일잔치 때까지 은행나무가 황금빛을 그대로 유지해줄 수 있을 것 같았다. 그러나 어느 날인가는 잎이 모두 떨어져 앙상한 나목으로 뼈만 남게 되리라는 것을 나는 알고 있었다. 나는 그날이 두려웠다. 나는 고라니가 감기라도 걸릴까 걱정이 되어, 마당에 나올 때나 산책길에서는 소털색 카디건을 입도록 했다. 석 달 전 무동골에 왔을 때까지만 해도 그는 내 말을 듣지 않고 자기 고집대로 행동했다. 그랬던 그가 지금은 먹는 것 입는 것은 말할 것 없고, 하나부터 열까지 매사에 내 말에 고분고분 따라주었다.

백일잔치 전날 나는 읍내에 다녀왔다. 삼겹살도 넉넉하게 떠 오고 술이며 음료수, 과일, 떡과 싱싱한 야채도 샀다. 고라니의 부탁대로 제과점에 들러 큼직한 초코케이크도 잊지 않았다. 나는 밤늦게까지 잡채를 만들고 고라니가 좋아하는 굴전을 부쳤다. 내가 음식을 장만하는 동안 고라니는 내 곁에 찰싹 달라붙어서 구경했다.

3

백 일째 되는 날 아침, 고라니는 기분이 좋아 보였다. 나는 고라니의 부탁대로 가위로 그의 머리칼을 잘라주었다. 무동골로 들어온 후 한 번도 이발하지 않은 탓으로 머리는 귀를 완전히 덮고 어깨까지 닿았다. 나는 귓밥이 살짝 보일 정도로만 잘랐다. 그에게는 적당한 장발이 더 어울려 보였기 때문이다. 내가 머리를 잘라주자 그는 손수 일회용 면도로 손에 잡힐 듯 덥수룩하게 자란 수염을 밀고 나서 스킨과 로션을 발랐다. 머리와 수염을 자르고 면도를 한 고라니의 얼굴은 이목구비가 확연하게 드러나면서 더욱 희고 맑아졌다.

고라니는 목욕을 하겠다면서 탕에 가득 물을 받아달라고 했다. 적당한 수온을 맞춰가며 탕에 물을 받고 있는데 느닷없이 고라니가 욕실로 들어오더니 내 앞에서 발가벗었다. 나는 밖으로 나와 있는 동안에 그가 목욕하다가 탈진하여 욕탕 속에 쓰러지지나 않을까 걱정이 되어 안절부절못했다. 끝내 나는 참지 못하고 타월을 들고 욕실로 들어갔다. 알몸의 그는 탕 속에 앉아 있다가 나를 보고도 별로 놀라는 빛이 아니었다. 나는 그의 머리부터 감긴 다음, 다짜고짜 그의 팔을 잡아 일으켜 세우고 온몸에 샤워기로 물을 뿌렸다. 그런 다음, 주저하지 않고 뒷목에서부터 어깨와 팔, 겨드랑이를 차례로 비누질을 했다. 문득 맨홀에 빠져 죽은 아이를 고무대야 속에 세워놓고 목욕시켰던 기억이 떠올랐다. 물을 싫어한 아이는 목욕을 시킬 때마다 큰 소리로 떼를 쓰며 울었다. 야들야들하고 부드러운 아이의 피부 감촉이 아직 손끝에 살아 있는 것 같았다. 비누를 든 내 손이 고라니의 등과 가슴, 배와 허리를 지나 아랫도리 쪽으로 내려갔다. 치골을 지나 털렁한 음낭에 머무르자 그의 페니스가 꿈틀 살아나기 시작했다. 그가 내 팔을 잡았지만 나는 손을 멈추지 않았다. 허벅지와 무릎, 정강이 아래까지 비누질을 한 나는 다시 샤워기로 비눗물을 칼칼하게 행군 다음, 목에서부터 때를 벗기기 시작했다. 수증기가 욕실 안에 가득 차면서 부옇게 고라니의 알몸을 휘감았다. 내 손길이 닿은 그의 피부가 발그레해졌다. 고라니의 피부 어디에서도 암의 흔적을 찾아볼 수가 없었다. 자욱한 수증기 속에서 그는 아직 탄탄하고 눈이 부실 정도로 윤기가 흘렀다. 나는 문득 오래도록 푸르고 싱싱한 빛을 유지하고 있는 푸렁이 수박을 떠올렸다. 목에서 발뒤꿈치까지 말끔하게 때를 벗겨낸 나는 사타구니에 다시 비누질하여 샤워기로 씻어 냈다. 마지막으로 손가락으로 발가락 사이의 때 꼽재기까지 씻어 낸 다음에 타월로 다독여가며 몸의 물기를 죽였다.

늦은 아침을 먹고 나자 친구들이 액자가 끼워진 고라니의 그림을 트럭에 싣고 왔다. 친구들은 그의 그림을 마당에 에둘러 서 있는 스물아홉 그루의 나무에 매달았다. 같은 수종의 나무인데도 실물 나무와 그림 속의 나무가 각기 다른 느낌을 주었다. 실물 나무는 나무 그대로 독자적인 존재감을 갖고 있었지만, 그림 속의 나무에서는 고라니의 생각과 감정이 느껴졌다. 나무들이 어딘가 외롭고 슬퍼 보였다. 마치 나무속에 고라니가 서 있는 듯했다. 나는 은행나무에 걸린 그림 속의 내 모습을 보다 말고 울컥 눈물이 솟구쳐 얼른 돌아서 버렸다. 그림 속의 내 모습이 너무 처절하고 애잔해 보였다. 황금빛 은행나무조차도 눈물처럼 서럽고 비극적으로 보였다. 고라니가 그런 내 행동을 멀찍이 서서 바라보고 있었다가 천천히 다가왔다.

"집에 가실 때 저 그림 가져가세요."

고라니가 내 등 뒤에서 속삭이듯 말했다. 나는 얼른 주방으로 들어와 버렸다. 찬물로 여러 번 세수했지만 눈물이 멈추지 않았다.

정오가 가까워지자 고라니의 친구들이 몰려들었다. 그의 부모와 이모네 가족 등 친척들도 왔다. 부모는 이날 따라 아들의 기분이 좋아 보이자 얼굴이 한껏 밝아졌다. 얼추 삼십 명쯤 모였다. 약속대로 정오가 되자 고라니의 백일잔치가 시작되었다. 친구의 사회로 그림 전시 테이프를 끊고 케이크를 자르고 고라니의 간단한 약력 소개가 있은 다음 그림들을 둘러보았다. 그림을 둘러보고 나서 음식을 먹기 위해 마당의 잔디밭에 깔아놓은 멍석에 앉았다. 음식을 먹기 전에 고라니의 인사말 순서가 있었다. 박수를 받으며 좌중 앞에 선 고라니의 얼굴이 상기된 듯 붉은 기운이 돌았다. 그는 내가 골라준 대로 집에서 가져온 감색 신사복 정장에 하늘빛 와이셔츠를 받쳐 입고 청색 넥타이를 맸다. 말쑥하게 차려입은 그의 모습은 사철 푸른 선향나무처럼 창창해 보였다. 고라니는 헛기침을 하고 나서 좌중을 훑어보았다. 그곳에 와 있는 한 사람 한 사람을 사진 찍듯 가슴속에 간직하기라도 하려는 것처럼 오랫동안 시선이 머물렀다.

"고맙습니다. 이상하게도 저의 장례식을 보는 기분이 드네요. 그렇지만 제가 태어나서 오늘처럼 기쁜 날은 처음입니다. 저는 어머니 뱃속에서부터 스물아홉 해를 살았습니다만, 오늘로 겨우 백일을 맞게 되었습니다. 의사 선생의 말대로라면 저는 이미 열흘 전에 죽었어야 했고 오늘까지 열흘 동안은 덤으로 산 것이나 마찬가집니다……. 따라서 오늘로 백일을 맞았으니, 앞으로 저에게는 또 돌잔치가 남아 있습니다. 이제…… 한 시간이

천년 같은…… 새로운 하루하루가 시작될 것입니다……. 스물아홉 해를 살아오는 동안 감사해야 할 사람들이 너무 많습니다……. 고마운 분들을 내 영혼 속에 소중하게 담아 가겠습니다."

고라니는 말을 하다 말고 목이 타는지 두어 차례 침을 삼키고 나서 휘청거리며 밭은기침을 했다. 장발 친구가 그를 부축해주었다. 고라니 어머니의 흐느끼는 소리가 늘었다.

"이제 저는 홀로 먼 길 떠날 준비를 끝낼 수 있게 되었습니다. 제가 가는 길이 비록 외롭고 끝없이 깜깜한 어둠뿐이고, 다시 돌아올 수 없는 길이라고는 하지만, 마음속에 슬픔을 남겨 두고 싶지는 않습니다……. 다행스럽게도 제가 길 떠나는 것을 두려워만 하고 있을 때, 세상으로부터 버림받은 한 사람을 만났고, 그 사람을 통해 억울함과 후회와 슬픔을 남기지 않고, 세상에 대한 사랑을 간직하고 떠날 준비를 할 수가 있게 되었습니다. 저는 다만, 누구나 한번은 가야 할 길을, 조금 먼저 떠날 뿐입니다. 먼저 가서 기다리겠습니다……. 여기 오신 분들, 원하신다면, 제 그림 한 점씩 가져가시기 바랍니다. 다만 은행나무 그림만은 이미 주인이 정해져 있으니 가져가지 마십시오……. 다시 한번 고맙고 미안합니다."

고라니의 인사말이 끝나자 여기저기서 훌쩍거리는 소리가 들렸다. 나는 눈물을 주체할 수가 없어 화장실로 들어가 문을 걸어 잠그고 소리 내어 울었다.

잔치가 끝나고 사람들이 하나둘 무거운 얼굴로 돌아갔다. 마지막으로 고라니의 부모가 남았다. 고라니는 피곤하다면서 먼저 침실로 들어갔다. 그의 부모는 은행나무 밑 벤치에 말없이 한 시간쯤 앉아 있다가, 무슨 일이 있으면 지체하지 말고 즉각 전화하라는 말을 남기고 돌아갔다. 갑자기 하늘이 찜부럭하게 가라앉고 있었다.

　모두 떠난 뒤 나는 고라니의 침실로 들어갔다. 고라니는 똑바로 누워 눈을 뜨고 천정을 쳐다보고 있었다. 그가 들숨을 쉴 때마다 가느다랗게 풀잎 떨리는 소리가 들렸다. 숨 쉬는 것이 무척 힘들어 보였다.

　"힘들지? 한숨 푹 자."

　나는 고라니 옆에 앉아 이마 위로 흘러내려 온 그의 머리카락을 쓸어 올려주며 말했다.

　"고마워요."

　고라니가 눈을 감으며 풀잎 떨리는 소리와 함께 거친 숨을 몰아쉬며 말했다. 나는 그를 혼자 떠나게 하고 싶지 않았다. 이 넓고 넓은 세상에 단 하나 기다리는 사람도, 붙잡아주는 사람도 없는데 굳이 남아 있을 이유가 없었다. 나는 고라니의 체온을 느낄 수 있도록 바짝 다가 누워 그의 손을 잡았다. 바람이 드세어지면서 유리창 문이 덜컹거렸다. 후두두 빗방울 소리가 들리자 가슴이 철렁 내려앉았다. 나는 비바람에 은행잎이 떨어질까 걱정되었다. 거친 비바람에 노란 은행잎들이 어둠 속에서 화르르 날리는 것이 눈에 보이는 듯했다.

『21세기문학』, 2009(* '은행나무처럼' → '은행잎 지다'로 작품명 변경.)

자두와 지우개

오래된 그 상자는 어디로 사라졌을까. 내가 집을 비운 사이 날개를 달고 어느 먼 곳으로 날아가 버린 것일까, 아니면 내 눈을 가리고 후미진 집안 구석에 숨어 있기라도 한 것일까. 나는 사흘째 온 집안을 뒤져가며 오래된 오동나무 상자를 찾고 있다. 삶은 계란과 우유 한 잔으로 아침을 때우고 난 나는 안채와 떨어진 황토색 지붕의 창고 문을 열고 들어섰다. 네 벽을 판넬로 둘러막은 데다, 북쪽으로 손바닥만한 유리창이 달랑 하나뿐인 창고 안은 눅눅하고 후터분했다. 쿰쿰한 곰팡내가 콧속을 간질였다. 나는 창고 문을 훨쩍 열고 서서 천천히 안을 둘러보았다. 전에 살던 사람이 헛청으로 썼던 다섯 평 남짓한 창고에는 발을 들여 넣을 수 없을 정도로 오만 잡동사니들이 아무렇게나 가득 널려 있었다. 고장 난 세탁기, 엎어진 잔디 깎기, 빈 보루박스, 녹슨 예초기, 뒤엉킨 새끼줄 다발, 연장통, 개 사료 포대, 농기구 등 오랫동안 사람의 손길이 닿지 않았음을 보여주었다. 창고 안은 요즈막 내 머릿속을 들여다보는 것처럼 어지럽다. 처음 이 집으로 이사와서 몇 달 동안은 창고 안이 늘 가지런하게 정리가 되어 있었던 것이 언제부터인가 만사가 귀찮아지면서 창고 문을 열어본 지도 오래된 것 같다.

내가 찾고 있는 상자는 창고 안에도 없었다. 먼지를 뒤집어쓰고 천장까지 쌓여 있는 보루박스와 사료 포대들을 모두 들추어보았지만 상자는 눈에 띄지 않았다. 창고 안에서 상자를 찾는 동안 온몸이 땀벌창이 되고 말았다. 나는 기진맥진하여 창고바닥에 퍼질러 앉았다. 한동안 깊은 절망감에 빠진 채 머릿속이 텅 빈 듯 우두커니 앉아 있기만 했다. 내 생애에서 가장 소중한 것을 잃어버린 것처럼 허전함과 슬픔이 목울대에 꽉 차오르면서 기분이 울컥해졌다. 나는 울고 싶었다. 끝내는 참지 못하고 소리 내어 울어버렸다. 울면서, 눈물을 흘려본 지가 얼마 만인가 생각을 굴려보았다. 이렇게 소리까지 내어 울어본 적이 언제 또 있었던가? 아버지가 세상을 떴을 때는 너무 어렸었고, 어머니 장례를 치렀을 때는 가슴이 먹먹해지면서 얼핏 시울이 펑 젖을 정도였다. 아내가 죽었을 때도 눈물이 나오지 않았다. 울고 있는 자신이 바보 같고 조금은 창피하다는 생각이 들었다. 그까짓 오래된 오동나무 상자 때문에 늙은 남자가 울다니, 그런 자신이 한심했다.

내가 찾는 상자 속에는 내 삶의 추억거리들이 모두 들어있다. 배냇저고리에서부터 돌 사진이며 초등학교 시절부터 중고등학교 때까지의 성적표와 상장, 쓰고 남은 학용품, 노트, 일기장, 책가방, 교모, 앨범 등 성장의 흔적들이 보관되어 있었다. 어머니는 대학에 들어간 나를 뒷바라지하기 위해 K시로 이사했을 때도 내 잡동사니 추억거리들을 하나도 빠뜨리지 않고 세 개의 보퉁이에 옴씰하게 싸서 가져왔다. K시로 이사 온 어머니는 비가 새는 지붕을 보수하기보다는 먼저 목수를 불러다 상자부터 짰다. 사과 상자보다는 약간 크고 뒤주보다는 작은 오동나무 상자에 깔끔하게 옻칠까지 하고는 그 안에 추억거리들을 넣어 붕어 모양의 자물쇠를 채우고 방에 신줏단지처럼 모셨다.

"훗날, 네가 어렸을 적에 쓰던 물건들이 쓰레기가 되지 않도록 해야 쓴다. 훗날 사람들이 네가 쓰던 물건들을 보고 많은 것을 배우고 뒷이야기를 허도록 해야 쓴다."

어머니는 학창시절 내가 쓰던 물건들을 버리지 않고 하나하나 소중히 보관할 때마다 주문을 외우듯 똑같은 말을 되풀이했다. 결혼한 지 6년 만에 남편을 잃고 아들 하나 믿고 의지하며 살아온 어머니의 모든 꿈은 내가 위대한 사람이 되는 것이었다. 어머니는 훌륭한 사람 대신에 위대한 사람이라는 말을 좋아했다. 어머니가 말하는 위대한 사람이란, 사극에서처럼 역사에 이름이 남는 사람이었다. 그러나 나는 방 안에 놓여 있는 오동나무 상자를 볼 때마다 가슴이 답답할 정도로 위압감을 느꼈다. 무엇보다 나는 어머니가 바라는 대로 위대한 사람이 될 자신이 없었다. 어머니가 그토록 소중하게 보관하고 있는 상자 속 물건들이 결국 쓰레기로 버려지게 되리라는 것을 알고 있었다.

가끔 상자 속에서는 카랑카랑하게 어머니를 닮은 사람의 목소리가 들리는 것 같기도 했다. 내가 조금만 게으름을 피우거나 딴생각을 할라치면 상자가 나를 빳빳하게 꼬나보면서 무섭게 꾸짖고 채근하는 것 같은 기분을 느꼈다. 그 상자가 나를 깔아뭉개고 있는 꿈을 꾸며 살려달라고 소리치면서 버르적거릴 때도 있었다. 그것이 단순히 나무로 만든 상자로만 보이지 않고 살아 있는 생명체로 느껴지기까지 했다. 그 때문에 몇 차례 그 상자를 부엌이나 다락으로 옮겨놓으려고 했으나 어머니가 허락하지 않았다. 나는 그 상자를 없앨 궁리를 했다. 상자를 통째로 없앤다는 것은 당장 들통이 나는 일이기에, 그 안의 내용물들을 하나하나 빼내어 태워버리는 방법밖에 없을 것 같았다. 그러나 그것도 마음속으로만 벼렸을 뿐 실제 행동으로 옮기지는 못했다.

내가 대학에 들어가고부터 어머니는 새로운 물건을 상자 속에 넣는 일이 눈에 띄게 뜸해졌다. 굳게 잠긴 열쇠 통이 다시 열리는 것을 오랫동안 보지 못했다. 이미 대학생이 된 후부터, 학생운동을 한답시고 내 성적이 별로 신통치 않았기 때문이었을 게다. 그 무렵 대학가는 하루도 조용한 날이 없었다. 교문에는 무장한 군인이 지키고 있었으며 교정에는 종일 매캐한 최루탄 가스가 낮게 가라앉아 있었다. 풍물패 동아리에서 꽹과리 담당이었던 나는 시위가 있을 때마다 앞장서서 전의를 북돋우어야만 했다. 곤봉에 맞아 머리가 터진 채 전경에 붙잡혀가서 일주일 동안 경찰서 철창 안에 갇혀 있기도 했다. 그때부터 어머니는 차츰 나에 대한 희망의 끈을 놓기 시작했는지 모른다. 나에 대한 꿈도 오동나무 상자 속에 처넣고 자물쇠를 채워버린 것인지도. 어머니는 차츰 기력을 잃기 시작했다. 나는 그때 사람이 꿈을 잃어버리면 신체의 저항력이 떨어져서 쉽게 병이 든다는 것을 처음 알았다. 꿈이 크고 간절할수록 그것을 잃어버렸을 때의 절망감 또한 커서 더 큰 병에 걸린다는 것도. 나에 대한 어머니의 꿈은 항체이면서 삶을 지탱해 주는 지지대였다는 것을 한참 훗날에야 깨달았다. 어머니는 3년 동안 시난고난 앓다가 세상을 떠났다. 세상을 뜨기 일주일 전쯤, 어머니는 눈을 감은 채 턱끝으로 오동나무 상자를 가리키며 불태워버리라고 했다. 나는 어머니의 말을 거역했다. 막상 어머니가 세상을 뜨고 나자 더욱 그 상자를 없앨 수가 없었다. 중학교 도덕교사 자리를 얻어 결혼하고 신혼살림을 차렸을 때도 나는 마치 어머니를 모셔가는 것처럼 그 상자를 끌고 갔다. 열쇠를 따고 상자 속 물건들을 꺼내 본 아내는 질급하여 당장 내다 버리라고 했지만 그렇게 하지 않았다. 그 후, 근무지를 따라 수없이 옮겨가거나 아파트 평수를 늘려가면서도 나는 끝내 상자를 버리지 않았다. 이미 빛이 바래버린 어머니의 꿈일지언정 나만이라도 그것을 간직하고 싶었다. 늦게나마 어머니의 꿈을 이루어보겠다는 다짐을 하기 위해서가 아니었다. 다만 내가 살아 있는 동안은 어머니의 꿈을 그대로 상자 속에 넣어두고 싶었을 뿐이었다.

그 상자 때문에 아내와 나는 여러 차례 언성을 높인 적이 있었다. 아내는 어머니와 달리 불필요한 것을 보관하는 것을 싫어했다. 소용없는 것들은 과감하게 버렸다. 지나치게 효용적 가치를 따졌다. 유행이 조금 지나거나 사이즈가 조금만 맞지 않아도 미련 없이 버렸다. 아이들의 성적표나 상장, 일기장 따위를 보관하는 일도 없었다. 과거에 집착하면 발전이 없다는 말을 버릇처럼 말하곤 했다. 추억은 머릿속에 담아두는 것으로 충분하다는 것이었다.

"당신은 허접쓰레기 옛날 물건들을 보물단지처럼 끼고 살아서 교감도 못 되고 평생 그냥 선생으로 끝난 거라구요."

아내는 오동나무 상자를 치우지 않은 나를 비아냥거렸다. 그것은 쓰레기가 아니라 어머니가 버티고 살아온 힘의 밧줄과 같은 것이라고 되풀이 말했지만, 아내는 오히려 비웃었다. 물론 아내 역시 세 자식에게 꿈을 걸고 살았다. 다만 어머니와는 달리 꿈의 실현에 애면글면 매달리지 않은 것뿐이었다. 아이들의 성적이 떨어져도 아이들을 닦달하거나 크게 낙담하지 않았다. 아이들의 장래에 나의 인생을 걸지 않았다. 나는 지금까지도 아내의 꿈이 무엇이었는지를 분명하게 알지 못하고 있다. 남편의 출세에 대해서는 오래전에 포기했고 그렇다고 자아실현에 대한 꿈을 갖고 있었던 것도 아닌 것 같았다. 아내는 꿈을 이루기 위해 아등바등 억척 떠는 것을 싫어했다. 모든 일에 쉽게 포기했고 손해를 보거나 불리한 것도 어렵지 않게 받아들였다. 나는 줏대 없이 흐물흐물 살아가는 아내를 볼 때마다, 나까지도 나약해지는 것 같아 걱정되었다. 어쩌면 꿈이 없다는 것은 삶을 버텨내는 버팀목이 없다는 것과 같은 것인지도 모른다.

창고에서 땀을 많이 흘린 탓인지 11시도 안 되어 배가 고팠다. 나는 이른 점심으로 라면을 끓여 먹었다. 혼자 살다 보니 밥 짓는 것 반찬 준비하는 것이 귀찮아져 라면이나 빵으로 끼니를 때울 때가 많다. 어떤 날은 저녁밥 대신 막걸리 한 사발로 배를 채우고 잠을 청할 때도 있다. 무엇보다 혼자 밥을 먹는 것이 싫었다. 밖에 나가 외식을 하고 싶어도 혼자 식당에 앉아 있는 것이 청승맞아 그도 쉽지가 않았다. 혼자 세수하고, 혼자 밥 먹고, 혼자 산책하고, 혼자 일하고, 혼자 술 마시고, 혼자 텔레비전 보고, 혼자 잠을 자는 것이 마치 혼자 관 속에 들어있는 것처럼 무기력하고 답답했다. 혼자 사는 집안이 무섭도록 적적하여 가끔 종일 라디오를 크게 틀어놓기도 한다. 그러나 라디오 소리를 혼자 오래 듣고 있으면 '혼자 있소' 하고 세상을 향해 광고하는 것 같아 마음이 더욱 움츠러들게 마련이다. 아내와 사별하고 세상일에 외면하고 사는 것은 얼마든지 견뎌낼 수 있지만, 아내와 함께 했던 집을 혼자 지키며 살아가기는 죽는 것보다 더 고통스럽다.

오후에는 비닐하우스를 뒤져보기로 했다. 전에 살던 사람이 겨울 토마토를 재배하려고 만든 비닐하우스는 20평도 넘어 보인다. 비닐하우스 안에는 K시에서 이사 올 때 가져온 이삿짐들이 풀지도 않은 채 가득 들어있었다. 아내의 화장대며 자개가 박힌 장롱 외에, 원목 식탁과 의자들이며 에어컨, 이불 뭉치, 크고 작은 여러 종류의 식기들이 키 높이로 자라 허옇게 꽃을 피운 망초꽃 속에 쓰레기처럼 널려 있다. 곗돈을 부어 십장생 자개농을 장만했을 때 며칠 동안 입을 다물지 못하고 싱글거리며 좋아하던 아내 얼굴이 떠올랐다. 그 밖에 아내가 살아 있을 동안 또 언제 즐거운 표정을 지어 보였던가, 기억을 더듬어보았지만 생각나지 않았다. 서울에 사는 자식들에게 아무라도 엄마의 유품인 자개장롱을 가져가는 게 좋겠다고 했으나 아직 소식이 없다. 시골에서 남자 혼자 사는 데는 많은 살림이 필요하지 않았다. 냉장고와 밥솥, 냄비, 세탁기, 식기 몇 개면 충분했다. 나는 비닐하우스 안을 대충 살펴보고 밖으로 나오고 말았다. 한여름 뜨거운 햇살에 달구어진 비닐하우스 속은 숨이 막힐 정도였다.

수탉 홰치는 소리에 잠이 깬 나는 거실로 나가 창밖을 바라보았다. 앞마당 끄트머리 감나무가 보이지 않을 정도로 안개가 쌓여 세상이 온통 부옇다. 마을 앞 느티나무도 대숲도 보이지 않았다. 무엇보다 자두의 집이 보이지 않아 불안하기까지 했다. 안개가 두꺼운 벽처럼 느껴져 답답했다. 나는 매일 아침 일어나자마자 대숲 아래 황토색 슬레이트 지붕의 자두의 집을 보는 것으로 외로움에 위안을 삼아왔다. 비록 낡고 초라한 3칸짜리 집이지만 그 안에 자두가 숨을 쉬고 있겠거니 생각하면, 내가 혼자가 아니다 싶어 적잖은 위안을 느끼곤 한다. 나는 거실 창 옆에 바짝 붙어 서서 안개가 허물 벗기를 기다렸다. 자두의 집을 보고 나서야 세수를 하고 아침을 먹는 등 나날이 똑같은 일상의 하루를 시작할 수 있기 때문이다. 감나무 우듬지를 감고 있는 안개는 좀처럼 물러서지 않았다. 더욱이 우리 집은 마을 맨 위쪽 편백나무 숲 귀퉁이 한갓진 곳에 자리 잡고 있으므로, 마을 끄트머리 대밭 모퉁이에 있는 자두의 집까지는 너무 시야가 멀어, 안개가 완전히 걷히지 않으면 제대로 보이지 않는다. 나는 팬티 바람으로 똥 마려운 강아지처럼 거실 안을 서성이며 안개가 사그라지기를 기다렸다.

내가 애타게 오동나무 상자를 찾고 있는 것도 자두 때문이다. 유년 시절 자두한테 선물로 받았던 고무지우개를 찾기 위해서다. 나는 그 고무지우개를 난초가 그려진 필통 속에 넣어두었다. 지난봄, 내가 고향으로 옮겨와서 40여 년 전 자두를 처음 본 순간, 웨하스 과자 크기의 직사각형 고무지우개 생각이 퍼뜩 떠올랐다. 그리고 지난달에야, 그 고무지우개를 오랫동안 필통 속에 넣어두었던 것을 기억해냈다. 자두에 대한 속마음을 들키지 않으려고 그 고무지우개로 일기장 한 권을 다 지웠던 일도 생각해냈다. 나는 고무지우개를 찾아내 자두에게 보여주고 싶었다. 어쩌면 자두도 아직까지 내가 선물로 주었던 별 모양의 조약돌을 간직하고 있을지 몰랐다. 내가 고무지우개를 보여주면 자두 또한 별 모양의 조약돌에 대한 기억을 떠올리게 될지 모른다고 생각했기 때문이다.

나는 고향에서 자두를 다시 만나게 될 줄은 상상도 못 했다. 자두는 내가 어머니와 함께 K시로 이사한 3년쯤 후에, 가족들과 함께 고향을 떠났다는 소문을 얼핏 들었을 뿐이었다. 그 후로 40여 년 동안 고무지우개와 함께 자두에 대한 기억은 까맣게 잊고 살았다. 아내가 죽고 혼자 고향으로 내려온 지 사흘 후, 아침 일찌거니 처음으로 아침 산책을 나갔다. 저수지 둑길에서 한 바퀴 돌고 돌아오는 길에 집 앞 길가에 꽃씨를 뿌리고 있는 내 나이 또래의 초로 여인을 자빡 만났다. 그녀는 나와 시선이 마주치자 살포시 미소를 머금어 보이며 집 안으로 들어갔다. 그곳은 자두네가 살았던 집으로 오랫동안 폐가가 되어 비어 있었던 것으로 알고 있었다. 나는 잠시 걸음을 멈추고 어깨높이의 나지막한 돌담 너머로 시선을 주었다. 몇 년 전 증조부님 이장을 하러 왔을 때까지만 해도 곧 찌그러질 듯 흉

물스러운 폐가였던 것이 그런대로 사람 사는 집으로 보였다. 떨어져 나간 문짝을 새로 달고 벽에 황토색 칠도 해 사람의 온기가 느껴졌다. 마당에는 화단을 만들어 이른 철쭉이 화사하게 피어 있었다. 나는 그때까지만 해도 그녀가 자두인 줄을 전혀 알아보지 못했다.

햇살이 퍼지면서 감나무를 친친 감고 있던 안개가 우듬지에서부터 서서히 풀리기 시작했다. 바람이 가볍게 나뭇가지를 흔들자 안개 걷히는 소리가 사락사락 여인네 속치마 벗는 소리처럼 들리는 듯했다. 안개가 걷히자 신록으로 휘덮인 대지의 속살이 포실하게 드러났다. 드디어 마당의 오동나무 가지 사이로 자두의 집이 자오록이 보이자 나는 자신도 모르게 아, 하고 탄성을 흘렸다. 나는 양치질을 하면서도 자두의 집에서 시선을 떼지 않았다. 먼발치로나마 자두의 집을 바라보고 있는 순간만은 머나먼 시간의 강을 뛰어넘어, 순수했던 유년 시절로 되돌아간 기분이었다. 그런 기분에 촉촉이 젖어 있는 동안만큼은 외로움의 늪에 빠져있는 자신을 잊을 수가 있었다. 나는 눈이 시리도록 자두의 집을 바라보고 나서 삶은 계란과 사과 한 알로 아침을 때우고, 다시 거실에 나와 자두의 집을 바라보면서 커피를 마시다가, 오늘이 교회에 가는 일요일이라는 것을 알아차리고 일주일 만에 면도했다. 교회에 가는 날에는 자연스럽게 자두를 만날 수 있고 마을 사람들 의식하지 않고 몇 마디 대화도 주고받을 수가 있다. 물론 나는 기독교 신자는 아니다. 나는 사람이 죽으면 그것으로 영육이 함께 끝나는 것이고 천국과 지옥은 저마다의 마음속에 있다고 믿고 있다. 내세니 영생이니 하는 말은 믿지 않는다. 그런데도 벌써 두 달째 일요일만 되면 어김없이 교회에 나가는 것은 순전히 자두를 만나기 위해서다.

나는 서둘러 베이지색 바지에 하늘색 바탕의 체크무늬 티셔츠를 받쳐 입고 연신 머리를 쓰다듬으며 집을 나섰다. 교회 미니버스가 오려면 아직 반 시간은 더 기다려야 한다는 것을 알면서도 발걸음이 바빠졌다. 느티나무 앞 공터는 비어 있었다. 나는 목을 곧추세우고 서서 대밭 모퉁이에서 느티나무까지 곧게 뻗은 마을 앞길에 시선을 던져 자두를 기다렸다. 교회 버스가 오기 전에 그녀가 와주기를 바랐다. 나는 요즈막 일요일에 자두와 함께 미니버스를 타고 교회 가는 것이 유년 시절 학교에 갈 때처럼 마냥 신나고 즐겁다. 이 기분을 맛보기 위해 일주일 동안 외로움을 견뎌낼 수가 있다. 이렇게 되기까지는 석 달이나 걸렸다. 저수지 산책에서 돌아오는 길에 자빡 만나고도 누구인지 몰랐던 그다음 날 저녁에서야, 그녀가 바로 자두라는 사실을 알게 되었으며 너무 놀란 나는 용기를 내어 전화를 걸었다. 그리고 나 혼자 일방적으로 숨 가쁘게 한참을 지껄여댔다. 내가 송수화기에 대고 쏟아낸 이야기란, 몰라봐서 미안하다, 이게 얼마 만이냐, 몇 년 전부터 내려와 혼자 살고 있다는데, 나 역시 상처를 하고 혼자다, 늘그막에 이렇게 다시 만나게 되어 참으로 반갑다는 등등.

"나는 영보가 이사 오던 날 알았는데 뭘…… 그동안 교편을 잡고 살았다며? 점순이가 벌써 가다니, 많이 보고 싶었는데……."

내가 한참을 지껄이고 나자 차분하게 가라앉은 자두의 목소리가 흘러나왔다. 점순이는 죽은 내 아내다. 갑자기 더 할 말이 없어진 나는 역시 일방적으로 전화를 끊고 나서야, 자두가 그동안 어디서 어떻게 살았으며 왜 고향에 내려와 혼자 살게 되었는지 궁금했다. 그날 밤 나는 새벽까지 잠을 이루지 못하고 몸살 나게 뒤척였다. 그 후로도 우리는 단둘이 만날 수 있는 기회가 없었다. 나는 자두를 보기 위해 아침마다 저수지를 산책하는 길에 흐느적거리며 자두네 집 앞을 지나곤 했지만 어찌 된 일인지 자두는 내 앞에 모습을 나타내지 않았다. 애써 나를 피하는 것 같기도 했다. 그렇다고 불쑥 자두의 집으로 쳐들어갈 수도 없는 일이었다. 자두가 한사코 나를 피하는 것은 두 사람에 대한 이상한 소문 때문일 것이었다. 내가 자두네 집에서 자고 나온 것을 보았다는 사람이 있다는 소문. 그러니까 보름 전쯤의 일이다. 마을에서 수다쟁이로 알려진 오강네가 뜬금없이 나를 찾아와서는 자두나 나나 서로 외로운 처지이니 둘이 살림을 합치는 것이 어떻겠냐는 것이었다. 그러면서 오강네는 이미 두 사람 관계가 소문이 나 있다고 했다. 나는 그때 애써 강하게 부인하지 않고 애매한 태도를 보였다. 그때까지만 해도 나는 오강네가 자두를 먼저 만나보고 내 속내를 떠보기 위해 찾아온 것인지도 모른다는 생각을 했다. 소문이 잘못난 것은 아마도 그 일 때문일 것이었다. 처음으로 통화를 한 다음 날 아침, 나는 저수지 산책을 마치고 자두의 집 앞을 지나다가 그녀가 화단에서 키 높이의 은목서를 옮기는 것을 보고 도와준 일이 있었다. 아마 그날 누구인가 내가 이른 아침에 자두의 집에서 나오는 것을 보고 헛소문을 퍼뜨린 것이리라. 오강네가 다녀간 후로 자두는 좀처럼 내 앞에 나타나지 않았다. 한마을에 살면서도 자두와 만나기가 쉽지가 않았다. 상대편 반응이 예상 밖으로 냉담해 전화하는 것도 주저할 수밖에 없었다. 더욱이 그녀는 매일 마을 노인들과 함께 신작로에 풀을 베거나 쓰레기를 줍는 일 따위의 공공근로 작업장에 나가고 있었다. 나는 자두가 홀렁한 바지에 머릿수건을 두른 추레한 몰골로 낫이나 호미를 들고 일터에 나가거나 돌아올 때는 그녀가 민망해 할까 봐 되도록 눈을 피해주었다. 자두는 공공근로 작업에 나가지 않을 때는 다슬기를 잡거나 산나물을 캐서 장에 가지고 나가 팔기도 하고 남의 밭일을 해주기도 했다. 늘그막에 혼자 곤고하게 살고 있는 자두를 생각할 때마다 애잔한 마음에 명치끝이 아릿하게 저려왔다. 자두가 받아주기만 한다면 매달 쓰고 남은 연금에서 얼마만이라도 도와주고 싶었다.

　자두가 온다. 고샅을 나와 마을 앞 큰길로 들어서는 모습이 마치 매화 꽃잎만 한 배추흰나비 한 마리가 햇빛 속에서 날개를 팔랑거리는 것 같다. 느티나무 가까이 올수록 나비의 모습이 점점 커지더니, 어느새 단발머리 어린 소녀로 변했다. 자두가 시골 학교로 처음 전학 왔을 때 모습 그대로다. 발가락 쪽에 힘을 주고 땅껍질을 벗기듯 가볍게 튕겨 오르며 폴짝폴짝 걷는 모습이 영락없이 소녀 시절 자두 모습이다. 자두는 초등학교 5학년 때 외할머니 혼자 사는 우리 마을에 엄마와 함께 이사를 왔다. 길쭉한 얼굴에 주황색 리본이 달린 머리핀을 꽂고 검정 스커트와 눈이 부시도록 흰 블라우스를 입은 자두의 모습은 요정처럼 예뻤다. 서캐가 허옇게 깔리고 검불처럼 부스스한 머리에 땀 냄새와 땟국에 전 치마저고리 바람의 여학생들만 보아 왔던 같은 또래 사내아이들은, 향긋한 꽃 냄새가 나는 자두를 보자 한눈에 뿅 가고 말았다. 나 역시 첫눈에 총 맞은 기분이 되었고 망설임 없이 마음속에 점을 찍고 화장실 벽에 '자두는 영보 애인이다'라고 낙서부터 했다. 그날부터 나는 자두 뒤만 쫄래쫄래 따라다녔다. 자두는 필통을 가지고 있었는데 깡짱거리며 뛸 때마다 필통 속에서 몽당연필들이 잘그락거리는 소리를 냈다. 나는 그 소리가 듣기 좋아 학교 오갈 때 어김없이 자두 뒤를 빠짝 따라 걸었고 그럴라치면 자두는 한사코 더 빨리 뛰곤 했다. 점순이한테 그 이야기를 했더니 점순이는 엄마를 졸라 필통을 샀고 난초가 그려진 그것을 마침내 내게 주었다.

어느새 자두의 모습이 교복 차림의 중학생으로 바뀌는가 싶더니, 갈래머리로 변한 얼굴에 여드름이 돋고 가슴이 봉긋해진 처녀가 되었다. 우리는 함께 날마다 이십 리 길을 걸어 읍내 중학교에 다녔다. 두 사람 사이에는 언제나 점순이가 끼어들곤 했다. 나는 도시로 나와 고등학교에 들어갔고 자두는 집에서 농사를 짓는 홀어머니를 도왔다. 도시로 나온 후부터 자두의 모습은 기억에 없다. 내가 서 있는 느티나무 가까이 다가오고 있는 자두는 금세 황토색 염색을 한 개량 한복 차림에 반백의 할머니로 변했다. 내가 한눈에 볼 수 있는 길 위에서 그녀의 반세기에 가까운 시간이 빠르게 흘렀다. 그 시간의 축적 위에 자두의 인생이 파노라마처럼 스쳐 지나갔다. 인생이란 시간의 흐름과 함께 변화하는 것이 아닌가 싶다.

아담한 키에 환갑 넘은 나이답지 않게 허리를 곧게 펴고 사뿐사뿐 걸어오고 있는 자두는 한사코 내 시선을 피해 주위를 두리번거린다. 햇빛에 그슬려 얼굴이 거무죽죽해 보였으나 큰 눈이며 적당한 콧대로 인해 눈에 띄게 자태가 곱다. 자두는 나와 네댓 걸음 사이를 두고 걸음을 멈추더니 마을 쪽으로 고개를 돌렸다. 같은 교회에 다니는 대추나무 집 할머니를 기다리는 눈치다. 우리 동네에서 새터 교회에 다니는 신도는 나를 포함해서 세 사람뿐이다. 나는 버스가 오는가 보기 위해 바람 모퉁이 쪽으로 얼핏 시선을 던졌다가 자두를 향해 고개를 돌렸다.

"저어, 자두한테 부탁이 있는데……. 언제 시간 나면 점심이나 저녁을 초대하고 싶어서……."

나는 오랫동안 마음속에 담고 있었던 말을 쥐어짜듯 가까스로 꺼내고 나서 자두의 표정을 살폈다. 자두는 반응이 없다.

"읍에 음식이 맛있고 분위기도 좋은 한식집을 알고 있는데……."

나는 한 발짝 자두 가까이 다가가며 다시 말했다. 그때 마을 쪽에서 대추나무 할머니가 지팡이를 짚고 절뚝거리며 나오고 있었고 교회 버스가 빠른 속력으로 바람 모퉁이를 휘돌아오고 있었다.

"자두하고 밥 힌번 긑이 믹는 것이 내 소원이여."

나는 버스가 도착하기 전에 큰 소리로 말했다. 자두하고 밥 한번 같이 먹고 싶다는 것은 요즈막 내 진정한 소원이다. 세계 일주나 자식들과 함께 살고 싶은 것도 아니고, 유년 시절에 잠시 좋아했던 여자와 밥 한 끼 먹는 것이 소원이라니, 자신이 생각해 보아도 웃음이 나왔다. 어쩌면 나이가 들면서 내 소원은 점점 사소해지는 것인지도 몰랐다. 정말 내 소원은 자두와 함께 밥을 먹으면서 옛날이야기를 주고받고 그녀가 그동안 어떻게 살아왔는지를 듣고 싶은 것뿐이다. 더 큰 바람이 있다면 가끔 함께 맛있는 것을 사 먹고 마주 보고 앉아서 차를 마시며 큰소리로 웃기도 하고 세상 사는 이야기를 나누는 것이다. 나는 이런 게 불가능하다고는 생각하지 않는다. 부끄러운 것도 지탄받을 일은 더욱 아니라고 생각했다. 나는 끝내 자두의 대답을 듣지 못하고 버스에 올랐다. 자두가 운전석 바로 뒷좌석에 앉고 대추나무 할머니와 내가 그 뒤에 앉았다.

"여름방학인디, 선상님 손자들 안 오요?"

좌석에 앉자마자 대추나무 집 할머니가 내게 큰 소리로 뚜벅 물었다. 나는 대답 대신 쓸쓸하게 웃기만 했다. 자식들은 내가 이사 왔을 때 잠시 코빼기를 비추고 간 뒤 소식이 없다.

"할머니 손자들은 언제 오는데요?

내 물음에 대추나무 할머니는 가볍게 고개를 저었다.

"부산으로 시집가서 산다는 자두네 딸내미도 엄니한테 뎅겨간 지가 1

년이 넘었제?"

대추나무 할머니가 앞좌석 쪽으로 고개를 길게 빼며 물었지만 자두 역시 대답이 없다.

그날 교회에서 예배를 마친 신도들은 새터에서 혼자 살다가 세상을 뜬 여든아홉 살 할머니의 장례식에 참여했다. 모두 늙은 신도들이었다. 읍에 있는 장례식장까지 갔다 오는 동안 교회 버스 안은 무겁게 가라앉아 있었다. 말 한마디 없이 무표정한 그들이 모두 죽은 사람처럼 보였다. 늙은 신도들은 머지않아 자신에게 닥쳐올 죽음의 그림자를 생각하며 두려움에 갇혀 있는 듯했다. 그런 분위기와 어울리지도 않게 라디오에서는 송대관의 '사랑해서 미안해'가 왕왕대며 흘러나왔다. 나는 버스 안에서 내게 닥쳐올 죽음에 대해서 생각했다. 사실 나는 아내가 세상을 뜬 후부터 죽음의 그림자가 줄곧 내 주위를 맴돌고 있다고 느끼기 시작했다. 어쩌면 죽음은 망각이며 기억의 끝일지도 모르겠다. 결국 죽음은 가장 소중한 것들을 잊거나 잃어버리는 것이 아닐까. 또한 죽음은 당사자보다 가장 가까운 사람에게 더 큰 고통과 상처를 남겨주는 것이라는 생각을 했다. 그래서 나이가 들수록 가까운 사람에게 상처를 남기지 않도록 하는 것이 현명할 것 같다.

그날 밤 나는 용기를 내어 자두한테 전화를 걸었다.

"전화해서 미안헌데…… 정말 내 소원 한번 들어줘. 같이 밥 먹으면서 옛날이야기나 좀 허드라고. 내일 저녁 어뗘? 6시에 비석거리에 나와 있으면 내가 차 갖고 나갈게."

나는 책을 읽듯 빠른 속도로 말을 하고 가슴 조이며 반응을 기다렸다. 다행히 자두는 전화를 끊지 않았다. 텔레비전 연속극을 보고 있었는지 낮은 톤의 배경음악이 전류를 타고 촉촉하게 흘러나왔다. 여자 울음소리도 뒤섞여 나왔다.

"내 말 듣고 있어? 다른 뜻은 없어. 죽기 전에 둘이 얼굴 마주 보며 밥 한 번 먹고…… 커피도 헌진 마시면서……."

자두가 전화를 끊지 않았다는 것을 알게 되자 나도 모르게 더듬거렸다.

"내일은 안 되고……."

"그래? 그럼 언제?"

다급하게 묻고 있는 내 목소리가 쩌렁쩌렁 울릴 정도로 컸다.

"금요일 저녁에…… 우리 집으로 와."

"자두 집으로?"

귀를 의심하며 다시 묻는 순간에 전화가 뚝 끊겼다. 너무 뜻밖이어서 나는 만세라도 부르듯 송수화기를 머리 위로 높이 들어 올리고 아랫배를 쥐어짜며 후유 한숨을 깊게 내쉬었다. 나는 믿어지지 않았다. 뭔가 좀 이상하다는 생각이 들기도 했다. 그동안 애써 나를 피하던 그녀가 내 청을 순순히 받아들이다니. 그것도 자기 집으로, 낮도 아니고 저녁에 나를 초대하다니. 그렇지만 나는 그녀의 결단을 긍정적으로 받아들이기로 했다.

다음날부터 나는 다시 오동나무 상자를 찾는 데 열중했다. 기어코 고무지우개를 찾아서 금요일 저녁 자두의 집에 갈 때 가져가 보여주고 싶었다. 오랫동안 자두를 잊지 않았음을 전하고 싶었다. 새삼스럽게 지금 고무지우개를 찾겠다고 허둥대는 것은 꼭 자두에게 보여주고 싶은 이유만은 아닐지도 모른다. 나는 요즈막 할 수만 있다면 그 고무지우개를 찾아, 유년 시절 잘못 쓴 일기를 지우듯 후회스럽기만 한 내 삶의 흔적들을 말끔하게 지워버리고 싶었다. 그리하여 얼마 남지 않은 인생 노트를 그 누구에게도 휘둘리지 않고 내 의지대로 새로 쓰고 싶었다. 돌이켜보면 지나온 내 삶은 누군가에 의해 손발이 묶인 채 타의적으로 끌려왔다는 기분이 들었다. 나를 여기까지 끌고 온 사람은 어머니일 수도, 아내와 자식들일 수도 있었다.

안방 붙박이장과 다락방을 구석구석 살펴보고 보일러실도 뒤져보았다. 종일 집안을 뒤져보았지만 오동나무 상자는 찾을 수가 없었다. 나는 저녁에 두 아들과 딸에게 전화를 걸어 오동나무 상자를 보지 않았느냐고 물어보기까지 했다. 오랜만에 아비의 전화를 받은 자식들의 반응은 갖가지였다.

"어머니가 돌아가시기 전에 태워버린 것 아닐까요? 어머니가 그걸 보기 싫어했잖아요."

증권회사에 다니는 큰아이 말에 나는 거칠게 고개를 흔들었다. 아내 장례 때 분명 내가 상자 속에서 필통을 찾아내고 그 속에서 별 모양의 조약돌을 꺼내 아내의 관속에 넣어주지 않았던가.

"형이 없앴을지 몰라요. 아마 어머니가 없애라고 형에게 유언했을지도……."

만화가 둘째는 큰 애 핑계를 댔다. 만화 같은 억지에 나는 실소했다.

"집에 있을 테니 잘 찾아보세요. 헌데 꾸끔스럽게 그건 왜 찾으세요?"

유치원 선생인 딸은 분명 시골집에서 보았던 것 같다고 애매하게 말했다.

결국 나는 상자 찾는 것을 포기했다. 고무지우개에 대한 생각도 깨끗하게 지우기로 했다. 포기하고 나니 한결 마음이 가벼워졌다. 한동안 심신을 집중하고 찾는 일에만 매달렸던 그 과정과 열정이 오히려 내게는 소중했다는 생각을 했다. 지금까지 내 생애에서 무엇인가를 찾기 위해 이렇듯 직심이었던 적이 단 한 번도 없었던 것 같았다. 나는 그동안 상자를 찾으면서 깨달은 것이 있다. 한때 내가 소중하게 생각했던 것은 가족, 재산, 명예, 건강, 자식들의 출세 따위였다. 그러나 참으로 소중한 것은 평소에 하찮게 생각했던 것이라는 사실을 알게 되었다. 태어나서 맨 처음 찍었던 사진, 초등학교 때 짝꿍 얼굴과 이름, 이성으로부터 받은 첫 선물, 처음 연애편지에 썼던 내용, 나를 가르쳤던 선생님들의 이름, 부부가 처음 만나서 주고받은 말, 살아오면서 가장 행복했던 순간 등. 나는 이제야 내가 하찮게 생각했던 것들을 어머니께서 소중하게 간직해온 깊은 마음을 헤아릴 수 있었다. 어머니는 상자 속에 꼭 아들이 위대한 사람이 되기를 바라는 소망만을 담은 것이 아니었다는 것도.

나는 자두에게 고무지우개를 보여주는 대신, 그녀가 오랫동안 간직할 수 있는 작은 선물을 준비하기로 했다. 처음에는 충전용 손전등이나 비타민제, 썬 크림 중에서 하나를 고를까 했다. 손전등은 밤에 실외 화장실에 다니기에 편리할 것 같았고 건강을 위해서는 비타민제가, 일하러 다닐 때 얼굴이 타는 것을 막기 위해서는 썬 크림이 좋을 것 같았다. 그러나 결국 읍에 나가 몇 시간 동안 헤맨 끝에 쑥색 크로셰 모자를 샀다. 황톳빛 개량복과 잘 어울릴 것 같았고 오래 보관할 수 있을 것으로 생각했기 때문이다.

금요일 저녁, 날이 어슬어슬해지자 내가 좋아하는 베이지색 바지에 주황색 체크 무늬 셔츠를 받쳐 입고 자두의 집으로 향했다. 자두가 마루 끝에 전등불을 밝힌 채 집 밖에 나와 나를 기다리고 있었다. 내가 분홍색 종이 쇼핑백을 넘겨주자 자두는 희미하게 웃는 얼굴로 받았다. 방으로 들어간 나는 자두가 안내한 대로 아랫목 장미꽃 무늬 방석에 앉았다. 내가 자리에 앉자 자두가 마루 쪽 방문을 활짝 열어 둔 채 부엌으로 나갔고 그사이 나는 방문을 닫고 잠시 방안을 둘러보았다. 늙은 여자 혼자 사는 방이라고는 하지만 방 안의 물건들이 너무 단출했다. 방 윗목에 낡은 반닫이가 달랑 놓여 있고 그 위에 단정하게 개켜진 이불과 하얀 베게 하나가 보였다. 반닫이 옆 앉은뱅이책상에 역시 작고 오래된 텔레비전과 전화기가 있었다. 벽에는 날짜가 큼직큼직한 농협 달력과 추가 달린 괘종시계며 크고 작은 사진들이 다닥다닥 붙어 있는 액자가 걸려 있었다. 나는 엉거주춤 일어서서 액자 속의 사진들을 들여다보았다. 색동옷의 여자 아기를 안고 있는 젊은 자두의 얼굴은 곱고 행복해 보였다. 단발머리 여중생 사진과 딸의 졸업식 날 안개꽃 다발을 않은 자두의 얼굴에는 쓸쓸하고 서글픈 그림자가 드리워져 있었다. 면사포를 쓰고 신랑과 나란히 찍은 딸의 결혼식 사진도 보였다. 졸업식 이후 자두의 사진은 더 이상 없었다. 자두 혼자 찍은 사진도, 그녀의 남편 사진도 보이지 않았다. 3, 4년 전에 회갑을 맞았을 터인데 회갑 잔치 사진 한 장 없었다. 나는 액자 속 몇 장의 사진으로 그동안 자두가 살아온 삶의 편린들을 더듬어 볼 수가 있을 것 같았다. 그동안 자두의 삶은 외롭고 핍진하고 고달픔의 질곡이었다는 것도.

　잠시 후 자두가 부엌으로 난 샛문을 열고 밥상을 들여서야 나는 자리에 앉았다. 푸짐하고 정갈하게 차려진 밥상을 본 나는 자신도 모르게 탄성을 쏟았다. 배추김치며 멸치볶음, 매실장아찌, 깻잎 등 밑반찬 외에 쇠고기뭇국, 계란찜, 고사리를 넣은 조기조림 등 자두의 지극한 정성이 그대로 보였다. 이렇게 깔끔하고 호사스러운 밥상을 받아본 지가 얼마 만인가. 자두는 조금 전 내가 닫았던 방문을 다시 열고 나서는 밥상을 가운데 두고 마주 앉았다. 나는 자두가 방과 마루에 불을 밝혀두고 한사코 방문을 훨쩍 열어놓으려는 속내를 이해할 수가 있었다. 자두는 분명 마을 사람들을 의식하고 있는 것이리라. 그러면서도 나를 초대해준 그녀가 더없이 고마웠다.

"너무 신경을 썼구만 그려. 뜻밖에 이렇게 초대를 해주어서 고마워."

나는 쇠고기뭇국에 숟가락을 적셔 천천히 음미하고 나서 입을 열었다.

"죽은 사람 소원도 들어준다는디, 산 사람 소원 못 들어주겠어. 헌디, 어쩌서 소원이 고작 밥이여?"

"자두허고 먹는 밥이 어디 보통 밥인가? 나헌테는 이보다 더 큰 소원이 없제. 끼니때마다 혼자 밥 먹는 사람한테 누구랑 함께 얼굴 맞대고 밥 먹는 일은 일대 사건이여. 사실 나이 들고 보니 별다른 소원도 없어."

잠시 두 사람은 말없이 숟가락질만 했다. 나는 반찬이 너무 맛이 있어 염치 불고하고 이것저것 먹어치웠다. 기실 나는 자두의 예기치 않은 호의와 정성에 자꾸만 목이 후끈거리고 시울이 뜨거워서 얼굴을 바로 들기가 힘들었다.

"나도 그쪽한테 소원이 하나 있는디……."

국에 밥을 말아 후룩후룩 떠먹고 있는 나를 빤히 바라보며 자두가 말끝을 흐렸다.

"소원? 말해봐. 자두 소원이라면 뭣이든 들어줄게."

"챙피스러운데……."

"소원을 말하는데 뭣이 창피해."

"남자랑 노래방 한번 가고 싶어."

"노래방? 그것이 소원이여?"

"스물한 살에 결혼한 후로 지금까지 노래 한번 못 불렀고 춤 한번 춰보지 못했어."

그 말을 하고 나서 자두는 부끄러운지 숟가락을 놓고 두 손바닥으로 얼굴을 포옥 가려버렸다. 나는 할 말을 잊은 채 멍멍한 기분으로 천장을 올려다보았다. 결혼하고 40여 년 넘도록 노래 한번 불러보지 못하고 춤 한번 추지 못했다는 자두의 그 말이 가시처럼 오목가슴에 걸려 따끔거리는 것 같았다. 자두는 오랫동안 얼굴에서 손바닥을 거두지 않았다.

"그래, 노래방에도 가고 춤추는 데도 가 보지 뭐."

나는 일부러 호쾌한 목소리로 말하고 거푸 숟가락질해서 밥그릇을 깨끗이 비웠다. 그 사이 자두가 한사코 내 시선을 피하며 샛문을 열고 부엌으로 나갔다. 나는 잠시 밥상에서 물러나 앉아 문밖을 바라보았다. 어느새 달이 떠오르는지 저수지 부근이 희끄무레하게 달그림자가 퍼지고 있었다. 나는 한동안 어둠을 토렴하듯 달빛이 일렁이는 저수지를 바라다보았다. 어둠과 달빛 속에 지나온 두 사람의 삶이 점액질로 머물러 있는 것처럼 보였다. 유년 시절의 여자친구와 같이 밥 한 끼 먹는 것이 소원인 자신이나, 남자랑 노래방 한번 가 보는 것이 소원이라는 자두나, 같은 길을 걸어온 사람처럼 이물 없이 느껴졌다.

"자, 커핍니다."

부엌에 나갔던 자두가 커다랗게 연꽃이 그려진 플라스틱 쟁반에 커피 두 잔을 받쳐 들고 들어왔다. 커피 향이 꽃향기처럼 톡 쏘며 콧속으로 스며들었다. 자두가 허리를 구부리고 내 앞에 쟁반을 놓을 때, 커피 향을 음미하던 나는 너무 놀라 하마터면 소리를 지를 뻔했다. 자두의 목에 별 모양의 조약돌 목걸이가 걸려 있는 것을 보았다. 분명 내가 아내 관속에 넣어주었던 별 모양의 조약돌 목걸이였다. 조금 전 밥상을 들고 들어왔을 때까지도 자두의 목에서 그것을 보지 못했는데 어찌 된 일인가. 어쩌면 일부러 그녀가 내게 보여주기 위해 저고리 밖으로 드러내놓은 것인지도 몰랐다.

"이 조약돌 기억나? 이걸 나한테 주면서 한 말이 뭐였는지 알아?"

자두가 커피잔을 내게 건네주며 물었다. 잔을 받아든 나는 여전히 놀라움을 감추지 못한 얼굴로 달빛이 물여울처럼 고이는 저수지를 바라보고만 있었다.

"그때, 그랬었지. 하찮은 돌이라도 오랜 세월 물에 씻기면 별이 된다고. 어린 나이에 어쩌면 그런 말을 할 수 있었지? 나는 그 말이 너무 좋아 일기장마다 첫 장에 적어서 빨간 볼펜으로 밑줄을 그어두곤 했었어."

자두는 그러면서 후루루 소리가 나게 커피를 한 모금 마시더니 내 시선을 따라 말없이 저수지 쪽을 바라보았다. 두 사람은 오랫동안 그렇게 말없이 앉아서 달빛과 어둠이 지나온 수많은 시간처럼 부옇게 버무려진 저수지의 밤을 하염없이 바라보고 있었다. 어둠이 망각이라면 달빛은 기억일까. 나는 잠시 혼란에 빠졌다. 내가 자두에게 준 것이 별 모양의 조약돌 목걸이였다면 아내의 관속에 넣어준 것은 지우개였단 말인가. 그런 것도 모르고 지우개를 찾았다니, 머릿속이 뒤죽박죽되어버렸다. 그동안 나는 왜 아내의 관속에 별 모양의 조약돌 목걸이를 넣어주었다고 믿고 있었으며 자두한테 왜 지우개를 보여주어야겠다는 생각을 했는지 알 수 없다.

『계간문예』, 2010.가을

돌담 쌓기

오늘 아침에도 나는 시끄러운 때까치 소리에 잠을 깼다. 때까치는 뒤꼍 편백나무 숲에서 여러 마리가 떼를 지어 '개개개개개 개액개액'하고 귀청을 쪼아대듯 요란하게 울어댔다. 동트기 전에 때까치가 사납게 울어대는 것을 보니 오늘도 날씨가 화창할 듯하다. 날 궂은날 때까치는 울지 않는다. 나는 눈을 뜨고 누운 채 몽그작거리며 일어나지 않았다. 아래층 화장실에서 물 내려가는 소리가 들렸기 때문이다. 아버지가 밖에 나갈 준비를 하고 있는 것이리라. 아버지는 날마다 새들이 깨우기 전, 가장 먼저 일어나서 돌담을 쌓는다. 아버지가 우리 집에 돌담을 쌓기 시작한 지가 벌써 석 달이 넘었다. 지난 2월, 85세 생일을 맞는 날부터 아버지는 무슨 연유에서인지 혼자 돌담을 쌓기 시작했다.

끙끙대며 돌담을 쌓고 있는 아버지와 마주치기 싫어하는 나는, 언제나 그렇듯 아버지가 현관문을 열고 밖으로 나가는 기척을 듣고서야 눈을 뜨고, 반듯하게 누운 채 힘을 주어 두 손바닥을 마찰하여 마른세수한 다음 천천히 일어나 앉는다. 먼저 두 손 검지로 눈곱 자리부터 떼어내고 눈두덩과 안 와 주변을 가볍게 돌려가며 문지르고 나서 관자놀이, 뺨, 코, 귀, 인중, 턱을 거쳐 목의 뒷덜미를 주무른다. 아침에 깨어나서 몸을 일으키기 전에 손으로 얼굴을 문지르는 것이 이제 습관이 되었다. 전에는 동이

트자마자 아침 산책을 하곤 했는데 아버지가 담을 쌓기 시작하면서부터 그만두었다. 아버지가 힘들여 담을 쌓고 있는데 아들인 내가 할랑할랑 산책을 할 수가 없었기 때문이다.

얼굴 마사지를 하고 나면 아침 산책을 한 후처럼 한껏 기분이 개운해졌다. 나보다 혈압이 높은 아내한테도 권해보았지만, 어찌 된 건지 요즈막 아내는 내 이야기라면 아예 들으려고 하지를 않는다. 어쩌면 내게 무언의 항의를 하는 것인지도 모른다. 3년 전 정년을 맞이하고 혼자 사는 아버지를 모시기 위해 시골로 내려온 후, 아내는 섬에 갇힌 사람처럼 무기력의 늪에 빠진 채 말이 없다. 감정이 메말라버리기라도 한 듯 기쁨도 분노도 겉으로 나타내지 않았다. 나는 그런 아내를 볼 때마다 숨이 막힐 것만 같다. 내가 얼굴 마사지를 하고 있는 사이 아내가 아침을 짓기 위해 옷을 꿰고 방을 나갔다. 아버지를 위해 아침마다 일찍 일어나 밥을 짓는 아내에게 미안한 생각이 앞선다. 오래전부터 우리 내외는 우유와 삶은 달걀 하나로 아침을 해결해오고 있지만 아버지는 어김없이 정찬을 고집했다.

아내가 아버지를 위해 아침을 짓는 동안 나는 개와 닭 사료를 준다. 하루 두 차례 6마리의 개 먹이를 챙겨주는 일도 쉽지가 않다. 시골로 내려올 때 아키다 강아지 한 쌍을 얻어다 키우기 시작했는데 새끼를 낳아 6마리가 되었다. 개에게 사료를 줄 때는 반드시 서열의 순서를 지켜야 한다. 개의 서열은 나이순이 아니라, 자신들의 힘으로 결정된다. 서열이 정해지기까지 개들은 자기네들끼리 몇 차례의 치열한 싸움을 되풀이한다. 이 싸움에서 입술과 귀가 찢어지고 다리에 상처가 나는 것 등은 흔한 일이다. 주인은 절대로 싸움을 말려서는 안 된다. 주인은 싸움에서 결정되는 서열에 따라 사랑을 나누어주면 된다. 두 번째 서열의 결정은 주인의 사랑에 의해 좌우된다. 아무리 힘이 세다 할지라도 주인의 사랑을 받지 못하면 서열에서 밀려나게 마련이다. 그래서 개들은 서로 주인의 사랑을 많이 받으려고 아첨을 떤다. 개들처럼 질투심이 많은 동물도 없는 것 같다. 나는 개들이 싸움을 통해 정해진 서열을 존중한다. 그래서 서열 1번인 설국이부터 설봉이, 진국이, 진봉이, 밤돌이, 차돌이 순으로 사료를 준다. 사료를 주고 나서 잠시 개를 쓰다듬어주거나 대화를 하는 것을 잊지 않는다. 서열이 낮은 개들은 자칫 스트레스를 받거나 주눅이 들기 때문에 더욱 관심을 보이며 안아준다. 주인이 한번 안아주면 금방 기분이 좋아지는 것을 볼 수 있다. 나는 6마리의 개를 기르면서 동물에게 본능이야말로 생명 그 자체라는 것을 깨달았다. 짐승들에게는 삶과 죽음, 사랑과 분노가 철저하게 본능에 따라 좌우된다는 것을 알았다. 우리 집 개들이 주인인 내게 특별히 충직한 것 같지만 따지고 보면 그래야 제대로 얻어먹고 살 수 있다는 본능적인 행동일 뿐이라는 것을 나는 안다. 이처럼 짐승이 본능에 따라 살고 있다면 인간은 지능으로 살아가는 것이 아닐까 싶다. 사람은 최대한 본능을 억제하고 지능으로 살아가려고 한다. 그렇다고 해서 본능이 동물적이고 지능이 인간적이라고는 말할 수 없다. 지능을 앞세워 비인간적으로 살아가는 사람들이 많기 때문이다. 나는 본능이 지능보다 순수하다고 느낄 때가 있다. 우리 어머니의 자식에 대한 무조건적인 희생과 사랑 역시 본능에 가까운 것이었다.

개 사료를 주고 나서 닭장으로 들어간다. 비닐하우스 닭장에 8마리의 토종닭을 기르고 있다. 병아리 때부터 키웠기 때문에 주인을 무서워하지 않고 내가 닭장 안으로 들어서면 우르르 나를 에둘러 몰려든다. 닭 사료를 주고 난 나는 마당 가운데 우두커니 서서, 담을 쌓고 있는 아버지를 바라본다. 아버지는 집 앞으로 흐르는 개울 건너 밤나무가 많은 산에서 돌을 주워 리어카에 싣고 조붓한 농로로 올라오고 있다. 물 빠짐이 좋아 밤나무가 잘 자라는 산에는 돌이 많다. 나는 농로로 달려가서 아버지 대신 리어카를 끌고 오고 싶었지만 참았다. 이상하게도 아버지는 담쌓는 일만은 누구의 도움도 받기 싫어하기 때문이다. 마을 초입에 한갓지게 자리를 잡은 우리 집은 그동안 성처럼 높은 블로크담에 초록빛 철제대문이 굳게 잠겨 있었다. 블로크담은 아버지가 마음먹고 둘러친 것이었다. 치매 증세가 심해진 어머니가 걸핏하면 집 밖으로 뛰쳐나가려고 했기 때문이다. 어머니 혼자 집에 두고 외출을 할 때, 아버지는 초록색 철제대문에 둔중한 자물쇠를 채우곤 했다. 그렇듯 철저하게 문단속을 했는데도 결국 어머니는 집을 뛰쳐나갔으며 다시는 돌아오지 못했다. 아버지는 늘 어머니가 어떻게 그 높은 블로크담을 넘었을지 의문이라는 말을 탄식과 함께 버릇처럼 되풀이했다. 아버지는 어머니가 세상을 뜬 후, 블로크담을 없애고 싶다고 했다. 아버지는 '대도무문大道無門'이라는 말을 좋아했다. 평생 시내버스 운전기사로 살아온 아버지가 유일하게 즐겨 쓰는 문자다. 큰 도에는 문이 없다. 생각할수록 마음에 새겨둘 만하다 싶었다. 아버지는 블로크담을 허물고 철제대문도 철거했다. 허문 블로크는 치우는 데만도 꽤 많은 돈이 들었다.

아버지가 쌓고 있는 돌담은 좀 이상하다. 대문이 있었던 집 앞은 막을 생각을 하지 않고 양쪽 옆에만 돌로 쌓겠다는 것이다. 돌담으로 집을 둘러쳐 막지 않고 집 앞과 뒤는 그대로 둔 채 양쪽만 막겠다니 그런 돌담을 무엇 때문에 쌓겠다고 하는 것인지 이해할 수가 없었다. 집 앞은 마을로 들어가는 도로가 있고 다랑이 논과 밭이 골짜기 입구까지 이어져 있다.

집 오른쪽은 뽕나무밭으로 올라가는 황톳길이 직선으로 뻗어있고 왼쪽은 기왓등 골짜기의 실개울에 물이 지적지적 흐른다. 아버지는 집 옆 황톳길과 실개울 쪽만 돌담을 쌓고 뽕나무밭이 둔덕처럼 어슷하게 누워 있는 집 뒤와 집 앞쪽은 그대로 열어놓겠다는 것이다. 담이 아니라 바람의 통로를 만들고 있는 것 같기도 했다.

더욱이 아버지가 쌓는 담은 높이가 허리춤에도 미치지 못해 담 같기가 않다. 밑 부분에 폭이 큰 지대석을 두 줄로 놓고 그 위에 작은 돌로 쌓은 다음, 가운데 빈 곳을 흙과 주먹돌로 메웠다. 담 위에는 기와 대신 넓적한 돌을 가지런히 놓았다. 홑담이 아니라 너비가 1m가 넘을 정도의 겹담이다. 이 담은 집 안팎을 차단하거나 경계를 짓기 위한 것이 아니라는 것을 알 수 있다. 담도 아니고 둑도 아니다. 어쩌면 아버지는 돌로 예술작품을 만들고 있는 것인지도 모른다. 지난 3개월 동안 대문 왼쪽으로 10여 미터쯤 쌓았으니 다 쌓으려면 몇 년이 걸리게 될지 모른다. 어쩌면 아버지는 담을 쌓다가 세상을 뜨게 될지도 모를 일이다. 담을 쌓기 시작한 날 나는 아버지에게 무엇을 쌓는 것이냐고 물었다. 아버지는 그냥 마음을 쌓고 있다고 했다. 담을 잘 쌓아야 좋은 이웃이 된다는 말도 했다. 나는 그런 아버지를 도무지 이해할 수 없었다.

직사각형의 식탁에 세 식구가 앉았다. 아버지와 내가 마주 보고 앉고 아내는 귀퉁이에 불안정하게 자리를 잡았다. 흰쌀밥과 쇠고기뭇국을 비롯한 군 갈치, 계란찜, 김, 김치, 깻잎장아찌, 마늘장아찌, 멸치볶음 등 밑반찬이 정갈하게 아버지를 중심으로 차려졌다. 아버지의 밥상에 비해 나와 아내의 아침은 너무 단출하다. 다섯 가지 곡식 가루 두 순갈을 탄 우유 한 잔과 달걀, 사과 반쪽이 전부이다. 내 앞에는 삶은 달걀이, 소화 기능이 약한 아내 앞에는 달걀 프라이가 진달래꽃 무늬 작은 접시에 놓였다. 언제나 그렇듯 세 식구의 식사시간에는 대화가 없다. 아버지와 함께 살기 시작하면서부터 아내의 말 수가 더 부쩍 줄었다. 아버지가 쩝쩝대며 반찬을 씹거나 국물을 입안에 떠 넣느리 후루룩거리는 소리 말고는 무덤 속처럼 조용하다. 나와 아내는 아버지 식사시간에 맞추기 위해 적당히 속도를 조절해가며 조금씩 그리고 천천히 목구멍 안으로 음식을 넘긴다. 세 식구의 식사는 마치 의식을 치르는 것처럼 엄숙하기까지 하다.

"닭장 옆에 애호박이 먹기 좋게 열렸더라. 애호박에는 돼지고기가 궁합에 맞지. 암퇘지 앞다릿살에 애호박을 숭숭 썰어 넣고 얼큰하게 끓인 애호박국에 쇠주 한 잔 걸치면 그만이지. 네 에미가 다른 것은 몰라도 애호박국 하나는 일품으로 잘 끓였더니라."

아버지가 사과를 썹고 있는 아내를 보며 입을 열었다. 아내는 고개를 들지 않는다.

"약속이 있어 읍에 나갔다 오는 길에 돼지고기를 떠 오겠습니다."

나는 아내의 눈치를 살피며 말했다. 아내는 내가 읍에서 누구와 무슨 약속이 있는지에 대해서 관심이 없는 듯 아무것도 묻지 않았다.

"작년에 퇴직한 박 선생이 점심이나 같이하자고 해서…… 왜 첨단아파트에서 같은 동에 살았던 뚱보 박 선생 말이야. 그 친구 지난달에 상처했거든."

나는 아내한테 읍에 나갈 핑계를 만들기 위해 거짓말을 했다.

"암퇘지 앞다릿살이 좋다."

아내는 반응이 없는데 아버지가 말했다. 아무래도 오늘 저녁에는 애호박국을 끓여 드려야 할 것 같다. 실은 나도 요즈막 언덕에 심은 철쭉이 한창 피어오르는 것을 보고 애호박국이 먹고 싶었지만, 아내한테 차마 말을 못 하고 있었다. 어머니는 해마다 이맘때쯤이면 입맛이 물릴 정도로 끼니때마다 애호박국을 끓여주곤 했다. 씨가 여물기 전의 풋 호박을 나박나박 썰어놓고 돼지고기와 두부, 간장을 넣어 달달 볶은 다음 물을 붓고 양파, 호박과 함께 자작자작 끓이면 된다. 마지막에 굵직하게 썬 양파와 마늘 다진 것을 넣고 고춧가루며 통깨를 뿌리면 그 맛이 얼큰하면서도 고소하고 달큼하다. 마늘 다진 것을 나중에 넣어서 돼지고기 잡내 대신 짙은 마늘 향이 알싸하게 느껴진다. 어머니가 끓여준 애호박국에 고춧가루를 듬뿍 넣고 벌겋게 만들어서는 땀을 뻘뻘 흘리면서 먹던 아버지의 옛날 모습이 떠올랐다. 그 입맛 때문인지 아버지는 어머니가 세상을 뜬 후에도, 해마다 이맘때쯤이면 애호박국 타령을 하곤 했다. 아마 아버지가 애호박국을 먹고 싶어 한 것은 죽은 아내를 그리워하는 것인지도 모른다. 어머니가 세상을 뜬 이듬해 봄이었던가. 나는 일요일에 시골로 아버지를 만나러 갔다. 아버지는 갑자기 애호박국이 먹고 싶다면서 아이처럼 보챘다. 나는 아버지와 순창장까지 자동차로 한 시간이나 달려가 애호박국을 사 먹었다. 아버지는 어머니가 끓여주었던 그 맛이 아니라면서 돌아오는 내내 혀를 찼다. 애호박국 생각에 오랫동안 잊고 지내왔던 어머니가 떠올랐다. 어머니는 아버지가 회갑을 맞아 시내버스 운전기사를 그만두던 해부터 우울증을 보이기 시작했다. 아버지는 그런 어머니를 위해 공기 좋은 고향으로 내려왔으나 어머니의 우울증은 더욱 심해져서 끝내 치매를 앓게 되었다. 종당에는 자식은 물론 평생을 함께 살아온 남편까지도 못 알아보았고 끝내는 혼자 집을 나갔다. 어머니의 시신을 찾은 것은 가출한 지 두 달 만에, 집에서 50여 킬로미터나 떨어진 섬진강 가에서였다.

아버지의 아침 식사가 끝나갈 무렵에 전화벨이 다급하게 울렸다. 서울 사는 다섯 살 난 손자한테서 온 전화다.

"할아버지, 연못에 물고기랑 개구리 잘 있어요?"

손자 놈은 할아버지 할머니한테 인사 대신 작년 추석에 우리 집에 왔을 때 보았던 물고기와 개구리 안부부터 물었다. 그러나 나는 그런 손자에 대해 담배씨만큼도 섭섭하지 않다.

"그래, 네 친구 밤돌이 차돌이도 잘 있단다. 네 할머니 바꿔줄게 인사해라."

나는 내 말을 끊고 다급하게 아내한테 전화기를 넘겼다. 손자 전화 받으라는 말에 아내의 안색이 금세 해질녘 박꽃처럼 활짝 피어났다. 손자의 목소리는 언제나 아내한테 청량제 역할을 했다.

"애들 주말에 내려온다고 하네요. 당신 읍에 나간 김에 찬거리 좀 사 오세요."

한참 동안 손자와 통화를 하고 난 아내가 밝은 얼굴에 생기 넘친 목소리로 말했다. 아내는 무기력의 심연에 깊숙이 가라앉아 있다가도 자식들한테서 전화만 오면 금세 기분이 팔팔해지곤 했다. 아내는 나이가 들수록 자식들에 대한 그리움이 커지고 있는 듯했다. 아내에게 자식들은 희망 에너지가 아닌가 싶다. 그런 아내를 볼 때마다 안타까운 마음에 오장이 옥죄어오는 것만 같다.

"걔들 왔다 간 지가 언제였냐? 그래 가지고 자식이라고 할 수가 없지. 자식이 되어갖고 쯧쯧……."

아버지는 마뜩잖은 얼굴로 연신 혀를 찼다. 손자들이 집에 자주 찾아오지 않은 것에 대해 노골적으로 불만을 토로한 것이다. 아버지는 잠시 걱정과 실망이 뒤엉킨 눈빛으로 우리 부부를 번갈아 보았다. 아버지는 자식들과 멀리 떨어져 사는 우리 부부의 노년을 걱정하고 있는 것이리라. 그런 나에 비해 이승 떠나는 길 끄트머리에 자식과 함께 있는 자신은 얼마나 다행인가 자위하고 있을지도 모를 일이다.

아버지는 잠시 후 계속 담을 쌓기 위해 현관을 나섰고 아내는 아들이 좋아하는 수수부꾸미 재료를 챙겨놓아야겠다면서 창고로 향했다. 아들은 통팥 고물을 잔뜩 넣은 수수부꾸미를 좋아했다. 수수부꾸미는 식을 때보다는 막 부쳐내어 난질난질할 때 먹어야 제맛이다. 아내는 고작 1년에 두서너 차례 오는 아들에게 수수부꾸미를 만들어주기 위해 마당 귀퉁이 멍석만 한 넓이의 땅에 수수와 팥을 심었다. 내가 애호박국을 먹을 때마다 어머니를 떠올리듯 훗날 아들 녀석도 수수부꾸미를 먹을 때마다 다시 만날 수 없는 제 어머니를 그리워할지 모르겠다. 나도 수수부꾸미를 좋아하는 편이지만 아내는 지금껏 한 번도 나를 위해 특별히 만들어주지 않았다. 그런 아내에 대해 서운한 마음은 없다.

나는 일과처럼 혼자 커피를 타 마시고 컴퓨터 앞에 앉아 이메일을 검색해보았다. 쓸데없는 광고메일만 10여 건이나 들어와 모두 삭제시키고 뉴스를 검색했다. 8절지의 좁은 공간 안에 세상의 크고 작은 일들이 한눈에 흐르고 있는 것을 볼 수가 있다. 어제와 크게 다를 바 없는 변화지만 그 안에 기쁨과 슬픔과 분노와 사랑이 점철되어 있다는 것을 느끼게 된다. 그러나 컴퓨터 화면 속의 일상은 호수처럼 잔잔하기만 하다. 분노도 슬픔도 사랑도 심장을 자극하지 못한 것 같다. 모든 것이 나와 무관한 일들로 받아들여질 뿐이다.

무료해진 나는 잠시 방안을 서성이다가 무심히 창밖을 바라본다. 아내가 창고에서 나오더니 고추밭으로 향하는 모습이 컴퓨터 영상처럼 희미하게 보인다. 허리를 곧게 펴지 못하고 구부정하게 걷는 아내 모습을 보자 애잔한 마음에 울컥해진다. 고추밭 모퉁이 자두나무에 발갛게 익은 자두가 주렁주렁 매달려 있다. 아내가 자두를 하나 따서 입에 넣는다. 자두를 보자 입에 침이 가득 고인다. 해거리하는지 작년에는 익기도 전에 옴씰하게 떨어져 버렸는데 올해는 가지가 휘어지도록 열렸다. 손자들이 오면 자두를 따줄 생각을 하니 얼굴에 미소가 피어난다. 아내한테는 자식들 짝사랑 그만하라고 큰소리쳐대지만 나도 어쩔 수 없는 늙은 할아버지인 모양이다.

시계를 보니 10시가 넘었다. 아무래도 점심 전에 읍에 다녀와야 할 것 같다. 나는 서둘러 면도와 머리 손질을 한 다음 휘주근한 추리닝을 벗고 회색 진 바지에 옅은 녹색 민소매 티셔츠로 갈아입었다. 외출할 일이 별로 없는 나는 괜히 마음이 설렌다. 40분쯤 고물 지프를 몰고 읍에 가서 돼지고기 한 칼 떠오는 일인데도 기분이 마냥 좋다. 아, 며칠 만의 외출인가. 동생네 둘째 결혼 때 나갔다 왔으니 2주일 만인가. 가끔은 가까운 곳에 드라이브를 하고 싶지만 아내가 싫어했다. 그렇다고 늙은 나이에 청승맞게 하릴없이 혼자 나돌아다니기도 무엇하고 해서 몇 날 며칠이고 집에만 처박혀 있자니 머리가 지끈거릴 정도다.

나는 아버지가 개울 하류 쪽으로 돌을 나르러 내려간 사이에 도망치듯 부리나케 자동차를 몰고 집을 나왔다. 이상하게도 나는 아버지와 마주치는 것을 피하고 싶었다. 마을 사람들이 아버지에 대해 고개를 갸웃거리는 것도 싫었다. 산과 들로 쏘다니며 몸에 좋다는 약초를 채취해서 달여 먹는 것 외에는 특별히 하는 일이 없던 아버지가 갑자기 담을 쌓는 것을 마을 사람들은 이상하게 볼 수밖에 없을 것이다. 아버지만 이상하게 보는 것이 아니라, 고령에 혼자 끙끙대며 버겁게 돌을 쌓고 있는 아버지를 도와주지 않는 나를 불효막심한 놈으로 치부하는 것 같기도 했다. 그렇다고 마을 사람들을 한 사람 한 사람 붙들고 아버지가 한사코 도움을 거절하기 때문이라고 변명을 할 수도 없는 일이다.

아버지는 돌을 쌓기 시작하면서부터 다른 사람으로 변해갔다. 그전까지 아버지의 인생관은 건강하고 즐겁게 사는 것이있다. 그런데 지금은, 비록 고통스럽더라도 뜻있게 살아야 한다는 게 아버지의 생각인 것 같다. 어머니가 세상을 뜬 후로 부쩍 더 자신의 건강에 마음을 쏟던 아버지는 이제 약초 달여 먹는 것도 중단했다. 돌을 쌓기 시작하기 며칠 전 아버지가 내게 자주 묻는 말은 "저것이 얼마나 오래 갈 것 같으냐" 하는 것이었다. 소나무는 얼마나 오래 살 수 있느냐, 배롱꽃은 며칠 동안이나 피느냐, 닭의 수명은 몇 년이냐, 자동차는 몇 년이 되면 폐차를 하느냐는 등등, 물건의 시한성이나 생명의 유한성에 깊은 관심을 가졌다. 아버지는 시간은 무한하나, 세상에 영원한 것은 아무것도 없다는 결론을 얻어낸 것 같았다. 사물이나 생명의 유한성에 집착하던 아버지는 어느 날 갑자기 내게 마을 앞 소나무가 빼곡하게 들어차 있는 야트막한 거북등을 가리키며 "오늘 자세히 보니 영락없이 거북이가 엎드리고 있는 것 같구나" 하며 무릎을 치듯 감탄했다. 나도, 아버지도, 마을 사람들까지도 그곳을 거북등이라고 부르지만 정말로 거북이 엎드려 있는 것 같다고 실감한 사람은 별로 없지 않았는가. "그려, 자세히 보니, 거북이가 바람 모퉁이 연못으로 물 마시러 기어 나는 것 같구만." 아버지는 위대한 발견이라도 한 듯 연신 탄성을 쏟았다. 그 후, 아버지는 모든 사물의 형체에서 의미를 찾아내려고 했다. 하루는 마당 앞 황금 편백나무가 바람에 온몸을 흔들며 굼실굼실 움직이는 것을 보더니 나무가 불춤을 춘다고 했다. 이처럼 아버지는 눈에 보이는 모든 것들에 대해 나름대로 실체와 다른 형상을 느낀 듯했고 각각의 형상마다에 어떤 의미를 부여하려고 애를 썼다. 물론 아버지의 그 같은 생각은 내가 보기에 억시스럽기도 하고 치졸하게 느껴지기도 했다. 그렇다고 누구에게 내 생각을 말한 적은 없다.

"우리가 죽고 난 다음에 무엇이 남는다고 생각하느냐?"

돌을 쌓기 하루 전날이었던가, 아침을 먹다 말고 아버지가 의미심장한 얼굴로 나를 보며 뚜벅 물었다.

"아버지가 돌아가시고 나면 제가 남고, 제가 죽고 나면 제 아들 태식이가 남고, 태식이가 죽고 나면 제 손자 준호가 남겠지요. 그것이 존재의 증거가 아니겠어요? 헌데 그건 왜 물으시는 건데요?"

"내가 죽고 나면 이 세상에는 아무것도 남지 않는다."

아버지는 그렇게 말하면서 오랫동안 공허하고 쓸쓸하게 미소를 흘렸다. 85회 생신날 아침 생신상을 받은 아버지가 느닷없이 "나는 헛살았다"라고 탄식하듯 큰 소리로 말했을 때처럼 아버지의 표정은 허무의 밑바닥처럼 깊고 음울해 보였다. 아버지의 생신을 맞아 오랜만에 만난 4남매는 아버지의 그 같은 탄식에 저마다 자신들의 불효를 반성하듯 무겁게 고개를 떨어뜨렸다. 그런데 아버지가 헛살았다고 한 말은 자식들의 불효를 탓하는 것이 아니라 아버지 자신의 삶을 뼈저리게 통회하는 탄식임을 알았다.

"나는 가난한 집에서 태어나 배운 것도 없고 가진 것도 없어서, 서른한 살 때부터 30년 동안 시내버스 기사 노릇을 해서 네들 4남매를 키워 대학 꺼정 보냈다. 환갑 때 보니, 네들 저저끔 짝지어서 앞가림허게 되었더구나. 해서 여생을 일 안 하고 놀면서 편하고 즐겁게 보낼라고 사표를 냈더니라. 30년 동안 운전대를 잡고 똑같은 길을 수만 번 왔다 갔다 허다보니께, 어느새 내가 늙어부렀더구나. 운전허기가 무섭기도 하고 징허게도 싫었다. 암턴 나는 사표를 낸 후 여태꺼정 아무 일 하지 않고 베짱이 모양으로 편허게 잘 살아왔다. 20년 가까이 건강한 몸으로 먹고 싸는 일 외에는 아무것도 해놓은 것이 없구나. 20년이면 얼매나 긴 세월이냐. 공부를 했으면 박사를 땄고 소리를 했으면 명창이 뇌었을 것이며 나무를 심었으면 숲을 만들었을 것 아니냐. 헌데 이것이 뭣이냐. 지난 20년 동안 나는 참말로 헛살았구나. 이렇게 내가 오래 살 줄 알았더라면 뭣이든지 세상에 남을 만한 일을 했을 것인디……."

아버지의 말에 자식들은 비로소 불효를 탓하는 것이 아니라는 것을 알고 안도했다. 그러나 내 기분은 동생들과는 달리 조금은 씁쓸했다. 너는 앞으로 나처럼 남은 인생을 헛살지 말라는 충고로 받아들여졌기 때문이다. 아버지의 인생과 내 인생이 비슷하다는 생각이 들었다. 아버지가 30년 동안 똑같은 길을 오가며 4남매를 키우고 공부를 시켰던 것처럼, 나 역시 32년 동안 사립 중학교 국어교사로 재직하며 두 딸과 아들을 키우고 대학 졸업을 시켰다. 아버지가 시내버스 기사로 같은 노선을 운행했던 것처럼 나는 자전거를 타고 똑같은 길을 오갔다. 아버지는 그 길이 고통스러울 정도로 답답하고 권태로웠다고 했다. 너무도 괴로워서 버스를 몰고 도시를 탈출하고 싶을 때가 한두 번이 아니었다고 했다. 그런 아버지와는 달리, 내가 걸어온 그 길은 조금도 지루하거나 괴롭지가 않았다. 제자들을 잘 가르치기 위해 최선을 다했고 그런 하루하루가 행복했다. 32년 동안 재직했던 학교를 떠나올 때는 너무 슬퍼 눈물이 났다. 지난 32년 동안에 어제 같은 오늘, 오늘 같은 내일이, 똑같이 되풀이해서 이어졌지만, 지금 생각해 보면 하루하루 변함없는 일상들이 내게는 진정한 행복이었던 것 같다. 일상이 주는 안정감, 되풀이되는 반복의 편안함 속에서 나는 잔잔한 행복을 느꼈다.

아버지는 생신을 맞고 일주일쯤 후에 블로크담을 허물어버렸다. 2m 높이의 블로크담을 허물자 마당에서도 길 건너 고추밭이며 파란 보리밭 들녘이 한눈에 들어왔다. 보리밭을 간질이고 살랑거리며 불어오는 봄바람의 새콤한 향기가 핏줄 속으로 찌릿찌릿 퍼지는 기분이었다. 마을로 들어서는 길이 환히 보였고 우리 집 앞을 지나는 사람들과 낮은 목소리로도 이야기를 주고받을 수 있었다. 마을 사람들이 훨씬 가깝게 느껴졌다. 집 앞을 지나다가도 이물 없이 안으로 들어와 허물어버린 담 밑 화단에 화사하게 피어 있는 영산홍을 구경하기도 했고, 장에 가지고 가서 팔다 남은 산나물을 한 움큼씩 주고 가기도 했다.

하기야 나도 우리 집 블로크담이 마음에 들지 않았다. 집 안에 있으면 벽 속에 갇히기라도 한 것처럼 답답했다. 유년 시절 잠시 읍에서 살 때 성벽처럼 높고 위압적인 읍장네 토담이 생각나기도 했다. 읍장네 집 앞을 오갈 때마다 너무 높아 안을 넘어다볼 수 없다는 생각에 늘 위축감을 느꼈다. 읍장네의 가지런하고 위압적인 토담보다는 어머니의 오랜 친구였고 내가 점백이 이모라고 불렀던 앞집과 경계를 이룬 나지막한 돌담이 훨씬 정겹고 평화로웠다. 우리 식구들과 점백이 이모네는 가슴 높이의 돌담을 사이에 두고 얼굴을 마주 보며 다정하게 이야기를 주고받곤 했다. 명절이나 두 집 가족의 생일이면 담 너머로 음식을 건네주던 오래전의 정경이 아직도 뇌리에 살아 있다.

블로크담을 허문 그 자리에 쌓은 이 돌담이 아버지에게 무슨 의미가 있다는 말인가. 블로크담과 돌담의 차이는 무엇인가. 블로크담은 시멘트와 모래를 섞어 쌓은 2m의 높이로 마당에서는 들판이 한눈에 들어오지 않았고 까짓발을 딛고 서도 집 앞의 길이 보이지 않았다. 그러나 자연 그대로의 돌로 쌓은 돌담은 높이가 1m 정도라서 우리 집과 길, 그리고 바깥세상이 막히지 않고 하나로 연결되어 확 트였다. 아버지가 새로 쌓은 돌담은 경계를 막는 벽이 아니라 지나가는 마을 사람들이며 피란 보리밭, 바람과 물소리와 이야기하기 위해 문을 열고 길을 튼 것이라는 생각이 들었다.

읍에 나간 나는 푸줏간에 들러 암퇘지 앞다릿살 두 근을 뜬 다음, 아내가 부탁한 대로 생선가게에서 갈치 두 마리와 낙지 한 꿰미를 샀다. 손자녀석 주전부리를 위해 깨강정과 유과 등 한과도 잊지 않았다. 읍에 나간 김에 친구들이나 만나볼까 싶었지만, 점심때가 거의 다 된 것 같아 이내 돌아오기로 했다. 돌아오는 길에 잠시 소쇄원에 들렀다. 갑작스럽게 소쇄원 돌담이 떠올랐기 때문이다. 대밭 사이 길로 들어서서 조금 올라가자 대봉대待鳳臺 맞은편에 흙과 돌을 섞어 쌓고 기와를 입힌 돌담 애양단愛陽壇이 나타났다. 남쪽 입구에서부터 제월당霽月堂에 이르는, 오곡문五曲門 옆 시냇가까지의 공간에 동쪽을 경계로 야트막한 돌담이 초여름의 햇살을 넉넉하게 받고 있다. 지난겨울에 왔을 때 보았더니, 단 앞의 시내가 꽁꽁 얼어붙었는데도 돌담 아래는 질척하게 눈이 녹아 있었다. 애양단은 양지바른 곳으로, 소쇄원을 조성한 양산보가 어머니가 해바라기를 할 수 있도록 이곳에 돌담을 쌓았다고 한다. 추운 겨울날 동쪽을 등지고 돌담 아래 한가롭게 앉아서 햇볕을 쬐고 있는 늙은 어머니의 모습이 보이는 것 같다. 나는 ㄷ자로 둘러친 소쇄원 돌담을 한 바퀴 돌아보았다. 소쇄원의 담은 높고 낮은 땅의 형세에 따라 안과 밖을 가두고 열어 서로 소통할 수 있게 했다. 혹시 아버지도 소쇄원의 돌담을 구경하기라도 한 것일까. 양산 보는 노모를 위해 애양단을 쌓았다는데 아버지는 누구를 위해 지금 돌담을 쌓고 있는 것일까. 나는 작고 초라한 초막 대봉대에 앉아서 한참 동안 애양단을 바라보았다. 세상과 담을 쌓고 소쇄원에 은둔한 양산보는 대봉 대에 앉아서 오동나무에 봉황이 날아오기를 애타게 기다렸다고 한다. 그가 기다렸던 봉황은 누구였을까. 초막 앞 아름드리 오동나무는 썩어 없어 지고 죽은 밑동과 뿌리만 죽은 사람의 유골처럼 땅 위로 빼주룩이 남아 있었다.

　그날 저녁 아버지와 나는 애호박국을 맛나게 먹었다. 아버지는 옛날대로 고기 건더기부터 건져 먹은 다음 고춧가루를 듬뿍 풀고 밥을 말아 땀을 흘려가며 먹었다. 소주 한잔 마시는 것도 잊지 않았다. 담을 쌓기 시작하면서부터 아버지는 기력이 나아지고 식욕도 좋아진 듯했다.

　"어머니가 끓여주신 것만은 못하지요?"

　"잘 먹었다. 이만하면 에미 솜씨도 괜찮어."

　"집사람은 애호박국보다는 수수부꾸미를 잘 만들어요. 수수부꾸미는 가루고물보다는 통팥째 넣은 게 더 맛나요."

　"남자가 고장 난 연장을 잘 고칠 수 있어야 하드끼, 여자라면 뭣인가 한 가지 특별한 음식을 잘 만드는 솜씨가 있어야지. 때로는 음식이 사람을 생각나게 하거든. 헌데 네들 며늘아기는 음식 잘하는 거 뭐가 있다더냐?"

　"모르죠. 한 번도 안 먹어봤으니까요."

　아내는 부자가 주고받는 말을 잠자코 듣고만 있었다.

　저녁을 먹고 마당에 나오자 바람이 거칠게 불었다. 하늘에 별이 없는 것을 보니 비가 묻어올 것 같다. 예상했던 대로 밤이 깊어지자 비바람이 몰아쳐 도리깨질해대듯 유리창을 심하게 후려쳤다. 아침에 일어나보니 비는 멎었는데 빨간 자두가 옴씰하게 떨어졌다. 손자 놈한테 보여주고 싶었는데, 마음이 아팠다.

나는 아침을 먹고 나서 땅에 떨어진 자두 꼬투리를 실로 묶어 가지에 매달기 시작했다. 여남은 개쯤 매달고 나니 허리가 뻐근했다. 그래도 나는 계속했다. 담을 쌓던 아버지가 내 옆으로 다가와서 한참을 바라보고 서 있었다.

"미친놈, 그것이 얼마나 오래 갈 것 같으냐. 생각이 가상하기는 하다만, 그런 간절함을 네 손자 놈이 알아줄지 모르겠구나."

"다, 제 마음이지요."

"마음은 매달아 놓은 것이 아니다. 소망처럼 차곡차곡 쌓아 올려야 한다. 그래야 편해."

그 말에 나는, 그렇다면 지금 아버지는 소망을 쌓고 있는 거냐고 묻고 싶었지만 참았다. 85세 아버지의 소망이 무엇인지 알고 싶기도 했다. 지금 내 소망은 손자 놈이 와서 가지 끝에 주렁주렁 매달린 자두를 보고 신기해하는 모습을 즐기는 것이다.

"인생이란 평생 마음을 쌓는 것인지도 모르겠다."

아버지는 혼잣말처럼 나지막하게 중얼거리며 내게서 멀어져 갔다. 나는 한동안 아버지의 그 말을 곰곰이 곱씹어 보았다. 예전 시내버스 기사를 그만두던 날, 아버지는 "지난 30년 동안 내가 살아온 것은 다람쥐 쳇바퀴 도는 것과 같았다"라는 말을 탄식하듯 뱉어냈다. 평생 똑같은 일을 되풀이해도 결과는 달라지지 않았다는 것이었다. 30년간 버스를 몰고 똑같은 길을 하루에 네 차례씩 오가는 일을 되풀이해 온 아버지 입장에서 보면, 변함없는 궤도 위의 그 일상들이 얼마나 답답하고 지루했을까. 도시를 벗어나고 싶은 욕망은 또 얼마나 간절했을까. 내가 중학교에 입학하던 해였던 것 같다. 나는 처음으로 아버지가 운전하는 시내버스를 타보았다. 아침부터 서녁까지, 차고지에서 종점까지 아버지가 앉아 있는 운전대 바로 뒷좌석에 앉아서 하루를 보냈다. 그날 나는 아버지와 함께 똑같은 길을 네 차례나 오갔다. 처음에는 아버지 등 뒤에 앉아 차창 밖으로 거리풍경을 구경하느라 시간 가는 줄도 몰랐다. 두 번째까지도 별로 지루한 줄을 몰랐다. 그러나 아버지와 함께 차고지 컨테이너 부스에서 점심을 먹고 나서 세 번째 차에 탔을 때부터는 계속 자울 자울 졸았으며 네 번째부터는 너무 지루해서 버스가 정류장에 설 때마다 뛰어내리고 싶은 마음이 간절했다. 그날 이후 나는 아버지가 운전하는 시내버스를 타지 않았다.

30년간 다람쥐 쳇바퀴 돌 듯 똑같은 궤도를 달렸고 20년 동안 시골에 내려와 당신 자신의 건강만을 생각하며 유유자적해온 아버지는 지금 마음을 쌓아 올리듯 힘들여 돌담을 쌓고 있다. 아버지가 쌓고 있는 마음이란 도대체 무엇이란 말인가. 아버지의 남은 인생이 소망을 쌓는 것이라면 어머니의 인생은 또 무엇이었을까. 아버지를 위해 애호박국을 맛나게 끓여주는 것이었을까. 그렇다면 아내의 인생은 수수부꾸미를 만들어주기 위해 아들을 기다리는 것이고, 내 인생은 애호박국을 먹고 싶어 하는 아버지의 마음을 헤아리며 아들을 기다리는 아내를 지켜보는 것이란 말인가. 문득 인생이란 커피 마시고 싶을 때 커피를 마시는 것이라고 한 어느 작가의 말이 떠오른다. 어떤 사람은 인생은 길 찾기라고도 하고, 또 누군가는 흰 종이에 자의대로 그림을 그리는 것이라고도 했다. 그러나 인생이란 그렇게 가볍지도 무겁지도 않은 것 같다. 어쩌면 자기 힘껏 들 수 있는 만큼의 무게가 아닌가 하는 생각이다. 그렇다면 지금 내 인생은 가볍고 아버지의 인생은 너무 무겁단 말인가. 인생이란 정답이 없는 것 같다. 인생이란 그냥 특별한 변화 없이 똑같은 모습으로 잔잔히 흐르는 물이거나 바람, 시내버스나 자전거의 한결같은 움직임이 아닐까 싶다.

아들 식구들이 온다는 토요일. 아침에 일어나보니 투명하게 갠 하늘에서 너울대며 쏟아진 초여름의 눈부신 햇살이 푸른 대지에 가늑 출렁였나. 아내는 새벽부터 일어나 수수부꾸미 고물을 만들기 위해 팥을 삶느라 바쁘다. 팥 삶은 찜통에서 김이 오를 때마다 고소한 팥 냄새가 뼛속까지 스며드는 듯했다. 세 식구가 식탁에서 아침을 먹고 있을 때 아들한테서 전화가 왔다. 갑자기 회사에서 일이 생겨 올 수 없다고 했다. 나는 아들의 전화 내용을 차마 아내한테 전할 수가 없어 한참을 망설였다. 아버지는 그럴 줄 알았다는 표정으로 혀를 찼고 아내는 먹고 있던 사과를 쟁반에 놓은 채 시무룩해져서는 밖으로 나갔다.

이날 아내는 기력을 잃은 채 하염없이 마루 끝에 앉아 먼 산만 바라보았다. 아버지는 끙끙대며 담을 쌓고 나는 마당 가운데 서서 가지 끝에 매달린 자두를 바라보고 서 있었다. 갑자기 아버지처럼 돌담을 쌓고 싶어졌다. 개울을 내려다보니 마름모꼴의 크고 넓적한 돌이 여뀌 풀 속에 처박혀 있다. 너무 크고 무거워서 아버지가 옮겨 가지 못하고 그대로 둔 모양이다. 나는 개울로 내려가서 두 팔에 힘을 주고 돌을 들어 올리려고 했다. 겨우 무릎 높이로 들어 올렸으나 팔에 힘이 빠지는 바람에 놓아버리고 말았다. 나는 심호흡을 하고 나서 다시 들어 올렸다. 안간힘을 다해 가슴팍까지 들어 올린 후 두 팔로 안아 간신히 개울 위 길가에 놓았다. 내가 숨을 헐떡거리며 개울에서 나오자 아버지가 가까이 다가왔다. 아버지와 나는 말 없이 마름모꼴의 돌을 마주 잡았다. 둘이 힘을 합해서 들자 한결 가뿐했다. 때까치 두 마리가 머리 위를 낮게 맴돌며 개개개개 울어댔다.

『시선』, 2010. 봄

아버지의 홍매

1

선암사에서 홍매화를 본 후부터 내 머릿속에서는 아버지의 매화나무가 쉴 새 없이 꽃을 피웠다가 지기를 되풀이했다. 뇌리에서 오래되고 진한 향기가 뿜어져 나와 콧속으로 훅하고 스며드는 것 같은 착각에 현기증을 느꼈다. 가볍고 메마른 바람이 살랑살랑 뺨을 간질이던 봄날, 선암사 매화 축제에서 본 아름드리 홍매화꽃은 늙은 기생이 머리에 고깔을 뒤집어쓰고 옴죽옴죽 춤을 추는 것처럼 가슴 시리게 오묘한 느낌을 주었다. 고혹적이거나 화려하다기보다는 슬프고 처절한 아름다움에 가슴 밑바닥이 홍건해졌다. 모두 탄성을 내질렀지만 나는 어찌 된 건지 자꾸만 눈물이 나려고 했다. 꽃을 보고 눈물이 나려고 하다니, 그런 자신이 부끄러워 한사코 고개를 숙였다. 바람이 건듯 불 때마다 진홍빛 물방울이 오종종하게 매달린 듯, 꽃잎들이 날개를 파닥거렸다. 그날 본 선암매仙岩梅와 작년 봄에 보았던 백양사 고불백매古佛白梅는 그 느낌이 완연하게 달랐다. 백양사 고불백매는 문자 그대로 깨달음이 깊은 노스님을 만나는 기분이라면 선암매는 이 풍진 속세의 온갖 풍파를 다 견뎌내고 외롭게 살아온 늙은 기생을 보는 듯했다. 심은 지 600년쯤 되었다는 선암매를 보고 나서 내 마음이 왜 이토록 비애에 젖은 것일까.

선암매를 보고 돌아온 내 기분이 한동안 무겁게 내려앉았다. 얼굴의 골 깊은 주름을 애써 감추려는 듯 짙게 꽃단장을 한 늙은 기생의 슬프도록 처절한 모습이 머릿속에서 떠나지 않았다. 그때 갑작스럽게 떠오른 것이 이비지가 심은 홍매화였다. 그때야 나는 선암홍매를 보고 슬픔을 느꼈던 연유를 짐작할 수가 있었다. 아버지의 홍매화가 내뿜은 찬란한 자태를 자세하게 본 것은 십수 년 전 일이었다. 고등학교에서 국어를 가르치던 매형이 폐가 나빠 휴직을 하고 시골로 내려가 있을 때였다. 나는 어머니와 함께 오랜만에 고향으로 매형을 찾아갔다. 매형은 옛날 아버지가 기생 홍매의 머리를 올려 첩으로 들여앉히고 살림을 차렸던 집터에 오두막을 짓고 요양을 하던 중이었다. 마침 4월 초라 마당 귀퉁이 돌담 옆에 홍매화가 까르르 소리쳐대듯 자지러지게 피어 있었다. 꽃나무 가꾸는 것을 좋아한 매형은 매화의 잔가지를 쳐서 고아하고 멋진 자태를 만들어놓았다. 한 줄기로 뻗어 어른 허벅지만큼 굵은 밑동에 두 개의 가지가 휘움하게 뻗은 모습이 마치 불새가 날개를 치고 솟아오르는 모습이었다. 나는 홍매화 주변을 맴돌며 아름다운 자태에 흠뻑 젖었다. 그때 어머니가 매형을 향해 "저 천허디 천한 기생꽃을 당장 잘라서 없애버리게" 하고 마뜩잖은 목소리로 말했다. 그때야 나는 어머니의 불편한 심기를 헤아리고 꽃나무로부터 시선을 거두며 물러섰다. 어머니는 아버지가 홍매를 첩으로 들여앉힌 후부터 홍매화를 볼 때마다 '천한 기생꽃'이라며 침을 뱉거나 이맛살을 구겼다. 그 홍매화나무에 대한 사연을 누님으로부터 들어 알고 있을 터인데도, 매형은 끝내 잘라 없애지 않고 서너 해 더 꽃을 보다가 세상을 떴다. 지금은 누님이 혼자 그 집에 살고 있다. 나는 매형이 세상을 뜬 후로도 서너 차례 누님을 찾아간 적은 있었지만 특별히 눈여겨 홍매를 보지 않았다. 아마 내가 갔을 때가 홍매 피는 4월이 아니라서 그랬을지 모른다. 아무튼 나는 그 후 아버지의 홍매에 대해 잊고 지냈다.

나는 홍매를 확인하기 위해 오랜만에 누님에게 전화를 걸었다.

"누님, 시방 집 마당에 홍매화 한창 피었지요?"

"뜬금없이 홍매화라니?"

"홍매가 들어오던 날, 아버지가 기념으로 심었나는 홍매화 말이오."

"뭣 땜시 그려?"

"갑자기 아버지가 생각나서, 아버지가 돌아가실 때까지도 그렇게 애타게 보고 싶어 하셨던 작은 엄니 생각도 나고……."

"작은 엄니는 무신 염병할 작은 엄니."

"암턴 홍매화 피었소 안 피었소?"

"폴씨게 없애부렀다. 어머니 살아생전 우리 집에 오실 때마다 하도 냉큼 잘라 없애 불라고 해싸서."

"그래서 잘라버렸단 말이오?"

"농장에 팔아부렀제."

"팔아버렸다고요? 세상에 아버지가 심은 홍매를……."

누님의 말에 나는 가슴이 덜컥 내려앉으면서 다리에 힘이 빠지는 기분이었다. 아버지에 대한 죄송한 마음에 목구멍에 얼음덩이가 꽉 차오르는 듯 울울해졌다. 어떻게 해서라도 아버지의 홍매를 다시 찾아야겠다는 생각에 동창들과의 점심 약속을 팽개치고 서둘러 차를 몰고 고향으로 달렸다. 차를 몰고 가는 동안 내 머릿속에서 아버지의 홍매화가 여러 차례 피었다가 졌다. 머릿속에서 꽃잎이 바람에 후루루 흩날렸다. 흩어지는 꽃잎 속에 옥색 모시 두루마기 자락 펄럭이고 경중경중 구산천 노둣돌을 건너 홍매 집으로 가는 아버지의 모습이 보였다. 녹의홍상에 단정하게 가르마를 타 하늘색 옥비녀를 꽂은 홍매의 모습도 꽃처럼 떠올랐다가 이내 사라졌다.

아버지는 시른닛에 아랫마을에 사는 홍매 오빠에게 발동기를 사주고 머리를 얹어 열아홉 살 홍매를 기생집에서 데려왔다. 연지를 찍어 바른 입술이 동백꽃 꽃잎처럼 도톰하고 예쁜 홍매는 마을의 다른 여자들과는 냄새와 입성부터 달랐다. 시지근한 땀 냄새 대신 아릿한 분 냄새가 났고 검정 치마저고리 대신 마냥 색깔 고운 비단옷만 입었다. 마을 여자들은 미투리가 아니면 잘해야 검정 고무신을 신었는데 홍매는 언제나 붉은 매화꽃이 그려진 흰 고무신을 신었다. 그녀가 사붓사붓 걸을 때는 가볍게 펄럭이는 연분홍 치마와 흰 고무신이 절묘하게 어울려 보였다. 아버지가 홍매와 살림을 차린 후부터 구산천 건너 홍매 집에서는 장구 소리와 노랫가락이 그치지 않았다. 아랫마을 홍매 오빠 집에서 들리는 발동기 돌아가는 소리와 홍매 집에서 나는 노랫가락 소리에, 마을 사람들은 노골적으로 입을 비쭉이며 비아냥거렸고 그때마다 어머니는 심장이 덜컹거린다면서 두 주먹으로 가슴을 치곤 했다.

아버지가 심은 내 키 높이의 홍매화가 꽃이 핀 것을 처음 본 나는 아버지의 여자가 홍매화를 닮았다고 생각했다. 아니, 그 여자가 꽃처럼 보였다. 6·25 한 해 전, 내가 초등학교에 입학하던 해에 심었으니까, 지금쯤 수령이 60이 넘어 제법 고묘한 자태를 갖추었으리라. 나는 차를 모는 동안 내내 아버지를 생각했다. 아버지는 나를 단 한 번도 품에 안거나 무릎에 앉히지 않았으며 정겨운 말로 다독여주지 않았다. 그 때문인지 어렸을 적 아버지에 대해 애틋함이나 아련한 그리움을 별로 느끼지 못했다. 오히려 내 기억 속에는 서운함이나 원망이 켜켜이 쌓여 있었다. 가장 원망스러웠던 것은 6·25 때였다. 토벌대가 새까맣게 앞산에서 내려와 총알을 퍼부어대며 마을을 덮치던 날, 우리 가족은 아침을 먹다 말고 혼비백산 마을 뒷산으로 도망을 쳤다. 토벌대는 도망치는 마을 사람들을 향해 총을 쏘아 댔다. 도망치던 사람이 팔에 총을 맞고 피를 흘리며 한참 동안 뛰다가 펄쩍 주저앉는 것을 보았다. 총알이 날아와 바위에서 튕기고 나뭇가지들이 우지끈 부러질 때마다 다리가 후들거렸다. 그때 같이 뛰던 아버지가 내 손을 팽개치듯 놓아버리고는 다복 소나무 숲속으로 자취를 감추어버렸다. 나는 헐떡거리며 계속 뛰었으나 아버지를 쫓아갈 수가 없었다. 그날 나는 홀로 으름덩굴이며 찔레가 얼크러진 덤불 속에 숨어, 놀란 고슴도치처럼 두 다리를 세워 팔로 깍지 긴 채 얼굴을 무릎에 묻고 소리 없이 울었다. 두려움보다 아버지한테 버림을 받았다는 원망스러움에 대해 서글픔이 더 커 눈물이 멈추지 않았다. 해가 설핏해서야 집에 돌아와 보니 식구들은 모두 무사했다. 정오가 조금 지나서 산에서 내려왔다는 아버지는 건넛마을 홍매 집에 가고 없었다. 나는 어머니에게 아버지가 혼자 도망쳤다는 말을 하지 않았다. 그때 그 일로 나는 어른이 된 후에도 아버지에 대한 원망과 불신의 앙금이 사라지지 않았다. 나도 모르게 아버지에 대해 뜨악함을 느꼈으며 그 이후 틈이 난 부자간의 거리는 좀처럼 가까워지지 않았다. 아버지가 나를 특별히 정답게 대할 때도, 화를 낼 때도 문득 문득 그때의 일이 떠오르면서 나도 모르게 심신이 굳어지곤 했다. 그리고 나는 어떤 경우에도 나 혼자 살아남기 위해서 자식을 버리는 아버지가 되지 않겠노라고 다짐했다.

창평 IC를 빠져나온 나는 가까운 주유소에서 기름을 넣으면서 누님한테 전화를 걸었다. 누님은 예기치 않은 나의 방문 예고에 무슨 일이냐고 거듭 되물으면서 별로 반가워하지 않은 기색을 했다. 평소에 누님을 찾아간 적이 별로 없었기 때문이리라. 나는 초록색 운동모지를 깊숙하게 눌러쓴 주유소의 젊은 아줌마에게 지금도 창평에 장이 서느냐고 물었다. 여자는 귀찮다는 듯 다소 건조한 목소리로 "예." 하고 극히 사무적으로 대답했다. 대학에 입학하던 해, 나는 아버지의 심부름으로 홍매를 찾아 창평 장에 온 적이 있었다. 그때의 일이 생각나자 홍매 소식이 궁금해졌다. 홍매의 나이가 아버지보다 열다섯 살 아래이니 올해 여든이 조금 못 되었을 것이고 살아 있을 가능성이 크다.

"그랑께 시방, 네가 나를 보러 온 것이 아니라, 뜬금없이 그까짓 홍매화 꽃나무 땜시 서둘러서 여그꺼정 왔다고야."

누님은 집에 들어서자마자 홍매화를 어느 농장에 팔았느냐고 다그치는 내게 서운한 눈빛으로 찔러보며 탄식을 쏟았다. 나는 한참 동안 헛헛한 마음으로 홍매화가 뽑혀나간, 대문에서 가까운 돌담 밑을 바라보았다. 홍매화가 서 있던 자리에 무릎 높이의 감나무 묘목이 심어져 있었다.

"아버지가 우리한테 남겨준 것이 달랑 그 홍매화 나무 아니오? 누대로 살던 집터까지 다 팔아 잡수신 양반이 왜 홍매와 함께 살았던 이 집터만을 그대로 남겨 두었겠어요. 그거는 그 홍매화 나무 때문이 아니겠소."

"홍매화 땜시?"

"누님은 다 늙었으면서도 여태 아버지 마음을 그렇게도 모르겠어요?"

"시방 너 무슨 말을 하는 거냐?"

"부모님이 짝을 정해준 대로 결혼을 하고 연애 한 번 안 해 본 누님이 어찌 사랑의 오묘함을 알겠어요?"

"그래, 너는 연애결혼을 하고도 늦바람 피우다 환갑이 넘어서 이혼꺼정 당했으니 사랑이 뭣인지 잘 알겠구나."

"어머니한테는 죄송하지만, 아버지의 사랑이 부도덕하다고 해서 폄훼하지는 맙시다. 진정한 사랑은 어떤 제약이나 조건을 초월하고 시간이 오래될수록 아름다워질 수 있답니다."

"미친놈. 나는 엄니 살아 계실 때 홍매화를 없애버리지 못한 것이 후회스럽구만."

"죽어서도 잊지 않기 위해 꽃나무를 심어줄 사람이 있다는 건 얼마나 아름다운가요. 내게는 그런 여자가 없으니……. 이만큼 세상을 살다 보니 아버지 마음을 알 것 같아요."

"네가 그런 맘을 가졌으니 이 꼴이제."

"긴 말 말고, 어느 농장에 얼마에 팔았어요."

"긍께, 그거는 알아서 멋헐라고?"

"돈이 얼마가 들더라도 기필코 홍매화를 찾아야겠어요."

내가 다급하게 닦달하자 누님은 돈을 받고 팔았다는 것 때문인지 마지못해 벌레 씹은 얼굴이 되어 농장 이름을 댔다.

"그 여자 소식은 모르죠?"

"홍매 말이냐? 뒈졌는지 살았는지 내 알 바 아니여. 헌데 그 여자는 왜?"

"그냥요."

"나는 한 번도 못 봤는디, 매형 말로는 홍매꽃이 한창 필 때면 입성 고운 웬 할매가 길 건너 팽나무 밑에 우두커니 서서, 넋 나간 사람 맹키 우리 집 홍매를 바라보고 가더라고 허드라만……. 설마 그 할매가 홍매는 아니겄제. 무슨 염치로 이 집을 기웃거리겄냐."

누님은 별 관심 없다는 듯 지나가는 말로 가볍게 뱉어냈다. 나는 오랜만에 누님을 만나 앉아보지도 않고 그 길로 농장으로 달려갔으며 외출한 농장 사장을 두 시간이나 기다렸다가, 어렵게 홍매화를 사 간 사람을 알아낼 수 있었다. 다행히 홍매화를 사 간 사람은 농상에서 그리 멀지 않은 곳에 살았다. 초등학교 교장으로 있다가 3년 전에 정년퇴직한 후 고향에 돌아와 한옥을 짓고 여생을 보내고 있다고 했다. 거기까지 정보를 얻은 나는 해가 저물어 일단 집으로 돌아왔다.

나는 현관에 들어서자마자 집 안의 모든 불을 다 켰다. 기다려주는 사람이 없는 아파트는 아무리 휘황찬란하게 불을 밝혀도 늘 쓸쓸하다. 나는 허출한 김에 라면부터 끓였다. 거실 탁자에 냄비를 통째로 놓고 허리를 꺾어가며 라면을 먹는 내 자신이 외롭다 못해 더없이 구차하게 느껴졌다. 나는 라면을 먹으면서 소파 맞은편 벽에 걸린 사진들을 훑어보았다. 장례 때 영정으로 모셨던 아버지와 어머니 사진이 매우 언짢은 눈빛으로 나를 내려다보았다. 아버지와 어머니에게는 함께 찍은 사진이 한 장도 없다. 결혼해서 남매를 낳고 20여 년을 사는 동안 같이 찍은 사진 한 장 없다니, 이웃만도 못한 부부가 아닌가. 나는 어머니 사진 옆에 걸린 가족사진을 보았다. 첫 아이 결혼식 때 찍은 사진으로, 우리 부부가 맨 앞에 나란히 앉고 내 옆에 어머니가, 뒷줄에는 신랑인 첫째와 며느리, 그 옆으로 수녀복 차림의 딸이 서 있다. 모두 활짝 웃고 있어 얼핏 보면 평화롭고 행복한 가족 같다. 허지만 지금은 민들레 꽃씨처럼 바람에 흩날려버렸다. 어머니는 세상에 없고 이혼한 아내는 아들 따라 뉴질랜드로 이민을 갔으며 수녀인 딸은 잘해야 1년에 한두 차례 다녀간다. 모두 떠나고 혼자 남은 삶이 허허롭기만 하다. 마치 홀로 깊은 산속에서 길을 잃고 헤매다 지쳐 쓰러진 채 밤을 맞는 것처럼 외롭고 허기지고 불안하다. 더더욱 나는 살아 있는 동안 매화 한 그루도 남기지 못했으니 아버지보다 더 실패한 인생이 아닌가 싶었다.

그날 밤 나는 새삼스럽게 누님한테 했던 말을 떠올렸다. 그리고 홍매에 대한 아버지의 사랑의 깊이를 나름대로 가늠해보았다. 6·25가 터지고 집안이 거덜 나자 홍매는 아버지 곁을 떠나고 말았다. 집이 불타고 더는 고향에 머무를 수 없게 된 우리 가족은 빈손 쥐고 도시로 나와 친지들 도움과 어머니의 품팔이로 하루하루 간신히 목줄을 지탱하며 살았다. 그 절박한 상황에서도 아버지는 홍매를 잊지 못했다. 말과 웃음을 잃은 아버지는 넋 잃은 표정으로 앉아서 하염없이 먼 산을 바라보기 일쑤였다. 나는 아버지의 시선이 유난히 멀어지는 것은 간절하게 홍매를 생각하기 때문이라고 믿었다. 그 무렵 내 눈에 아버지는 살아 있는 사람이 아니었다. 옥색 두루마기 자락 휘날리며 자진머리 가락 걸음으로 노둣돌을 건너 홍매 집으로 갈 때나, 늙은 팽나무 그늘에 앉아 홍매의 노랫가락에 맞춰 장구를 칠 때, 아버지는 가장 팔팔하게 살아 있는 모습이었다. 홍매가 떠난 후, 아버지의 삶은 바람처럼 정처가 없이 흔들렸다. 걸핏하면 가족을 팽개치고 홍매를 찾아 나섰다. 짧으면 사나흘 길면 열흘이나 보름 만에야 거지 꼴이 되어 돌아온 아버지는 한바탕 몸살을 앓곤 했다. 그때마다 어머니의 입에서는 홍매에 대한 욕설이 끊이지 않았다.

2

나는 골짜기 깊숙이 자리 잡은 마을로 서서히 차를 몰다가 조붓한 들머리 길로 접어드는 순간 급히 브레이크를 밟았다. 첫눈에 아버지의 홍매화라는 것을 알았다. 마을 초입 새로 지은 한옥 안마당 쪽에 활짝 핀 홍매가 소리치듯 나를 반겼다. 나는 차를 멈추고 밖으로 나와 한참 동안 홍매를 바라보았다. 눈부신 4월의 햇살과 함께 마당에 꽃이 꽉 찼다. 나는 떨림과 설렘 때문에 차마 서둘러 가까이 다가가지 못하고 먼발치로 배견拜見하듯 꽃에 취해 있었다. 그것은 타오르는 사랑의 불꽃, 그리움의 눈물처럼 아름다우면서 한없이 슬퍼 보였다. 가벼운 봄바람이 건듯 불자 홍매화 가지들이 아버지의 두루마기 자락처럼 팔락거렸다.

나는 떨리고 젖은 마음을 다독이며 조심스럽게 다가가, 사철나무 생 울타리 앞에 걸음을 멈추었다. 내가 쭈뼛거리며 울타리 안을 기웃거리자 골짜기 안이 삐걱거릴 정도로 개가 짖어댔고 내 또래 남자가 하늘빛 카디건 차림으로 다급하게 방문을 열고 나왔다.

"꽃이 하도 고와서요……."

나는 울타리 밖에서 웃는 얼굴로 목례를 하며 말끝을 얼버무렸다. 주인 남자가 큰 소리로 개 이름을 부르며 토마루로 내려섰다. 검정에 목덜미가 하얀 개가 금방 주인의 소리를 알아듣고 조용해지더니 꼬리까지 쳤다. 나는 용기를 내어 집 안으로 들어섰다. 개 짖는 소리가 멈추자 을씨년스러울 정도로 조용했다.

"참 곱지요? 이 꽃이 소문이 났는지 이맘때가 되면 구경 오는 사람이 더러 있지요. 엊그제도 곱게 늙은 할머니 한 분이 소문 듣고 왔다면서 한나절이나 꽃을 바라보고 갔답니다."

"정말 슬프도록 곱네요. 나이가 들어서 그런지 요즘에는 꽃을 보면 슬퍼진다니까요."

"집사람도 그런 말을 하던데…… 홍매를 너무 좋아했어요. 죽을라고 그랬는지…… 유둔재 너머에 사는 친정 조카를 만나고 오더니 난생처음 고운 홍매화를 봤다면서, 그 홍매화 나무를 사다 우리 집 마당에 심자고 어찌나 조르던지…… 농장에서 아무 홍매화나 사다 심자고 해도 기어코 재 너머 이 꽃나무를 원해서, 비싸게 구했답니다. 아내가 살았을 적엔 꽃이 시원찮더니 올해는 이렇게 탐스럽게 피었네요. 집사람이 이걸 보았어야 했는데…… 나 혼자 보기 아깝네요."

띄엄띄엄 말하는 주인 남자의 목소리가 음울하게 가라앉았다. 나는 꽃에서 시선을 떼지 못한 채 지싯지싯 마당 안으로 들어섰다. 그리고 아버지와 마주 대하듯 꽃나무 가까이 바짝 다가섰다. 가까이서 본 아버지의 홍매는 슬픈 사랑의 영혼이 타오르듯 처연한 아름다움을 자아냈다. 선암매에서 느꼈던 측연惻然함이 아닌, 그리움과 열정과 연민의 눈물이 범벅되어 다가오는 기분이랄까.

"이 매화를 보니 꽃이 사람으로 느껴지는군요. 사람이 꽃으로 보이는 경험은 있지만 꽃이 사람으로 느껴지는 것은 처음입니다."

나는 희미하게 웃으며 얼핏 집주인의 표정을 살폈다. 그때 후루루 바람이 불어왔고 홍매 가지가 흔들리면서 어디선가 북장단에 맞춰 애달픈 여인의 애원성이 들리는 듯했다.

"맞아요. 요즘에는 이 홍매꽃이 꼭 죽은 우리 집사람으로 보인다니께요. 밤에는 우리 집사람이 저 자리에 서 있는 것만 같아서 자다가도 벌떡벌떡 일어나 나와 보는구만요."

그러면서 주인은 잠깐 마루에 올라앉으라고 하더니, 한참 후에 소반에 하얀 녹차 잔과 물 주전자를 받쳐 들고 나왔다. 그는 가볍게 우려낸 녹차를 찻잔에 따른 다음 잠깐 기다리라고 하더니 홍매꽃 두 송이를 따서 손바닥에 들고 와서 찻잔에 띄웠다. 다섯 개의 진홍빛 꽃송이가 하얀 찻잔 위에 화르르 펼쳐졌다.

"향기가 괜찮습니다. 꽃이 지기 전에 따서 냉동시켜두었다가 한겨울에 녹차에 한 송이씩 띄워 마신답니다."

주인의 말에 나는 찻잔을 들어 코끝에 대고 천천히 들숨을 쉬었다. 콧김이 새었던지 꽃잎이 흐르고 노란 꽃술이 떨리는 듯 오묘한 향기를 뿜어냈다. 연하면서도 강렬하게 톡 쏘는 향기가 핏줄을 타고 몸에 서서히 퍼지면서 머릿속에 많은 홍매 꽃송이들이 피어나는 기분이었다. 나는 눈을 감았다. 두루마기 차림의 아버지와 붉은 치마에 꽃잎처럼 가볍고 앳되어 보이는 홍매가 떠올랐다 사라졌다. 한때 나와 죽자 사자 뜨겁게 만났다가 헤어진 여자들도 희미한 모습으로 그려졌다.

"실은 저 홍매화는 저의 가친께서 혼인날 제 모친을 위해 심은 거랍니다."

나는 빈 찻잔을 든 채 낮은 목소리로 말하며 주인 남자의 표정을 살폈다. 나는 아버지가 어머니를 위해 심은 거라고 거짓말을 했다. 주인은 다소 놀라는 얼굴로 나를 보았으나 한동안 말이 없었다.

"저세상에 계시는 부모님 그리운 마음에 물어물어 여기까지 찾아왔습니다. 꽃을 보니 부모님을 뵌 듯 눈물이 나려고 하는군요."

"아, 그랬구만요. 그 심정 알겠습니다. 저도 저 꽃을 보면 죽은 아내가 생각난답니다."

두 사람은 오랫동안 말없이 다사로운 봄 햇살과 적당한 바람에 눈짓하듯 하늘거리는 홍매화를 바라보았다. 홍매화를 바라보는 주인의 그윽하면서도 무연憮然한 눈빛이 너무 애처로워 보여서 차마 그곳까지 찾아온 이유를 솔직하게 말할 수가 없었다. 농장에서 사 온 값에 배를 더 줄 테니 다시 되팔라는 말이 입안에서 뱅뱅 돌뿐이었다. 그날은 그렇게 발길을 돌렸다.

집으로 돌아오는 길에 창평 장터에 들러 옛날 홍매가 살았던 집을 찾아보았으나 주막은 흔적조차 발견할 수가 없었다. 국밥집들이 들어선 장터 광장에는 자동차로 꽉 차 있었다. 나는 한동안 장터 주변을 돌아다니며 홍매의 자취를 수소문해보았다. 그녀가 아직 살아 있을 것만 같았다. 생뚱맞게 지금 홍매를 찾아서 무엇을 어찌하겠다는 생각은 없었다. 다만 할 수 있다면 그녀에게 활짝 핀 아버지의 홍매화를 보여주고 싶었다. 서너 시간 동안 장터 주변을 뒤적이다시피 했으나 헛수고였다. 홍매를 찾는 것을 포기하고 돌아서는 발걸음이 무거워지면서 시울이 촉촉하게 젖어 왔다. 막연한 그리움이 목울대에 꽉 차올랐다. 지난날의 기억들이 다 그리웠다. 어려서, 홍매 때문에 아버지한테 구박을 받고 속을 끓여 눈물 마를 날이 없는 어머니를 볼 때마다, 두 주먹을 불끈 쥐곤 했던 분노와 원망과 미움마저도 아련한 그리움으로 살아났다. 어머니를 불행하게 만들었고 가정의 평화를 깨뜨려 친지들로부터 지탄받았던 아버지와 홍매의 사랑마저도 슬픈 전설이 되어 그리움의 붉은 꽃으로 피어난 듯싶었다. 비록 축복이 아닌 비난 속에 피어난 사랑이라 할지라도 이 세상 모든 사랑은 오랜 시간이 지나면 전설이 되어 기억 속에 그리움으로 살아남게 되는 것인지도 몰랐다.

느린 걸음으로 장터를 나오는데 한갓진 모퉁이 낡은 슬레이트집 앞 평상에 가지런하게 가르마를 탄 낭자머리 노파가 먼 산에 시선을 매단 채 그림처럼 오롯이 앉아 있는 모습이 눈에 들어왔다. 정갈하고 단아하게 보인 낭자머리 때문인지 분위기가 지금 세상 사람이 아닌 것처럼 아뜩하게 느껴졌다. 100년 전쯤에 살았던 사람으로 보였다. 흰 치마저고리와 흰머리에 꽂힌 하늘빛 비녀며 흰 고무신 때문인지도 몰랐다. 얼굴도 달빛에 젖은 박꽃처럼 창백했다. 나는 조심스럽게 다가가서 노인 옆에 앉았다. 옆얼굴의 눈 밑이며 입 언저리와 목덜미의 깊게 패인 주름을 보고서야 이 세상 사람이라는 것을 알았다. 갸름한 얼굴에 오목한 눈매며 도톰한 입술이 어딘가 낮이 이은 듯했다. 나는 노인의 얼굴에서 홍매의 기억을 찾아보려고 잠시 되작거려 살펴보았다. 지금의 주름진 얼굴에서 60년 세월의 더께를 걷어 낸다면 붉은 매화꽃처럼 곱고 화사한 본디 모습이 보일 것만 같았다.

"여기 사신 지 오래되셨습니까?"

내가 헛기침을 토하고 나서 한껏 목소리를 낮게 깔고 물어서야 노인은 먼 산으로부터 천천히 시선을 거두어 무표정한 눈빛으로 나를 보는가 싶더니 다시 고개를 돌려버렸다.

"한 사오십 년 되었을까…… 헌데 왜 그러시우?"

노인의 목소리는 생각보다 탄력이 느껴졌다.

"사십 년쯤 전에 여기 살았던 작은 어머니를 찾고 있습니다요."

"……"

"유둔재 너머, 구산에서 살다가, 6·25 후 장터에서, 주막을 냈던……."

내가 더듬거리듯 말하자 노인은 시선을 앞산 멀리 드리운 채 고개만 서너 번 가로저을 뿐이었다. 노인의 얼굴이 워낙 무표정하게 굳어있는 것을 본 나는 말문이 막힌 듯 더는 묻고 싶지가 않았다. 나는 큰 소리로 혹시 홍매가 아닙니까? 하고 물으려다가 천천히 일어서고 말았다. 울컥한 마음을 다독이기 위해 나는 서둘러 자동차 안으로 들어가 핸들에 얼굴을 묻고 말았다. 시울이 펑 젖어 운전을 할 수가 없을 것 같았다. 흔적은 40년의 긴 시간 속에 묻혀버렸지만 기억만은 머릿속에 생생하게 살아 있었다.

홍매를 찾아 헤매다가 병이 든 아버지는 끝내 폐병에 드러눕고 말았다.

그 무렵 아버지는 겨릅처럼 깡말라 바깥출입을 못 한 채 누워 안타까울 정도로 힘겹게 숨만 팔딱거렸다. 세상을 뜨기 보름 전쯤이었던 것 같다. 아버지께서 일으켜 앉혀달라고 하더니 머리맡 오동나무 궤에서 자그마한 보자기를 꺼내 내 앞에 내밀었다. 아버지는 숨이 끊어질 것 같은 가래 끓는 목소리로 홍매가 사는 곳을 알려주며 그 보자기를 전해달라고 당부했다. 붉은 매화꽃이 그려진 하얀 여사 고무신이었다. 나는 아버지의 부탁을 받고 어머니 몰래 창평으로 홍매를 찾아갔다. 아버지가 알려준 대로 홍매는 창평 장터에서 주막을 내고 있었다. 나는 먼발치에서 오랫동안 홍매의 주막을 지켜보았다. 낭자머리에 흰 치마저고리 차림의 홍매는 젊고 건장한 남자와 술잔을 놓고 좌판에 마주 앉아 깔깔대며 노닥거리고 있었다. 나는 망설였다. 용기가 없었던 것도, 술청의 분위기를 깨게 될까 봐 걱정되어서도 아니었다. 갑자기 어렸을 때 토벌대에 쫓기던 때, 아버지가 내 손을 놓고 혼자 도망쳤던 일이 생각났다. 나는 아버지에 대한 원망을 곱씹으며 아버지가 전해달라고 한 고무신을 시궁창에 던져버리고 도망치듯 숨이 차오르도록 뛰었다. 나는 아버지에게 고무신을 홍매한테 잘 전해주었노라고 거짓말을 했다. 아버지는 꺽꺽 자주 숨을 꺾으면서도 홍매 입성은 어떠하더냐, 누구랑 사는 것 같더냐, 너를 반겨주더냐, 애비한테 전하라는 말은 없더냐는 등 이것저것 되풀이해서 물었다. 그때마다 나는 거침없이 아버지 비위에 맞는 말을 해주었다.

"건강이 좋아지시면 한번 찾아오시라고 하드만요"라는 말에 아버지는 희끔희끔 웃기까지 하면서 "참말로 그러더냐? 참말로, 그렇게 전하라고 말했단 말이냐? 참말로?"라고 다그치듯 거듭 되물었다. 그때의 일을 생각하면 아버지에게 큰 죄를 지은 것 같아 괴로웠다. 그 고통은 내 손을 놓아버렸던 아버지에 대한 원망보다 몇 곱절 더 무겁게 나를 짓눌렀다. 나는 오랫동안 자동차 핸들에 엎드린 채 고개를 들지 못했다. 숨을 거두기 전 아버지의 간절한 부탁을 짓밟아버렸던 일이 칼로 오목가슴을 후비듯 고통스러웠다. 고통은 그리움과 슬픔이 되어 눈물로 흘렀다. 나는 소리 없이 울었다.

3

"잔뿌리 조심해요. 나무는 잔뿌리가 생명입니다."

나는 괭이와 삽으로 홍매화 나무 밑동 둘레 땅을 파고 있는 인부들을 향해 소리쳤다. 나무의 큰 뿌리는 몸통을 지탱해 주는 지주 역할을 하고 영양분을 빨아들이는 것은 작은 뿌리라는 것을 알고 있었다. 워낙 나무가 오래되어 밑동 흙의 둘레가 돌확만큼 컸다. 봄이 오려면 아직 멀었는데도 다행히 땅은 얼지 않았다. 나는 오래된 매화나무는 나무에 물이 오르기 전에 옮겨야 살 수 있다는 농장 사장의 말대로, 해동이 되기 전에 아버지의 홍매를 팠다. 늙은 인부가 괭이와 삽으로 분을 뜰 정도의 둘레를 표시해주자 굴착기의 육중한 쇠바가지가 땅을 깊숙이 내리찍었다. 붉은 흙이 두부처럼 뭉떵 잘라졌다. 나는 굴착기를 멈추게 하고 톱을 들고 옆으로 뻗은 작은 뿌리들을 잘랐다. 옮겨 심은 지 얼마 안 되어 아직 뿌리가 분 밖으로 뻗지 않았다. 집주인은 못내 서운한지 가까이 오지 않고 마루에 앉아서 아쉬운 표정으로 홍매 발취 작업을 바라보고만 있었다. 나는 어렵게 집주인을 설득하여 홍매를 캐갈 수 있게 되었다. 그동안 세 차례나 이곳 달빛 골짜기 마을에 와서 아버지에 대한 사랑과 그리움을 절절하게 하소연했었다. 집주인은 내 효성에 졌다면서, 아버지의 홍매보다 더 오래되고 수형이 아름다운 것을 대신 심어준다는 조건으로 간신히 승낙을 해주었다. 마당 가운데에는 아버지의 홍매화 자리에 심을 다른 홍매화가 어슷하게 누워 기다리고 있었다.

밑동을 반쯤 팠을 즈음에 누님이 생질과 함께 도착하여 차에서 내리는 모습이 보였다. 아버지의 홍매를 아버지 묘소 앞에 옮겨 심는 것을 반대해온 누님이었기에 나는 별로 반갑지가 않았다. 누님은 아버지의 홍매를 묘소로 옮기는 것은 저승에서까지 어머니를 괴롭히는 일이라면서 자식된 도리로 어찌 그런 불효를 저지르겠느냐며 나를 닦달했었다. 나는 무엇보다 누님 때문에 아버지가 어머니를 위해 심은 것이 아니었다는 사실이 집주인한테 발각이 될까 걱정이 되었다. 집주인은 아버지가 어머니를 위해 심은 것이 아니라, 다른 여자를 위해 심었다는 사실을 알게 되면 생각이 바뀔지도 모르기 때문이었다.

"잘 살랑가 모르겄다잉."

누님이 홍매 가까이 와서 목을 빼어 관심 있게 뿌리 쪽을 내려다보며 혼잣말처럼 말했다. 나는 그렇게 말하는 누님의 속내를 가늠할 수 없어 주춤했다. 누님은 홍매를 옮겨 심는 것을 반대하기 위해 여기까지 찾아온 것이 아니란 말인가.

"꿈을 꾸었는디, 아버지가 활짝 핀 홍매화 나무 아래서 환하게 웃고 계시더라. 돌아가시고 첨으로 아버지 꿈을 꾸었당게."

"그래요? 아버지께서 누님이 반대하는 것을 알고 계신 모양이네요."

나는 조심스럽게 누님의 눈치를 살피며 대꾸했다.

"이 큰 나무를 묘소까지 어뜨게 옮기끄나."

"그래도 사람 마음을 옮기기보다는 쉽지 않겠어요?"

나무 밑동이 다 드러나자 인부들은 밖으로 삐져나온 뿌리들을 자르고 마직포로 분을 싼 다음 고무줄로 단단히 동여맸다. 이제 완전히 캐낸 나무를 트럭에 실을 차례다. 인부들은 트럭에 옮겨 싣기 전에 한숨 돌리기 위해 땅바닥에 퍼질러 앉아 준비해 온 막걸리로 목을 축였다. 인부들이 쉬는 동안 나는 두 팔로 껴안을 수 없을 만큼 덩저리가 큰 분을 여러 차례 쓰다듬었다. 마치 아버지의 유골을 만지는 것처럼 애틋하고 경건한 마음이 들었다. 문득 7년 전 아버지를 이장했을 때 일이 떠올랐다. 아버지가 묻혔던 도시 외곽 야산에 아파트가 들어서게 되어 유골을 고향으로 모실 수밖에 없었다. 세상을 뜬 지 10년이 넘었는데도 육탈이 덜 되어 뼈에 거뭇거뭇 살점이 붙어 있었다. 아버지의 검은 유골을 대하자 붉은 매화꽃처럼 화사한 홍매의 얼굴과 흰 고무신이 머릿속에서 어른거렸다. 그리고 홍매가 전하더라는 내 거짓말을 듣고 오랜만에 희미하게나마 웃음을 보였던 아버지의 환한 모습이 떠오르면서 얼굴이 화끈거렸다. 나는 그날, 속죄하는 마음으로 대칼로 아버지 유골에서 살점을 모두 떼어내고 한지로 문질러 깨끗하게 닦아 냈다. 아버지에 대한 연민과 아련한 그리움, 목울대에 뜨겁게 차오르는 슬픔 외에 다른 기분은 전혀 느끼지 못했다. 그러나 그것만으로는 아버지에 대한 속죄의 앙금이 사라진 것이 아니었다. 세월이 흐르고 내가 더 늙어갈수록 아버지에 대해 죄스러움은 더욱 커져만 갔다.

"생각해 보면 나무도 인연 따라가는 것 같아."

"사람이나 나무나 마찬가지제라우. 진짜 인연은 사람이 나무가 되고 나무가 사람이 되는 거라고 생각허는 구만이라. 그런 세상은 없을까요?"

"다시 태어날 수만 있다면 나는 소나무로 태어나고 싶네. 사철 푸른 소나무로 태어나서 추위도 안 타고 한평생 꼿꼿하게 허리 펴고 살고 싶구만."

마흔 안팎의 젊은이 말을 초로의 깡마르고 왜소한 인부가 받았다. 인부들이 아버지의 홍매를 캐낸 자리에 농장에서 사 온 매화나무를 대신 심었다. 나는 그들이 주고받는 말에 빙긋이 웃기만 했다. 그들은 홍매화 나무를 캐내고 그 자리에 비슷하게 생긴 매화나무를 심는 연유를 알 턱이 없으면서도 인연이라는 말을 했다. 나도 마음속으로 인연이라는 말을 되뇌었다. 아버지가 사랑하는 여자를 위해 심은 홍매화가 60여 차례 아름답게 꽃을 피우는 동안 세상은 요동치듯 변하고 또 변했다. 많은 사람이 사라졌고 새로운 것들이 모습을 드러냈다. 사랑도 미움도 꽃이 피고 지는 시간의 무덤 속에 완전히 묻혀버렸다. 나는 오랫동안 아버지의 홍매를 잊고 살아왔다는 사실이 후회되었고 가슴이 아팠다. 뒤늦게나마 아버지의 홍매를 찾아서 산소로 옮기는 것은 내가 살아 있는 동안이라도 아버지를 오래도록 기억하고 싶은 간절한 바람 때문인 것이다.

굴착기로 아버지의 홍매를 트럭에 싣는 동안 나는 집주인에게 거듭 머리를 조아리며 고맙다는 인사를 하고 자동차에 올랐다. 길 안내를 위해 내가 앞장을 서고 그 뒤로 홍매를 실은 트럭과 굴착기를 실은 트럭이 따랐으며 누님과 생질이 타고 온 2인승 하얀 지프가 뒤를 이었다. 한 시간쯤 후에 일행은 고향의 마을회관 앞 공터에 도착했다. 그곳에서부터는 굴착기가 아버지의 홍매를 높이 매달고 야트막한 마을 뒷산으로 오르기 시작했다. 굴착기가 아버지 산소에 도착했을 때는 하루의 해가 설핏하게 기울기 시작했다. 인부들은 해가 지기 전에 서둘러 홍매화 나무를 심었다.

"엄니도 안 계셔서 쓸쓸하셨을 건디, 인자 외롭지 않으시겠소."

누님이 아버지 묘소 토방 옆에 바짝 심어놓은 홍매화 나무 앞에 무릎을 꿇더니 두 번 큰절을 올리며 말했다. 누님의 말끝이 어딘가 투정을 부리는 것처럼 톡 쏘는 듯했다.

"꽃 피면 올게요."

나도 아버지의 홍매화 나무를 향해 가볍게 고개를 숙이며 혼잣말처럼 하직 인사를 했다. 인부들과 굴착기는 어느새 억새밭 비탈길을 내려가고 있었다. 하늘이 낮게 가라앉으면서 바람이 부산하게 솔잎 사이를 휘감고 돌며 제법 날카로운 소리를 냈다.

"어쩐 일인지 엄니한테 죄스러운 생각이 손톱만치도 없어."

누님이 밤나무가 듬성듬성 한 밭머리를 내려오다 말고 발부리 밑 구산천 건너, 혼자 살고 있는 집을 바라보며 뚜벅 입을 열었다.

"어머님이 살아계셨다면 생각도 못 할 일이죠."

문득 오래전 아버지를 이장하고 이 길을 내려오면서 어머니가 내게 탄식하듯 한숨 섞어가며 했던 말이 떠올랐다. "느그 아부지 나헌테는 참말로 독살시럽고 몰인정 했어야. 한번은 이 밭에서 뙤약볕 쬠시로 콩밭을 매고 있었느니라. 1년 중에 오뉴월 콩밭 맬 때가 젤로 덥거든. 아 글씨, 나는 땀 찔찔 흘림시로 콩밭 매고 있는디, 느그 아부지라는 사람은 홍매년 허고 집 앞 팽나무 그늘에 마주 보고 앙거서 장구치고 니나노 가락으로 노래부름서 지랄염병허게 놀고 있드란 말이다. 환장허겄드라. 참다 참다, 오목 가심에 불이 붙은 것맹키로 속이 끓어올라, 호맹이 자루 든 채로 쫓아내러 가서 욕을 퍼부어 댐시로 악을 써댔단다. 아, 그랬더니 시상에 그 느그 아부지란 사람이 홍매년 보는 앞에서 내 머리끄덩이를 휘어잡고 꽤기치드끼 땅바닥에 어풀치더니 발로 직신직신 밟드란 말이다. 그날 밤에 감나무에 목매달고 콱 죽어 불라고 했다만 차마 네 놈 땜시…… 징헌사람. 아이고 독헌 사람." 어머니는 말끝에 몇 번인가 진저리를 쳤다. 순간 나는 어머니가 너무 그리워 눈물이 나려고 했다.

나와 누님은 어스름해서야 자동차를 세워 둔 마을 앞 공터에 도착했다. 누님과 생질이 다리 건너, 빤히 바라다보이는 자기네 집에 가서 쉬었다 가라며 한사코 붙잡는 것을 저녁 약속이 있다면서 먼저 보냈다. 누님을 태운 자동차가 떠난 후, 얼핏 고개를 들어 아버지 묘소가 있는 마을 뒷산을 올려다보고 나서 차에 오르려는데, 느티나무 앞으로 누구인가 바람처럼 휙 지나가는 모습이 눈에 들어왔다. 빠르게 지나갔지만 분명 흰 치마저고리를 입은 노인의 모습이었다. 나는 고개를 거듭 갸웃거리면서도 강한 힘에 이끌리듯 부리나케 느티나무 쪽으로 뛰어갔다. 아무도 없었다. 나는 이내 돌아서지 못하고 한동안 느티나무 부근을 서성이며 조금 전 눈앞을 스친 흰 옷차림의 노인을 찾기 위해 두리번거렸다. 그때 희끄무레 어둠이 깔리는 하늘에서 눈이 술술 내렸다. 마을회관 앞 가로등에 주황빛 불이 켜지자 하늘에서 붉은 매화 꽃잎이 날렸고, 어디선가 중중모리장단 가락의 장구 소리가 바람을 타고 아련히 흘러왔다.

『21세기문학』, 2011(*'아버지와 홍매' → '아버지의 홍매'로 작품명 변경)

안개섬을 찾아서

1

　노루섬은 남쪽 바다 끄트머리에 있다. 소안군도에 속한 이 작은 섬은 지도에도 없고 정기여객선도 다니지 않는다. 고작 여남은 가구에 스무 명 남짓 살고 있다. 소안도에서 추자도 중간쯤에 위치한 이 섬에 가기 위해서는 목포에서 쾌속선으로 완도군 노화도 이목항까지 가서, 다시 고깃배나 낚싯배를 타야 한다. 나는 노루섬에 형님이 가 있으리라고는 상상도 못 했다. 형님이 가출한 지 다섯 달이 지나서였다. 바다낚시를 좋아하는 내 오랜 친구 k로부터 형님을 보았다는 말을 들었을 때 큰 충격을 받았다. k의 말로는 형님이 그곳에서 섬마을 사람들과 함께 배를 타고 멸치잡이를 하고 있더라는 것이었다. 평생 대학교수로 있다가 2년 전에 정년을 한 형님이 어부가 되었다니 믿을 수가 없었다. 40년 이상 금슬 좋게 살아온 정숙한 아내와 사회적으로 출세한 두 아들, 네 명의 손자를 둔, 다복한 형님이 무엇이 부족해서 늘그막에 머나먼 섬에서 험한 어부 생활을 한다는 말인가. k는 첫눈에 형님을 알아보고 너무 놀랐다고 했다. 형님 쪽에서 당황해할까 보아 차마 아는 체도 못 했다고 했다. 마을 사람들한테 수소문해봤더니, 서너 달 전에 섬에 들어와서 방을 하나 얻어 살면서 이장인 집 주인과 같이 멸치잡이 배를 탄다고 했단다. 섬사람들은 형님을 서울에서 노숙자 생활을 하다가 노루섬까지 흘러들어온, 불쌍한 외톨이 노인으로 믿고 있더라고 했다.

나는 망설이지 않고 큰 조카한테 전화를 했다. 나 혼자 먼저 노루섬에 가서 확인부터 해 볼까 하는 생각도 해 보았지만, 그동안 행방을 감춘 형님 때문에 집안이 엉망이 된 터라 일단 소식부터 전하지 않을 수 없었다. 처음 며칠은 집에 있기 답답해서 여행을 갔거니 했다. 형님은 2년 전, 정년퇴직을 한 다음 날에도 혼자 배낭 하나만 메고 나흘 동안 전국을 돌아다니고 온 적이 있었다. 그러나 이번에는 달랐다. 일주일이 지나도 소식이 없자 혹시 해외여행을 간 것이 아닐까 싶었는데 여권을 발견하고 나서 경찰서에 실종신고를 내는 등 온 가족이 본격적으로 찾아 나섰다. 뒤늦게야 신용카드며 저금통장, 휴대폰까지 그대로 두고 빈 몸으로 집을 나간 것을 알게 되었다. 슈퍼 아줌마 이야기로는 등산복 차림에 어울리지도 않은 볼사리노 중절모자를 쓰고 집을 나서는 것을 보았다고 했다.

나는 형님을 찾기 위해 6·25 때 떠나온 후 처음으로, 흰거위산골짜기에 있는 고향에도 가 보았고 친척이나 친구들 집 등 갈만한 사람들을 모두 찾아 연락을 해 보았다. 형님 때문에 큰 조카는 해외연수도 포기했고 둘째는 평수 넓은 새 아파트를 사놓고도 입주를 미루고 있었다. 평소 건강하던 형수는 혈압이 올라 두 번이나 쓰러졌다. 지난 다섯 달 동안 집안은 초상집 분위기였다.

큰 조카한테 전화한 지 한 시간도 못 되어 근무 중인 두 조카와 형수가 숨을 몰아쉬며 집에 들이닥쳤다. 구청에 과장으로 있는 첫째 조카가 먼저 달려왔고 20분쯤 후에 대기업 부장인 둘째가 형수를 모시고 왔다. 나는 k 한테서 들은 이야기를 그대로 전했다. 형수와 조카들 역시 그 말을 믿지 않았다. 고희를 앞둔 노령에 무엇이 부족해서 그 험한 멸치잡이를 하다니, 사람을 잘못 본 것이 분명하다면서 코웃음을 쳤다. 그러나 나는 k의 말을 믿었다. 노루섬이라면 형님이 갈 수 있는 곳이기 때문이다. 50여 년 전 형과 나는 아버지를 따라 노루섬에 갔고 그곳에서 2년 가까이 살았었다. 물론 형수와 조카들은 그 사실을 모른다. 어쩌면 형도 나도 그때의 일을 숨기고 싶었는지 몰랐다. 떠올리고 싶지 않은 아픈 기억이다. 아버지는 그곳에서 행방불명이 되었고 형과 나는 도망치듯 섬을 빠져나왔었다. 지금도 노루섬을 생각하면 배고픔과 두려움, 외로움과 슬픔이 한꺼번에 몰려왔다. 좋은 기억이라면 슴새에 대한 것 하나뿐. 형님은 처음 본 새라면서 슴새를 무척 좋아했다. 흑비둘기와 사촌인 슴새는 길고 조붓한 날개에 꽁지가 짧고 발에 물갈퀴가 달렸다. 날개와 몸을 좌우로 기울이면서 지그재그로 날아오르는 모습이 재미있다고 했다. 형님은 슴새가 땅에서는 바로 날아오르지 못하고 비탈면을 내닫거나 나무 위에 기어 올라가 뛰어내리면서 날아오르는 모습을 보며 깨알처럼 웃어대곤 했다. 형님은 어떻게 알았는지 검정 슴새는 북극과 남극을 오갈 정도로 멀리까지 난다고 했다. 1년에 4만 킬로미터를 난다는 것도 알고 있었다.

"못난 양반, 카드라도 가지고 갈 것이지. 얼마나 고생이 심헐까."

남편이 멸치잡이 어부가 되었다는 말을 들은 형수는 손등으로 눈물을 훔쳤다. 형수는 어부가 되었어도 좋으니 살아 있기만 하면 다행이라고 했다.

형님이 집을 나간 후 형수는 처음에 자신을 데리고 가지 않은 것 때문에 시큰둥했다가, 점점 걱정이 커지면서 같이 살아오는 동안 남편한테 섭섭하게 했던 일들을 떠올리며 후회했고, 한 달 두 달 시간이 흐르자 고통 속에서 심신을 제대로 가누지 못할 정도로 삶이 휘청거렸다. 자식들 결혼시켜 각각 살림 내보내고 부부만 남아 호젓하게 살다가, 남편 없이 혼자 남게 되니 사는 것이 밤중에 혼자 길을 걷는 것 같다고 했다. 형수는 당장 노루섬에 가 보겠다고 서둘렀다. 두 아들도 함께 가겠다고 했다.

"아직은 확실한 것이 아니니, 나 혼자 다녀오지요."

나는 한사코 같이 가겠다는 세 모자를 간신히 말렸다. 결국 큰 조카와 내가 다녀오기로 결정을 보았다.

다음날 새벽 나와 조카는 서둘러 목포행 열차를 탔다. 날이 밝아 올 때 까지 우리는 열차 속에서 못다 잔 잠을 잤다. 눈을 뜨고 차창 밖을 바라보 니 모내기가 한창인 6월의 들판을 달리고 있었다. 초여름 농촌은 햇살이 구름에 가려지긴 했어도 연두색과 야청 빛깔 속에 마냥 평화로워 보였다. 날씨가 찜부럭한데다가 야트막한 산자락의 나뭇가지들이 몸살 나게 흔 들어대는 것을 보니 바람이 드세어진 것 같았다. 휴대폰을 꺼내 시간을 보니 9시가 조금 넘었다. 서둘러 나오느라 아무것도 먹지 않아서인지 공 복감이 느껴졌다. 아침의 공복감은 속이 쓰렸다. 목포에 도착하려면 아 직 한 시간은 더 기다려야 했다. 조카도 출출한지 김밥과 커피 두 잔을 시 켰다.

"도대체 아버지는 왜 집을 나가셨지요?"

조카가 커피를 마시면서 불만스러운 목소리로 뚜벅 물었다. 그동안 두 조카는 이 질문을 나에게 수없이 던졌다. 조카들은 아버지의 가출에 대해 계속 의문을 품고 있었다. 물론 나도 형님의 가출 이유를 정확히 알 수가 없다.

"남쪽 바다 끝에 있다는 그 섬에는 왜 가셨을까요?"

"글쎄다. 아마 뭔가를 찾으러 가셨을지도 모르겠다."

"뭘 찾아요?"

"뭔가, 잃어버린 것이 있을지도……."

나는 차창 밖 멀리 시선을 던진 채 애매하게 말했다. 조카한테 그렇게 말은 했어도 나 자신도 형님이 무엇 때문에 노루섬에 갔는지 알 턱이 없었다.

"잃어버린 것이라뇨? 도대체 뭘 잃어버렸는데요?"

"평생 앞만 보고 아등바등 살아오면서 잃어버린 것이 어디 한두 가지겠느냐?"

"예?"

나는 조카가 워낙 큰 소리로 되묻는 바람에 차창 밖으로부터 천천히 시선을 거두고 내가 무슨 말을 했는지 잠시 생각해 보았다. 조카는 내 표정에서 아버지에 대한 비밀이라도 탐지하려는 듯 의아스러운 눈빛으로 내 옆얼굴을 뚫어지게 보았다.

"그러니까 내 말은, 네 아버지가 그동안 오직 가족을 위해서 열심히 헌신적으로 살아왔기에, 교육자로서나 가장으로서나 이만큼 일가를 이루었지만, 여기까지 오는 동안 뭔가 소중한 것을 잃어버릴 수도 있지 않겠느냐 그 말이다. 가령 말이다……."

나는 더 말을 잇지 못하고 잠시 말끝을 흐리고 말았다. 형님이 잃어버린 것이 있다면 그것은 무엇일까 생각해 보았다. 어쩌면 그것은 내게도 똑같이 해당하는 문제인지도 몰랐다. 형님이 정년퇴임 직후 혼자 여행을 하고 돌아와서 내게 한 말이 생각났다. 형님은 정신없이 뛰어오느라고 소중한 것을 어디엔가 두고 온 것처럼 허전하다고 했다. 지금 불행하지는 않지만, 외롭고 슬프고 늘 허기졌던 지난날을 생각하면 모든 것에 감사하게 생각하면서도 찬바람이 가슴을 뚫는 것처럼 헛헛하다고 했다. 그러면서 형님은 지금 할 수만 있다면 68세부터 시작해서 유년 시절까지, 인생의 필름을 되돌려 가면서 거꾸로 살아보고 싶다고 했다. 그래서 두고 온 것, 미처 보지 못했던 것, 느끼지 못했던 것, 잘못했던 것, 소홀히 했던 것, 남에게 상처 주었던 것들을 하나하나 되짚어보고, 잘못한 것은 되돌리고 용서받고 싶다고 했다.

"노루섬에 누가 있어요?"

한참 후에 조카가 물었다. 나는 대답 대신 거칠게 고개를 흔들었다. 나는 조카에게 유년 시절 아버지를 따라 그 섬에서 2년을 살았고 바다에 나간 아버지가 살아 돌아오지 못했다는 이야기를 하고 싶지가 않았다. 더욱이 아버지가 사라지고 나서 살기가 막막해지자 아버지 친구였던 집 주인의 돈을 훔쳐 도망쳐 나온 이야기는 누구에게도 할 수 없었다.

열차가 목포역에 도착했을 때는 바람이 더욱 거칠어졌고 비까지 흩뿌렸다. 비바람 때문에 여객선이 발이 묶여, 우리는 목포역 대합실에 앉아 대책 없이 시간을 보냈다. 조카가 아침이나 먹자고 했으나 비바람을 뚫고 식당을 찾아다니기도 귀찮아졌다.

낡은 목조건물의 역 대합실에는, 의자 하나 없는 시멘트 바닥에 남루한 옷차림의 사람들이 빼꼭 들어차 있었다. 서로 등을 기대고 졸거나 앉은 채 저마다 무릎에 얼굴을 처박고 잠든 사람들도 보였다. 이들 중에는 섬으로 들어가기 위해 배 시간을 기다리는 사람들이거나, 밤에 기차가 도착하여 통금시간이 해제될 때까지 시간을 보내는 사람들이 대부분이었다. 아예 대합실에서 붙어사는 비렁뱅이들도 상당수 있었다. 우리 삼부자도 그들 틈바구니에 끼어 날이 밝기를 기다렸다. 아버지는 형제를 양쪽에 앉히고 두 팔로 허리를 감싸 안은 채 앉아서 꾸벅꾸벅 졸았다. 나는 한 번도 졸지 않았다. 산골에서 자란 나는 처음 바다를 보게 되는 설렘 때문에 눈이 감기지 않았다. 나는 기차를 탈 때부터 줄곧 머릿속에 바다를 그렸다. 내가 상상하는 바다는 그림책에서 보았던, 코발트 빛깔의 수평선과 그 위로 유유히 흐르는 배, 하얗게 부서지는 파도와 상어 떼며 물을 뿜는 고래, 낮게 나는 갈매기들이었다.

대합실 벽에 걸린 커다란 괘종시계가 12시를 쳤다. 그때 밖에서 호루라기 소리가 요란했고 헌병들 대여섯 명이 대합실 안으로 들어서더니 권총을 휘두르며 줄을 서라고 무섭게 윽박지르며 소리쳐댔다. 틈새에 비집고 앉아서 얼쑹얼쑹 잠이 들거나 졸고 있던 사람들이 겁에 질린 얼굴을 하고 비실비실 줄지어 섰다. 헌병들은 권총을 거꾸로 잡고 군밤을 주듯 차례대로 줄지어 선 사람들 머리를 쳤다. 형이 먼저 맞고 아버지 다음으로 내가 맞았다. 눈에서 번갯불이 번쩍 튀었지만 그렇게 아프지는 않았다. 아프지 않았는데도 괜히 눈물이 났다. 이유도 없이 권총으로 얻어맞은 것이 슬펐다. 헌병들은 아이고 노인이고 할 것 없이 권총 손잡이로 머리를 치고 나서 밖으로 내쫓았다. 우리 삼부자도 대합실 밖으로 쫓겨났지만 갈데가 없었다. 다른 사람들과 같이 역 건물 벽에 붙어 서서 오들오들 떨며 헌병들이 사라지기만을 기다렸다. 가을이라고는 해도 밤의 바닷바람은 꽤 쌀쌀했다. 어둠 속에서 파도 소리와 함께 비릿한 갯내가 콧속을 후비고 들어와 핏줄로 스며드는 듯했다. 파도 소리와 갯내가 좋아 추위를 참을 만했다. 1955년의 일이니 55년 전이다. 그때 그 일을 생각하면 쓴웃음과 함께 슬픔이 목구멍에 가득 차올랐다. 그 시절은 그랬다. 그런, 말도 안 되는 세상을 살아온 것이다.

그때 아버지는 낯선 땅에서 철저히 은둔하기 위해 노루섬을 택한 것인지도 몰랐다. 현실도피라고나 할까. 마을 들머리 집에서 산 탓으로, 한밤중에 총부리를 들이대며 지서장 집으로 가자는 윽대김에 어쩔 수 없이 길인내를 할 수밖에 없었단다. 그날 밤 지서장의 다섯 식구가 살해되었으며 아버지는 결국 빨치산과 내통했다는 이유로 2년 동안 감옥살이를 하고 나왔다. 그 사이 어머니는 아버지에게서 떠났고 우리 형제는 고모 댁에 얹혀살았다. 아버지는 고향에 버티고 살아갈 수가 없었다. 일가족을 몰살시킨 살인자 취급을 받고는 살 수가 없었다. 자본주의와 사회주의를 구별할 줄 모르는, 농사꾼 아버지는 고향에서 사회주의자라는 붉은 딱지가 붙은 것이었다. 결국 아버지는 한때 우리 마을에서 가까운 장터에서 두붓집을 하다가 섬으로 돌아간 친구를 찾아 남쪽 바다 끝에 있는 외딴 노루섬으로 갔다. 두 아들과 함께 목숨 부지하고 살기 위해서는 그 길밖에 없었다.

정오쯤 되자 비가 멎으면서 바람도 한결 잦아들었다. 나는 조카와 함께 역에서 가까운 여객선터미널로 향했다. 바람은 숨을 죽였으나 바다는 여전히 으르렁거리고 허연 이빨로 방파제를 물어뜯으며 온몸을 뒤척였다. 노화도행 배는 다음 날 아침 9시에 떠난다고 했다. 우리는 여객선터미널에서 가까운 식당에서 홍어탕으로 아침 겸 점심을 때웠다. 그날 밤은 고하도 앞바다가 한눈에 들어오는 바닷가 호텔에서 묵었다. 호텔방 침대에 누워 철썩이는 파도 소리를 들으니 감회가 새로웠다. 55년 전에는 여인숙에 들어갈 돈이 없어 역 대합실에서 노루잠을 자다가 헌병들한테 권총으로 머리를 얻어맞고 내쫓김을 당했었는데, 지금은 비싸고 안락한 호텔방에 누워 있다니, 세상이 좋아진 건가? 내 형편이 나아진 건지 모르겠다.

호텔방에서 창문을 열고 바다를 보았다. 갑자기 내 머릿속에서 슴새가 지그재그로 날아올랐다. 형님과 같이 바닷가에서 해가 질 때까지 슴새를 관찰했던 기억이 떠올랐다. 바다와 하늘에서 강한 슴새는 땅 위에서는 약하고 불안해 보였다. 땅 위에서는 다리를 곧추 펴지도 못하고 15도 정도 어슷하게 굽혀서 기듯이 걷는 모습이 우스꽝스러웠다. 형님은 내게 슴새에 대해 자세히 이야기해주었다. 바다에서 사는 슴새는 한여름 번식기에 딱 한 번, 그것도 해가 진 다음에야 상륙한다고 했다. 우리는 그날, 슴새가 바다 물결에 몸을 맡기고 여유롭게 흔들리면서 해가 지기를 기다렸다가, 날이 어둑해져서야 조심스럽게 땅에 발을 딛는 모습을 보았다. 형은 슴새의 모성애에 관해서도 이야기해주었다. 슴새는 1년에 알을 딱 하나만 낳는데, 그 단 하나의 알은 슴새에게 삶의 전부라고 했다. 슴새는 땅굴을 파고 낙엽을 끌어다 둥지를 만들고 알을 낳으며, 비가 와서 둥지가 물에 잠겨도 절대 떠나지 않고 알을 품고 있다고 했다. 나는 형님의 이야기를 들으며 집을 나간 엄마를 생각했다. 슴새는 또 암놈과 수놈이 열흘간씩 번갈아 가면서 알을 품으며 알을 품지 않을 때는 상대의 먹잇감을 구한다고 했다. 슴새는 철저한 일부일처제로 금슬이 좋다는 말을 했을 때도 엄마 아빠를 생각했다. 나는 노루섬에 있는 동안 슴새를 통해 많은 것들을 배웠다. 하늘에서는 가장 멀리 나는 새일지라도 땅에서는 걷는 것조차도 서투른 것이 재미있었다. 어른이 되어서 깨닫게 된 일이지만 슴새가 땅 위에서도 하늘에서도 다 완벽했더라면 형과 나는 슴새를 그렇게 좋아하지 않았을지도 모른다. 한쪽이 완전하면 다른 한쪽은 불완전한 것, 그리고 불완전과 완전히 서로 보완하고 조화를 이루는 것이 더 아름답고 생각했다. 그러나 슴새를 잊고 사는 동안 나는 아내와 딸에게 최선을 다하지 못했을 뿐만 아니라, 매사에 완벽주의자가 되려고 했다.

형님은 노루섬에 있는 동안 슴새 박사가 되었다. 슴새만 보면 얼굴이 밝아지며 눈길을 뗄 줄 몰랐다. 그러고 보니 형님은 어쩌면 슴새를 찾아 노루섬에 갔을지도 모른다는 생각이 들었다. 나도 슴새를 다시 보고 싶었다. 그러고 보니 우리 형제는 오랫동안 슴새를 잊고 살아왔다.

2

다음날 9시 노화도행 배가 출항했다. 맑게 갠 하늘에서는 눈부신 햇살이 바다에 화살처럼 꽂혀 내렸다. 바람도 적당해 항해하기에 좋은 날씨다. 하늘이 맑은 날의 바다는 언제 보아도 유유하다. 항구를 벗어나자 바다는 끝없이 그윽하고 끝없이 깊어 보였다. 12살 때 처음 보았던 바다 역시 그 끝이 하늘과 맞닿아 있었다. 수평선 끝에서 하늘로 기어오를 수 있을 것 같았다. 워낙 작은 배라 높지 않은 물결에도 조리질하듯 심하게 흔들렸다. 먹은 것도 없이 토악질을 계속했지만 처음 본 바다의 신비로운 모습에 취해 잠시도 눈을 감지 않았다. 오랫동안 수평선을 바라보고 있으려니 바다와 하늘을 구별할 수가 없었다. 바다와 하늘이 하나가 되었다. 배가 파도에 부딪혀 요동을 칠 때마다 하늘과 바다의 위치가 뒤바뀌곤 했다. 하늘이 바다가 되고 바다가 하늘이 되었다. 나는 그때, 바다는 내가 꿈꿀 수 있는 또 하나의 아름다운 세계라고 생각했다. 넓은 바다로 나갈수록 배는 더욱 심하게 흔들려 몸이 바다로 튕겨 나갈 것만 같았다. 헤엄을 칠 줄 몰랐지만 두렵지 않았다. 그때까지만 해도 나는 바다는 사람을 외롭게 만드는 울타리 없는 감옥과 같다는 것을 전혀 깨닫지 못했다. 바다가 사람을 외롭게 만든다는 것을 알고 있기라도 한 듯, 아버지와 형님의 표정은 차갑게 굳어있었다. 앞으로 바다에 갇힌 채 낯선 땅에서 살아갈 일이 두려웠기 때문이었는지도 몰랐다.

나는 토악질을 계속한 데다가 바닷바람이 차가워 오슬오슬 몸을 떨었다. 그러자 아버지가 나를 끌어안더니, 조금만 참아라. 조금 있으면 노루섬에 도착한다. 그곳에 가면 따뜻한 방이 있고 쌀밥을 배부르게 먹을 수가 있다. 네가 좋아하는 갈치구이도 실컷 믹을 수 있단다. 노루섬에 가면, 빨갱이 자식이라고 놀려대는 사람도 없고 아버지를 잡아갈 사람도 없단다하고 입을 내 귀에 가까이 대고 속삭이듯 말했다. 지금 생각해 보니 아버지는 아는 사람이 없는 낯선 땅으로 숨어들기 위해 노루섬을 찾아갔던 것 같다. 그것은 도피였으며 세상과 담을 쌓고 철저하게 은둔하기 위한 것이었을 것이었다.

여객선은 목포를 출항한 지 한 시간 조금 지나 노화도 이목항에 도착했다. 조카와 나는 낚싯배를 빌리기 위해 서둘렀다. 그런데 낚싯배들이 노루섬은 너무 멀고 한 번도 가 보지 않았다면서 거절을 했다. 한 시간 가까이 뛰어다니다가 간신히 뱃삯을 달라는 대로 다 주기로 하고 자그마한 낚싯배를 빌려 노루섬으로 향했다. 소안군도를 빠져나가자 확 트인 바다가 한눈에 들어왔다.

"보아하니 낚시꾼 차림도 아니고 초행길 같은디, 노루섬에는 뭣 땜시 가십니까?"

체격이 우람하고 얼굴이 검게 그을린 오십 안팎의 낚싯배 선장이 조카와 나를 의심쩍은 시선으로 여러 차례 흘깃거리며 물었다.

"슴새 보러 갑니다."

"그 먼 데까지 새를 보러 가요? 슴새라면, 갈매기 말이오?"

내 대답에 선장이 거듭 물었다. 그는 습새를 모르고 있는 것 같아 그냥 쓴웃음을 삼켰다. 배가 더 넓은 바다로 나가자 하늘 빛깔의 망망대해가 펼쳐졌다. 바다와 하늘 외에는 아무것도 보이지 않게 되자, 눈앞의 정경이 꿈속에서처럼 헌실감이 없어지면서, 목적지도 없이 어디론가 계속 흘러가고 싶은 충동에 사로잡혔다. 끝이 보이지 않은 바다에서 목적지 같은 것은 아무 의미도 없었다. 변화 없는 광경에도 지루하지 않았고 순간마다 눈앞에 새로운 세계가 열리는 느낌이었다. 그래서 바다는 도전과 모험을 즐기는 용기 있는 남자를 기다리는 것이 아닐까.

조카는 멀미하는지 기관실 옆에 몸을 조그맣게 웅크리고 앉아 있었다. 시간이 흐르고 노루섬이 가까워지고 있었지만 습새는 보이지 않았다. 55년 전 처음 이곳에 왔을 때는 습새가 떼를 지어 유유히 바다 위를 날고 있었는데 그 많은 새가 다 어디로 날아가 버린 것일까. 나는 단 한 마리의 습새라도 찾아보기 위해 바다에서 잠시도 눈길을 거두지 않았다. 이목항을 출발한 지 한 시간이 다 되어갔지만 그 흔한 갈매기 한 마리도 날지 않았다. 새가 날지 않은 바다는 적막했다.

노루섬이 가까워질수록 가슴이 뛰었다. 형님을 만나게 될 반가움보다 그사이 다른 사람으로 변했을지도 모르는 형님을 보기가 두려웠다. 어쩐지 형님이 낯설게 느껴질 것만 같았다. 반추하고 싶지 않은 오래된 기억들을 마주 대하기가 싫었기 때문인지도 모른다. 마침내 노루섬이 바다 끝에서 갈맷빛 돌덩어리 모습으로 둥실둥실 떠올랐고, 돌덩어리가 함지박을 엎어놓은 것 같은 거대한 바위로 커지면서 시야를 가득 채웠을 때, 나는 자신도 모르게 탄식과도 같은 감탄사를 토했다. 섬에 가까이 다가갈수록 바윗덩어리 모양이 점점 작아지면서 해변의 모래사장과 후박나무 숲으로 에두른 바위산 아래쪽과 바다 가까이에 집들이 뚜렷하게 각기 제 모습을 드러냈다. 배가 노루섬 선착장에 도착할 때까지 끝내 슴새를 보지 못했다.

선착장에서 바라본 노루섬은 55년 전 모습이 아니었다. 옛날에는 야트막한 산기슭에 40여 채의 초가들이 따개비처럼 다닥다닥 붙어 있었는데, 지금은 선착장 옆으로 큰 길이 뚫리고 길을 따라 슬래브 집과 뻘깅과 초록빛 양철지붕 집들이 여남은 채가 띄엄띄엄 자리를 잡고 있었다. 배에서 내리자 조카는 멀미에 시달렸기 때문인지 어지럽다면서 몇 발짝 걸음을 옮기더니 흐물흐물 땅바닥에 주저앉았다. 선착장 바로 옆 슬래브 2층 집에 바다식당이라는 간판이 보였다. 당장 이장 댁으로 찾아가서 형님부터 만나보고 싶었지만 조카가 몸을 추스르는 것이 급했다. 나와 조카는 우선 식당으로 들어갔다. 혼자 식당을 지키고 있던 추레한 차림의 노파는 손님을 대하고도 반갑게 맞지 않고 꿈을 꾸고 있는 것처럼 멀고도 희미한 눈빛으로 멀뚱히 바라보기만 했다. 나는 우럭 매운탕을 시켰다. 이목항에서 이른 점심을 먹었으나 배에서 파도에 시달려서인지 허기가 졌다. 조카는 식당에 들어서면서부터 물만 계속 들이켰다. 매운탕이 끓는 동안 나는 잠시 밖으로 나와 선창 주변을 두리번거렸다. 이상하게 사람은 보이지 않고 강아지 한 마리가 나를 보더니 앙칼지게 짖어댔다. 선창에서 가까운 집들을 기웃거려 보았지만, 사람의 기척이 없었다. 사람이 살지 않은 텅 빈 섬처럼 느껴지면서 을씨년스럽기까지 했다. 선창 거리에서 다시 모래사장 쪽으로 내려가고 있을 때 백발에 낡고 땟국에 절인 흰 와이셔츠 차림에 허리가 구부정한 할아버지가 보여, 가까이 다가가려고 발걸음을 서둘렀다. 돌담 모퉁이를 돌아서 보니 할아버지는 눈앞에서 사라져버리고 없었다.

나는 연신 고개를 갸웃거리다가 다시 선창 주변을 서성거리며 55년 전 삼부자가 잠시 빌붙어 살았던 최 씨네 집을 찾아보았으나, 흔적조차 발견할수가 없었다. 아버지 친구 최 씨는 선착장 가까이 흙집에 다리를 못 쓰는노모와 실면서 고기잡이와 두부를 만들어 섬사람들에게 팔았다. 형은 그때 최 씨 집에서 두부 만드는 일을 도와주었다. 작은 섬이었지만 그런대로 두부가 잘 팔렸고 콩비지만 먹어도 굶주림은 면할 수 있었다.

식당으로 돌아온 나는 일흔이 훨씬 넘었음 직한 식당 주인 할머니한테옛날 두붓집을 했던 최 씨 소식을 물어보았다. 처음에는 아무런 반응이없더니 다시 물어서야 할머니는 고개를 가로저었을 뿐이다. 나는 더 이상묻지 않았다. 조카는 배가 고프다고 하면서도 탕을 몇 숟갈 뜨는 둥 마는둥 하였다. 탕 맛이 이상했다. 간이 맞지 않은 데다 고춧가루도 풀지 않아서인지 비린내가 심했다. 밥은 물기가 많은 데다 찰기가 전혀 없고 반찬도 입에 맞는 것이 없었다. 나는 탕 냄비를 밀치고 찬물에 밥을 말아 반찬도 없이 몇 숟갈 뜨고 밖으로 나오고 말았다.

바다식당 아래 조붓한 해변 길로 걷다가 돌담 모퉁이에서 산등성이로추어 오르자 초록색 지붕의 이장 집이 보였다. 갯가에서 돌계단을 따라한참 오르자 꽃이 만발한 고목 자미화가 눈에 들어왔다. 잡풀 하나 없이말끔하게 정돈된 마당 안쪽 화단에는 자미화 외에도 맨드라미며 봉숭아,패랭이꽃, 도라지꽃 등 여름에 피는 화초들이 가득 흐늘거렸다. 꽃들을보며 마당 안으로 들어서자 우리를 기다리고 있었던 것처럼 백발 늙은 부부가 마루에 걸터앉아있었다. 순간 나는 놀라 걸음을 멈췄다. 조금 전 바다식당 아래 돌담 모퉁이에서 얼핏 눈에 띄었다가 순식간에 사라졌던 흰와이셔츠 차림의 노인을 보았기 때문이다. 백발 노부부는 집안으로 낯선 사람이 들어오는 것을 보고도 아무 반응이 없었다. 그들은 우리 두 사람에게는 관심이 없다는 듯 마당 끝으로 펼쳐진 바다만 바라보고 있었다.

"여기가 이장님 댁이 맞습니까?"

조카가 아버지를 찾느라 눈으로 집 안을 쑤석거리는 사이 나는 마루 가까이 다가가 허리를 구부려 예의를 갖추고 물었다.

"내가 이징이오민……."

얼핏 보아도 팔십이 훨씬 넘어 보이는 백발노인이 잘 알아들을 수 없을 만큼 낮은 목소리로 중얼거리듯 대답했다.

"저희는 서울에서 사람을 찾으러 왔습니다. 이 댁에 제 형님이 와 계신다고 해서요."

나는 그렇게 말하고 형님의 흔적들을 찾기 위해 집 안이며 토방의 신발들을 유심히 살펴보았다. 두 개의 방문 앞 토방에는 흙 묻은 장화 한 켤레와 굽이 납작하게 찌그러진 낡은 구두며 여자 흰 고무신이 가지런히 놓여 있었다. 형님의 등산화는 보이지 않았다. 그래도 혹시 형님이 방 안에서 우리를 지켜보고 있을지도 모른다는 생각에서 연신 헛기침을 쏟았다.

"노숙자로 떠돌아 댕겼다는 황 씨라면 여기 없소. 헌디, 황 씨는 친척붙이가 한 사람도 없다던데?"

"어디로 가셨는가요?"

노인의 말에 조카가 다급하게 긴장된 목소리로 물었다.

"안개섬으로 갔소."

"안개섬이라뇨? 그 섬이 어디 있는데요?"

"사람이 살지 않은 섬인데 멀어요."

"안개섬에는 무엇 때문에 가셨지요?"

"그 섬에는 어떻게 갈 수 있지요?"

조카와 내가 거의 동시에 물었다.

"배가 있어야 가지."

이장이라는 백발노인은 다시 비디 쪽으로 눈길을 던지며 웅얼웅얼 말했다. 노인의 말로는 노루섬에는 자기 소유인 발동선 고깃배가 딱 한 척이 있다면서, 안개섬은 워낙 멀고 뱃길이 험해 가고 싶지가 않다는 것이었다. 결국 뱃삯을 배로 쳐주겠다고 어렵게 설득을 하여 다음날 일찍 출발하기로 했다. 배를 부릴만한 젊은 사람이 없냐고 물었더니, 노루섬에는 노인들만 남아 있다고 했다.

그날 밤 우리는 형님이 거처했다는 이장 댁 골방에서 하룻밤 묵기로 했다. 신문지로 도배를 한 좁은 방에는 사과 궤짝 위에 이불과 때에 절이고 납작하게 가라앉은 베개 하나가 놓여 있을 뿐이었다. 형님의 흔적은 아무것도 남아 있지 않았다. 주인 노인한테 혹시 형님이 남긴 물건이 있느냐고 물었더니 안방에서 낯익은 중절모를 들고 나왔다. 형님이 안개섬으로 가면서 선물로 주었다고 했다. 조카가 중절모자를 받아 큼큼 냄새를 맡았다. 그 볼사리노 중절모자는 조카가 이태리에 출장 갔을 때 거금을 주고 회갑 선물로 사 온 것으로, 형님이 가장 아끼던 것이었다. 형님은 내게 볼사리노는 70년대에 알랭 드롱이 즐겨 써서 유명해졌다면서, 당신이 죽은 다음에 내게 주겠다고 했었다. 나는 노인에게서 중절모자를 되돌려 받고 싶었지만 참았다. 조카도 한참 동안 볼사리노를 만지작거리고 서 있었다. 특별한 모임이나 외출을 할 때만 쓸 정도로 아꼈던 모자를 어울리지도 않은 백발노인한테 줘버렸다는 게 서운했는지, 시종 언짢은 기색을 감추지 못했다. 나는 형님이 나와의 약속을 깨고 보물단지처럼 아끼던 볼사리노를 노루섬까지 일부러 가지고 와서 선뜻 노인한테 줘버린 의도를 이해할 수 없었다. 변변한 옷가지 하나 챙겨오지 않고 등산복 차림으로 집을 나간 형님이 무엇 때문에, 유럽 신사들이라면 누구나 하나쯤 갖고 싶어 한다는 명품 볼사리노를 가져왔는지도 의문이었다.

"숙부님, 아버지는 왜 볼사리노를 여기까지 가져오신 걸까요?"

잠자리에 들자 조카가 뚜벅 물었다. 조카도 볼사리노 때문에 아쉬움이 큰 모양이었다.

"가장 소중한 것을 가져오고 싶었던 건지도 모르겠다."

나는 형님이 소유하고 있는 것 중에서 가장 소중한 것이 무엇인가 생각해 보았다. 아파트 등기, 저금통장, 조류학에 대한 저서 몇 권 외에 또 무엇이 있을까. 가방은 낡았고 시장바닥에서 사 신은 기성화에, 시계는 개교기념 사은품이며 휴대폰은 공짜가 아닌가. 그러고 보니 누구한테 선물로 줄 수 있는 가장 소중한 것은 볼사리노 중절모 외에는 없는 것 같다.

"아버지는 이 외딴 섬 구석에서 볼사리노를 쓰고 싶었을까요?"

"형님께서 쓰시려는 게 아니고 누구에겐가 주려고 했겠지."

"저 백발노인한테요?"

어처구니없다는 듯 코웃음을 치는 조카 말에 나는 두부 장수 최 씨를 생각했다. 어쩌면 형님은 볼사리노를 최 씨한테 주려고 가져왔는지도 모른다. 최 씨는 아버지와 우리 형제에게 잘해주었다. 성질이 왁살스러워서 그렇지, 잔정이 많은 사람이었다. 최 씨는 멸치잡이 철이 되면 두붓집을 형에게 맡기고 섬사람들과 함께 배를 타고 고기잡이를 나갔다. 아버지도 함께 데려갔다. 추자도 근해까지 가서 멸치를 잡아 완도까지 가서 팔고 오자면 사오일쯤 걸렸다. 멸치잡이 배가 돌아온 다음 날이었다. 그날은 아침부터 비바람이 몰아쳤다. 아버지와 최 씨가 크게 싸웠다. 형님 때문이었다. 형님이 두부를 훔쳐 먹다가 들켜 최 씨한테 주먹뺨을 맞아서 왼쪽 어금니가 빠지고 입술이 찢어져 피가 많이 났다. 이 광경을 목격한 아버지가 최 씨한테 서운한 말을 하게 되었고 싸움이 커져 마을 사람들까지 몰려왔다. 결국 최 씨 입에서 '이 빨갱이 새끼들'이라는 말이 튕겨 나오게 되었다. 이날 아버지는 혼자 홧김에 최 씨의 어선을 몰고 바다로 나갔고 다시 돌아오지 않았다. 최 씨가 다른 사람 어선을 빌려 타고 수색해 보았지만 배도 아버지도 찾지 못했다. 우리 형제는 무작정 아버지를 기다렸으나 소식이 없었다. 그로부터 한 달쯤 지나, 최 씨가 다른 사람 어선을 타고 고기잡이 나간 사이, 형이 두붓집 돈을 모두 훔쳐 노루섬에서 도망쳐 나왔다. 그 돈으로 우리는 서울 변두리에 가게를 얻어 두부를 팔기 시작했다. 장사가 잘되어 학업을 계속할 수 있었다. 우리가 야간대학을 나와 이만큼 살게 된 것은 노루섬 두붓집에서 훔쳐 온 종잣돈 덕분이었다. 내 생각에 형님이 볼사리노를 노인 이장한테 준 것은 노루섬에서 최 씨를 만나지 못한 것 같았다. 노인 이장한테 최 씨에 관해 물어보았으나 모른다고 하지 않았던가.

"아버지에게 우리는 뭐죠? 어머니와 자식들은 아버지에게 어떤 존재인가요? 아버지에게 가족이란 무슨 의미가 있는 거죠?"

잠이 든 것으로 알았던 조카가 벌떡 일어나 앉더니 불만 섞인 목소리로 거듭 물었다. 나는 즉각적인 대답을 못 하고 헛기침만 토했다.

"때때로 사람은 인생이란 궤도에서 벗어나고 싶은 충동을 느낀단다. 평생 가족을 책임지고 정해진 길을 간다는 게 얼마나 고단하고 외로운 건지 너도 알지 않느냐? 네 아버지는 33년 동안 똑같은 집에 살면서 똑같은 직장에 똑같은 길을 오갔으니, 그동안 얼마나 지루하고 답답했겠느냐?"

내 말에 조카는 거푸 한숨을 쏟더니 다시 자리에 누웠다. 조카는 그 후로도 이내 잠을 이루지 못하고 한참을 뒤척였다. 나도 잠을 이루지 못했다. 형님이 사라진 후 지난 몇 달 동안 내 삶은 검불처럼 가벼웠다. 형님의 부재는 내 생애의 가장 소중한 부분이 잘려나간 기분이었다. 목적지에다 와서 길을 잃어버린 듯 당혹감에 시로잡혔다. 형님 없이는 내가 완전하게 존재할 수 없다는 것을 깨달았다. 형님과 내가 같은 궤적의 삶을 살아왔기 때문일 것이다.

3

우리는 동이 트기 전에 배를 타기 위해 서둘렀다. 조카와 나는 노인이 볼사리노 중절모를 깊숙이 눌러쓰고 나오는 것을 보고 망연자실했다. 나는 바람에 날릴지도 모르니 제발 그 모자를 벗어두고 가라는 말을 하고 싶었지만 노인의 신경을 건드리지 않기 위해 참았다. 새벽 바다는 차가우면서 습윤한 기운이 감돌았다. 노루섬에 하나밖에 없다는 노인 소유의 어선은 고작 1.5톤의 낡은 배였다. 노인은 나이에 비해 익숙한 솜씨로 배를 움직였다. 바람이 불지 않은 날씨였는데도 출항하면서부터 배가 심하게 요동쳤다. 끝없는 바다 위에서 흔들리는 배가 나뭇잎처럼 가볍게 느껴졌다. 배가 거칠게 흔들리자 조카는 고물 쪽에 무릎을 그러안고 몸을 조그맣게 웅크렸다. 멀미 걱정 때문에 조카는 아침에 물 한 모금 마시지 않고 배에 올랐다. 나와 조카는 노인에게 안개섬까지는 얼마나 걸리겠느냐고 거듭 물었으나 노인은 이상하게도 말수가 적은 탓인지 무엇 하나 시원하게 대답해주지 않았다. 나는 궁금한 것이 너무 많았다. 안개섬은 어떤 섬이고 이 작은 통통선으로 얼마나 걸릴지 알 수 없었다. 더욱이 형님은 도대체 무엇 때문에 아무도 살지 않는 안개섬으로 갔으며, 안개섬에서 어떻게 살고 있는지 궁금했다.

출항한 지 한 시간쯤 지나자 햇살이 피지기 시작했다. 동쪽 바다 끝에서 커다란 불덩이가 뾰족하게 수면 위로 떠오르면서 금세 바닷물을 주황빛으로 물들였다. 잠시 후에 햇덩이가 둥실둥실 바다에 떠다니는 것 같더니 순식간에 하늘로 솟구쳤다. 그 순간 끝없는 바다에 불이 붙은 듯 붉게 타올랐다. 너무 장엄하고 엄숙하여 나도 모르게 탄성이 나왔다. 조카도 이 순간만은 멀미도 잊은 채 경이로운 눈빛으로 두 손을 맞잡고 기도하듯 바다와 하늘을 번갈아 보았다. 어쩌면 아버지의 무사를 기원하고 있는 것인지도 몰랐다. 어둠에 갇혔던 바다가 열리고 햇살이 가득 넘치자 나는 슴새를 찾아보기 위해 사방을 두리번거렸다. 새는 보이지 않았다. 해가 떠오르고 한참을 더 기다렸으나 섬도 새도 보이지 않았다.

"안개섬은 어떤 섬입니까?"

나는 너무도 궁금하여 더 참지 못하고 노인에게 큰 소리로 물었다.

"안개 낀 날에는 뵈지도 않어. 잠시 정박해 있는 큰 기선 같기도 하고 또 어떤 날은 비를 머금은 먹구름 같이로 뵈는 섬이여."

"잠시 정박해 있는 기선이라면 언제 떠나버릴지 모르겠고 먹구름이라면 비 온 뒤에는 사라지겠구만요."

내가 묻자 노인의 표정이 굳어졌다. 실제로 그런 섬이 있는지 의아스러워지기까지 했다.

"후박나무, 동백나무, 호랑이가시나무 숲이 울창허고 바위 절벽에다 폭포도 있고, 경치가 좋아. 한번 가 본 사람은 경치에 반해서 다시 나오고 싫지 않을 정도라니께. 극락과 천국이 따로 없어."

그러면서 노인은 안개섬에 대한 전설도 이야기했다. 옛날 고기잡이배가 좌초되었을 때, 어부 중에 효자 한 사람이라도 있으면 바닷속에서 안개섬이 솟아올라 어부들을 살려냈다고 했다. 그래서 멀리 고기잡이를 나갈 때 선주는 반드시 근동에서 소문난 효자 어부를 배에 태웠다고 했다. 그런가 하면 왜놈들이 쳐들어와 안개섬에 상륙허여 숙영하면 섬이 바닷속으로 가라앉아버려 잠든 왜놈들이 허우적거리다가 물고기 밥이 되게 만들었다고 했다.

"섬에 먹을 거는 있나요? 먹을 것은 좀 가져갔겠지요?"

전설 따위에는 관심이 없는 나로서는 형님이 섬에서 아사하지나 않았을까 걱정이었다.

"낚싯대를 가져갔으니께……."

"겨우 낚싯대요? 라면도 안 가져갔어요? 섬에서 나오고 싶으면 어떻게 하죠? 이장님께서 데려오기로 약속을 했나요?"

"데리러 오라는 말은 없었어."

나는 더럭 불안해졌다. 먹을 것도 없이 낚싯대 하나만 가지고 그동안 어떻게 버티고 있을지 걱정이었다. 나는 제발 형님이 무사하기를 빌었다.

"얼마나 남았습니까? 섬이 어디 있는 거요?"

나와 노인의 이야기를 듣고 있던 조카가 뒤뚱거리며 이물 쪽으로 내달아 오더니 거칠게 물었다. 아버지 걱정 때문에 다소 흥분한 것 같았다. 노인은 아무 반응 없이 이물 앞쪽만 바라보았다. 그때 바다와 하늘이 맞닿은, 아스라이 먼 지점에서 손톱만큼 작은 회색빛 점 하나가 수면 위로 톡 튀어 오르는가 싶었는데 이내 물속에 잠겨버렸다. 부표처럼 튀어 올랐다가 잠기기를 몇 차례 되풀이하더니 점점 형체가 드러났다. 회색빛 점이 확연하게 커지면서 파도 위에서 출렁거렸다. 통통선은 물살을 가르며 직선으로 전진했다. 나는 그 회색빛 점이 안개섬이라고 단정했기에 노인에게 굳이 묻지 않았다.

가까이에서 본 안개섬은 노인의 말대로 출항을 서두르는 거대한 배가 물 위에 떠 있는 것 같았다. 금방이라도 소리도 없이 떠나버릴 것만 같았다. 아래쪽은 검은 바위가 둘렀고 위쪽으로는 사철나무들이 푸르게 덮여 있었다. 기껏해야 해발 백 미터도 안 될 것 같은 높이의 산마루 푸른 숲은 칼로 잘라내기라도 한 듯 평평하고 반듯했다. 배에서 내려 마루턱으로 올라가기가 쉽지 않을 것 같았다. 노인은 성벽처럼 높게 에두른 해변의 바위 옆에 배를 바짝 붙이고 닻을 내린 다음, 가슴 높이 물속으로 뛰어내리더니 뱃줄을 바위 등걸에 친친 묶었다. 배를 정박시킨 후 뱃줄을 묶기까지 노인의 행동은 매우 날렵하고 익숙해 보였다. 나와 조카는 조급한 마음에 망설임 없이 배에서 뛰어내려 노인을 따라 비교적 완만한 바위를 타고 마루턱으로 기어 올라갔다.

편편한 마루턱에 올라서자 사방으로 하늘과 하나로 이어지는 바다가 한눈에 들어왔다. 하늘과 바로 통할 수 있을 것처럼 신비롭고 아름다워 탄성이 저절로 나왔다. 섬에서 사다리를 놓는다면 금방 하늘로 올라갈 수 있을 것 같았다. 그러나 사람이 함부로 범접할 수 없는 성지에 발을 딛고 있는 것처럼 경건해졌다. 안개섬은 세상에서 가장 견고한 성으로 둘러싸인 듯했다. 세상의 어떤 강자에게도 난공불락의 요새. 이 섬에서라면 평생 두려움 대신 용기, 외로움 대신 편안함, 남루함 대신 화려함, 궁핍 대신 풍요, 갈등 대신 평화, 경쟁 대신 양보, 단절 대신 소통이 넘치는 삶을 살 수 있을 것 같았다.

"황 씨는 여기 올라와 보더니 이 세상에서 하나밖에 없는 낙원이라고 탄복하더구만."

노인의 말에 나도 고개를 끄덕였다. 형님이 이곳에 온 이유를 알 것 같았다. 어쩌면 형님은 낙원을 찾아 여기까지 왔는지도 모르겠다. 아버지가 바다에 온 것은 자신을 너 깊숙이 숨기기 위해서였다면 형님은 낙원을 찾아 안주하기 위해서 안개섬을 찾아왔는지도. 나는 형님이 부러웠다. 이곳이야말로 진정 내가 찾고 있던 곳이 아닌가. 아내도 죽고 딸 하나 있는 것 결혼해서 뉴질랜드로 이민을 가버려, 혼자 살고 있는 나야말로 이곳이 내가 여생을 한갓지게 보낼 낙원이 아닌가 싶었다. 형님과 같이 이곳에서 살 수만 있다면 얼마나 행복하겠는가.

나와 조카는 노인을 따라 후박나무 숲속으로 들어갔다. 조금 들어가니 나무가 없는 공터가 나왔다. 그곳에는 땅을 일구어 텃밭을 만들고 옥수수며, 콩, 고구마, 고추, 가지, 호박, 오이 등을 심어 제법 실하게 잘 자라고 있었다.

"허허, 중절모를 주고 대신에 괭이, 톱, 낫허고 씨앗을 쪼끔 가져가더니 여기서 농사를 짓고 있구먼 그려."

노인이 다소 놀라워하는 눈으로 텃밭을 쓸어 보며 말했다.

"거금 사백오십 달러를 주고 산 볼사리노를 고작 농기구 몇 자루와 씨앗하고 바꾸다니……."

옆에 있던 조카가 노인이 들을 수 없게 중얼거렸다. 나는 형님이 안개섬에 있다는 확신으로 마음이 놓였다. 우리는 형님을 찾기 위해 노인을 따라 다시 숲속으로 들어갔다. 후박나무 숲이 끝나고 동백나무가 들어찬

곳에 이르니 20여 미터 깊이로 분지처럼 땅이 움푹 들어간 곳이 나왔다. 흙을 파서 내놓은 길을 따라 아래로 내려가 보니 패인 곳의 넓이가 여남은 평이나 됨직했고 한쪽에 두 개의 큰 바위가 서 있으며 그 바위 사이로 작은 폭포처럼 물이 흘렀다. 나는 직감적으로 여기가 바로 형님의 거처라는 것을 알고 큰 소리로 거듭 형님을 외쳐댔다. 조카도 다급하게 아버지를 불러댔다. 노인이 바위 귀퉁이에 서너 사람이 들어갈 수 있는 암굴로 우리를 안내했다. 형님은 보이지 않았다. 암굴 입구 돌을 쌓아 만든 화덕 위 냄비를 열어보았더니 도미에 미역이며 고사리 등 산나물을 섞어, 고춧가루도 없이 끓인 맑은 탕이 남아 있었다. 형님이 아침에 먹고 남은 것이 분명했다. 나는 계속 형님을, 조카는 아버지를, 노인은 황 씨를 외쳐 불러댔으나 형님의 대답은 없었다. 세 사람은 암굴 밖으로 나와 숲과 해안, 바위 더미 등 섬 전체를 헤집고 다니며 형님을 찾았다. 낚시터가 될 만한 곳이며 바닷가 풀숲도 다 뒤져보았으나 헛수고였다. 세 사람은 텃밭 옆 풀위에 앉았다. 섬을 두 바퀴 돌고 났더니 다리가 뻐근할 정도로 지쳤다.

"배 없이는 아무 데도 갈 수가 없겠지요?"

"오늘, 아침꺼정도, 음식을 해서 묵었던디……."

맥이 빠진 목소리로 묻자 노인이 웅얼웅얼 말끝을 흐렸다.

"아마도 형님이 우리가 오는 것을 지켜보고 어디로 숨어버린 것 같다."

나는 그렇게 짐작했다. 안개섬을 떠나지 않으려고 깊숙이 몸을 숨긴 것으로 생각했다.

"숨을 만한 곳이 있습니까?"

조카가 노인에게 말했다.

"작정하고 숨는다면야 못 찾제. 그나저나 서둘러 돌아가야 겄는디. 저녁 안개가 내려오는 것을 보니께 곧 날이 저물게 생겼어.”

　노인이 일어서며 그만 섬을 떠나야 한다고 채근하기 시작했다. 노인은
안개가 내리면 섬이 사라진다고 했다. 나도 노인의 말대로 빨리 안개섬에
서 떠나고 싶었다. 형님이 바라는 대로 해주는 것이 형님에 대한 예의라
고 생각했다. 얼핏 조카의 표정을 살폈다. 조카가 암울한 얼굴로 일어섰
다. 마지막으로 섬을 한 바퀴 더 돌아보고 싶다며 숲속으로 걸음을 옮겼
다. 나와 노인도 하는 수 없이 세 번째 섬을 뒤지기 시작했다. 예상했던
대로 찾지 못했다.

　“저는 여기 남겠어요. 아버지를 두고 그냥 갈 수는 없어요.”

　조카가 주저앉으며 떼를 쓰다시피 말했다. 노인이 난감한 얼굴로 나를
보았다.

　“나도 이대로 돌아가고 싶지 않다. 허지만 오늘은 그냥 가자. 일단 노루
섬으로 돌아가 준비를 해서 다시 오자.”

　나는 조카의 손을 잡아끌며 말했다. 결국 조카는 나와 노인의 성화에
떠밀려 배에 올랐다. 그동안에도 조카는 몇 번이고 뒤를 돌아보며 안개섬
에서 잠시도 눈길을 거두지 않았다. 배에 오르기까지 나는 조카에게 한마
디도 하지 않았다. 배가 움직이기 시작하자 나는 안개섬을 향해 손을 흔
들었다. 어디선가 형님이 우리를 지켜보고 있으리라고 믿었기 때문이다.
아니 어쩌면 떠나는 내가 안개섬에 남은 또 다른 나에게 작별을 고한 것
인지도 몰랐다. 출항한 지 5분쯤 지나, 노루섬 쪽으로 방향을 돌리자 안
개섬이 뿌옇게 흐려지기 시작했다. 노인의 말대로 하늘에서 잿빛 안개가
서서히 내려와 섬을 휘감아 덮고 있었다. 안개는 섬의 위쪽 후박나무 숲
을 덮기 시작하여 차츰 바다 아래로 내려와 순식간에 안개섬을 송두리째

감쌌다. 순간 안개섬이 바다에서 사라져버렸다. 섬은 안개가 되었다. 그때, 한 무리의 슴새 떼가 안개 속으로 지그재그로 몸을 흔들며 날아들고 있었다.

『문학바다』, 2011(* '안개섬을 찾아' → '안개섬을 찾아서'로 작품명 변경.)

생오지 눈무덤

검적골은 무등산 뒷자락 깊은 골짜기 안에 숨어 있는 마을이다. 버스도 오지 않고 휴대폰도 잘 터지지 않는다. 동수와 혜진이가 해 질 무렵 지친 몸으로 마을 초입에 있는 빈집에 들어온 지 오늘이 9일째가 된다. 그동안 골짜기의 삶이 여름날 한낮 꿈처럼 흘러갔다. 시간 속의 시간을 의식할 수 있을 만큼 깐깐하고 촘촘한 하루하루가 이어졌다. 지루하거나 답답하지 않았다. 두 사람은 난생처음 사람들로부터 이처럼 환심을 사본 적이 없었다. 9일 전 동수와 혜진이는 새벽 5시에 강남 고속버스터미널에서 만나 광주행 버스를 탔다. 굳이 행선지로 남쪽을 택한 것은 어차피 다시 돌아오지 않을 길이기에, 되도록 서울에서 멀리 떨어진 곳으로 가고 싶었기 때문이다. 행선지를 미리 약속해 둔 것은 아니었다. 매표창구에서 동수가 행선지를 말했을 때, 다리가 아픈지 혜진의 맥없는 시선은 줄곧 빈 의자를 찾고 있었다. 두 사람에게 광주는 한 번도 가 보지 않은 낯선 도시다. 낯선 도시를 찾아가는 그들은 가벼운 설렘도 떨림도 없었다. 고속버스에 나란히 앉은 두 사람은 차창 밖에 시선을 드리운 채 한동안 말이 없었다. 메슥거리는 서울의 냄새와 광란의 색깔, 터질 듯한 욕망과 증오, 어쩌다가 잠깐씩 맛보았던 간질간질한 기쁨이며, 아쉬움의 그림자를 마지막으로 눈에 담아 보기 위해서인지도 몰랐다. 그들은 공룡들이 우글거리는 정글 같은 도시로부터 추방당한 기분이었다. 동수는 잠시 시선을 거두어 두 손으로 흰 오리털 점퍼로 가린 아랫배를 가볍게 감싸 안고 무표정한 얼굴로 차창 밖에 시선을 드리운 혜진의 옆모습을 보았다. 눈두덩이가 약간 부었고 핏기없는 얼굴은 푸석푸석해 보였다. 동수는 혜진에게 아버지를 어찌하고 왔느냐고 묻고 싶었지만 참았다. 혜진은 늘 어금니에 잔뜩 힘을 주고 기어코 아버지를 죽이고 나서 자신도 죽겠다는 말을 입버릇처럼 되뇌곤 했다. 동수는 설마 혜진이가 집을 나설 때 아버지를 죽였으리라고 생각하고 싶지는 않았다.

두 사람은 9개월 전 자살사이트에서 알게 되었다. 동수는 고등학교 2학년을 중퇴하고 치킨 배달을 하고 있었고, 고등학교 3학년인 혜진은 주유소에서 알바 중이었다. 한 달 동안 카카오톡으로 대화를 나누다가 용기를 내어 만난 그들은 동시에 감탄사를 뱉으며 거듭 놀랐다. 온전하지 않은 가정에 그들의 일터가 한동네에 있나는 것에 놀라고, 나이가 같은 것에 다시 놀라고, 두 사람 모두 반지하 방에 살고 있는 것에 또 놀랐다. 혜진은 알코올중독자 아버지와 같이 살고 있었고 동수는 치매를 앓는 외할머니와 살고 있는 등 처지가 비슷했다.

고속버스에서 내린 두 사람은 터미널 제과점에서 빵으로 간단히 아침을 때우고 근처 마트를 찾아가서 두 달 후면 태어날 아기에게 입힐 배냇저고리며 모자, 조개껍질처럼 앙증맞은 신발을 샀다. 아기 옷가지를 살 때 혜진은 처음으로 하얀 제비꽃처럼 조그맣게 살짝 웃었다. 그 웃음이 바늘로 가슴을 찌르듯 동수는 통증을 느꼈다. 동수는 무거워 보이는 등산화를 신고 있는 혜진에게 가벼운 운동화를 사주었고 혜진은 두 사람의 속옷을 여러 벌 샀다. 혜진은 죽음을 생각하기 시작하면서부터 매일 속옷을 갈아입는다고 했다.

　두 사람이 고속버스터미널 앞에서 군내버스를 타고 주유소가 있는 종점에 도착한 것은 오후 3시가 다 되어서였다. 첫눈이 내리지 않은 초겨울인데도 시골 바람은 매섭게 살을 파고들었다. 오후가 되면서부터 쨍쨍하던 햇살이 숨고 눈이라도 내릴 것처럼 하늘이 칙칙하게 내려앉아 음울한 분위기였다. 소주와 담배며 싸구려 과자 나부랭이를 파는 종점 허름한 구멍가게에서, 치아가 모두 빠져 입이 합죽해진 할머니에게 라면을 끓여 달라고 하여 허기진 배를 채웠다. 동수가 구멍가게 할머니에게 빈집이 있느냐고 물었더니 턱끝으로 다리 건너 산골짜기를 가리키며 검적골로 가 보라고 건성으로 말했다. 두 사람은 합죽이 할머니가 턱끝으로 가리킨 대로 산자락을 끼고 꼬불꼬불 감고 도는 조붓한 길로 접어들었다. 편백나무와 소나무가 듬성듬성한 자갈길은 울퉁불퉁했고 끝이 보이지 않았다. 동수는 고등학교 1학년 때 국어 선생님이 "지옥으로 가는 길은 반들반들한 포장길이고 천당으로 가는 길은 울퉁불퉁한 가시밭길이다"고 했던 말이 떠올랐다. 그렇다면 지금 그들은 천당으로 가고 있는 것일까. 돌이켜보면 그가 지금까지 살아왔던 궤적은 이 길보다 훨씬 험했다.

　경운기가 겨우 다닐 수 있을 정도로 좁은, 오솔길 같은 비포장 길을 따라 한참을 걸어도 마을은 나타나지 않았다. 몸이 무거웠으나 거의 기계적으로 움직임을 계속했다. 무엇에 홀린 기분이랄까. 두 사람은 마치 보이지 않는 힘에 이끌려 미지의 세계로 깊숙이 흡입되는 것을 느꼈다. 그러나 이미 되돌아 나오기에는 버스 길에서 너무 멀리 와버렸다. 인가도 없는 후미진 산길이라 조금은 두렵기까지 했다.

　버스에서 운동화로 바꿔 신은 혜진은 발뒤꿈치가 아프다면서 심하게 절뚝거렸다. 큰 바위가 기둥처럼 곧게 꽂혀 있는 산 모퉁이를 돌자 길은 하늘을 향해 구불구불 감고 돌았다. 밤나무 밑에서 잠시 쉬는 동안 혜진은 다시 등산화로 바꿔 신었다. 해가 짧은 계절이라 4시가 조금 지났는데도 골짜기에는 어슴어슴 산그림자가 낮게 깔리기 시작했다. 혜진은 두 팔로 아랫배를 감싸 안고 다시 걸었고 배낭을 짊어진 동수는 혜진이 벗어준 운동화를 손에 들고 뒤따랐다. 두 번째 산 모퉁이를 돌았으나 마을은 보이지 않았다.

"우리 아기 태어나서 이 별들을 보면 무슨 생각을 할까?"

동수가 두꺼운 종이로 손바닥 크기의 별을 오리고 형광 페인트를 칠해 방 천장에 붙이면서 뚜벅 물었다. 동수는 검적골 빈집에 눌러앉은 후부터 매일 틈나는 대로 별을 오려 붙였다. 시작한 지 일주일쯤 되었는데 어느덧 천장의 반이 별로 가득 들어찼다.

"별을 보고 엄마라고 부르면 어쩌지?"

혜진이가 두 손으로 아랫배를 감싸 안고 고개를 들어, 나무토막 위에 아슬아슬하게 서서 별을 붙이고 있는 동수를 애틋하게 쳐다보며 촉촉한 목소리로 반문했다. 검적골에 자리를 잡은 후부터 그녀의 표정이 몰라보게 밝아지고 있었다.

"암튼 별을 보고 자라면 엄마 아빠를 닮지 않을 거고 우리처럼 절망적인 생각은 하지 않을 거야."

"그럴까? 별을 보고 자라면 행복해질까?"

"당근이지. 그래서 내가 이렇게 허리 부러지게 별을 붙이는 거야."

동수는 별 하나를 붙이고 나서 형광등을 끄고 방바닥에 반듯하게 누워 천장을 쳐다보았다. 방이 깜깜해지자 머리 위에서 별들이 쏟아질 것 같았다. 그는 진짜 밤하늘에 반짝이는 별을 보는 것처럼 거푸 탄성을 질렀다.

"너도 누워서 쳐다봐. 진짜로 별들이 반짝이는 것 같아."

동수의 다급한 재촉에 혜진이도 두 팔로 방바닥을 짚고 조심스럽게 누웠다. 숨이 가빠지자 연신 한숨을 토해내며 천장을 쳐다보았다.

"진짜로 별들이 솟았네."

"그렇지? 내일부터는 북두칠성을 만들 거야."

"우리 아기가 저게 가짜별이라는 걸 알아차릴 때쯤이면 우리는 떠나 있겠지?"

혜진은 오래 누워 있지 못하고 일어나 앉으며 한숨을 토해내듯 말했다. 동수는 그 말에 대꾸하지 않았다.

천장에서 반짝이는 별을 쳐다보던 동수는 문득 혜진이와 함께 꽃잎이 불불 날리던 산벚꽃 나무 밑에 한갓지게 누워 있었던 때를 떠올렸다. 그날 그들은 죽기 좋은 장소를 물색하기 위해 소풍을 가듯 도시락을 싸 들고 교외선을 탔다. 그들은 북한강이 내려다보이는 산자락으로 올라갔다. 아무데서나 생을 마감하고 싶지가 않았다. 태어날 때는 자의대로 할 수 없었지만 죽을 때만이라도 가장 좋은 장소와 시간을 선택하고 싶었다. 고층 아파트 옥상이나 호젓한 다리 밑, 외딴 철길, 먼바다, 고속도로 등도 생각해 보았지만 내키지 않았다. 강이 내려다보이고 숲이 우거진 산이 좋을 듯싶었다. 남루하고 비루한 삶의 거푸집 같은 육신을 사람들에게 보이지 않으려면 깊은 산속이 좋을 것 같았다. 계절에 대해서도 생각해 보았다. 산이 주황색으로 물드는 가을이나 순백의 세상인 겨울도 생각해 보았지만, 꽃 피는 봄날 아침 햇살 퍼지는 시간이라면 덜 외롭고 덜 쓸쓸할 것 같았다. 그들은 자살 장소로 이곳 푸른 소나무 숲속의 오래된 산벚꽃나무를 선택했다. 꽃도 화사하고 눈앞이 탁 트여서 좋았다. 벚꽃이 흩날리는 봄날 그들은 다사로운 햇볕 속에 앉아 진한 코발트빛 강물을 하염없이 내려다보면서 긱기 죽어야 할 이유에 관해서 확인하고 또 확인했다. 동수는 죽는다는 것이 조금도 슬프지 않았다. 진짜 슬픈 것은 날이 갈수록 어머니 얼굴이 점점 희미해지는 대신 할머니 얼굴은 더욱 뚜렷해지는 것이었다.

"사람은 누구나 한때는 자신이 꽃처럼 아름답다는 생각을 한 적이 있겠지?"

"언젠가는 착각이었다는 것을 알게 되지. 사람은 결코 꽃처럼 영원하지도 아름다울 수도 없어. 꽃은 지고 나면 다시 피지만 사람은 그렇지 않아."

혜진의 말을 동수가 받았다.

두 사람은 서로 길지 않으면서도 외롭고 힘들었던 삶을 걸레를 씹듯 이야기하면서 산벚꽃나무 아래서 밤을 새웠다. 혜진은 당장 꽃이 피어 있을 때 꽃과 함께 떠나고 싶다고 했고 동수는 할머니가 요양원에 들어갈 때까지만 기다려 달라고 했다. 빈자리가 나기를 기다리느라 동수 할머니의 요양원 입원은 자꾸만 늦어졌다. 그리고 두 달 후에 만났을 때 혜진이 임신한 사실을 알게 되었다. 임신 때문에 그들의 죽음은 유보되었다. 혜진은 아기를 낳을 때까지만 결행을 연기하자는 동수의 의견에 어렵게 동의해 주었다. 처음에는 임신 때문에 유보한다는 것을 받아들이지 않으려고 했다. 아기한테까지 부모가 겪은 삶을 대물림하고 싶지 않다는 이유에서였다. 그러나 동수의 생각은 달랐다. 생명체의 인격을 존중하자는 것이었다. 잉태된 생명을 없애는 것은 죄악이므로 죄를 짓고 떠날 수는 없다고 했다. 배 속에서 자라고 있는 생명은 그들 두 사람의 의지와는 달리, 조물주의 다른 뜻이 숨어 있을 수도 있으므로 그들 마음대로 해서는 안 된다면서 혜진을 설득했다. 그들은 아기를 낳을 때까지만 결행을 유보하기로 합의하고 출산하기 좋은 곳을 찾아 검적골까지 온 거였다.

"니네 할머니는 요양원에 잘 계시겠지?"

뜬금없이 혜진이가 동수 할머니 이야기를 꺼냈다.

"네 아빠는?"

동수는 할머니에 대해서는 대답을 하지 않고 조심스럽게 혜진 아버지 소식을 물었다. 동수는 할머니에 대해서 할 말이 없었다. 서울을 떠나기 이틀 전, 그러니까 정확히 말해서 11일 전에 그는 할머니를 천주교에서 운영하는 요양원에 모셔다드린 후로는 소식을 듣지 못했다. 요양원으로 모시고 가던 날 새벽에 얼핏 놓아 버린 정신줄을 붙잡았는지, 할머니는 정확하게 손자의 이름까지 부르며, "할미 버리지 말어"라고 몇 번이고 애원했고 동수는 눈물을 훔치며 고개를 끄덕였다. 동수는 요양원까지 가는 동안 차 속에서 내내 눈물을 흘렸다. 무엇보다 어머니와의 약속을 지키지 못한 것이 가슴 아팠다. 초등학교 5학년 때, 이른 새벽 포장마차를 끌고 가다가 교통사고를 당한 어머니는 두 달 동안 병원에 누워 있다가 끝내 숨을 거두었다. 어머니는 눈을 감기 사흘 전 동수의 손을 꼭 잡고 할머니를 부탁한다는 마지막 말을 남겼다. 어린 동수에게 할머니는 별이었고 햇살이었으며 이 세상의 마지막 버팀목이었다. 어머니가 세상을 뜬 후 동수는 할머니의 보살핌으로 중학교를 졸업하고 고등학교에 입학했다. 할머니가 치매 때문에 파지 줍는 일을 그만두었을 때도, 집을 나가 헤매던 할머니를 사흘 만에 찾았을 때도 할머니와 헤어질 생각은 손톱만큼도 하지 않았다. 할머니의 병세는 더욱 나빠졌다. 방문에 자물쇠를 채우고 치킨 배달을 끝낸 후 밤늦게 돌아와 보면 옷가지며 이불, 잡동사니들과 책, 신문지 등이 찢겨 있거나 똥 범벅이 된 채 어지럽게 널려 있곤 했다. 동수는 울부짖으며 방을 치웠다. 그때마다 할머니한테 소리소리 질러 대며 화를 냈고 끝내는 엉엉 울고 말았다. 그는 도망치고 싶었다. 심신을 친친 묶은 쇠고랑을 풀고 자유롭게 날고 싶었다. 자유롭기 위해서 죽음을 생각했다.

"우리 아빠는 내가 없어져야 사람이 될 거야."

혜진이가 어둠 속에서 푸념처럼 말했다. 동수는 그 말에 안도했다. 혜진이가 아버지를 죽이지 않은 것이 분명하다고 생각했기 때문이다. 그는 밤마다 깜깜한 방에 누워 종이별들을 처다보며 할머니와 어머니를 떠올리곤 했다. 아버지를 생각하면 종이별이 어둠 속에 묻혀버렸다. 희미하게 반짝이는 종이 별들이 때때로 엄마와 할머니의 얼굴로 보였다. 그는 한 번도 아버지의 얼굴을 본 적이 없다. 태어날 아기도 별을 볼 때 아버지 얼굴을 떠올리지 못하게 되리라 생각하자 명치끝이 아려왔다. 마을 안쪽에서 와자하게 개들이 짖어댔다. 한 마리가 짖으면 마을의 모든 개가 따라서 짖어댔다. 동수와 혜진이는 개 짖는 소리와 닭 홰치는 소리를 들을 때마다 이 세상에 아직 살아 있음을 절감했다.

"검적골에 오기를 참 잘했지?"

혜진의 말에 동수는 어둠 속에서 빙긋이 웃으며 검적골에 찾아왔던 날을 다시 떠올렸다. 그들이 검적골에 도착했을 때는 설핏하게 해가 기울기 시작했다. 군내버스 종점에서 검적골까지, 혜진이 때문에 쉬엄쉬엄 걸은 탓도 있지만 꼬박 두 시간이 걸린 셈이다. 마을 초입에 사춤돌이 촘촘히 박히고 반듯하고 야트막한 돌담이 유난히 눈에 띄는, 허름한 기와집을 발견한 그들은 무턱대고 집 안으로 들어갔다. 마당으로 들어서는 순간 썰렁하고 음습한 느낌이 들어 빈집이라는 것을 알아차릴 수 있었다. 그러나 동수는 망설임 없이 "아무도 안 계십니까?"를 연발하며 토마루로 올라섰고 조심스럽게 방문을 열었다. 형광등을 켜보니 키 작은 장롱이며 앞닫이, 앉은뱅이책상 등 비교적 단출한 방 안 등물이 말끔하게 정돈되어 있었다. 윗목 벽에 걸린 8절지 크기의 액자 속에 다닥다닥 붙어 있는 사진들이 한눈에 들어왔다. 가장 큰 사진은 회갑 잔칫상 앞에 옥색 치마에 노란 저고리 차림으로 다소곳하게 앉아 있는 둥그스름한 얼굴의 할머니였다. 혼자 회갑상을 받은 것을 보니 과부인 것 같고 그 옆에 빛바랜 흑백사진 속에 연탄집게 폼을 하고 조금은 삐딱하게 서 있는 청년이 남편으로 짐작되었다. 그 외에 여름날 바닷가에서 물빛 원피스에 짙은 색안경을 끼고 서 있는 40대 후반의 얄쩍한 여자와 한 쌍의 결혼사진도 보였다. 동수는 액자 속 사진들을 통해서 이 집의 가족들을 얼추 짐작할 수 있었다.

오랫동안 비워 두었는지 방에서는 눅눅한 냉기와 함께 곰팡냄새가 훅 덮쳐 왔다. 벽에 걸린 달력을 보니 단풍이 붉게 물든 설악산 사진이 펼쳐져 있었다. 가을까지는 이 방에 사람이 살고 있었던 것으로 짐작되었다. 부엌으로 나가 보니 장작과 마른 솔가지들이 쌓여 있어 아궁이에 불부터 지폈다. 냉장고는 전기가 끊겼고 찬장에는 그릇이며 크고 작은 냄비, 접시, 컵, 숟가락 등이 가지런히 정리되어 있었다. 찬장 밑 항아리에는 반쯤 쌀이 담겨 있었다. 동수는 우선 쌀을 씻어 솥에 안쳤다.

동수와 혜진이가 어둠이 짙게 깔려서야 반찬도 없이 맨밥으로 허기진 배를 채우고 있는데 갑자기 가까운 곳에서 개들이 왁자하게 짖어대더니 밖이 두런두런 소란스러웠다. 그들은 숟가락을 든 채 방문을 열고 스프링 튕기듯 마루로 나갔다. 초겨울의 차가운 달빛이 희끔하게 고인 마당에 여남은 명쯤 되어 보이는 사람들이 유령처럼 흐느적거렸다. 활짝 열어놓은 방문으로 새어 나간 형광등 불빛에 비쳐 보이는 그들은 모두 허름한 차림의 노인들로, 지팡이를 짚고 있거나 유모차에 의지한 채 마루 위의 두 사람을 찔러보았다.

"뉘기여?" "학생들인감?" "느ㅣ널 몇 살이냐?" "시방 남에 집에서 뭣늘 허는 거여?" "애를 뱄구먼 그려." "어린것들이 애를 배갖고 집에서 쫓겨난 거 아녀?" "산달이 얼매 안 남었겄는디⋯⋯." 몸을 똑바로 가누지 못하고 허리를 앞으로 구부정하게 꺾거나 가슴을 내밀고 상반신을 뒤로 젖힌 채 실루엣처럼 흐느적거리는 노인들이 저마다 한마디씩 던졌다. 동수와 혜진은 한마디도 대답을 못 하고 조금은 겁먹은 얼굴로 멀뚱하게 서 있기만 했다.

노인들은 한참 동안 마당에 서서 그들끼리 두런거리다가 돌아갔고 가까운 이웃에 산다는 할머니와 이장이라는 할아버지 두 사람만 방으로 들어왔다. 얼굴에 기미가 많은 할머니는 반찬도 없이 맨밥을 먹고 있는 것을 보고 혀를 차더니, 김치라도 가져오겠다면서 서둘러 다시 나갔고 이장이라는 할아버지만 남았다. 귀를 덮은 쥐색 방한모에 도수 높은 안경을 낀 이장은 70살이 훨씬 넘어 보였다. 이장으로부터 홀로 살고 있던 이 집 주인 할머니가 한 달 전에 세상을 떴다는 이야기를 들었다. 이장 말에 동수와 혜진은 동시에 벽에 걸린 액자 속 할머니를 쳐다보았다. 사진 속 할머니와 두 사람의 시선이 얼핏 마주쳤다. 동수는 꺼림칙하거나 기분이 음음하다는 느낌이 전혀 없었다. 몸피가 왜소한 데다가 이목구비가 올목졸목한 이장은 유난히 작은 눈을 버릇처럼 자주 끔적거리며 "딸이 하나 있었는데 삼 년 전에 죽고 외손자는 호주로 이민을 갔으니께 맘 푹 놓고 이 집에서 살어"라고 말했다. 이장은 손으로 방바닥을 짚어 보고 임산부가 차게 자면 안 된다며 군불을 더 지피라고 했다. 그는 매우 호의적이었다.

두 사람을 이상한 눈으로 보지 않았고 오래전부터 잘 알고 있었던 것처럼 스스럼없이 대해 주었다. 어떻게 해서 검적골까지 오게 되었는지도 묻지 않았다. 이장은 검적골에는 12가구에 17명이 사는데, 모두가 고령의 노인들이고 혼자 사는 할머니가 12명이라고 알려 주었다. 주민 17명 중에서 3명이 아파서 거동을 못 하고 누워서 지낸다는 것까지 말해주었다. 이장 할아버지는 이야기 도중에 한참 동안 밭은기침을 쏟아내더니 "올해 내 나이가 일흔다섯인디 이 마을에서 기중 젊어" 하면서 어색하게 씨익 웃었다. 엉겁결에 동수도 따라 웃고 말았다.

그사이 오른쪽 볼에 주근깨가 깨알처럼 박힌 할머니가 황토색 플라스틱 함지에 배추김치며 멸치젓, 깻잎장아찌, 구운 김 등 반찬을 푸짐하게 가져왔다. 주근깨 할머니는 반찬을 방바닥에 펼쳐 놓으며 먹다 만 밥을 마저 먹으라고 재촉했다. 두 사람은 이장과 주근깨 할머니가 지켜보는 가운데 밥을 두 그릇이나 먹어치웠다. 두 노인은 그들이 맛있게 밥 먹는 모습을 그윽한 눈빛으로 바라보며 희끔희끔 웃었다.

다음 날 아침 겨울 햇살이 방문을 핥아 댈 때까지 늦잠을 잔 동수는 밖에서 들려오는 소란스러움에 눈을 뜨고 조심스럽게 밖으로 나갔다. 혜진이도 푸스스한 얼굴로 동수를 따라 나왔다. 노인들 대여섯 명이 햇볕이 따뜻하게 깔린 마루에 한가롭게 걸터앉아있는 게 아닌가. "잘 잤어?" "좋은 꿈 꿨능가?" "하이고 배가 더 불러부렀네." "방은 뜨신가?" "장롱 속에 이불 있으께 덮고 자제 어쨌어?" 동수가 나타나자 할머니들은 저마다 한마디씩 던지며 집에서 가지고 온 먹을거리들을 내밀었다. 그들이 가져 온 것은 고구마, 홍시, 달걀, 감말랭이, 김치, 된장, 고추장, 젓갈, 장아찌 등이었다. 동수는 할머니들이 가져온 것들을 받으며 고맙다는 말을 아끼지 않았다. 할머니들은 한 시간쯤 머물다가 모두 지팡이를 짚고 꺾은 몸을 흐느적거리며 돌아갔다. 그림자 같은 할머니들의 뒷모습이 슬프도록 공허했다.

그날부터 동수는 혼자 사는 할머니들 집에 불려가 장작 패기, 닭똥 지우기, 쥐약 먹고 죽은 개 묻어 주기, 형광등 갈아 주기, 닭 잡아 주기, 월동 대비 수도꼭지 싸주기 등 이것저것 자잘한 일을 도왔다. 일을 해주면 어김없이 그 대가로 쌀이나 반찬 등 먹을거리를 주었다. 자식들한테서 용돈을 많이 받은 노인들은 돈을 주기도 했다. 검적골에 온 다음 날부터 동수는 하루도 느긋하게 집에 붙어 있을 날이 없었다.

그날도 동수는 남편 죽고 한집에서 본처와 함께 살다가 혼자된 운산 댁 할머니 집에 형광등을 갈아 주려고 갔다가, 붙들고 놓아 주지 않는 바람에 오전 내내 첩살이 신세타령을 들어야만 했다. 가는 집마다 할머니들은 동수를 붙잡고 살아온 이야기를 시시콜콜 늘어놓거나 마을 사람들 흉을 보기 마련이었다. 그 때문에 동수는 검적골 노인들의 속사정을 훤하게 꿰고 있었다. 새터 댁 할머니는 자식이 6남매나 되는데 지난 추석 때는 한 놈도 내려오지 않았다고 했고, 반촌 댁 할머니는 젊어서 앞집 유부남과 바람피우다 쫓겨난 후 남편이 죽자 찾아왔는데, 아들이 서울에서 대학교수가 되어서 한 달에 용돈을 백만 원씩이나 보낸다는 것도 알게 되었다.

월남 댁 할머니 집에 수도꼭지를 고쳐주러 갔다가 두 시간 넘게, 젊어서 시집살이했던 이야기를 듣고 간신히 빠져나온 동수는 집 가까이에 이르러, 주근깨 할머니한테 다시 붙잡혔다. 주근깨 할머니는 동수가 오기를 기다리고 있었던 것처럼 대문 앞에 쪼그리고 앉아 있다가 반색을 하며 팔을 잡아끌고 집 안으로 들어섰다. 팥죽을 쑤었으니 먹고 가라는 거였다.

동수는 어쩔 수 없이 방으로 끌려 들어갔다. 방 안이 너무 어두워 아무것도 보이지 않았다. 주근깨 할머니가 형광등을 켜자 방 아랫목에 이불을 덮은 채 희고 앙상한 얼굴을 하고 나무토막처럼 반듯하게 누워 있는 할머니 남편 갈밭 양반을 볼 수 있었다. 동수가 인사를 했으나 갈밭 양반은 꼼짝하지도 않고 천장만 쳐다보고 있었다. 환자 때문인지 방에서는 역한 고린내와 곰팡내가 코를 찔러와 구역질이 날 것만 같았다.

"그러께 시한에 눈 쌓인 산에서 미끄러져서 골반이 뽀개지고 박이 터져서 산송장이 돼야부렀어. 손발 하나 까딱 못 허고 말도 못 혀. 우리 영감 돌담 쌓는 디는 천재였어. 검적골은 말 헐 것도 없고 읍네 군청이랑 핵교 담은 죄 우리 영감이 쌓았당께."

갈밭 댁 할머니가 소반에 팥죽을 받쳐 들고 들어오며 푸념처럼 말했다. 그러고 보니 검적골 돌담은 어딘가 달랐다. 어느 집이나 높낮음 없는 가슴 높이 돌담이 각단지고 가지런했다.

"그래도 저 영감 땜시 어쩌지 못하고 사는구먼. 영감 죽으면 나도 따라 죽을 거여."

동수는 빨리 먹고 빠져나가기 위해 아무 말 없이 순갈로 거푸 팥죽을 입에 퍼넣었다. 동수는 방 안에 가득 고인 죽음의 냄새가 정말 싫었다. 되도록 숨을 쉬지 않고 팥죽 한 사발을 허겁지겁 비운 후 도망치듯 방에서 나오자 갈밭 댁 할머니가 색시 갖다 주라며 작은 냄비를 내밀었다.

"우리 죽으면 우리 집에 있는 식량이랑 김치랑 다 갖다 묵어잉."

동수는 곧 죽기라도 할 것처럼 말하는 갈밭 댁 할머니를 쳐다보며 한동안 토마루 앞에 서 있었다.

"암만해도 올 시한을 못 넘길 것 같당께. 죽는다고 생각허면 무섭기도 허제만, 영감 없이 사는 거는 죽는 거보담 더 무서워."

동수는 그 말에 발이 얼어붙은 듯해 걸음을 옮길 수가 없었다. 영감 없이 사는 것은 죽는 것보다 더 무섭다는 말이 귓전에서 오랫동안 부스럭거렸다.

"늙을수록 죽는 것도 사는 것도 무섭다는 것을 젊은 사람들은 모를 것이여."

한숨 섞인 그 말을 뒤로하고 동수는 무거워진 발걸음으로 마당을 가로질러 나왔다.

아침부터 눈발이 날리더니 한낮이 되자 구름이 무겁게 내려앉으면서 하늘 한구석이 술술 무너져 내리는 것 같았다. 동수와 혜진은 마루에 나와 골짜기 마을에 눈 내리는 정경에 취했다. 눈이 내려서 때 묻은 갈색의 세상을 단숨에 쓸어 버렸다. 동수는 서울에 살면서 눈 내리는 것을 보고 한 번도 아름답다고 생각하지 못했다. 그러나 검적골의 눈 내리는 정경은 그 느낌이 달랐다. 세상이 순백색으로 하나 되는 아름다움과 평화로움을 느낄 수가 있었다. 세상이 이처럼 아름다워 보인 것은 처음이었다. 그는 문득 북한강이 내려다보이는 산자락의 산벚꽃을 떠올렸다. 바람이 불 때마다 산벚꽃이 눈처럼 후루루 날렸다.

"봄이 오면 검적골에도 산벚꽃이 피겠지?"

"그렇겠지."

혜진이 혼잣말처럼 무심히 던진 말을 동수가 받았다.

"산벚꽃이 피려면 아직 멀었지?"

"앞으로 넉 달쯤?"

"아기를 낳고 한 달 후면……."

동수의 말에 혜진이 말끝을 흐렸다.

"산벚꽃이 지고 나면 복사꽃과 배꽃이 피고 배꽃 다음에는 오동나무꽃이 피고 오동꽃 다음에 철쭉이 피고 철쭉이 지면……."

"철쭉 다음에 무슨 꽃이 피지?"

"맞다. 배롱꽃이 피겠구나."

"동수 너는 어떻게 꽃 피는 순서를 그렇게 잘 알아?"

"엄마가 병원에 있을 때 늘 창밖 정원을 보면서 꽃이 피는 것을 기다리셨거든. 참, 저기 배롱나무가 있네."

동수가 눈이 쏟아지는 마당 끝 담 밑을 가리키며 큰 소리로 말했다.

"우리 엄마 유골을 엄마 고향 마을 앞산 배롱꽃나무 밑에 뿌렸거든. 그래서 배롱꽃을 보면 엄마가 생각나."

동수는 말라 죽은 나무처럼 뼈가 앙상한 배롱나무를 바라보면서 죽은 엄마를 떠올렸다. 그리고 지금은 눈발 속에서 바르르 떨고 있는 이 집 배롱나무도 여름이 오면 모슬린 천처럼 붉고 파슬파슬한 꽃이 피어오르게 되리라 생각했다. 술술 내리는 흰 눈발 속에 진홍빛 배롱꽃이 몸살 나게 핀 모습을 상상해 보았다. 순백색과 진홍색의 신비로운 조화에 현기증을 느낄 정도로 황홀해지기까지 했다.

"그래? 산벚꽃이 지고 두세 달쯤 기다리면 이 집 마당에 배롱꽃이 필 텐데……."

동수의 말을 끝으로 두 사람의 대화는 끊기고 말았다. 그들은 말없이 골짜기에 눈 내리는 모습을 오랫동안 바라보았다. 눈이 쌓여 가는 세상은 고요 속에 하얗게 가라앉았다. 새들도 날지 않았고 바람도 불지 않았다.

움직이는 것이라고는 눈발뿐이었다.

아침에 내리기 시작한 눈은 밤이 되어도 멈추지 않았다. 다음 날 새벽에 일어나 보니 여전히 눈발은 멎지 않았고 검적골은 눈 속에 깊숙이 파묻히고 말았다. 눈 때문에 할머니들 발길도 끊겼다. 동수는 그닐 고무래를 들고 가까운 주근깨 할머니 집까지 길을 내다가 금방 다시 눈이 쌓여 포기하고 말았다. 눈은 잠시도 쉬지 않고 줄기차게 내렸다. 마을을 에두른 산의 푸른 소나무와 편백나무에는 가지가 찢어질 정도로 설화가 맺혔고 마을 뒤 대밭도 눈의 무게에 눌려 허리를 구부렸다. 검적골에는 그날 하루 내내 사람의 발길이 끊겼다. 동수가 점심을 먹고 정강이까지 빠지는 눈길을 더듬으며 마을을 한 바퀴 돌아보았다. 아무도 만날 수 없었다. 동수는 그날 날이 어두워질 때까지 방에 들어앉아 마지막 종이별을 붙였다. 그리고 그날 밤 동수와 혜진은 불을 끄고 나란히 누워 반짝이는 종이별들을 쳐다보며 '아기별' 노래를 흥얼거렸다. 노래를 끝낸 동수는 종이별을 쳐다보면서, 혜진에게 태어날 아기를 이장 댁 할머니한테 맡기면 잘 키워줄 것 같다는 말을 하려다가 그만두었다. 이장 댁 할머니는 예순일곱 살로 검적골에서 나이가 제일 적고 건강하며 인정도 많아 보였다.

눈은 사흘째 계속 내렸다. 대나무 숲은 하루 전보다 훨씬 낮아졌고 눈의 무게를 못 이긴 소나무 가지들이 부러지느라 숲속 여기저기서 눈가루가 연기처럼 치솟았다. 동수는 아침을 먹고 집 밖으로 나갔다. 눈이 무릎까지 올라왔다. 그는 전날처럼 가지런한 돌담길을 따라 마을을 한 바퀴 돌았다. 여전히 아무도 만날 수 없었다. 돌아오는 길에 이장 집에 들렀다. 이장 댁 내외가 아침을 먹다 말고 동수를 맞았다.

"이렇게 많이 오는 눈 처음 봅니다."

눈을 치우지 못해 정강이까지 빠지는 토방에 서서 동수가 걱정스러운 얼굴로 이장 내외를 보며 입을 열었다.

"큰 산 밑 골짜기라서 겨울에는 엄청 눈이 와. 작년에도 눈 땜시 일주일 동안이나 길이 막혀 감옥살이를 했당께."

"일주일 동안이나요?"

"그니저니 안사람 혈압약 땜시 큰 걱정이여."

이장의 말은, 부인이 복용하고 있는 혈압약이랑 당뇨약이 떨어져서 보건소에 전화했더니 검적골에 오는 우편배달부한테 보냈다고 했는데, 우편배달부가 눈 때문에 검적골에 들어올 수 없어서 군내버스 종점 청풍상회에 맡겨 놓았으니 가져가라는 연락이 왔다는 거였다.

"그럼, 빨리 약을 가져와야겠네요."

"눈 땜시 못 가. 약 며칠 안 묵는다고 설마 죽기야 허겄는가?"

이장은 의외로 태연했다. 그러나 동수는 이장 댁 할머니가 약을 먹지 않으면 무슨 변고가 생길 것만 같아 불안했다. 태어날 아기를 위해서도 이장 댁 할머니의 건강을 지켜주어야겠다는 생각이 들었다.

"제가 가서 약을 가져오겠습니다."

동수는 그렇게 말하고 당장 종점 마을까지 한달음에 뛰어가기라도 할 것처럼 서둘러 몸을 돌려세웠다. 그 모습을 본 이장이 큰 소리로 다급하게 동수를 불렀다.

"이 눈 속에 참말로 가겠다고?"

"예. 제가 약 가져올게요."

"갈 수 있겄어?"

"눈이 계속 오고 있는데 언제 길이 녹을 때까지 기다리겠어요."

"꼭 가겠다면 내 장화를 신게."

이장은 마루 위 신장에서 장화를 꺼내 동수에게 신도록 한 후 튼실한 새끼줄로 장화를 여러 겹으로 친친 묶었다. 동수는 그길로 의기양양해서 이장 집에서 니외 혜진이한테는 알리지도 않고 중점 미을 항혜 걸음을 옮겼다. 사흘 동안 쉬지 않고 내린 폭설로 길 주변의 높낮이가 없어져 어디가 길이고 어디가 논바닥인지 구별할 수가 없었다. 마을 앞 논다랑이 길을 더듬으며 겨우 전봇대 대여섯 개 구간까지 걸음을 옮겼는데도 온몸이 땀벌창 땀을 많이 흘려서 후줄근해졌다. 두 다리는 모래주머니를 매단 것처럼 무겁고 숨이 턱끝까지 차올랐다. 게다가 눈이 계속 쏟아져 앞이 보이지 않았다. 몸이 무거워 아무 데나 주저앉고 싶었다. 이장한테 괜히 큰소리를 쳤구나 후회했다. 죽을힘을 다해 마을에서 1km쯤 걸어 나온 동수는 눈 속에 흐물흐물 주저앉고 말았다. 눈 속에 파묻히듯 깊숙이 주저앉으니 눈을 퍼부어대는 먹장 하늘만 손바닥만큼 보였다. 하늘은 낮게 가라앉아 있었고 마을도 산도 보이지 않았다. 그대로 잠들고 싶었다. 그는 한참 동안 눈을 감은 채 편안하게 앉아 있었다. 그때 어디선가 장끼 한 마리가 꿩꿩 울어 대며 날아오르는 소리가 들렸다. 동수는 눈을 뜨고 몸을 일으켰다. 그는 리타르단도(점점 느리게)로 노래를 흥얼거리며 다시 걸음을 옮기기 시작했다. 쉬었다가 걸으니 다리가 더 무거워지는 것 같으면서 온몸이 자꾸만 눈 속으로 가라앉으려고 했다. 그는 힘겹게 걸음을 옮기면서 '지옥으로 가는 길은 아스팔트길이고 천당으로 가는 길은 가시밭길'이라는 말을 계속 되뇌었다. 그는 내리는 눈을 보면서 북한강 산기슭에 가지가 찢어지게 피어 있었던 산벚꽃을 떠올렸다. 벚꽃 잎들이 바람에 날려 그의 얼굴을 스치는 것만 같았다. 흩날리는 산벚꽃 잎을 보면서, 동수는 문득 눈 내리는 한겨울에 죽는 것도 괜찮을 것 같다는 생각을 했다. 눈이 무릎까지 빠지는 눈길을 끝없이 헤매며 걷다가 아무 데나 누워 단잠에 빠지듯 스르르 눈을 감으면, 두려움 없이 떠날 수 있을 것 같았다. 눈 속에서 죽으면 오히려 따듯할 것이라는 생각이 들었다.

이른 아침을 먹고 검적골을 출발한 동수는 점심때가 되어서야 종점 청풍상회에 도착했다. 평소에 한 시간 정도면 걸어올 거리를 네 시간이나 걸린 셈이다. 동수는 하얀 눈사람이 되어 어기적거리며 청풍상회 가게로 들어서자마자 바닥에 쓰러지고 말았다. 나뭇짐 부리는 듯한 소리에 놀라 방문을 열고 나온 주인 할머니가 동수 몰골을 보고 소스라쳤다. 동수와 혜진이가 처음 이곳에 왔을 때 라면을 끓여 주었던 합죽이 할머니였다. 동수는 가게 할머니가 끓여 준 따끈한 커피를 마시고 나서야 정신을 수습할 수 있었다.

"그래 빈집은 구했어?"

"예, 마을 첫 번째 집에 살고 있어요."

"첫 들머리 집이라면 월파 댁?"

동수는 마을 할머니한테 얼핏 들었던 것 같아 고개를 끄덕였다.

"그 집 할매 외손자 땜에 죽었어. 혈육이라고는 달랑 외손자 하나 있었는디, 그 못된 놈이 걸핏허면 돈 내놓으라고 땡깡을 부렸당께. 결국 돈 안 내놓는다고 할머니를 밀어뜨려갖고 머리가 깨져 죽은 거여. 손자 놈은 감옥 가고……."

청풍상회 할머니는 묻지도 않은 말을 나불나불 까발리고 나서 혀끝을 찼다. 월파 댁 할머니가 죽게 된 사연을 듣고 나자 동수 마음이 무겁게 가라앉았다. 그런데 이장은 왜 외손자가 호주로 이민을 갔다고 거짓말을 했을까. 동수는 요양원에 입원시킨 외할머니가 생각났다. 동수는 청풍상회 할머니한테 휴대폰을 빌려 요양원에 전화하려다가 그만두었다. 그는 라면을 끓여 달라고 해서 먹고 검적골로 향했다. 망망대해를 헤엄치듯 눈 속을 걸으면서도 동수는 할머니 생각을 떨쳐 낼 수가 없었다. 그는 날이 어둑어둑해서야 검적골에 도착했다.

"자네는 검적골에 불을 가져오는 전깃줄과 같구만. 자네가 우리 옆에 있어서 든든허네."

이장은 몇 번이고 고맙다는 말을 했다. 그날 밤 동수는 벽에 걸린 액자 속에서 집주인 할머니의 외손자 사진을 오래도록 들여다보면서 요양원 할머니를 생각하며 밤새도록 뒤척였다.

하늘이 무너지듯 나흘째 계속 눈이 내렸다. 동수는 여느 날과 같이 아침 일찍 일어나서 돌담길을 따라 마을을 한 바퀴 돌았다. 나흘째 쌓인 눈이 무릎을 넘어 허벅지까지 차올라 한 발짝 옮기는 데도 온몸으로 나무를 뿌리째 뽑는 것만큼이나 힘이 들었다.

동수는 집으로 돌아오는 길에 주근깨 할머니 집 앞에 서서 가슴 높이 돌담 너머를 기웃거렸다. 아침밥 먹을 시간인데도 집안이 너무 고즈넉했다. 토방에서 부엌으로 가는 곳에 발자국 하나 눈에 띄지 않았고 마루 위에는 내린 눈이 그대로 쌓여있었다. 동수는 아마 할머니가 늦잠을 자겠거니 짐작하고 그대로 몇 걸음 걷다가, 마루에 쌓인 눈이 머릿속에서 자꾸 맴돌아 몸을 돌려세웠다. 정갈한 성격의 주근깨 할머니가 마루에 쌓인 눈을 쓸지 않았다는 게 이상했다. 마당으로 들어가면서 거듭 할머니를 불러보았으나 반응이 없었다. 눈이 푹신하게 쌓인 마루에 발자국 하나 없는 것을 본 그는 다급하게 방문을 열었다. 순간 동수는 주춤했다. 형광등이 켜진 방에 두 내외가 이불도 덮지 않고 나란히 누워 있는 모습이 이상했다. 할아버지는 반듯하게 누워 있었고 할머니는 남편 손을 잡은 채 엎디어 있었다. 다시 큰 소리로 할머니를 불러보았으나 대답이 없었다. 자세히 보니 두 내외가 모두 마포 수의를 입고 있는 것이 아닌가. 할머니 머리맡에 놓인 농약병이 보였다. 그때서야 동수는 노인 부부의 죽음을 알아차렸다. 그가 짐작하건대 할아버지가 숨이 넘어가자 몸을 씻기고 수의를 입힌 후 자신도 수의로 갈아입고 농약을 마신 것 같았다. 노인 부부는 마을 사람들이 깊이 잠든 사이에 외롭게 소리도 없이 떠난 것이다. 동수는 어떻게 해야 좋을지 몰라 한참 동안 방 안에 서 있었다. 죽은 사람과 같이 있다는 사실이 전혀 무섭지 않았다. 팥죽을 얻어먹었을 때 코를 찔렀던 고린내도 나지 않았다. 그는 난생처음 주검을 보면서, 산 사람과 죽은 사람은 숨 쉬는 사람과 숨 쉬지 않는 사람의 차이일 뿐이라고 생각했다. 동수는 주근깨 할머니 머리맡에 놓여 있는 전화로 이장한테 알린 다음 119를 눌렀다. 놀라고 다급한 목소리로 빨리 와달라고 거듭 소리쳤다. 이장이 숨을 몰아쉬며 방문을 열고 들어온 것은 전화한 뒤로도 30분쯤 지나서였다.

"우리 할멈 땜시 늦었구만. 두 노친네가 죽었다는 소리에 충격을 받고 쓰러져부렀다니께."

이장은 부인 때문에 얼굴빛이 어두웠다.

"119에는 제가 연락했어요. 자식들한테 알려야 하지 않겠어요?"

"자식들? 아들 하나 있는 건 오 년 전에 교통사고로 죽고 며느리는 아이들 데리고 개가를 했는데…… 아직 손자들은 어리고……."

이장이 장롱에서 여름용 홑이불을 꺼내 시신을 덮은 다음 개털 점퍼 주머니에서 너덜너덜한 수첩을 꺼내 뒤적이며 말했다. 이장은 한참 후에 왼손으로 송수화기를 들고 천천히 버튼을 눌렀다. 그는 애써 가라앉은 목소리로 누구에겐가 부음을 전하고 나서 깊은 한숨을 몰아쉬었다. 동수 생각에 개가한 며느리한테 알린 것 같았다. 잠시 후에 마을 노인들이 하나둘 찾아왔다. 아홉 명의 노인들은 죽은 사람과 같은 방에 벽에 등을 기대고 앉았다. 거동이 불편하거나 나이가 많은 노인들은 오지 못했다. 불을 지피지 않은 탓으로 방이 냉골이라 모두 잔뜩 움츠렸다. 아무도 방이 춥다는 말을 하지 않았다. 한 시간쯤 지나서 방 안의 전화벨이 울리자 모두들 소스라치듯 놀랐다. 이장이 받았다.

"일일구차가 종점까지 왔는디, 눈 땜시 검적골에 들어올 수 없어 그냥 되돌아간다는디?"

이장이 난감한 얼굴로 좌중을 둘러보며 말했다. 모두 얼굴빛이 어두워지며 한숨을 쏟았다.

"제설차가 와서 좀 밀어주면 될 텐디?"

"일일구 운전사 말이 제설차도 못 온다고 허네요."

"허면 우리끼리 치상을 치러야겠구만."

"관은 어쩔 거여?"

"이 눈 속에 땅은 누가 어치게 파고?"

"이장이 면장한테 사정을 해봐."

누구인가 다급하게 채근을 하자 이장이 마지못해 송수화기를 들었다. 이장의 얼굴이 물 머금은 하늘빛으로 변하더니 고개를 돌려 좌중을 보았다.

"먹통이여. 쪼금 전까지도 통화를 했는디……."

이장은 신경질적으로 거듭 버튼을 찍어댔다. 누구인가 휴대폰을 꺼내 이장 앞으로 밀어주었다. 이장이 휴대폰을 열고 번호를 누른 다음 귀에 됐다.

"먹통인디?"

이장의 말에 휴대폰 주인인 감골 영감이 한참 동안 이리저리 되작거렸으나 여전히 불통이었다. 다른 노인들도 저마다 휴대폰을 꺼내 들고 통화를 시도해 보다가 고개를 저었다. 폭설로 길이 막히고 전화까지 먹통이 되었으니 검석골은 완전히 죽음의 섬이 되고 만 것이다.

"눈 땜시 전화선에 문제가 생긴 모양이여. 작년 겨울에도 그랬었잖어."

누구인가 한숨을 섞어 푸념처럼 말했다. 노인들은 대책 없이 냉골 방에 유령처럼 앉아서 거푸 한숨만 내뿜었다. 쓰러진 아내가 걱정이라면서 집에 갔다 오겠다고 한 이장은 한 시간이 넘도록 돌아오지 않았다. 그사이, 할머니 둘이 부엌으로 나가 불을 지펴 물을 데웠고 감골 영감은 입술이나 축이자면서 집에 있는 소주를 가져오겠다고 나갔다. 방에 남은 노인들은 너무 추워 오들오들 떨고 있었다. 노인들과 함께 시신 옆에 앉아 있는 동수는 할 일이 없었다. 그는 사람이 죽는다고 모든 것이 끝나는 것은 아니라는 사실을 깨달았다. 죽음은 산 사람이 지켜야 할 도리와 책임과 까다로운 절차를 남긴다는 것을 알았다. 동수는 문득 날아다니는 새들, 물속 고기와 산속 짐승들의 죽음을 생각했다. 다른 동물들은 자유롭게 살다가 부담도 책임도 흔적도 없이 사라져 가지 않은가. 그런 생각을 한 동수는 혜진이와 자신이 죽을 장소로 산속을 택하기를 잘했다 싶었다.

"어이, 이장 댁이 죽었다여. 이장 댁이 죽었다니께."

집에 소주를 가지러 갔던 감골 영감이 헐근거리며 헤엄치듯 마당 안으로 들어서더니 다급하게 소리쳤다. 그 소리에 방 안과 부엌에 있던 노인들이 모두 마당으로 나왔다. 동수는 가슴이 철렁 내려앉았다. 주근깨 할머니 내외가 죽었다는 말에 충격을 받아 쓰러졌다더니 기어코 숨을 거두고 만 것이리라. 주근깨 할머니 집에 있던 노인들이 모두 이장 집으로 몰려갔다. 이장은 숨을 거둔 부인 옆에 처연한 모습으로 쪼그리고 앉아서 계속 훌찍거리고만 있있다. 노인들이 차례내로 이상의 등을 다독이며 탄식과 위로의 말을 했다. 동수는 아무 말도 못 하고 방 윗목 구석에 앉았다. 그는 문득 검적골에 살고 있는 노인들은 계속 죽어 갈 것이고 그렇게 되면 머지않아 마을이 없어지게 될지도 모른다고 생각했다. 노인들이 모두 죽고 텅 빈 마을에서 태어날 아기가 돌담 밑을 어슬렁거리는 길고양이 신세가 될지도 모른다는 생각이 겹치자 기분이 울적해졌다. 밤이 되자 노인들은 두 패로 나누어 주근깨 할머니 댁과 이장 집에서 밤을 새우기로 했다.

"팔십 넘은 노인들은 댁으로 돌아가시는 것이 좋겠네요."

감골 영감의 말에 일부 나이 많은 노인들이 하나둘 돌아가자 막상 두 곳 상가를 지킬 사람은 모두 합해 열 명도 못 되었다.

닷새째 되는 날도 눈은 멎지 않았다. 5일 동안 함박눈이 계속 내렸고 햇살 한 줄기 내밀지 않았다. 노인들은 죽은 세 사람에 대해 간단하게 치상을 치르기로 하였다. 관을 사 올 수도, 허리까지 눈이 쌓여 운구할 수도, 땅이 얼어붙어 토광을 팔 수도 없어서, 마당 한쪽에 눈무덤을 만들기로 했다. 우선 눈무덤을 만들어 놓았다가 눈이 녹고 길이 열리면 장례를 다시 치르기로 한 것이다. 할아버지 할머니들이 두 패로 나눠 눈무덤을 만들기 시작했다. 동수도 아침부터 땀을 뻘뻘 흘리며 주근깨 할머니 댁 마당 끝, 배롱나무 밑에 쌓인 눈을 치웠다. 그는 눈을 치우면서 갈밭 할아버지는 죽어도 그가 조각 작품처럼 가지런하고 각단지게 쌓아놓은 돌담은 계속 남아 있겠구나 싶어 자꾸만 담에 눈길이 갔다. 흙이 나올 때까지 눈을 치우자 두 노인의 시신을 대발로 감아 나란히 뉘인 다음 눈을 덮었다.

"꽃이 필 때까지 눈이 녹지 않았으면 좋겠구만."

눈무덤을 만든 다음 누구인가 혼잣말처럼 중얼거렸다. 그들은 정오가 지나서야 마당에 실제 무덤보다 더 큰 눈무덤을 만들고 나서 침통한 표정을 하고 집으로 돌아갔다.

혜진이가 집 밖에까지 나와 온씰하게 눈을 맞고 기다리고 있다가 동수를 맞았다. 혜진은 머리에 눈을 듬뿍 인 채 언제나처럼 두 팔로 아랫배를 느슨하게 감싸 안고 있었다. 동수가 보기에 검적골에 온 후로 눈에 띄게 배가 불러온 것 같았다.

"추운데 왜 나왔어?"

"누워 있는데 아기가 밖에 나가자고 발길질을 해서…… 빨리 세상 구경을 하고 싶은가 봐."

혜진이 어색하게 웃으며 동수 옆으로 바짝 다가섰다.

"배롱나무 밑에다 눈무덤을 만들었어."

동수가 혜진의 머리에 쌓인 눈을 털어 주며 말했다.

"꽃나무 밑에?"

"응. 배롱꽃나무."

"난 아직 배롱꽃 한 번도 못 봤는데……."

"서울에는 안 펴. 따뜻한 남쪽에서만 피지."

"벚꽃보다 더 아름다워?"

"보고 싶어?"

"응."

"배롱꽃이 피려면 아직 여섯 달은 더 기다려야 하는데?"

"그래도 보고 싶어."

혜진이가 오랜만에 배롱꽃잎처럼 살포시 웃으며 말하자, 동수가 왼팔로 혜진의 어깨를 힘주어 감싸며 집 안으로 들어섰다. 눈발이 더욱 굵어지면서 바람이 건듯 불었다. 지붕마다 눈이 쌓인 검적골이 거대한 눈무덤으로 보였다. 눈무덤 속에서 검적골 노인들이 큰 소리로 울부짖듯 동수의 이름을 외쳐 불러 대는 소리가 들려오는 것 같았다.

『문학들』, 2016

문순태 소설의 지형도

조은숙(전남대학교 강의교수)

1. 초기 소설, 밑바닥 인생의 소리에 귀 기울이기

문순태는 산골과 낙도, 도시의 뒷골목 등 곳곳을 쫓아다니며, 보고 들은 현장의 사건들을 핍진하게 서사화했다. 「감미로운 탈출」에서 주인공인 나는 신문기자였으나 시를 쓰고 싶어 "철저하게 양다리를 걸치고"서 "당(직장)과 가정이 내 생활의 전부"라고 했듯이, 문순태도 신문기자와 소설가 사이에서 방황했다. 그래서 그는 항상 남보다 뒤처져 있다고 생각하며 소설을 쓰고자 하는 갈증이 더 심했다. 하지만 "오랫동안 사회부에서 기자생활을 한 것이야말로 소설가 문순태에게는 더없이 값진 훈련기간이요 문학적 자산의 축적 기간이었을 것"이다. 문순태가 1974년에 등단해서 1980년 해직 이전까지 약 6년 동안, 중·단편 소설 32편, 장편 소설 3편, 중·단편집과 연작소설집 5권, 평전 1권, 단막 희곡 1편을 쓸 수 있었던 이유도 취재에서 얻은 많은 소재 때문이었을 것이다.

문순태가 신문사에서 처음으로 맡았던 시리즈의 제목이 「밑바닥」일 정도로, 그는 이 사회의 밑바닥에서 지렁이처럼 살아갈 수밖에 없는 사람들에게 각별한 애정을 품고 있었다. 「밑바닥」은 광주천 다리 밑에 방을 만들어 살던 사람들과 대합실에서 잠을 자는 가족들 등 사회 밑바닥 인생들이 어떻게 살아가고 있는지 보여주기 위해 기획되었으나 5회로 중단되고 만다. 그러나 이때 취재한 내용은 단편 소설 「여름공원」, 「기분 좋은 일요일」, 「청소부」, 「번데기의 꿈」, 「깨어 있는 낮잠」, 「멋쟁이들 세상」, 「열녀야, 문 열어라」 등의 공간적 배경과 소설의 모디프가 된다.

문순태의 소설에서 지렁이처럼 밑바닥 인생을 살아가고 있는 인물은 대부분 이촌 향도한 사람으로, 「고향으로 가는 바람」에서 또삼이가 수도 검침원으로 일하다가 주인 여자의 금시계를 훔쳤다는 누명을 쓰고 해직되거나, 「멋쟁이들 세상」의 오만석처럼 여관 종업원, 주방 보조, 의상실 숙직원 등을 전전한다. 또한 「청소부」에서 차남수처럼 임시직 청소부로 취직하거나, 「깨어 있는 낮잠」의 박정팔처럼 시청철거반 임시직원으로 있으면서 사표를 쓰지 않기 위해 "죽으라고 하면 죽는시늉까지" 하면서 '개·돼지'처럼 살아간다. 이들은 임시직도 구하지 못하고 절친했던 친구들에게 외면을 당하며, 결국 「번데기의 꿈」에서 김인수처럼 자살을 택하기도 한다.

이촌 향도한 여성들 또한 지렁이처럼 살아가는 것은 마찬가지다. 「청소부」의 순자처럼 개나리하숙옥에서 몸을 파는 갈보가 되어 자궁암에 걸려 죽은 뒤 쓰레기장에 버려지거나, 「열녀야, 문 열어라」의 미세스 문처럼 고등교육을 받고 보험판매를 하지만, 그 또한 남성들의 성적 노리갯감이 되고 만다. 또한 「멋쟁이들 세상」의 미스 홍처럼 여차장을 하다가 낮에는 의상실 모델을 하다가 밤에는 관광호텔 고급 콜걸이 되거나, 「흑산도 갈매기」의 흑산도 아가씨처럼 도시 술집 여성으로 전전하다가 결국에는 섬에서 몸을 팔아야 할 정도로, 여성들은 대부분 성 상품으로 전락했다.

이 외에도 「청소부」에서 주인아주머니가 식모였던 길자에게 가정교사와 부적절한 관계를 들킬 것을 우려하여 그녀가 보석반지를 훔쳤다는 도둑 누명을 씌어 쫓아내거나, 「깨어 있는 낮잠」에서 관광호텔이 들어서면서, 도시 미관상 좋지 않다는 이유로 빈대떡 할머니의 집을 강제로 철거하고 쫓아내는 경우도 있다. 이들은 두더지 발톱에 찍힌 지렁이처럼 짓눌려 살면서도 탈출할 수가 없어, 슬픈 울음을 울 수밖에 없다.

문순태가 약하고 가난한 사람들의 싱처에 귀 기울였던 방식은 미음속 가장 가까이에 있는 청각의 활용이었다. 이들이 그리워하는 소리는 「상여 울음」에서 상엿소리, 「고향으로 가는 바람」에서 걸립패 굿소리, 「청소부」, 「객토 훔치기」에서 대장간 망치질 소리이다. 문순태는 근대화라는 미명하에 사라져 간 소리를 통해, 그 소리를 그리워하는 이들 또한 사회 밑바닥으로 전락할 수밖에 없는 현실을 보여준다. 그리고 「징소리」, 「저녁 징소리」, 「말하는 징소리」, 「마지막 징소리」, 「무서운 징소리」, 「달빛 아래 징소리」에서 잃어버린 고향에 대한 향수를 '징소리'를 통해 불러일으키며, 고향을 잃고 도시로 이주한 농민들의 뿌리 뽑힌 삶과 한을 대변한다.

문순태는 「여름 공원」의 나팔수 기자처럼 "불의를 찌르는 송곳처럼 날카롭고 진실 된 기사"를 쓰기 위해 사표를 들고 사장실을 들락거릴 정도로 '오기와 용기'를 지녔지만, 현실은 유신 헌법이 선포되어 기사 쓰는 데 많은 제약을 받게 된다. 그래서 기자로서 할 수 없는 말을 소설을 통해 표현했다. 따라서 그의 초기 소설은 아직 정제되지 않은 날알처럼 사회 현상을 그대로 표출하고 있다. 이때 그도 자신의 소설이 기자 정신에 치우친 나머지 사실을 문학적으로 형상화하지 못하고 있는 현실을 알고 있었기 때문에 끊임없이 기자와 소설가 사이에서 갈등한다.

하지만 문순태는 「감미로운 탈출」에서의 나처럼 기자를 선택한다. 「감미로운 탈출」에서 나는 지방에서 발행되는 당 기관지의 유능한 편집자로서 장래를 약속받고 있었기 때문에 '시인'이 되고자 하는 욕망이 생길 때마다 "그렇지. 나는 시인이 아니지. 지방의 당 기관지 편집자일 뿐이지. 앞으로 나는 주필로 뛰어오르기 위해서 당에 더욱 충성을 해야지"라고 마음을 다독이듯, 문순태도 출세한 뒤 고향에 돌아가고자 하는 일념으로 신문사를 그만두지 못한다. 아버지가 유서를 남겨 "출세하기 전에는 고향으로 절대 돌아가지 말라"라고 당부했을 정도로 문순태와 그의 아버지에게 고향은 원한의 땅이었다. 그가 고향에 돌아가 고향 사람들 앞에 떳떳하게 설 수 있는 방법은 출세밖에 없었던 것이다.

그러므로 초기 소설인 「감미로운 탈출」에서 주걱턱이 아버지의 억울한 누명을 벗기고 아버지를 유치장에 넣었던 사람들에게 복수하려고 법관으로 출세했지만, 고향으로 가는 장면까지는 그려지지 않는다. 하지만 문순태가 순천대학교 국어교육과 교수와 전남일보 초대 편집국장을 지냈던 중기 소설에 이르면 달라진다. 「말하는 돌」에서 나처럼 부자가 되어 아버지의 한을 풀어주려고 아버지 묘를 이장하는데 마을 사람들을 모두 불러 품삯을 주며 유세를 떨거나, 『피아골』에서처럼 검사가 되어 아버지의 유해를 찾으러 간다. 이처럼 문순태에게 출세는 아버지에게 억울하게 드리워진 '빨갱이'라는 낙인을 지우는 것이었기에 포기할 수 없었을 것이다.

문순태의 문학적 도정에 조그마한 이정표가 된 작품은 『징소리』 연작과 『걸어서 하늘까지』이다. 그는 「청소부」, 「여름공원」, 「고향으로 가는 바람」, 「무서운 거지」 등을 통해서 당대 사회가 안고 있는 모순에 대해 서사화했다. 이후 고향이 수몰된 이들의 아픔을 형상화한 『징소리』 연작을 쓰면서 6·25전쟁 때 강제로 고향이 소개되었던 원체험을 상기한다. 그리고 『걸어서 하늘까지』를 쓰면서 유년 시절에 경험했던 극심한 '배고픔' 과 돌아가신 아버지에 대한 '그리움'을 투사하기 시작한다. 이렇듯 원체험을 끌어내어 당대 사회 문제와 연결시키면서, 『징소리』는 자신을 비롯한 모든 고향을 잃어버린 밑바닥 인생들의 울음소리가 된다. 그러므로 『징소리』는 문순태 소설의 '고향 상실의 한'이라는 서사가 시작되는 곳이며, 문학은 '무조건 진실한 소리'여야 한다는 생각에서 '문학은 역사의 칼'이 되어야 한다는 입장으로 변모하는 지점이 된다.

2. 중기소설, 자기 구원과 아픈 역사의 매듭 풀기

문순태의 삶과 문학에서 중요한 분수령이 되는 지점은 1980년 5·18민주화운동 직후, 해직된 뒤부터 1996년 광주대학교 교수로 가기 전까지다. 그는 신문사 편집국 부국장이었으며, 『징소리』 연작과 『걸어서 하늘까지』가 대중에게 알려지면서 소설가로도 안정적인 궤도에 진입할 무렵인 1980년 신문사에서 강제로 해직당한다. 문순태는 기자로서 할 일을 했을 뿐인데 자신에게 '반체제 인사'라는 올가미가 씌워지자, 아버지를 떠올린다. 아버지는 인공人共 치하에서 마을 이장이었기 때문에 잠시 마을 인민위원장을 맡게 된다. 이 일로 인하여, 아버지는 그들에게 동조했다는 '낙인'이 찍혀 죽을 때까지 고통스러워했다. 그는 아버지의 '낙인'과 자신의 '낙인'이 동일선상에 있음을 인식하고, 분단의 비극이 가져다준 아픔을 역사적 맥락에서 살펴보기 위해 '열두 살' 유년 시절을 회상한다.

문순태가 처음으로 그의 작품 속에 '열두 살'의 체험을 이야기한 작품은 「무서운 징소리」이다. 여기서 칠복이의 아버지가 죽게 된 것은 열두 살이었던 부면장의 막내딸이 대창으로 찔렀기 때문이다. 「흰거위산을 찾아서」에서 기호도 열두 살에 고향을 떠나 미국으로 갔고, 문순태가 55세에 썼던 「시간의 샘물」에서 박지수도 '43년 만'에 고향으로 돌아옴으로써 '열두 살'은 작가와 작품을 잇는 중요한 씨실로 작용하고 있디. 그의 작품에서 틸항하는 작중화자의 나이는 대부분 열두 살이며, 귀향하는 시기는 집이 강제로 소개되기 이전의 아름다운 공동체가 존재했던 6·25전쟁 이전이다.

문순태가 쓴 분단과 관련된 작품에서 끊임없이 '열두 살'과 접속하는 이유는 그에게 가장 아픈 상처가 그 지점에서 형성되었기 때문일 것이다. 그가 『소설창작연습』에서 자신이 소설가가 된 것은 "이들의 헛된 죽음을 해명해 보고 싶은 욕심에서 비롯된 것"이라고 밝혔듯이, 열두 살에 본 대창에 찔려 죽은 다섯 사람과 5·18민주화운동으로 죽은 이 모두 '헛된 죽음'이었던 것이다. 문순태는 6·25전쟁과 5·18민수화운동을 민족사의 연장선으로 인식하고부터, 고향은 더 이상 가기 싫은 곳이 아니며 반드시 돌아가야 하는 곳으로 묘사하고 있다.

달교가 다시 고향땅을 밟은 것은 그로부터 수년 후, 그가 결혼을 하여 자식을 낳고, 고향이 어떤 것이라는 것을 알고, 고향 사람들이 자신을 어떻게 대하더라도 모든 것을 감수하고 받아들여야 한다는 생각을 굳힌 후였다. 그의 오랜 객지생활에서 얻어진 결론은 고향은 모든 것을 용납하고 이해해줄 것이라는 생각과, 고향은 결코 어떤 수난 속에서도 고향을 잊지 않는 사람을 배반하지 않으리라는 생각이었다. (…중략…) "우리가 뭐 고향에 죄지었소? 다 시국 탓이지요."

—「무당새」

문순태가 「무당새」에서 '시국' 탓이라고 한 것은 소극적인 대처 방법이 아니라 탈이데올로기의 관점에서 분단 문제를 객관적으로 바라보기 위해서다. 이에 대해 6·25전쟁 당시 비극적인 상황 속에서 젊은 시절을 보낸 대부분의 작가는 "당시의 상황이 안겨준 흑백논리를 벗어나서 역사를 객관적으로 투시할 만한 여유를 지니기가 어려웠는데", 문순태는 "그 같은 흑백논리를 초월해서 양쪽을 민족적 동질성의 차원에서 추구해 나가려는 의지가 강하다"고 평가되었다. 이를 가장 잘 보여주는 작품이 「시간의 샘물」이다.

문순태는 「시간의 샘물」에서 43년이라는 분단의 고착화를 해결할 수 있는 방법으로 '각시샘물'을 들고 있다. 「시간의 샘물」에서 고향 사람들이 두 편으로 갈라지게 된 것은 '그들의 의사'가 아니었다. 그래서 갈등을 겪기 이전에 마셨던 각시샘물을 함께 마신다는 행위는 민족의 동질성을 회복하는 것이다. 그는 『징소리』, 『물레방아 속으로』, 『달궁』, 「철쭉제」, 「거인의 밤」, 「황홀한 귀향」, 「미명의 하늘」, 「말하는 돌」, 「유월제」, 「잉어의 눈」, 「어머니의 땅」, 「어머니의 성」에서 자신의 유년 시절 체험을 소재로 6·25전쟁의 실상을 그대로 보여준 뒤, 「제3의 국경」에서는 일회성 만남 이후 희망의 부재로 이산가족에게 상처만 주고 있는 현실을 형상화하여 이산가족문제를 본격화한다. 그리고 「어둠의 강」에서는 "더 굳어지기 전에 지금이라도 만나야"한다면서 이산가족의 문제를 남북통일의 당위성으로 끌고 간다.

문순태는 소설 속에 자신의 흔적을 남긴 경우가 많다. 가령, 언제 어느 곳에 근무했는지, 개인적으로 어떤 일이 있었는지 구체적으로 밝힌다. 그만큼 자신이 처한 현실 속에서 소재를 찾아 서사화하는 능력이 뛰어나다고 볼 수 있다. 그는 1985년 2월 1일 순천대학교 국어교육과 교수로 재직하면서 교육의 문제점을 소설의 소재로 가져온다. 「한국의 벚꽃」에서는 청산되지 못한 채 남아 있는 일본식 우민화교육의 문제점을 '벚꽃'이 아직도 건제한 형상으로, 「뒷모습」에서는 긴급조치로 인해서 제대로 된 교육을 할 수 없는 현실을 교육을 해야 하는 선생님이 도망가는 모습으로 보여준다. 그리고 「문신의 땅」에서는 반미운동으로 학교에서 쫓겨난 '오형'을 통해 외세인식의 문제점을 제기한다. 즉, 그는 「한국의 벚꽃」, 「뒷모습」, 「문신의 땅」을 통해 현재 교육이 일본의 식민지교육에서 미국식 문화식민지 교육으로 전이되고 있는 현실을 비판하고 있다.

이렇듯 당대 현실의 문제를 외면하지 않았던 문순태는 순천대학교에 재직하면서 5·18민주화운동을 직접적으로 작품 속으로 끌고 들어온다.

> 아내는 지난 오 년 동안 해마다 아카시아꽃이 피는 오월이면 아들의 세례명을 떠올리며 오랜 망각으로부터 깨어났다가, 아카시아꽃이 시들고 새콤한 냄새의 밤꽃이 너울거리기 시작하면 소리도 없이 꽃이 지듯 아들의 세례명을 잊으면서 다시 실신의 깊은 늪에 빠져들곤 하였다.
>
> —「일어서는 땅」

문순태는 소설 속에서 시간의 흐름을 사실적으로 묘사하는 버릇이 있다. 그러므로 '지난 오 년'을 통해 보자면, 1986년에 발표한 「일어서는 땅」은 5·18민주화운동이 일어난 지 오 년 후인 1985년에 쓴 작품으로 볼 수 있다. 대부분 「일어서는 땅」을 문순태가 5·18민주화운동을 소재로 쓴 첫 작품으로 보고 있다. 하지만 문순태는 1981년에 발표한 「달빛 골짜기의 통곡」에서부터 이미 광주 문제에 우회적으로 접근하고 있으며, 1984년에 썼던 「살아 있는 소문」에서도 '소문'의 형식으로 이를 형상화하고 있다. 「달빛 골짜기의 통곡」에서 소설 속 공간을 구체적으로 광주라고 표현하거나 폭압적 광경을 사실적으로 서사화하지는 않았지만, 여인의 호곡소리를 5·18민주화운동 때 행방불명된 자들의 곡소리로 상치시키고 있다. 그리고 「살아 있는 소문」에서는 소문의 진실을 확인하는 작업을 시도한다. 살아있는 소문의 진원지가 '분수대'라는 점에서 이 소설은 광주 사건을 믿지 않는 외부 사람들, 그저 소문으로만 떠돌고 있는 광주 사건에 대한 은유적 표현으로 볼 수 있다.

문순태는 「달빛 골짜기의 통곡」에서 행불자 문제를 다루고, 「살아 있는 소문」에서 역사적 사건에 대한 진실성을 끌어낸 다음, 「안개섬」에서는 살아남은 자들의 부끄러움에 대해 이야기한다. 그는 「안개섬」에서 길섭을 통해 "말로만 정의를 부르짖었을 뿐 옳은 일을 위해서 저 자신을 희생해 본 적이 단 한 번도 없는 겁쟁이"라고 부끄러워하고, 길섭을 '안개섬'으로 데리고 가는 노인의 말을 빌려 '유월전쟁'에서 "혼자 살아남은 것이 죄"라고 언급한다. 이때 소설의 끝부분에서 길섭과 동백 노인이 은둔의 공간인 '안개섬'으로 향하지 않고, 함께 돌아오는 행위는 6·25전쟁과 5·18민주화운동을 망각하지 않겠다는 의지로 볼 수 있다. 「안개섬」에서처럼 5·18민주화운동을 6·25전쟁의 연장선에서 서술하면서 '기억하기'를 강조하는 소설로는 「일어서는 땅」, 「녹슨 철길」, 「최루증」, 「오월의 초상」, 「느티나무 아저씨」, 『느티나무 사랑』 1·2가 있다.

이렇듯 문순태는 해직된 뒤 1980년대 중반부터 1995년 광주대학교 교수로 가기 전까지 다양한 작품을 발표했다. 이때 그는 씨줄로는 유년 시절에 경험했던 원체험을 바탕으로 분단된 민족이 가야 할 방향성을 역사적 맥락에서 살펴보고, 날줄로는 당대의 교육 문제와 5·18민주화운동을 형상화했다. 그가 중·단편 소설 62편, 장편 소설 11편을 쓸 수 있었던 이유는 소설의 소재와 주제를 당시 자기가 안고 있는 가장 절실한 문제에서 찾았기 때문이며, 소설 쓰기를 통한 '자기 구원'에 있었다고 볼 수 있다.

3. 후기 소설, 인간다운 삶 복원하기

문순태는 광주대학교 문예창작학과 교수로 자리를 옮기면서 이전 소설과는 달리 역사의 중심에서 한 발 뒤로 물러나 세상을 바라보는 경계인의 삶을 모색한다. 그가 경계인으로 살아가기 위해 삶을 정리하는 모습이 잘 드러난 작품은 자전적 소설인 『41년생 소년』이다.

『41년생 소년』에서 문귀남 교수는 책상 속 내용물 정리를 '과거로부터 해방'이라고 생각한다. 책상 속 내용물 정리는 "긴 여행을 끝내고 집으로 돌아가기 위해 종착역에서 마지막 열차를 기다리는 것처럼" 조금 지치고 힘들었지만, 그는 '홀가분하고 자유롭다'고 느낀다. 지금까지 문귀남은 책상 속 내용물을 세 번 정리했다. 첫 번째는 빨갱이 집안이라는 이유로 고등학교 교사 자리를 그만둬야 했을 때였고, 두 번째는 5·18민주화운동으로 몸담아왔던 신문사에서 해직당했을 때였다. 두 번 다 책상 속 내용물을 정리하면서 울분을 느끼며 좌절했기 때문에 그에게 책상 속 내용물 정리는 그동안 부정적 의미를 지녔다. 그런데 이번에는 정년퇴직 이전에 자의적으로 이루어진다는 점에서 긍정적 의미를 지닌다.

문귀남은 책상 속 내용물 정리를 마친 뒤, 슬픈 기억의 공간인 고향을 향해 비로소 여행을 떠날 수 있었다. 문귀남은 여행을 마치면서 "어쩌면 이번 여행은 과거와 영원히 결별하기 위해 마지막 과거 속으로 뛰어든 것인지도 모른다. 그동안 나는 너무 오랫동안 기억의 밧줄에 묶여 있어, 내의지대로 가고 싶은 곳에 갈 수 없었다. 기억의 깊은 우물에 빠져 허우적거리느라, 하늘도 제대로 볼 수가 없었다"라고 말한다. 문귀남의 이 말은 문순태가 귀향을 위한 준비과정으로 『41년생 소년』을 집필하였음을 상징적으로 보여준다. 여기서 문귀남의 책상 속 내용물 정리는 고향으로 가기 위해 불필요한 마음의 장애물을 하나씩 제거하는 행위이다.

문순태는 자신의 삶을 정리한 뒤에 자기 소설의 '뿌리'라고 할 수 있는 척박했던 어머니의 삶을 되돌아본다. 그가 문학작품을 통해 형상화한 어머니의 모습은 세 가지다. 첫째는 바람피우는 남편 때문에 마음고생 하는 어머니이다. 「느티나무와 어머니」에서 대학교수인 내가 어머니를 기억하는 시기는 다섯 살 때다. 아버지가 첩이었던 만주각시 집에서 며칠째 돌아오지 않자, 어머니가 아침 설거지를 하다말고 나를 이끌고 만주각시 집으로 향했던 장면이다. 어머니는 분노하여 만주각시 집으로 쫓아갔지만, 아버지의 발길질과 폭력으로 '짐짝처럼 팽개쳐'져서 대문 밖에서 땅을 치며 통곡한다. 이후 어머니는 「된장」, 「늙으신 어머니의 향기」, 「문고리」에서처럼 가부장적 남성적 세계관이 빚어낸 인간적인 폭력에 대항하는 방식으로 이날 이후 더 이상 눈물을 흘리지 않는다. 대신 콩밭을 맨다. 어머니에게 유월 염천에 콩밭 매는 일은 "염통꺼정 땀에 젖고 어질어질해짐시로 숨이 맥히"는 일이었지만, "외로움과 그리움을 이겨내기 위해 오기를 부리듯" 콩밭을 맨다. 문순태 소설에서 '콩밭, 호미, 땀'은 어머니의 인고의 삶을 의미한다.

둘째는 6·25전쟁 이후 가족의 생명줄을 머리에 이고 버둥거렸던 어머니이다. 「은행나무 아래서」의 나는 대학에서 소설을 가르치는 교수이다. 나는 퇴근 후 어머니와 어머니의 지나온 삶을 이야기하다가, 남편을 잃고 두 아들을 키우기 위해 도붓장사를 했던 시절을 떠올린다. 온 가족의 생계가 자신이 이고 다니는 광주리에 달려있다고 생각한 어머니는 낮에는 도붓장사를 하고, 그날 돌아오지 못할 거리이면 저녁에 베를 짜 주기로 하고 잠자리를 구했다. 그러면서 어머니는 점차 남자처럼 거칠게 변해갔다.

어머니를 '남자처럼' 거칠게 바꾸어 놓은 것은 「느티나무와 어머니」에서처럼 6·25전쟁과 남편의 부재였다. 남편의 부재는 홀로 자식을 키워야 한다는 책임감 때문에 「느티나무 타기」에서 기호 어머니처럼 한겨울에도 시지근한 땀 냄새가 진동하고, 「늙으신 어머니의 향기」에서처럼 뼈가 으스러졌다. 어머니는 절망의 순간에 정수리의 머리칼이 닳아빠지도록 도붓장사를 해서 가족의 생명을 지켰으며, 「은행나무 아래서」, 「느티나무와 어머니」, 「늙으신 어머니의 향기」에서처럼 아들이 대학교수가 되도록 뒷바라지를 했다.

셋째는 "끝없는 사막을 건너온 낙타처럼" 지치고 늙어버린 어머니이다. 「늙으신 어머니의 향기」에서 나는 어머니의 몸에서 냄새가 난다고 생각하며, 그 냄새의 진원지를 추적한다. 냄새의 진원지는 어머니가 간직하고 있는 보따리였다. 그 보따리 속에는 어머니가 시집온 후 젊은 시절을 함께 했던 "녹슨 호미"와 도붓장사하며 사용했던 "오래된 손저울과 함석 젓 주걱, 판자로 짠 손때 묻은 되"가 있었다. 그리고 작은 것 하나도 그냥 버리지 못하고 모아놓은 "때에 전 흰 다후다 천의 돈주머니, 짙은 밤색의 나일론 머플러"가 있었으며, 두 자식에게 된장국을 끓여주었던 "땟국에 전 앞치마"가 있었다.

어머니의 말처럼 이 물건들은 "에미가 자식 놈들을 위해서 알탕갈탕 살아온, 길고도 쓰디쓴 세월의 냄새"였다. 「문고리」에서 '문고리'가 단지 비녀목이 달린 쇠붙이가 아니라 어머니의 "곤곤한 삶을 지탱해 준 버팀목"이었듯이, 「늙으신 어머니의 향기」에서 '호미, 손저울, 젓 주걱, 되'는 어머니를 일으켜 세울 수 있는 힘이었다. 그 묘한 냄새는 어머니의 "팔십 평생 동안 푹 곰삭은 삶의 냄새이며, 희로애락의 기니긴 시간에 익해 분해되는 유기체의 냄새였기 때문"에, 내가 어머니의 곤궁했던 삶을 이해하는 매개체 역할을 한다.

이렇듯 문순태는 「늙으신 어머니의 향기」, 「문고리」, 「된장」 등을 통해 개인적으로는 어머니의 삶을 되돌아보면서, 「늙으신 어머니의 향기」와 「느티나무와 어머니」에서 어머니, 「은행나무 아래서」의 703호 할머니, 「대나무 꽃 피다」에서 김봉도와 그의 아내처럼, 변화의 뒷전에 밀려난 노인들의 삶을 형상화하기 시작했다. 그는 자본주의 논리에서 쓸모 있음과 쓸모 없음으로 가치를 평가하며 노인들의 지난했던 삶을 낡은 가치로 인식하고 있는 현실을 비판한다. 그리고 아직도 농경사회의 정서를 지닌 채 살아가는 어머니를 통해 인간다운 삶을 복원하려는 방안을 모색한다.

문순태는 『41년생 소년』에서 "인생이란 환상방황環狀彷徨과 같은 것이 아니겠는가. 같은 장소에서 원을 그리며 방황하는 링반데룽ringwandelung 현상 같은 것"이라고 했다. 이 말처럼 그는 2006년 광주대학교에서 정년 퇴직한 뒤에 고향 바로 윗마을인 담양군 남면 만월리 144번지에서 새로운 터전을 일군다. 만월리는 문순태가 어렸을 때부터 '생오지'라고 불리었는데, 오지 중의 오지로 마을은 사방이 산으로 둘러싸여 있고, 마을 앞으로는 고라니가 한가하게 지나갈 정도로 '생오지'였기 때문이다. 그는 자신이 끊임없이 도망쳐 왔던 고향이 결국 스스로가 친 울타리였음을 알게 된다. 그래서 그는 고향에 돌아와 울타리를 제거하고 '갈등의 중간자적 입장'에서 대화와 교감 그리고 비판과 수용을 통해 화해와 통합을 이끌어 내는 「눈향나무」의 인가처럼 경계인의 길을 걷는다.

고향에 돌아온 문순태는 '사운드스케이프'와 '생태환경'에 관심을 둔다. 고향에 돌아온 뒤 그가 쓴 소설들은 '고향·분단·노년·다문화·생태환경' 등으로 연결되면서 소설의 주제가 확장된다. 그는 「황금 소나무」에서 한 번도 고향을 떠나지 않고 사는 조일두의 삶을 형상화하여 '고향'의 소중함을 제시하고, 「탄피와 호미」에서는 총소리를 통해 '고향·분단'으로 의미를 확장한다. 그리고 「그 여자의 방」과 「대 바람 소리」에서는 '노년'의 아름다운 사랑을 노래하고, 「생오지 가는 길」과 「탄피와 호미」에서는 '다문화'가 함께 살아가는 길을 모색한다. 이후 「생오지 뜸부기」와 「대 바람 소리」에서는 그가 꿈꾸는 생태환경을 마치 새들이 오케스트라를 연주하듯 '소리 풍경'을 통해 서사화한다.

문순태가 「생오지 뜸부기」에서 제시한 새들의 오케스트라는 소설의 생명이 삶의 진정성을 회복하기 위한 것이라고 할 때, "세상의 뾰쪽뾰쪽한 면만을 볼 것이 아니라 사각에 가려진 이면의 본질과 그 진실"을 보기 위한 작업으로 볼 수 있다. 그에게 고향은 '순결한 마음의 텃밭'으로, 단순히 태어나고 자란 태생적 공간의 의미가 아니라 인간 존재를 일깨우는 내가 '설 자리'로 존재했다. 하지만 53년 만에 돌아와서 본 고향은 이미 오염되었고, '뜸부기'도 사라졌으며, 이대로 둔다면 '딱새'도 '쇠솔새'도 사라지게 될 위기에 처해 있었다. 그는 "삶의 무대는 무한하나, 존재의 뿌리를 내릴 공간은 유한하다"고 생각했기 때문에 '어떻게 거주할 것인가?'라는 장소의 생태 문제에 관심을 두게 된 것이다.

결국, 문순태가 「생오지 뜸부기」를 통해서 말하고자 하는 것은 다른 존재와 더불어 평화롭게 함께 하는 삶이다. 그곳은 『소쇄원에서 꿈을 꾸다』에서 말하고 있듯이, "새소리 바람소리 물소리 듣고, 달 보고 꽃 보고 구름 보고, 좋은 사람 만나고 희로애락"을 함께 나눌 수 있는 인간다운 삶이 존재하는 곳이다. 우리가 생태 환경에 관심을 갖지 않으면 이미 사라져 버린 '뜸부기'를 찾을 수 없는 것과 마찬가지로 고향도 한번 파괴되면 그 장소만의 특수성을 잃어버리게 된다. 따라서 그는 "많은 세월이 지났으나 본디 모습이 변하지 않고 원형 그대로 오롯이 간직하고 있는 것들"을 찾아 보존해야 하는 것이 자신의 책무라고 생각했다.

*이 글은 『현대문학이론연구』 제66집(현대문학이론학회, 2016)에 발표한 논문을 윤문하였음.

　고향에 돌아와 청산을 바라보니 마음이 잔잔하다. 나는 55년 만에 귀향했다. 열두 살 때 6·25를 만나 빗발치는 총알 사이를 뚫고 고향을 떠났던 나는 창안백발蒼顔白髮이 되어 다시 돌아온 것이다. 지금 내가 살고 있는 '생오지'는 무등산 뒷자락에 자리 잡는 오지 마을로, 버스도 들어오지 않고 휴대전화도 잘 터지지 않는다. 마당에는 꺼병이들이 노닐고 집 앞 논둑길로 고라니가 느럭느럭 걸어가는 곳. 야트막한 산에 소나무 숲이 연꽃처럼 둥그스름하게 에두른, 한갓지고 옴폭한 이곳에서 세상은 너무 멀고 아득하게만 느껴진다.

　세상의 중심에서 벗어나 깊은 골짜기에 은둔하듯 살다 보니, 오랫동안 놓쳤던 소중한 것들이 새로운 빛깔로 다가왔다. 예전에는 보이지 않았던 것들이 비로소 선명하게 드러나기 시작하면서, 나의 존재감이 더욱 뚜렷해졌다. 예전에는 두 눈 부릅뜨고 우주를 끌어안으려는 욕심으로 만용을 부렸다면, 지금은 거꾸로, 아주 작은 들꽃을 통해 우주를 보듯 낮은 자세로 살아가려고 한다. 큰 것을 통해 작은 것을 보는 것보다 작은 것을 통해 큰 것을 보니 모든 것이 새롭게 명징하다. 비로소 우리에게 무엇이 중요한가를 깨닫게 된 것 같다. 이 세상에는 역사나 이념보다 더 중요한 것이 얼마든지 많다는 것도 알았다. 이념보다 사랑이, 경쟁보다 느림이, 거대 담론보다 일상이, 낯섦보다는 익숙함이 때로는 더 필요하고 소중하다는 것도. 이념은 인간의 이기심에서 나왔지만 들꽃이나 나비 한 마리에 이르기까지, 이 땅의 모든 생명에 대한 사랑은 영원불멸의 아름다움을 지녔다.

나는 태어나서 지금까지 해발 1,187미터의 무등산만을 바라보며 살아왔고 앞으로도 그러할 것이다. 유년 시절에는 무등산을 바라보며 산 너머 넓은 세상을 동경했었고, 광주로 나가 살면서부터는 다시 고향으로 돌아갈 날만을 기다렸다. 유년 시절에는 남쪽에서 북쪽의 무등산을, 어른이 되어서는 북쪽에서 남쪽의 무등산을 바라보며 살았다. 무등산의 이쪽과 저쪽에서 늘 보이지 않는 다른 한쪽을 동경해온 것이다. 지금까지 내 생의 행로는 결국 '무등산 바라보기'이고 '무등산 안고 돌기'인 것 같다. 광주에서는 무등산에서 떠오르는 해를 보았는데, 고향으로 돌아온 지금은 무등산으로 지는 해를 본다. 산은 인간과 달리 앞뒤가 없으며, 해는 나를 중심으로 떠오르고 진다는 것을 비로소 알았다.

무등산의 이쪽과 저쪽 세상의 차이는 실로 엄청났다. 저쪽이 욕망과 경쟁과 변화를 추구하는 세상이라면 이쪽은 정체와 무욕, 소외와 궁핍의 땅이다. 유채색의 세상인 저쪽 사람들이 욕망을 채우기 위해 치열하고 비인간적인 경쟁 속에서 숨 가쁘게 살아간다면, 무채색의 세상인 이쪽 사람들은 변화보다는 옛것들을 소중하게 생각하며 느리게 살고 있다. 나는 느리고 낡은 것들 속에서 아름답고 새로운 삶의 진정한 가치를 찾을 수 있었다.

내가 고향으로 돌아온 이유는 고향 사람들의 삶 속으로 깊숙이 들어가서, 내 소설의 뿌리를 더욱 튼실하게 하기 위해서다. 농촌에는 아직 한 번도 고향을 떠나지 않고 평생을 궁핍과 고달픔 속에서 절박하게 살아가는, 흙을 닮은 사람들이 많다. 나는 농경 사회 정서로 살아가는 그들의 삶을 실패한 인생이라고 생각하지 않는다. 나는 그들을 '흙의 천사'라고 부르고 싶다. 농촌은 폐허가 되어가고 있지만 그들은 결코 꿈을 포기하지 않고 있다. 나는 그들 앞에 화끈거리는 부끄러움으로 머리를 숙인다. 작가가 된 후 지금까지 나는 줄곧 고향의 아픈 역사와 소외당한 사람들의 이야기를 써왔지만, 돌이켜보면 고향 사람들의 삶과 동떨어진 울타리 밖에서 그들의 아픔을 바라보기만 한 구경꾼에 불과했다. 앞으로는 그들과 같이 호흡하며 고통과 슬픔을 함께 나누고 싶다.

　나의 열 번째 창작집 『생오지 뜸부기』에 실린 여덟 편의 소설은 모두 2006년 이후, 생오지에 들어와 살면서 쓴 작품이다. 생오지 사람들의 눈높이로 세상을 보고 깨달은 것을 소설로 형상화했다. 이들은 오늘의 참담한 농촌 현실 속에서도 농촌 공동체 복원을 포기하지 않고 있다. 해마다 논밭을 갈고 씨를 뿌리듯 새로운 꿈을 경작하며 살아간다. 현실은 핍진 상태이지만 아직 이 공간에는 원초적 생명력이 넘치고 있다. 넓은 하늘밖에 보이지 않는 골짜기에 들어와 살면서, 나는 삶의 공간에 대해 많은 생각을 하게 되었다. 삶의 무대는 무한하나, 존재의 뿌리를 내린 공간은 유한하다는 것을 알게 되었다. 특히 나는 요즘 자연의 소리 공간에 깊은 관심을 갖기 시작했다. 우리는 산업사회를 거치면서 눈에 보이는 풍경, 즉 '랜드스케이프'에만 신경을 썼지, '소리 풍경'(사운드스케이프)에는 무관심해 왔다. 생명 가진 것들이 가장 건강하게 살 수 있는 공간은 자연의 소리가 70% 이상 보존되어 있는 곳이라야 한다. 그러나 지금 도시는 기계음이 점령해버려 자연의 소리인 '사운드스케이프' 공간이 줄어들었다. 내가 살고 있는 '생오지'는 아직 오염되지 않은 '소리 풍경'의 세상이다. 『생오지 뜸부기』는 자연의 소리가 옴씰하게 살아 있는 건강한 생명의 공간을 소설로 형상화한 작품들이다. 앞으로도 나는 문명의 고속 변화 속에서 사라져

간 옛것의 원형을 복원하고 생명을 갖고 있는 본디 모습을 되찾기 위한
작업을 계속할 생각이다.

2009년 5월 문순태(*이 글은 『생오지 뜸부기』(책만드는집, 2009)에 실린 초판 작가의 말임.)

수록 작품 발표 지면

감로탱화	『문학사상』 2005
누햣나무	『불교문학』 2006
탄피와 호미	『문학들』 2006
생오지 가는 길	『좋은 소설』 2007
그 여자의 방	『문학사상』 2008
생오지 뜸부기	『계절문학』 2008
은행나무처럼	『21세기문학』 2009
자두와 지우개	『계간문예』 2010. 가을
돌담 쌓기	『시선』 2010. 봄
아버지와 홍매	『21세기문학』 2011
안개섬을 찾아	『문학바다』 2011
생오지 눈무덤	『문학들』 2016

1939년		10월 2일(음력) 전남 담양군 남면 구산리에서 아버지 문정룡과 어머니 정순기 사이에서 장남으로 출생.(출생신고를 늦게 하여 호적에는 1941년생으로 됨)
1946년	8세	전남 담양군 남면 남초등학교 입학. 10대 종손으로 훈장을 모시고 한문 공부를 함. 『천자문』, 『학어집』, 『사자소학』, 『명심보감』을 마침.
1950년	12세	초등학교 5학년 때 6·25전쟁 발발, 고향 사람들이 좌우익으로 갈리어 서로 죽이는 광경을 목격함.
1951년	13세	고향이 공비토벌작전지역에 해당되어 소개. 가족이 화순군 이서면 월산리 논바닥 토굴에서 생활. 이후 고향의 전답을 팔고 가족이 모두 광주 무등산 밑으로 이사함. 광주에서 아버지는 두부 배달과 막노동을 하고, 어머니는 도붓장사를 함. 어머니의 도붓장사하는 짐을 대신 지고 광주 인근 마을을 따라 다니거나 무등산에서 땔감을 해다 팜.
1952년	14세	전남 신안군 비금면 신월리로 이사, 비금면에 있는 중앙초등학교로 전학.
1953년	15세	외가가 있는 전남 화순군 북면 맹리로 이사, 화순군 북면 서초등학교로 전학. 공부를 하고 싶어 혼자 광주로 나와 학강초등학교 6학년으로 편입.
1954년	16세	2월 22일 광주 학강초등학교 졸업. 3월 2일 광주 동성중학교 특대장학생으로 입학. 이후 광주에서 자취, 토요일 수업 후, 매주 걸어서 고향 인근 마을에 사는 학생들과 함께 담양의 잣고개와 유둔재를 넘어 학교에서 25km 떨어진 곳에 있는 외가 마을의 집을 왕복함.

1957년	19세	2월 12일 광주 동성중학교 졸업, 3월 2일 광주고등학교 입학. 가족이 광주역 뒤 동계천의 판잣집으로 이사. 시인 이성부와 함께 당시 전남대학교 학생이었던 박봉우 선배를 만남. 광주 양림동에서 김현승 시인에게 시 쓰는 법을 지도 받음. 문예부에 들어가 김석학, 이성부, 윤재성과 함께 '문예반 4인방' 결성.
1958년	20세	서라벌예대 주최 전국 고교문예작품 모집에 시 당선.
1959년	21세	『전남일보』 신춘문예에 가명(김혜숙)으로 시 입선, 『농촌중보』(『전남매일』 전신) 신춘문예에 단편소설 「소나기」 당선, 『농촌중보』 시상식에서 소설가 한승원을 처음 만남.
1960년	22세	2월 20일 광주고등학교 졸업. 전남대학교 문리대학 철학과 입학.
1961년	23세	전남대학교 철학과에서 2학년을 마침, 전남대학교 용봉문학회 창립, 초대 회장을 지냄.
1963년	25세	김현승 시인이 숭실대학교로 옮기자, 숭실대학교 기독교 철학과 3학년에 편입. 숭대문학상에 시 「누이」 당선. 서울 신촌에서 자취를 하며 조태일 시인과 함께 김현승 시인 댁을 자주 방문함. 아버지가 47세로 세상을 뜨자 광주로 내려와 조선대학교 국문학과 3학년에 편입. 조선대학교 부속고등학교에서 독일어 강사로 일함.
1964년	26세	1월 5일 나주 영산포의 과수원집 딸 유영례와 결혼. 장녀 리보 출생.
1965년	27세	『현대문학』에 김현승으로부터 시 「천재들」 추천받음. 조선대학교 국문학과 졸업. 조선대학교 부속고등학교 독일어 교사로 부임.
1966년	28세	5월 6일 전남매일신문사 기자로 입사. 기자 생활을 하면서 전라도 지방의 토속 자료를 수집하고 역사적 사건들을 취재하여 정리한 『남도

의 빛』 발간. 장남 형진 출생.

1968년 30세 제4회 한국신문상 수상. 차녀 정선 출생.

1972년 34세 전남매일신문사 정치부장으로 승진. 신문 기자 생활에 매력 잃고 소설 습작 시작. 매주 서울로 김동리 선생을 찾아가 소설 공부.

1974년 36세 『한국문학』 신인상에 단편 「백제의 미소」 당선. 이때 송기숙·한승원 등과 『소설문학』 동인 활동. 독일 뮌헨대학 부설 '괴테 인스티튜트'에서 독일어 어학 과정을 마치고 귀국. 「백제의 미소」(『한국문학』 6월호), 「불도저와 김노인」(『한국문학』 10월호) 발표.

1975년 37세 조선대학교 사대 독일어과 교수로 자리로 옮겼다가 한 학기를 마치고, 전남매일신문사 편집부 국장으로 되돌아옴. 단편 「아버지 장구령이」(『한국문학』 3월호), 「열녀야 문 열어라」(『월간중앙』 5월호), 「빈 무덤」(『시문학』 6월호), 「상여울음」(『세대』 10월호), 「무서운 거지」(『소설문예』 12월호), 중편 「청소부」(『창작과비평』 봄호) 발표.

1976년 38세 단편 「멋장이들 세상」(『월간중앙』 3월호), 「기분 좋은 일요일」(『뿌리깊은나무』 11월호), 「무너지는 소리」(『한국문학』 11월호), 「여름 공원」(『창작과비평』 가을호) 발표.

1977년 39세 단편 「복토 훔치기」(『월간대화』 1월호), 「고향으로 가는 바람」(『월간중앙』 3월호), 「말 없는 사람」(『신동아』 6월호), 「돌아서는 마음」(『시문학』 10월호), 「금니빨」(『뿌리깊은나무』 12월호, 「금이빨」로 작품명을 바꾸어 본 선집에 수록) 발표. 첫 번째 중·단편소설집 『고향으로 가는 바람』(창작과비평사) 출간.

1978년 40세 단편 「번데기의 꿈」(『한국문학』 3월호), 「안개 우는 소리」(『문예중앙』 가을호), 「깨어있는 낮잠」, 「흑산도 갈매기」(『신동아』 12월호), 중편

「감미로운 탈출」(『한국문학』 7월호), 「징소리」(『창작과비평』 겨울호) 발표. 실록 장편소설 『다산유배기』를 『세대』에 연재. 평전 『의제 허백련』(중앙일보사) 출간.

1979년 41세 단편 「저녁 징소리」(『한국문학』 3월호), 중편 「말하는 징소리」(『신동아』 6월호), 「마지막 징소리」(『문학사상』 9월호) 발표. 장편 『걸어서 하늘까지』를 『일간스포츠』에 연재. 두 번째 중·단편소설집 『흑산도 갈매기』(백제출판사) 출간.

1980년 42세 전남매일신문사에서 반체제 기자라는 이유로 해직당함. 단편 「하늘새」(『뿌리깊은나무』 8월호), 「탈회」(『한국문학』 12월호), 중편 「무서운 징소리」(『한국문학』 2월호), 「물레방아 속으로」(『문학사상』 6월호), 「달빛 아래 징소리」(『한국문학』 7월호), 단막희곡 「임금님의 안경을 누가 벗길 것인가」 발표. 대하소설 『타오르는 강』을 『월간중앙』에 4월부터 연재한 후 순천당에서 1권 출간. 장편 『걸어서 하늘까지』 상·하(창작과비평사), 첫 번째 연작소설집 『징소리』(수문서관) 출간. 성옥문학상 수상.

1981년 43세 천주교에 입교(세례명 프란치스코). 단편 「말하는 돌」(『소설문학』 1월호), 「물레방아 소리」(『문예중앙』 봄호), 「달빛 골짜기의 통곡」(『월간조선』 3월호), 「난초의 죽음」(『소설문학』 11월호), 「황홀한 귀향」(『문학사상』 11월호), 중편 「물레방아 돌리기」(『문학사상』 5월호), 「철쭉제」(『한국문학』 6월호)에 발표. 장편 『아무도 없는 서울』을 『여성동아』에, 『병신춤을 춥시다』를 『신동아』에 연재. 대하소설 『타오르는 강』 1~3권(심설당)과 두 번째 연작소설집 『물레방아 속으로』(심설당) 출간. 숭실대학교(구 숭전대) 대학원에 입학하여 김동리의 소설 창작 강의를 받음. 제1회 소설문학 작품상, 전라남도 문화상, 전남문학상 수상.

1982년	44세	문화공보부 주관 문인 유럽여행. 무크지『제3문학』(한길사)으로 백우암·김춘복·윤정규·송기숙 등과 활동. 단편「살아 있는 길」(『한국문학』 2월호),「잉어의 눈」(『문학사상』 5월호),「병든 땅 언덕 위」(『정경문화』 8월호),「목조르기」(『소설문학』 9월호),「노인과 소년」(『기독교사상』 12월호),「탈회」(『행림출판』), 중편「유월제」(『현대문학』 5월호),「어머니의 땅」(『문학사상』 9월호) 발표. 장편『피아골』을『한국문학』(1982.4~1984.7)에 연재. 장편『병신춤을 춥시다』(문학예술사),『아무도 없는 서울』(태창문화사),『달궁』(문학세계사) 출간. 장편소설『달궁』으로 제1회 문학세계 작가상 수상.
1983년	45세	숭실대 대학원 국문과 졸업(석사논문「한국문학에 나타난 한의 연구」). 광주에서 무크지『민족과 문학』편집위원으로 참여. 단편「미명(未明)의 하늘」(『현대문학』 1월호),「패자의 여름」(『소설문학』 1월호),「거인의 밤」(『문학사상』 3월호),「숨어사는 그림자」(『현대문학』 12월호),「개안수술」(『홍성사』) 발표. 장편『성자를 찾아서』를『문학사상』에,『연꽃 속의 보석이여 완전한 성취여』를『수문서관』에 연재. 세 번째 중·단편소설집『피울음』(일월서각) 출간. KBS TV 8부작〈신왕오천축국전〉취재팀 일원으로 6개월간 인도, 파키스탄 탐방. 인도기행문『신왕오천축국전』발간(KBS). 역사기행문『유배지』(어문각), 첫 번째 산문집『사랑하지 않는 죄』(명문당) 출간.
1984년	46세	단편「어둠의 춤」(『소설문학』 1월호),「비석(碑石)」(『문학사상』 1월호),「두 여인 1」(『경향잡지』 3월호),「두 여인 2」(『경향잡지』 4월호),「할머니의 유산」(『학원』 6월호),「인간의 벽」(『문학사상』 8월호),「살아있는 소문」(『소설문학』 10월호), 중편「무당새」(『한국문학』 9월호),「어머니의 성(城)」발표. 네 번째 중·단편소설집『인간의 벽』(나남출판) 출간.
1985년	47세	2월 1일 순천대학교 국어교육과 교수 취임. 단편「대추나무 가시」

(『문학사상』 2월호), 「황홀한 탈출」, 중편 「제3의 국경」(『한국문학』 11
월호) 발표. 장편『한수지』를 『서울신문』에, 『소설 신재효』를 『음악
동아』에 연재. 장편『피이골』(정음사) 출간.

1986년　48세　단편 「어둠의 강」(『현대문학』 5월호), 「사표 권하는 사회」(『문학사상』 7
월호), 「살아있는 눈빛」(『소설문학』 9월호), 「안개섬」(『한국문학』 9월
호), 「초가와 노인」, 「우울한 귀향」, 「우리들의 상처」, 중편 「일어서
는 땅」 발표. 기행문인 『동학기행』(어문각), 다섯 번째 중·단편소설
집 『살아 있는 소문』(문학사상사) 출간.

1987년　49세　단편 「달리기」(『문학정신』 1월호), 「살아남는 법」(『문학정신』 1월호),
「뒷모습」(『동서문학』 4월호), 중편 「문신의 땅」(『문학사상』 1월호), 「문
신의 땅 2」(『한국문학』 3월호), 「호랑이의 탈출」(『월간경향』 11월호) 발
표. 장편 『어둠의 땅』을 『주간조선』에 연재. 장편 『한수지』 1~3권
(정음사), 『빼앗긴 강』(정음사), 『타오르는 강』(창작사) 출간. 중편집
『철쭉제』(고려원) 출간.

1988년　50세　순천대학교 교수직을 그만두고 『전남일보』 창간과 함께 초대 편집국
장으로 부임. 단편 「한국의 벚꽃」(『현대문학』 3월호), 중편 「꿈꾸는 시
계」(『문학사상』 4월호) 발표. 장편 『가면의 춤』을 『부산일보』에 연재.
여섯 번째 중·단편소설집 『문신의 땅』(동아) 출간.

1989년　51세　단편 「녹슨 철길」(『문학사상』 10월호), 장막 희곡 『황매천』(『민족과문
학』) 발표. 장편 『대지의 사람들』을 『국민일보』에 연재. 『타오르는
강』 전7권(창작과비평사) 출간.

1990년　52세　단편 「소년일기」(『현대소설』 6월호), 장편 『가면의 춤』 상·하(서당),
『걸어서 하늘까지』 상·하(창작과비평사) 출간. 위인전 『김정희』(삼성
출판사) 출간. 작품집 『문순태 문학선』(삼천리) 출간. 일곱 번째 중·단

편소설집 『꿈꾸는 시계』(문학사상) 출간.

1991년 53세 『전남일보』 주필 부임. 중편 「정읍사」(『현대문학』) 발표. 소설창작이론집 『열한 권의 창작 노트 – 중견작가들이 말하는 나의 소설쓰기』(도서출판 창) 출간.

1992년 54세 카자흐스탄과 우즈베키스탄 여행. 카자흐스탄국립대학교 한국학과에서 '한국 소설의 흐름' 강연. 단편 「낯선 귀향」(『계간문예』 봄호), 「느티나무와 당숙」(『문학사상』 12월호) 발표. 장편 『느티나무』를 『계간문예』에 연재. 장편 『다산 정약용』(큰산) 출간. 두 번째 산문집 『그늘 속에서도 풀꽃은 핀다』(강천) 출간. 흙의 예술상 수상.

1993년 55세 단편 「최루증(催淚症)」(『현대문학』 7월호) 발표. 장편 『한수별곡』 상·중·하(청암문화사), 『도리화가』(햇살) 출간. 세 번째 연작소설집 『제3의 국경』(예술문화사) 출간.

1994년 56세 중편 「시간의 샘물」(『문학사상』 8월호), 「오월의 초상」(『한국문학』 9월호) 발표.

1995년 57세 광주·전남 민족작가회의 회장. 조선대학교 이사. 단편 「똥푸는 목사님」(『한국소설』) 발표.

1996년 58세 광주대학교 문예창작과 교수 취임. 단편 「흰 거위산을 찾아서」(『문학사상』 8월호, 「흰거위산을 찾아서」로 작품명을 바꾸어 본 선집에 수록), 중편 「느티나무 타기」(『현대문학』) 발표. 장편 『5월의 그대』를 『전남일보』에 연재.

1997년 59세 단편 「느티나무 아저씨」(『내일을 여는 작가』 7월호), 「무등산 가는 길」(『21세기 문학』 가을호), 「세상에서 가장 슬픈 이야기」(『문학사상』 11월호), 중편 「꿈길」(『문예중앙』 여름호) 발표. 장편소설 『느티나무 사랑』

1~2권(열림원) 출간. 여덟 번째 중·단편소설집『시간의 샘물』(『실천문학사』) 출간.

1998년　60세　장편소설『포옹』1~2권(삼진기획) 출간. 대학 교재『소설 창작연습』(태학사) 출간.

1999년　61세　단편「똥치이모」(『한국소설』),「아무도 없는 길」(『현대문학』),「혜자의 반란」(『문학사상』 3월호) 발표.

2000년　62세　대안신문『시민의 소리』발행. 광주·전남 반부패연대 공동대표. 단편「끝을 향하여」(『문학과의식』봄호),「느티나무 아래서」(『문예중앙』가을호),「자전거타기」(『정신과표현』) 발표. 장편『그들의 새벽』1~2권(한길사) 출간.

2001년　63세　겨울, 척수 종양 수술. 단편「문고리」(『문예중앙』봄호),「나는 미행당하고 있다」(『문학사상』),「그리운 조팝꽃」(『미네르바』) 발표. 장편『정읍사 - 그 천년의 기다림』(이룸) 출간. 오방 최흥종 목사 실명소설『성자의 지팡이 - 영원한 자유인』(다지리) 출간. 소설창작이론서『소설 창작 연습 - 그 이론과 실제』(태학사) 출간.

2002년　64세　단편「마감 뉴스」(『문학나무』),「운주사 가는 길」(『문예운동』) 발표. 중편「된장」(『문학과 경계』봄호) 발표. 장편『나 어릴 적 이야기』를『정신과 표현』에,『자살 여행』을『미르』에 연재. 아홉 번째 중·단편소설집『된장』(이룸) 출간.

2003년　65세　단편「늙은 어머니의 향기」(『문학사상』 11월호,「늙으신 어머니의 향기」로 개고해 본 선집에 수록),「만화 주인공」(『한국소설』),「대나무 꽃 피다」(『미네르바』) 발표. 장편동화『숲으로 간 워리』(이룸) 출간.

2004년　66세　단편「영웅전」(『동서문학』),「은행나무 아래서」(『작가』) 발표.「늙으신 어머니의 향기」로 이상문학상 특별상 수상. 광주광역시 문화예술상 수상.

2005년　67세　단편「수줍은 깽깽이꽃」(『한국소설』), 「울타리」(『계간문예』), 중편「감로탱화」(『문학사상』) 발표. 동화집『숲 속의 동자승』(『자유지성사』) 출간. 장편『41년생 소년』(랜덤하우스 중앙) 출간.

2006년　68세　광주대학교 정년퇴직. 담양군 남면 만월리 144번지(생오지)로 거처 옮기고「생오지 문학의 집」개설. 단편「눈향나무」(『불교문학』), 「탄피와 호미」(『문학들』) 발표. 열 번째 중·단편소설집『울타리』(이룸), 세 번째 산문집『꿈』(이룸). 작품집『울타리』로 요산문학상 수상.

2007년　69세　'생오지 문학의 집'에서 소설 창작 강의. 단편「황금 소나무」(『21세기 문학』), 「대 바람 소리」(『문학사상』), 「생오지 가는 길」(『좋은 소설』) 발표.

2008년　70세　국립아시아문화전당조성위 부위원장 임명. 생오지 문예창작촌 개설, 봄과 가을에 생오지 문학제 개최. 단편「그 여자의 방」(『문학사상』), 「일기를 쓰는 이유」(『한국문학』), 중편「생오지 뜸부기」(『계절문학』) 발표. 장편『타오르는 별들』을『전남일보』에 연재. 작품집『울타리』로 한국가톨릭문학상 수상.

2009년　71세　봄과 가을에 생오지 문학제 개최. 단편「은행나무처럼」(『21세기 문학』, 「은행잎 지다」로 작품명을 바꾸어 본 선집에 수록).『전남일보』에 광주학생독립운동을 소재로 한 장편『타오르는 별들』연재 이후, 『알 수 없는 내일』1~2권(다지리)으로 제목을 바꿔 출간. 열한 번째 중·단편소설집『생오지 뜸부기』(책만드는집) 출간. 네 번째 산문집『생오지 가는 길』(눈빛) 출간. 담양군민상 수상.

2010년　72세　단편「자두와 지우개」(『계간문예』가을호), 「돌담 쌓기」(『시선』봄호)

발표. 작품집『생오지 뜸부기』로 채만식문학상 수상. 조대문학상 대
상 수상.

2011년 73세 (사)광주문화재단 이사. 모친 97세로 소천. 단편「아버지와 홍매」
(『21세기문학』,「아버지의 홍매」로 작품명을 바꾸어 본 선집에 수록),「안개
섬을 찾아」(『문학바다』,「안개섬을 찾아서」로 작품명을 바꾸어 본 선집에 수
록),「휴대폰이 울릴 때」(『동리목월문학』) 발표. 어린이 그림책『빛과
색채의 화가 오지호』(나무숲) 출간. 다섯 번째 산문집『그리움은 뒤에
서 온다』(오래) 출간. 담양대나무축제 이사장.

2012년 74세 대하소설『타오르는 강』(전9권, 소명출판) 완간. 재단법인 생오지문학
촌 설립 이사장 취임.『타오르는 강』 북콘서트 개최.

2013년 75세 2년제 생오지문예창작대학 개설. 광주문화방송 시청자위원장. 단편
「시소타기」(『창작촌』), 조아라 실명소설「낮은 땅의 어머니』(광주
YWCA), 시집『생오지에 누워』(책만드는집) 출간. 한림문학상 수상.

2014년 76세 생오지문예창작촌 주최로 영산강문학 심포지엄 개최('영산강, 문학에
스미다'). 대하소설『타오르는 강』의 어휘 사전인『타오르는 강 소설
어 사전』(소명출판) 출간. 제9회 생오지문학제.

2015년 77세 광주전남연구원 이사장 취임. 광주U대회 개폐막식 시나리오 작업.
단편「시계탑 아래서」(『문학들』 여름호) 발표. 장편『소쇄원에서 꿈을
꾸다』(오래) 출간. 광주일보에 문순태 칼럼 연재.『소쇄원에서 꿈을
꾸다』로 송순문학상 대상 수상. 자랑스러운 광고인 대상 수상.

2016년 78세 박근혜 정부 블랙리스트문인 명단 포함. 단편「생오지 눈무덤」(『문학
들』),「흐르는 길」(『광주전남소설문학회』) 발표. 열두 번째 중·단편소
설집『생오지 눈사람』(오래) 출간. 시「멸치」(『딩아돌하』) 발표.『문화

일보』에 「살며 생각하며」 칼럼 연재. 세브란스병원에서 위암 시술.

2017년 79세 세계문학페스티발 행사로 「한승원·문순태 문학토크쇼」 진행(담양문화원). 「창작의 산실 – 나의 문학 어디까지」(『월간문학』). 『기억과 기억들』(씽크 스마트)에 현기영 등 한국 대표 분단작가 5명의 작품을 중심으로 분단역사 체험에 대한 인터뷰 수록.

2018년 80세 시집 『생오지 생각』(아침고요) 출간. 여섯 번째 산문집 『밥 한 사발 눈물 한 대접』(아침고요) 출간. 한국소설가협회 최고위원. 작가협회 주최 '영산강문학 포럼'에서 '영산강과 서사문학' 주제 발표. 광주전남연구원 '남도학 강좌'에서 '영산강의 인문학적 자원' 강연. 시 「그 이름」(『세계일보』) 발표. 시 「홍어」(『서은문학』) 발표.

2019년 81세 한국산학연구원 '하우 투 리브' 인문학 강연. 광주문학관 건립추진위원. 전남도 인재육성추진위원.

2020년 82세 홍어를 소재로 한 100여 편의 시 가운데 한 편을 『한국가톨릭문인회지』 11월호에 발표, 2019 광주 세계수영선수권대회 주제 제정 자문위원장을 역임하고 체육훈장 기린장 수상(12월).